A FRAGILE ENCHANTMENT

ALLISON SAFT

A FRAGILE ENCHANTMENT

UN AMORE INTESSUTO DI MAGIA

Traduzione di Federica Ressi

DeA

Titolo originale: *A Fragile Enchantment*
Traduzione dall'inglese: Federica Ressi
Acquiring editor: Giulia Vallacqua
Revisione e impaginazione: Studio Noesis, Milano
Coordinamento redazionale: Valentina Deiana

Redazione: via Mondadori, 1 – 20054 Segrate (Italy)
www.deagostinilibri.it

Stampa: Grafica Veneta S.p.A., Trebaseleghe (PD) – 2024

PEFC
PEFC/18-31-226

Certificato PEFC
Questo prodotto è realizzato con materia prima da foreste gestite in maniera sostenibile e da fonti controllate
www.pefc.it

Per tutti coloro che affrontano
la vita giorno per giorno.

1

Quando si sporse dal parapetto sul ponte della nave, Niamh ebbe la spiacevole sensazione di aver dimenticato qualcosa.

Aveva piegato tutti i suoi modelli migliori in delicata carta color crema, impacchettato i rocchetti e le forbici da cucito e – soprattutto – aveva nascosto l'invito al sicuro in una borsetta a rete. Era tutto. *Di sicuro* era tutto. Ma d'altra parte non poteva esserne certa. Tenere ogni cosa sott'occhio non era mai stato esattamente il suo forte. E per quanto detestasse ammetterlo (e fosse segretamente convinta che la sua borsetta contenesse in realtà un portale per un reame sconosciuto, pieno soltanto di matite spezzate e monetine vaganti), non poteva proprio negare la verità: tutto ciò che le stava a cuore, dal suo paio di forbici preferito ai preziosi anni della sua vita, in un modo o nell'altro finiva per sfuggirle tra le dita.

Non avrebbe guastato dare un'altra controllatina all'invito.

Rovistò nella borsetta e tirò un sospiro di sollievo quando vi trovò la lettera. I bordi si erano arricciati per l'aspra aria di mare, e benché la pergamena sembrasse ingiallita dal tempo, in realtà era rimasta vittima di almeno cinque maldestri incidenti con la teiera. Ormai ne aveva memorizzato ogni centimetro, dal sigillo di cera intatto della famiglia reale, reso liscio e lucido dai suoi polpastrelli irrequieti, all'inchiostro sbavato del testo.

Egregia Niamh Ó Conchobhair,

Siete cordialmente invitata in Avaland come onorata ospite della famiglia reale, per fornire i vostri servigi come modista di corte per le nozze di Sua Altezza Reale il principe Christopher, duca di Clearwater, e Sua Altezza Reale Rosa de Todos los Santos de Carrillo, infanta di Castilia...

Ancora stentava a crederci. *Lei*, una semplice machlandese di un paesello sperduto come Caterlow, modista per le nozze reali. Finalmente era stata ripagata di tutti i suoi sforzi.

Due anni prima, una delle ragazze del paese, Caoimhe Ó Flaithbertaigh, era andata a trovare un lontano parente in Avaland. E quando aveva indossato una delle creazioni di Niamh per un ballo – un grazioso abito di seta gialla ricamato con filo metallico e incantato di ricordi dei primi accenni di primavera – aveva accalappiato il miglior partito della Stagione, il giovane duca di Aspendale. Da allora, le clienti avalandesi erano arrivate a ritmo costante, tutte ansiose di ricevere anche solo un tocco della magia che aveva trasformato un'umile fanciulla machlandese in una duchessa. Niamh aveva confezionato abiti per nobili impazienti di rendere irresistibili le loro figliole insignificanti, per giovani gentildonne che puntavano a uno sposo aristocratico, per matrone che tentavano di aggrapparsi alla propria bellezza sfiorita. Le loro ambizioni avevano tenuto a galla la sua famiglia negli ultimi due anni... Dopotutto, ben pochi machlandesi potevano permettersi abiti incantati dalla magia degli Ó Conchobhair.

Ma ormai non aveva più bisogno di preoccuparsi per sua madre, con le giunture gonfie e la vista che andava scemando, o per sua nonna, che si faceva via via più fragile e più rancorosa di giorno in giorno, o per il tetto che aveva ancora bisogno di paglia nuova, o per la finestra rotta dal figlio dei vicini, Cillian, e dalla sua capretta. Per un miracolo, il suo lavoro aveva attirato l'attenzione del principe reggente di Avaland.

Essere la modista delle nozze reali le avrebbe permesso di aprire un atelier tutto suo nel cuore della capitale... e di guadagnare abbastanza per far trasferire la nonna e la mamma in una comoda casa in città. Così non avrebbero mai più dovuto lavorare né soffrire un altro giorno delle loro vite. Era un'occasione unica.

Niamh avrebbe soltanto voluto non sentirsi tanto egoista per averla colta.

Quando le aveva detto di essere in partenza, la nonna l'aveva guardata come se non la riconoscesse più. «Tuo nonno ha combattuto contro gli avalandesi per garantirti una vita qui nel Machland. Tu e la tua magia siete ciò che quei mostri hanno tentato miseramente di reprimere. E adesso vuoi usare la tua arte per confezionare abiti per loro? Non mi riprenderò mai da una vergogna simile.»

Arrecare imbarazzo alla famiglia era l'ultima cosa che Niamh volesse fare. Ogni giorno della sua vita le era stato ricordato quanto fosse fortunata a vivere sul suolo machlandese, di quanto dovesse alle persone come suo nonno. Una nipote buona e ubbidiente avrebbe stracciato quell'invito seduta stante. Una nipote buona e ubbidiente si sarebbe invece riproposta di sposare qualcuno in grado di darle stabilità… e dei figli che ereditassero la stessa magia che le scorreva nelle vene. Forse non avrebbe raggiunto la felicità, ma perlomeno la loro scienza sarebbe sopravvissuta per un'altra generazione.

Però in quel momento, con l'invito del principe reggente stretto tra le mani, Niamh non poteva limitarsi a obbedire. Che la nonna approvasse o meno, a costo di tradire i propri antenati si sarebbe presa cura della sua famiglia nell'unico modo che conosceva.

Doveva ripagare il debito che aveva con tutti loro.

Mise via la lettera e volse il viso al vento salmastro. Davanti a lei, il Mare Machlandese si increspava come una distesa di stoffa grigia, la schiuma in superficie simile alla bordatura di un merletto. Scintillando nella luce che precedeva l'alba, tutta quell'acqua sembrava infinita come le possibilità che aveva davanti a sé.

«Attracchiamo a Sootham tra dieci minuti!» gridò un membro dell'equipaggio. «Saremo a Sootham tra dieci minuti!»

Niamh sussultò, sbattendo il fianco contro il parapetto. «Ohi…»

Il dolore svanì abbastanza in fretta quando puntò lo sguardo sulla città che sorgeva dal mare. La foschia si stava diradando lungo la costa, candida e diafana come un velo da sposa, e un sottile raggio di sole illuminò l'orizzonte frastagliato. Niamh afferrò il parapetto, fremente per l'emozione. Fu l'unica cosa che riuscì a fare per impedirsi di tuffarsi in acqua e concludere a nuoto la distanza che la separava dalla riva.

Quando alla fine la nave si arrestò e il personale di terra legò le cime al molo, lei radunò le sue cose e raggiunse la passerella. Gli altri passeggeri le si accalcarono intorno, tra spintoni e vociare. Più persone di quante ne avesse mai viste affollavano il ponte. La gente stringeva al petto i figlioletti in lacrime. Bambini pelle e ossa si aggrappavano alle gonne delle madri; ragazze non più grandi di lei la fissavano in cagnesco, con lo sporco sotto le unghie e gli occhi inflessibili come il ferro. Puzzavano tutti di disperazione e speranza. Ciascuno di loro senza dubbio si lasciava alle spalle case e famiglie per cercare lavoro lì a Sootham. Per la prima volta, Niamh temette che la nonna avesse ragione. Forse non aveva mai imparato quanto fosse crudele il mondo.

Fece del suo meglio per restare in piedi, schiacciata com'era tra spintoni e bagagli. A un certo punto, i suoi piedi si staccarono del tutto da terra. Il lezzo forte e intenso dei corpi era quasi intollerabile, e quando finalmente raggiunse la terraferma le sue gambe vacillarono come se si trovasse ancora in mezzo al mare.

Si fece strada con una certa esitazione, affondando le dita nelle cime umide e logore che li circondavano. Benché disorientata, riuscì a scavalcare i ratti che correvano per le banchine, resistendo per miracolo all'impulso di scusarsi con loro. Alzò lo sguardo... e si domandò se si fosse imbarcata sulla nave sbagliata.

La Sootham che l'attendeva in fondo al molo non era affatto come si aspettava. Dov'erano tutto il fascino e lo sfavillio? I parchi lussureggianti e le strade brulicanti di vita? Lì, gli edifici si ammassavano stancamente uno sopra all'altro, come se riuscissero a stento a stare in piedi. L'odore di acque stagnanti e salsedine era denso attorno a lei.

No, quella *doveva* essere Sootham. Ma se non fosse riuscita a trovare la strada che conduceva a palazzo, non avrebbe avuto nessun altro posto dove andare. Non aveva abbastanza soldi per tornare a casa... come se fosse un'alternativa praticabile, poi. Non poteva tollerare di guardare sua madre che lavorava per intere notti, priva di magia ma determinata a cucire alla luce giallastra della lampada da merlettaia del laboratorio, o di vedere come si sentiva prosciugata la nonna anche dopo l'incantesimo più semplice. Il loro sostentamento adesso gravava sulle spalle di Niamh. Era abbastanza forte per sopportarlo.

Fece un respiro profondo per calmarsi e strizzò gli occhi. Lì, a poca distanza, scorse una carrozza posteggiata sotto il debole bagliore di un lampione. Era discreta ma graziosa, verniciata di un elegante nero laccato che risplendeva persino in mezzo alla foschia. Sulla fiancata si stagliava in rilievo, in rosso rubino e oro brillante, lo stemma reale: una rosa con i petali imperlati di gocce dorate. Sembrava uscita da una favola... e Niamh ebbe il terrore che, non appena avesse distolto lo sguardo, sarebbe ricaduta a terra, trasformata di nuovo in una zucca alla crudele luce del giorno.

Mentre si avvicinava, un valletto scese dal retro. Statuario, serio, impettito e incredibilmente alto nella sua raffinata livrea, le fece impressione trovarselo davanti. Niamh rabbrividì. Ritto davanti alla carrozza nella debole luce del lampione, sembrava in tutto e per tutto uno degli Eterni, pronto a portarla via nell'Oltremondo. Abbassò impercettibilmente gli occhi azzurri su di lei e, con estremo sussiego, le domandò: «Miss Niamh O'Connor?»

Chiaramente, si era aspettato qualcuno di diverso. Niamh trattenne l'impulso di lisciarsi i capelli o di aggiustarsi il vestito. Quattro giorni per mare, ne era certa, non potevano essere stati clementi con lei. Gli rivolse il più accattivante dei sorrisi. «Sono io.»

Lui le tolse di mano la valigia, tenendola come se avesse tra le dita un gattino riottoso. «Bene, allora. Immagino sia meglio che veniate con me.»

L'esterno del palazzo reale splendeva completamente di pietra bianca, con file di finestre ed enormi colonne ritte come soldati sotto un porticato. Sembrava provenire da un mondo antico, pulito, ordinato e assolutamente maestoso. Alla vista le si smorzò il fiato. Era magnifico, ma in verità era quasi una sofferenza guardarlo. Nello spietato bagliore della luce del sole, tutto brillava.

«Wow» sussurrò, premendo il viso contro il vetro gelido del finestrino.

Come poteva così tanta ricchezza esistere nella stessa città in cui era sbarcata? Non riusciva a credere che *quella* sarebbe stata la sua dimora per la Stagione. Forse, con un po' di fortuna, si sarebbe imbattuta in qualche conoscente delle sue parti. L'ultima volta che aveva avuto sue notizie, la sua amica Erin Ó Cinnéide stava per essere trasferita a palazzo. Che meraviglia sarebbe stata rivederla dopo tutti quei mesi.

Ogni famiglia nobile assumeva un buon numero di servitori temporanei per la Stagione, la maggior parte dei quali era machlandese. Da quel che aveva dedotto dalle lettere delle sue amiche, era un lavoro estenuante, ma era pur sempre lavoro. Il Machland poteva anche aver ottenuto l'indipendenza, ma non possedeva molto altro. La terra si stava ancora riprendendo dalle conseguenze del Flagello e la gente dalle proprie perdite. Quasi tutte le persone con cui era cresciuta avevano lasciato Caterlow per seguire sogni di una vita migliore al di là del Mare Machlandese.

La carrozza rallentò sino a fermarsi davanti al palazzo, e Niamh scorse una donna – la governante, immaginò – che sbirciava dalle porte con le mani incrociate compostamente dietro la schiena. Abbigliata con un tetro abito nero, era una macchia che si stagliava contro tutto quel bianco accecante.

Il valletto saltò giù dalla carrozza e le aprì lo sportello. Un altro che attendeva nel viale radunò i suoi averi. Tutti i suoi bagagli vennero portati via prima che lei potesse aprire bocca per ringraziare. Non appena scese dalla carrozza, Niamh si sentì del tutto sopraffatta. Senza la borsa da viaggio non sapeva assolutamente cosa fare con le proprie mani. Salì le scale che conducevano a una veranda facendo del suo meglio per non restare a bocca aperta di fronte agli splendidi giardini o alle statue artisticamente scolpite. Ma quando la governante si volse completamente verso di lei, Niamh si fermò di colpo.

Era una donna che incuteva soggezione, non più vecchia di sua nonna ma tozza come un cavallo da soma. I capelli erano tirati indietro severamente, lasciando scoperto un viso addirittura più severo. Il suo sguardo tagliente le diede l'impressione di avere un coltello puntato dritto alla gola. Non sapeva cosa fare. Erin lavorava per la famiglia reale, e nelle sue lettere a casa raccontava un'infinità di pettegolezzi sulla corte e i vari legami nobiliari, ma Niamh non vi aveva mai prestato molta attenzione. Cominciò a sospettare che invece avrebbe dovuto.

Fece un inchino. «Piacere di conoscervi. Niamh Ó Conchobhair.»

Non ricevette alcuna risposta. Quando alla fine osò alzare lo sguardo, vide che la governante la fissava con un cipiglio di grave disapprovazione. «Non potete fare nulla per quell'accento?»

Per un momento, Niamh fu troppo sbalordita per parlare. La nonna l'aveva avvisata che gli avalandesi nutrivano un risentimento forte quanto i machlandesi. Non si era aspettata, però, che il loro disprezzo fosse così lampante. «Temo di no, signora. Le mie scuse.»

«Peccato.» Fece schioccare la lingua. «Potete chiamarmi Mrs Knight. Sua Altezza Reale, il principe reggente, ha chiesto di vedervi. Ci sono alcuni dettagli del vostro incarico di cui desidera discutere con voi.»

La sua schiena si fece dritta come un fuso. Il principe reggente di Avaland voleva vederla? Per discutere del suo *incarico*? Di certo Mrs Knight poteva ragguagliarla sulla sua permanenza lì. «Con me? Ne siete sicura?»

«Direi di sì» replicò Mrs Knight freddamente. «A Sua Altezza piace essere coinvolto nella gestione della sua dimora. È un uomo esigente.»

Niamh cominciò a capire. Con "esigente" intendeva dire "invadente". Se riteneva giusto preoccuparsi degli affari di una sarta machlandese, non riusciva a immaginare come potesse governare un intero Paese.

Sapeva poco sulla famiglia reale, solo che, negli ultimi otto anni, la salute del re era peggiorata e aveva abbandonato la vita pubblica. La regina era morta quattro anni prima in un tragico incidente. Il loro figlio maggiore, il principe John, era stato designato dal Parlamento come reggente finché il padre non fosse guarito o – gli dei non volessero – passato a miglior vita. Per quanto riguardava Christopher, suo fratello minore, Niamh non sapeva nulla di lui... solo che doveva convolare a nozze nel giro di un mese.

Ma se il principe reggente era un uomo esigente, non poteva incontrarlo in quelle condizioni. Puzzava di *stantio* – a voler essere generosa – dopo quattro giorni a bordo di una nave, e solo gli dei sapevano in che stato fossero i suoi capelli. Di sicuro erano più aggrovigliati che intrecciati ormai. «Temo di non essere presentabile...»

«Questo è evidente. Ma a Sua Altezza Reale non piace restare in attesa una volta che si è messo in testa qualcosa. Venite con me.»

Senza attendere alcuna replica, Mrs Knight scomparve dentro la reggia. Niamh la seguì... e poi si fermò di colpo sulla soglia. Oltrepassata quella, c'era tutto un altro mondo, scintillante e bizzarro quanto il regno degli Eterni, *Domhan Síoraí*.

«Oh» mormorò.

Il palazzo superava le sue più fervide fantasie. Tutto era elegante e opulento, dalla *boiserie* riccamente intagliata alle stoffe brillanti della tappezzeria e delle tende. Ogni componente del mobilio scintillava: un intarsio dorato lì, la gamba di una sedia incapsulata con la testa di un leone in ottone là. E il pavimento di palissandro a spina di pesce meritava delle scuse per dover tollerare le suole sudicie dei suoi stivali da viaggio.

«Non c'è tempo per starsene lì imbambolata!» disse Mrs Knight.

«Perdonatemi!»

Mrs Knight girò in fondo a un corridoio. Santo cielo, quella donna era un fulmine. Niamh rischiò di inciampare per starle dietro. Mentre passavano, la servitù si spostò dal loro percorso e si mise sull'attenti. Alcuni di loro fecero addirittura un inchino, come se Mrs Knight fosse il principe reggente in persona. Altri, però, la fissarono con un risentimento a malapena trattenuto. Niamh sussultò, puntando lo sguardo sulle spalle tozze della governante. Immaginò che non tutti i capi fossero universalmente amati.

Alla fine, Mrs Knight si fermò davanti a una porta due volte più alta di Niamh. Sopra, c'era la statua dorata di un falco, con gli artigli che puntavano verso di loro. Sembrava piuttosto eccessiva, ma il segno premonitore non la lasciò indifferente.

«Sua Altezza vi riceverà qui» disse Mrs Knight. «Dovrete apostrofarlo così, la prima volta, e dopo potrete chiamarlo "signore". Avete capito?»

Niamh annuì. Il sussiego non era mai stato il suo forte. Le si formò un nodo alla bocca dello stomaco e sentì la gola completamente riarsa. Sperò di non dare di stomaco su quello splendido tappeto: l'avrebbe fatta di sicuro rispedire a Caterlow… o finire dritta in prigione.

Calma, si disse, proprio come le aveva detto la nonna un migliaio di volte. *Se ti calmi, commetterai meno errori.* Spostò il peso sulla punta dei piedi e scosse le mani per scacciare l'energia nervosa. Poi, con un respiro profondo, entrò nel salotto.

Aprì la bocca per annunciarsi… e prontamente inciampò in un lembo del tappeto. Trattenne un verso di sorpresa e si fermò appena in tempo prima di finire dentro un vaso pieno di piantine verdi.

«State bene?» chiese il suo ospite, Sua Altezza Reale il *principe reggente di Avaland*, con una punta di vaga preoccupazione.

Le avvamparono le guance per l'umiliazione. «Sì, Vostra Altezza. Grazie.»

Quando trovò nuovamente il coraggio di alzare lo sguardo, il principe si era alzato dalla sua poltrona. Niamh immaginò che non avesse più di trent'anni, ma il suo aspetto esausto e austero si addiceva a un uomo di vent'anni più vecchio. I suoi capelli castano scuro erano pettinati in modo impeccabile, neanche una ciocca fuori posto. La sua redingote era sobria e nera, confezionata in perfette linee. Nemmeno la fede nuziale, una semplice banda dorata, rivelava alcun segno di usura.

Tutto in lui, dall'arco delle sopracciglia agli angoli severi degli zigomi, urlava *ordine*. Sembrava un uomo scolpito nel marmo, perfettamente a suo agio in un palazzo di un'era ormai perduta.

Ma fu dal giovane accanto a lui che Niamh non riuscì a staccare gli occhi di dosso. Non doveva avere più di diciotto anni, come lei. Nella luce del mattino, le sue iridi dorate ardevano di un'intensità ai limiti dell'ostile. E quando incontrò il suo sguardo, Niamh giurò di aver sentito il proprio cuore fermarsi. Ritrovò l'equilibrio appoggiandosi allo schienale di una poltrona.

I suoi tratti erano asciutti, affilati come una lama, quasi... Be', lei lo avrebbe definito pericoloso, ma in verità le faceva venire in mente un ago da cucito. Avrebbe potuto spezzarlo in due se solo avesse voluto. Indossava un soprabito nero con una curiosa impuntura sul bavero, un panciotto di seta color carbone e una cravatta annodata senza brio. Non era mai stata una da palette monocromatiche – erano piuttosto fuori moda per i tempi, per non dire *scialbe* –, ma i suoi abiti erano confezionati in modo talmente impeccabile che non le dispiacquero. I suoi capelli, quasi neri come la terra umida, erano raccolti alla base della nuca.

Era l'uomo più bello che avesse mai visto.

Ma nell'istante in cui aprì bocca, l'incantesimo si infranse.

Con un'alterigia a dir poco glaciale, le domandò: «E *voi* chi siete?»

2

Di certo Niamh aveva sentito male.

O forse il principe stava scherzando… Sì, doveva essere così. Nessuno, soprattutto un nobile, poteva essere tanto inspiegabilmente scortese. Ma quando lei si costrinse a ridere, l'atmosfera non si alleggerì. Il giovane rimase immobile con le braccia incrociate e puntò i suoi occhi minacciosi su di lei. Nascondevano una sfida… e anche un'ovvia trappola.

Solo una sciocca avrebbe abboccato all'amo.

«Niamh Ó Conchobhair.» Fece l'inchino più profondo che poté, sperando che fosse la cosa giusta da fare. Oh, perché non era stata a *sentire* quando Erin blaterava delle intricate usanze dell'alta società avalandese e delle sue assurde formalità? «È un onore fare la vostra conoscenza.»

Questo chiaramente non rispondeva alla domanda. Anzi, servì soltanto a infastidirlo ulteriormente. «Ne sono certo» ribatté con voce sprezzante. Dopodiché, si rivolse di nuovo al principe reggente: «Perché sono qui?»

«Questa» annunciò l'uomo, contenendo a malapena l'irritazione, «è la tua sarta, Kit.»

La tua sarta. Il viso di Niamh impallidì mentre la realtà prendeva il sopravvento. Quel ragazzo orribile e irritante era il fratello del principe reggente. Il secondogenito del re di Avaland. Il principe Christopher, duca di Clearwater. Lo *sposo.*

Kit non la degnò di uno sguardo. «Ah... Quindi si tratta di un'imboscata.»

«Non avevo capito che una semplice presentazione sarebbe stata un'imposizione tanto terribile per te.» Il principe reggente abbassò la voce. «Dovrai perdonarmi per aver pensato che ti avrebbe fatto piacere parlare con lei prima che ti prendesse le misure.»

«Perché avresti dovuto pensare altrimenti?» Negli occhi di Kit si fece largo uno sguardo di sfida, e ogni sillaba vibrò di risentimento. «Sono al tuo servizio.»

Fu allora che Niamh sentì un improvviso infrangersi di ceramica... mentre un vaso cadeva al suolo. Si voltò verso il rumore e per poco non le venne un colpo. L'agrifoglio nell'angolo della stanza aveva cominciato a fumare, e le venature delle sue foglie splendevano dorate di magia. Le sue radici si insinuarono inferocite attraverso la crepa del vaso. Nuovi rami spuntarono e si sistemarono in perfette, stratificate forme geometriche. La rabbia del principe reggente, a quanto sembrava, era intransigente e pignola come il resto di lui.

Niamh si riprese dallo shock abbastanza da pregare il

cielo che la sua mascella fosse rimasta chiusa. A ogni nuova generazione, la magia si affievoliva un po' di più nel mondo. Era decisamente raro incontrare un potere così forte in quell'epoca.

Era cresciuta ascoltando storie orribili sulle capacità della famiglia reale di Avaland. Su come avesse causato il Flagello, impoverendo la terra. Durante la Guerra d'indipendenza machlandese, dei rovi erano spuntati dal terreno e avevano trafitto gli uomini come baionette viventi. Niamh aveva sempre sospettato che quelle leggende fossero un'esagerazione. Adesso non era più tanto sicura di cosa fossero capaci i Carmine.

Come aveva fatto il padre del principe reggente a usare un tale potere con tanta spietatezza? Se le cose fossero andate diversamente, forse la sua famiglia non avrebbe conosciuto tante avversità. E magari molte meno persone si sarebbero imbarcate su quella nave. Magari nemmeno lei sarebbe stata costretta a lasciarsi alle spalle tutto ciò che conosceva per aiutare le persone che amava. La rabbia prese a ribollire dentro di lei, tanto improvvisa da sconvolgerla.

Ma il principe reggente sembrava fin troppo occupato con il fratello per accorgersene. Sospirò a denti stretti. Le scintille dorate si attenuarono nei suoi occhi, e tornò a essere il ritratto della compostezza. Come per magia, un valletto sbucò dalla penombra e tirò fuori un paio di cesoie dal taschino della livrea. Si apprestò a potare l'agrifoglio per riportarlo a dimensioni gestibili, e il regolare *zac, zac, zac* delle lame ruppe il silenzio. Comparve un altro servitore a spazzare i cocci rotti del vaso, per poi sparire nel giro di pochi secondi.

«Finiremo questa discussione al più presto. In privato.» Il principe reggente, che chiaramente non aveva finito con Kit, si rivolse a Niamh. La sua espressione era intollerabilmente sollecita, come se stesse parlando a una nobildonna trascurata piuttosto che a una semplice machlandese. Ripensando ai modi sbrigativi che le aveva riservato la governante, rimase di stucco. «Sono costernato, Miss O'Connor. Mio fratello ha dimenticato le buone maniere.»

Kit emise un verso simile a una risata. «Qualunque cosa tu voglia dirmi, puoi farlo qui.»

L'indignazione divampò in lei. Era una *persona*, non un elemento del mobilio o una pedina nella sua ridicola guerra per procura. Forse avrebbe dovuto pensarci due volte prima di trattare suo fratello – nientemeno che la guida *de facto* dell'intero regno – in modo così sfacciatamente irrispettoso davanti a una sconosciuta. Senza neanche rifletterci, disse: «Devo dedurre che non siete interessato alla moda, quindi?»

L'aria stessa si colmò di tensione. Entrambi i principi la fissarono con evidente sorpresa, e lei fece del suo meglio per non farsi raggelare dai loro sguardi.

Oh, dei. Che cosa aveva fatto?

Il cipiglio di Kit tornò al suo posto. «No. La considero una perdita di tempo.»

Quel secco rifiuto la colpì. Non si era nemmeno disturbato a sfoderare una cortesia meccanica mentre insultava il lavoro della sua vita. Con tono più leggero, aggiunse: «Io ne sono oltremodo appassionata».

«Davvero?» Parve stranamente curioso, il che la gratificò abbastanza da farle considerare seriamente la risposta da dargli.

C'erano fin troppi modi per rispondere alla domanda. Perché cucire era l'unica cosa che sapeva fare. Perché lei era la sola, dopo due generazioni, ad avere almeno un briciolo del dono ormai morente della sua famiglia, e aveva il compito di preservarlo. Perché malgrado tutta la pressione e le lunghe ore di lavoro, malgrado tutte le lacrime, poco altro al mondo la rendeva più orgogliosa che fare felici gli altri. Alla fine, optò per qualcosa di sicuro ma sincero. «Mi piacciono le cose belle, e mi piace creare cose che facciano sentire belle le persone.»

«Che assurdità.» Kit parlò con uno sdegno tanto pungente e improvviso che fu come se avesse premuto un dito su un livido. «La bellezza non è qualcosa a cui valga la pena dedicare la vita. È il dominio di adulatori e sciocchi che amano pavoneggiarsi.»

Niamh indietreggiò. Non era semplicemente scortese; era *crudele*. E del tutto irragionevole, a esser sincera. Era *lui* che stava per sposarsi. Era *lui* a possedere scarpe che costavano più di quanto lei guadagnasse in un mese. Era *lui* a indossare un gilet di seta che praticamente implorava di finire su un catalogo di moda. Seta! In estate, per giunta. Sperò che lo stesse facendo sudare. Sperò che…

«Mostra un po' di rispetto per la nostra ospite, Christopher» lo intimò il principe reggente. «Non è nobile, ma ha sangue divino.»

Niamh non aveva mai sentito usare l'espressione "sangue divino", ma era chiaro a cosa si riferisse: un *ceird*, un dono, *magia*. Se anche gli avalandesi ritenevano che la loro magia avesse origine dagli dei, forse i miti avalandesi e quelli machlandesi non erano diversi come era stata spinta a credere.

Molto tempo prima, così dicevano le leggende, centinaia di divinità erano salpate per il Machland e l'avevano scelto come dimora. Prima di nascondersi dietro il velo del *Domhan Síoraí*, alcuni avevano scelto amanti mortali e trasmesso la magia ai propri figli. Ogni persona con un *ceird* poteva affermare di discendere direttamente da uno degli Eterni. C'era Luchta, che forgiava spade e scudi in grado di cambiare il corso delle battaglie; Dian Cecht, i cui unguenti potevano curare ogni ferita; Goibnu, i cui banchetti erano capaci di placare la fame di un uomo per un decennio; Bres, che poneva fine a ogni lite con la sua lingua d'argento; Delbaeth, che sputava fuoco come un drago; e naturalmente la sua omonima, Niamh. Aveva sempre pensato che fosse di un'ironia crudele che le avessero dato il nome della regina della Terra dell'Eterna Giovinezza.

«Come desideri, Jack.» Kit si rivolse nuovamente a lei con tono sprezzante. «Vediamolo, allora.»

Lei capì la minaccia non pronunciata: *Dammi un motivo per non rispedirti su quella nave.* Non si credeva superiore a lei: *sapeva* di esserlo. Dal momento in cui aveva ricevuto l'invito del principe reggente, Niamh aveva capito che non si trattava di una ricompensa per ciò che aveva raggiunto, ma dell'inizio di una nuova sfida. Lì, in quanto persona comune, in quanto machlandese, avrebbe dovuto lavorare il doppio per guadagnarsi da vivere. La determinazione scacciò ogni sua paura, e tutto ciò che rimase a covare dentro di lei fu il bisogno non solo di dar prova di sé… ma di dimostrare che Kit *si sbagliava.*

«Con piacere.» Lo disse con più veleno di quanto volesse. «Ma avrò bisogno che qualcuno mi porti l'occorrente.»

Il principe reggente – Jack – sollevò appena un dito e un valletto uscì fuori dalla stanza. «Subito. Prego, sedetevi e mettevi comoda.»

Si sedette cautamente sul bordo di una poltrona. «Vi ringrazio, Vostra Altezza.»

Dopo neanche un minuto, il valletto tornò con la borsa da viaggio di Niamh. Lei maneggiò in modo maldestro i suoi pochi averi, dolorosamente consapevole di quanto potesse apparire volgare la sua vita ai loro occhi, finché non trovò il tamburo da ricamo, un paio di forbici, un rocchetto di filo e un puntaspilli. Misurò e tagliò un pezzo di filo. Quando osò alzare lo sguardo, Kit la stava fissando con un'intensità tale che per poco non si perse d'animo.

No, ricordò a se stessa. *Non ha mai visto una persona come te.*

La sua magia era tutt'altro che appariscente. Una volta, in un tempo remoto, forse un mantello creato da una Ó Conchobhair avrebbe potuto sbaragliare interi eserciti. Ma Niamh non aveva mai voluto cambiare il mondo. La sua clientela la cercava per i modelli ma anche per il suo dono. Tutto ciò che cuciva possedeva una sottile pulsione. Non si poteva descrivere se non così: davanti a qualcuno con addosso una creazione di Niamh Ó Conchobhair, si provava *qualcosa*. Niamh aveva trasformato una giovane vedova in un vero e proprio ritratto del dolore. Aveva permesso a persone particolarmente timide di sparire nei recessi di una sala da ballo. E due anni prima, aveva fatto di Caoimhe Ó Flaithbertaigh una duchessa.

Fece un bel respiro per calmarsi. Poteva farcela.

Un fazzoletto non ancora finito era fissato al tamburello:

vi aveva lavorato durante il lungo viaggio verso Avaland. Aveva ricamato scrupolosamente dei fiori di campo, così vividi da sembrare veri, nascosti e dimenticati in un lembo di seta. Aveva usato trenta diversi colori, dopotutto. Il solo guardarlo la riempiva di nostalgia per cose che aveva avuto e perduto. Mentre la magia cresceva dentro di lei, pensò all'estate. Era sempre il periodo più bello dell'anno a Caterlow, quando tutti i bambini correvano liberi e a piedi nudi per i campi, quando la brezza che veniva dal mare le asciugava il sudore imperlato sulla fronte. Quei giorni erano sempre sembrati senza fine e colmi di possibilità, felici in un modo che pareva inesauribile. Aveva cucito in quel fazzoletto i ricordi che l'avevano tenuta a galla in mezzo alle onde cupe del Mare Machlandese.

Era pronta.

Sentì uno strattone nel petto, non più doloroso della puntura di un ago. E poi la magia scaturì da lei. Il filo brillò, come se Niamh tenesse un delicato raggio di sole tra le dita. Il suo tenue bagliore inondò la stanza, danzando su tutte le cornici dorate, sui pomelli d'ottone scintillante che punteggiavano i divani.

Kit imprecò, a voce talmente bassa che quasi non lo sentì.

Ogni altra cosa svanì, a parte loro due e la debole fitta di desiderio infilata nella cruna del suo ago. Lui schiuse le labbra, e la luce della magia di Niamh illuminò i suoi occhi. Un calore sbocciò sulla sua nuca e sentì uno strano sfarfallio allo stomaco. Se non avesse saputo che tipo era, avrebbe detto che la sua espressione era piena di meraviglia.

No, probabilmente si stava immaginando tutto. Distolse lo sguardo da lui e cominciò a cucire piccoli ornamenti dorati nel disegno. Quando ebbe finito, i petali sembravano spruzzati della luce del sole e tutte le foglie imperlate di rugiada. Con estrema cautela, tagliò il filo pendente e tolse il fazzoletto dal tamburo.

«Non è molto, ma non voglio trattenervi qui per tutto il giorno.» Allungò il fazzoletto in direzione di Kit. «Spero che questo vi darà un'idea di quello che sono in grado di fare.»

Quando glielo tolse di mano, Kit parve improvvisamente ringiovanire di cinque anni. I suoi occhi si rannuvolarono per un ricordo, che sembrò trasportarlo lontano. Ma l'effetto sparì quasi in un batter d'occhio. Lasciò cadere il fazzoletto come se si fosse scottato. Il cuore di Niamh si contorse nel vederlo a terra tutto sgualcito. Per un istante, il principe lo fissò mentre un rossore gli serpeggiava su per il collo.

«Quello» disse Kit velenosamente «è una specie di trucco.»

Jack, almeno, le risparmiò l'umiliazione di doversi difendere. «Non voglio sentirti aggiungere un'altra parola. Miss O'Connor è la sarta migliore che ho trovato, e tu devi avere il meglio.»

Kit si alzò dalla poltrona con tutta l'aggressività viscerale di un animale messo all'angolo. Era più basso del fratello di quasi tutta la testa, ma riempiva la stanza con la sua ira. «Preferirei non indossare nulla alle mie nozze piuttosto di qualcosa che lei può rendere tanto appariscente.»

Rabbia e confusione ribollirono in Niamh finché non cominciò a tremare nello sforzo di contenerle. I suoi occhi si gonfiarono di lacrime all'istante. Un *trucco*? Aveva imparato a cucire accanto a sua nonna prima ancora di saper camminare. Aveva dedicato l'intera vita a padroneggiare quell'arte ed era la cosa più pura, più *sincera* che conoscesse.

Aveva cucito un pezzo della sua stessa anima in quel fazzoletto, e lui aveva reagito come se gli avesse sputato sugli stivali. Quello che la feriva di più era che non aveva avuto nemmeno la decenza di rivolgersi direttamente a lei. Non l'aveva degnata di uno sguardo.

«Basta» sbottò Jack. «Ho preso una decisione. La corte è già affascinata dal suo lavoro, il re di Castilia arriverà con l'infanta Rosa tra due giorni. Sei stato lontano da corte per troppo tempo, fratello. Mi aspetto che vorrai fare una buona impressione.»

L'espressione di Kit si fece impenetrabile. Con sorpresa di Niamh, non disse nulla.

Lontano da corte? Non era insolito per i giovani nobili dedicarsi ai grand tour, ma da come aveva parlato Jack... sembrava quasi una punizione.

«Per quanto riguarda voi, Miss O'Connor» continuò Jack stancamente «comunicate alla mia servitù ciò di cui avete bisogno e ve lo farò avere. Cioè, se non avete cambiato idea, naturalmente.»

«No, signore. Vi ringrazio!» disse un po' troppo forte. Faticando a contenersi, fece un inchino. «Non sprecherò quest'occasione.»

Proprio allora si udì un colpo titubante alla porta. Si aprì di neanche un centimetro e una voce attutita annunciò: «Un messaggio per voi, Vostra Altezza».

«Non startene lì sospeso come uno spettro. Entra.» Jack chiuse gli occhi, come in cerca di una riserva interiore di pazienza. «Di che si tratta?»

La porta si aprì quel tanto che bastava per far entrare un paggio, che indugiò sulla soglia con lo sguardo rivolto a terra.

Una busta pendeva ciondolante dalle sue dita. «Un'altra lettera di Helen Carlile, signore.»

«Per l'amor del cielo...» Jack attraversò la stanza e strappò la busta di mano al ragazzo.

E tanti saluti alla raffinatezza, pensò Niamh.

«Un'altra? È per un'altra lettera di Helen Carlile che mi hai interrotto?»

Il paggio fece una smorfia. «Mi rincresce, signore! È la terza in altrettanti giorni, così ho pensato che fosse urgente.»

«Ti sei sbagliato di grosso.» Jack strappò la busta in due. «Non ho tempo per i suoi sermoni moralistici oggi... o in qualunque altro giorno, a dir la verità. La prossima volta che vedi una di queste, rispediscila al mittente. Meglio ancora, bruciala. Non voglio sentire nemmeno nominare Helen Carlile – o Lovelace, se è per questo – a palazzo. Hai capito?»

«Sì, signore.» Il paggio non se ne andò subito. Rivolse lo sguardo a Kit e a Niamh, come se temesse di dire troppo. «C'è un'altra cosa. Il vostro valletto, signore... pensavo che avreste gradito saperlo il prima possibile, date le circostanze.»

Jack borbottò qualcosa a mezza voce. Per un momento parve quasi esausto, ma in un battito di ciglia riacquistò la sua espressione stoica. «Molto bene. Fa' chiamare subito Mrs Knight. Conferirò con lei nel mio studio.»

«Sì, signore.»

«Ottimo. Puoi andare.» Quando la porta si chiuse dietro al paggio, Jack emise un sospiro di estrema insofferenza. «Se volete scusarmi.»

Com'era possibile, si chiese Niamh, che un valletto e una donna potessero esasperare un principe a tal punto? E chi era Lovelace?

Scrutò Kit, sperando che le fornisse un'illuminazione. Ma il suo sguardo era fisso sulla schiena del fratello, come quello di un tiratore scelto, ed era pieno di disprezzo. Niamh rimase senza fiato nel vederlo. Non era il classico odio che i bambini dichiaravano per i fratelli maggiori. Era amaro come una notte d'inverno... e antico, con radici molto profonde.

Kit covava quel risentimento da molto tempo.

Quando la scoprì a osservarlo, si accigliò. «Perché mi fissate?»

«Io...» Rimase a bocca aperta. Uno di quei giorni lo avrebbe punto con uno spillo per puro dispetto. Anzi, era *lui* che fissava *lei*. «Non vi fisso affatto!»

«Bene.» E con ciò uscì dalla stanza.

Niamh seppellì il viso tra le mani. Quella era l'occasione di una vita, e naturalmente le avevano assegnato il più intrattabile e asociale dei clienti dell'intero mondo. Forse quell'incarico era davvero troppo perfetto per essere vero, esattamente come l'aveva avvertita la nonna. Un bellissimo stratagemma, come una mela di vetro piena di veleno.

Nulla stava andando come aveva sognato lei.

3

Qualche istante dopo l'uscita di scena di Kit, una cameriera di nome Abigail venne a prendere Niamh per condurla nella camera che le era stata assegnata. In preda all'ansia, Niamh andò a sbattere contro lo stipite della porta, abbastanza forte perché Abigail si fermasse a chiederle se stesse bene. Qualunque risposta coerente, però, svanì alla vista della sua nuova stanza.

Le tende pesanti lasciavano entrare solo un leggero raggio del sole di metà mattina: scintillava sulle gocce di vetro del lampadario e creava un motivo di schegge arcobaleno sul tappeto. Niamh si concentrò sull'ambiente per non gettarsi sul letto: lasciare anche solo un segno su quelle lenzuola immacolate le sarebbe sembrato un peccato della peggior specie. Anche da una certa distanza, riusciva a vederne la magnifica fattura. Erano addirittura ricamate con lo stemma della casata dei Carmine in scintillante filo bianco.

«Devo far preparare un bagno?» chiese Abigail con un certo tatto.

«Grazie. Sarebbe splendido.»

Nel giro di pochi minuti, un piccolo contingente di domestici aveva trascinato una vasca accanto al caminetto. Abigail aveva portato nella stanza un carrello disseminato di boccette di vetro eleganti, poi aveva sistemato il paravento.

«Chiamatemi se vi serve qualcosa, signorina» disse.

Dopodiché, Niamh rimase sola.

In un istante, la gola le si serrò e cominciarono a pizzicarle gli occhi. *Non piangere*, si disse. Oh, quanto detestava questa sua abitudine a frignare ogni volta che era stressata o furibonda. Ma una volta che ebbe cominciato non riuscì a fermarsi. Le lacrime le sgorgarono lungo le guance, e non si premurò di asciugarle. Riusciva soltanto a pensare agli occhi d'ambra di Kit Carmine che la trapassavano come se fosse stata un ratto intrufolatosi in cantina. Sentiva soltanto l'assoluto disprezzo per lei nella sua voce.

Un'adulatrice. Una sciocca a cui piace pavoneggiarsi.

Non sapeva un bel niente di lei.

Quando era partita da Caterlow tre giorni prima, sua madre le aveva preso il viso tra le mani e le aveva detto: «La Stagione è pericolosa per una ragazza come te. Se vuoi andare, *a stór*, non ti fermerò. Sappi soltanto che il nostro benessere non è una tua responsabilità».

Niamh aveva sentito le sue dita sulla pelle, i polpastrelli callosi per aver passato decenni a cucire e le articolazioni gonfie per le ore di lavoro. Aveva guardato la madre negli occhi, azzurri e con le palpebre calanti proprio come i suoi, e si era persa a contemplare le premature rughe negli angoli. Per la prima volta, si era resa conto che la mamma non era più una ragazzina.

Ma certo che il benessere della sua famiglia era una sua responsabilità. Soprattutto dal momento che si trovava in Avaland, nella dimora della famiglia reale che li aveva lasciati tutti a morire. Una nuova ondata di senso di colpa la lasciò quasi senza fiato.

I machlandesi avevano sofferto enormemente sotto il dominio avalandese per settecento anni. Il Machland, avevano detto quei primi colonizzatori, era lussureggiante e fertile; i suoi frutti non si sarebbero mai esauriti. Era cresciuto selvaggio e ribelle nei tempi in cui il suo popolo era stato lasciato a fare di testa sua, ma con la giusta cura di certo avrebbe prosperato. Tuttavia, mentre i secoli passavano, gli avalandesi erano diventati più avidi. Avevano esportato quasi tutto ciò che veniva raccolto in madrepatria, non lasciando nulla per il popolo che badava alla terra. L'avevano prosciugata e prosciugata, finché non era rimasto più nulla. L'ultima goccia era stato il Flagello.

Gli avalandesi lo avevano definito una terribile sciagura. I machlandesi lo consideravano un massacro.

La magia dei Carmine, avevano dichiarato gli avalandesi, aveva reso inutile il maggese, e così avevano costretto la terra a produrre finché non era più riuscita a generare nient'altro. Un anno, le colture erano appassite. E anche l'anno dopo, e l'anno dopo ancora.

Anche se il sangue divino della sua famiglia aveva corrotto la terra, il padre di Kit e Jack non aveva fatto nulla. Era rimasto a guardare mentre un milione di persone moriva di fame e un altro milione lasciava l'isola. La ribellione che ne era seguita era stata sanguinosa e immediata. Per venticinque anni, il Machland era stato una nazione sovrana. Ma nessuno dei sopravvissuti aveva dimenticato né perdonato.

Niamh era cresciuta accanto a quegli spettri. Per tutta la vita aveva desiderato alleggerire il fardello della sua famiglia, per scacciare il passato che ancora la tormentava. Sceglieva di essere felice ogni giorno precisamente perché sapeva quanto potessero peggiorare le cose. Sorrise perché non riusciva a sopportare di lasciar credere loro anche solo per un istante che l'avessero delusa. *Ma certo* che era una sua responsabilità prendersi cura di loro, dopo tutto ciò che avevano passato. Era ben poca cosa cercare di donare loro il benessere che non avevano mai avuto durante l'infanzia.

Era davvero ben poca cosa essere una brava figlia.

Quando alla fine si sentì stremata, si asciugò le lacrime, si slacciò il vestito e il corsetto ed entrò lentamente dentro la vasca. L'acqua le avvolse i polpacci, bollente da far male. Il vapore che fluttuava attorno a lei profumava di lavanda e rosmarino. Titubante, Niamh sprofondò nell'acqua fino al mento... per il bene della sua coscienza, sarebbe stato meglio se fosse stato meno piacevole. Era più appagante di qualunque cosa avesse mai sperimentato. A Caterlow si lavava solo con una brocca e un catino, che indubbiamente erano più pratici. La sporcizia abbandonò il suo corpo in nuvolette, ma almeno parte della tensione si dissolse insieme al sudiciume. Meglio non guardare l'acqua troppo da vicino.

Prese un pettine dal carrello e cominciò a sbrogliare i nodi che aveva nei capelli. Fluttuavano sulla superficie dell'acqua torbida, scuri come la marea. Con terrore crescente, fissò la ciocca d'argento che li attraversava. Nessun cambiamento per ora, ma presto…

No, non valeva la pena tormentarsi.

Non sei malata finché non ti senti malata.

Sospirando, Niamh si pettinò i capelli dietro le spalle per non doverli più guardare. Poggiò le braccia sui bordi della vasca di rame e adagiò una guancia su una spalla. Il metallo freddo le morse la pelle, ma il fuoco che scoppiettava pigramente nel camino la scaldò.

Nel giro di poche settimane, sarebbe finito tutto. Con i soldi che avrebbe guadagnato, la sua famiglia avrebbe potuto raggiungerla a Sootham. La nonna non sarebbe stata contenta all'inizio, ma ben presto avrebbe capito che lì l'attendeva una vita migliore, più soddisfacente. Avrebbe imparato ad apprezzare tutte quelle splendide frivolezze.

Presumendo, naturalmente, che Niamh riuscisse a creare qualcosa di tanto incredibile da stregare perfino un cinico come Kit Carmine.

Più tardi, quel pomeriggio, Niamh aprì la porta della sua stanza. La luce del sole si riversava all'interno attraverso una finestra e inondava il corridoio di un rosa pallido, come quello di una ferita appena guarita.

Non aveva idea di dove fossero le cucine, ma di certo non dovevano essere difficili da trovare. Se la sua amica Erin era a palazzo, sarebbe stata là. Molto tempo prima, i membri del clan Ó Cinnéide erano rinomati per le loro capacità curative. Sapevano distillare un elisir in grado di guarire un uomo a un passo dalla morte o preparare un cataplasma che riusciva a far ricrescere un arto mozzato. La cosa più notevole che Erin fosse riuscita a fare era un tè che placava per qualche ora l'infiammazione alle articolazioni di Niamh. Oltre a ciò, sapeva preparare delle torte deliziose.

Mentre procedeva verso la scala, un rumore forte – una specie di muggito, se avesse dovuto descriverlo – riecheggiò dal basso.

Subito dopo scoppiò il caos.

Una raffica di passi tuonò sul pavimento di legno solido, e un cicaleccio inondò i corridoi. Niamh si aggrappò alla ringhiera e sbirciò di sotto. I domestici si affrettavano portando piatti, vassoi e argenteria lucidata sino a scintillare come un'armatura. Non poté fare a meno di meravigliarsi di quanto fosse convulso tutto quanto... e di pensare a quanto sarebbe stato più facile se qualcuno di loro avesse avuto un *ceird*. C'erano persone a Caterlow che potevano spostare oggetti con il pensiero, e altre capaci di sollevare tre volte il peso di un uomo. Benché avesse sentito dire che alcuni avalandesi possedessero il dono, era eccezionalmente raro. Che sciocco che chi svolgeva un'attività pratica non avesse una qualche assistenza magica.

Che strano, le venne in mente dopo un istante, *che qui non ci siano domestici machlandesi con il dono.*

«Che cosa fai lì impalata?»

Niamh sussultò, allontanandosi dalla ringhiera. Una ragazza la fissava con una cesta di biancheria appoggiata su un fianco. Con la sua solita sagacia, Niamh disse: «Chi, io?»

L'altra ragazza non la stava nemmeno ascoltando. «Il principe reggente è di pessimo umore, sai. Vuoi che ti scopra con le mani in mano? A fissare imbambolata il vuoto mentre siamo già a corto di personale?»

Era chiaro che l'aveva scambiata per una cameriera. Niamh fece un rapido inchino e distolse lo sguardo. «No, signora. Mi dispiace, signora.»

«Muoviti, allora. E datti una svegliata.»

Per poco Niamh non fece quanto le veniva detto, ma forse poteva scoprire se Erin era stata trasferita. «Chiedo scusa, ma c'è per caso una ragazza di nome Erin Ó Cinnéide qui?»

«Erin» ripeté lei, arricciando pensierosa le labbra. Ma con la stessa rapidità con cui le venne un'illuminazione, la sua espressione si incupì. «Sì. Era qui, ma se n'è andata giusto due giorni fa.»

Se n'era andata? Impossibile. «Davvero? Perché?»

«Dimmelo tu» ribatté la ragazza, incattivita. La superò con uno spintone, borbottando qualcosa su "queste scansafatiche di machlandesi".

Dopo quello che le aveva fatto passare Kit Carmine, a Niamh non era rimasta energia per prendersela, soprattutto non quando era così perplessa. Erin era sembrata così contenta di trovarsi a Sootham. Le sue lettere traboccavano sempre di sottile ironia e serena saggezza... ed erano lunghe intere pagine, tra l'altro. Di sicuro avrebbe accennato al fatto che aveva in programma di tornare a Caterlow o che era infelice lì. Ma con la lentezza della posta, era molto probabile che la lettera non fosse ancora arrivata. Avrebbe scritto subito a Erin e sarebbe andata in fondo alla questione.

Lo stomaco le borbottò con insistenza. Aveva bisogno di una bella colazione, anche se era tardi.

Più Niamh si addentrava nel palazzo, più il caos si

intensificava. Valletti saettavano in ogni direzione, sollevando composizioni floreali e torce e addirittura una scultura di ghiaccio. Altri stavano in equilibrio precario su scale, mentre posizionavano candele bianche su ogni superficie libera. Cameriere si affannavano a lucidare specchi fino a consumarli. Un raggio di sole rimbalzò sulla superficie di uno di questi e le finì dritto negli occhi: per un istante rimase accecata, e andò a sbattere contro qualche poverino che badava agli affari suoi.

«Mi dispiace tanto!» strillò, proprio mentre l'uomo diceva: «Ma voi siete Niamh O'Connor!»

Niamh fece un passo indietro per guardarlo meglio. Il giovane davanti a lei conosceva chiaramente il potere del buongusto: un soprabito color carta da zucchero con le maniche che gli arrivavano sopra le nocche in stile jailliano e un panciotto a scacchi dal colletto alto. Li aveva abbinati con eleganza a guanti turchesi e a una cravatta legata in modo sbarazzino. Persino i suoi capelli erano assolutamente *au courant*, biondi e romanticamente arruffati, un effetto reso possibile da una quantità allarmante di brillantina. Un nobile, senza dubbio, a giudicare dall'incuranza affettata e dall'accento rivelatore.

«Mi conoscete?» Fece del suo meglio per non mostrarsi scioccata.

«Ma certo che sì. Sono un ammiratore del vostro lavoro da quando avete abbagliato l'alta società due Stagioni or sono. Muoio dalla voglia di farmi confezionare un capo io stesso, a dir la verità.»

«Oh!» D'un tratto si sentì piuttosto agitata. «Grazie infinite. Sarei lieta di creare qualcosa per voi quando avrò tempo.»

«Non prendete ancora impegni.» Il suo sorriso si fece malizioso. «Sono appena ritornato da una cavalcata con Kit e ho sentito cose *affascinantissime* sul vostro conto.»

La sola menzione del principe dissolse ogni capacità di parola, ogni buonsenso. Niamh credeva di aver pianto abbastanza da sfogare gran parte della rabbia, ma eccola di nuovo. Chiaramente le si leggeva in viso, perché l'uomo aggiunse: «Vi ha fatto un'ottima impressione, vedo».

Oh, accidenti. Non le restava che mentire. In base a ogni favola che aveva letto, i principi avrebbero dovuto essere cortesi e romantici. I principi in carne e ossa che aveva conosciuto, però, erano entrambi assai eccentrici. «Sì, eccome! È stato molto affascinante.»

A quel punto, la compostezza del suo interlocutore si sgretolò. Si lasciò sfuggire una risata assai poco da gentiluomo. «Dovete essere santa Imogen in persona per esserne sinceramente convinta.» Estrasse dal taschino un fazzoletto – della stessa stoffa del panciotto – e si tamponò gli occhi. «Grazie. Oggi ne avevo proprio bisogno.»

«Prego» replicò lei, abbattuta.

«Ah, ma dove sono finite le mie buone maniere? Non capisco più nulla in presenza di una bella fanciulla.» Le tese la mano e sorrise sardonico, come per farle sapere che stava facendo un po' di scena. «Gabriel Sinclair.»

Lei adagiò la mano nella sua e cercò di non arrossire quando lui baciò l'aria appena sopra le sue nocche. «Piacere di conoscervi, Lord Sinclair.»

«Solo Sinclair andrà benissimo.» Il suo sorriso spigliato si smorzò. «Sembra che vi siate persa. Posso mostrarvi dove andare, se volete.»

Almeno *qualcuno* in quel castello era disposto ad aiutarla. «Sapete dove si trovano le cucine?»

«Le cucine?» Corrugò la fronte con una certa incredulità. «Perché non mi permettete di chiamare qualcuno per un tè, invece?»

«No, no, va bene così. Non potrei importunarvi in questo modo.»

«Temo di dover insistere. Chiunque ha bisogno di un amico a corte.» Le fece l'occhiolino. «Soprattutto quando si è appena arrivati.»

Sinclair la guidò in fretta lungo un altro corridoio. Doveva proprio essere un buon amico dei Carmine: si orientava per il palazzo come se avesse percorso i suoi saloni un migliaio di volte, e mentre camminava dava ordini alla servitù con una sicurezza spigliata, schiva. Di tanto in tanto, però, Niamh coglieva qualcuno ridacchiare o sussurrare furtivamente mentre passavano. Sinclair, sempre che se ne fosse accorto, non reagì. Niamh ardeva di curiosità: se persino la servitù si sentiva abbastanza audace da sogghignare al suo passaggio, forse anche lui non aveva molti amici a corte.

Una volta che ebbero trovato posto in un solarium, ci volle solo qualche minuto perché una ragazza dall'aria infastidita servisse loro il tè. Portò una torre di biscotti e una teiera in ceramica che emanava una voluta di vapore fragrante prima di scomparire di nuovo.

Mentre Sinclair versava una tazza a entrambi, Niamh si infilò un biscotto in bocca. «Mi avete salvato la vita. Grazie.»

«Lo so» ribatté Sinclair. «Masticate, vi prego. Mi rendete nervoso.»

Niamh obbedì. Una volta che si fu concessa un momento

per assaporare il dolcetto, ne apprezzò il sapore: delicatamente floreale e ricco di burro. Deglutì un sorso di tè e immediatamente se ne pentì. Le ustionò la gola, ma perlomeno si lasciò dietro una piacevole nota di caramello. Sinclair parve sinceramente colpito.

«Sembra una giornata piuttosto movimentata» disse Niamh. «Sapete cosa sta succedendo?»

«Jack è di pessimo umore, e quindi la sua servitù è di pessimo umore.» Fece una smorfia. «*Il Cicaleccio* è tornato per la Stagione.»

«"Il Cicaleccio"?»

«È una rubrica scandalistica, per così dire» replicò lui. «Anche se, confesso, l'autore ha una strana sensibilità.»

«Che intendete?»

«Ci sono, naturalmente, i pettegolezzi tipici della Stagione, ma c'è sempre un accenno alla politica. Lovelace si atteggia a paladino degli oppressi, ma sono tutte chiacchiere senza senso.» Sinclair si appoggiò allo schienale della poltrona. «Non sono in disaccordo con il suo messaggio, naturalmente, ma sta proponendo il suo programma politico da quasi tre anni ormai e non ha ottenuto niente malgrado gli sforzi. Quello che devo ammirare, però, è che *detesta* Jack con tutto se stesso. Lo sta stuzzicando senza requie da quando ha cominciato a scrivere.»

«Sul serio?» La voce della ragazza si ridusse a un sussurro. Benché lo conoscesse a malapena, Niamh non riusciva a immaginarlo sopportare qualunque genere di scherno per tre minuti, figurarsi per tre anni. Sembrava fin troppo orgoglioso. «Perché non è stato fermato?»

«Se Jack potesse acciuffarlo, sono certo che, come minimo,

verrebbe arrestato. Nemmeno il suo editore sa di chi si tratti ma, chissà come, conosce tutto di tutti.» Fece a pezzetti un biscotto con fare assente. «Chiunque venga citato nella sua rubrica ne riceve una copia il giorno prima della pubblicazione. È un'opportunità per corrompere Lovelace in cambio del suo silenzio. Non chiedetemi come faccia a saperlo.»

«Ha scritto di voi?»

«Qualche volta, sì, anche se mio padre, il duca di Pelinor, l'ha presa peggio di me. Non è male come sembra. C'è qualcosa di liberatorio, oserei dire, nel vedere già esposto il peggio di te.» Niamh riusciva a percepire il fondo di rabbia nella sua voce, la *menzogna*, persino sotto il suo tono indifferente. Anche se si erano appena conosciuti, le spiaceva vederlo sorvolare su qualcosa che chiaramente lo addolorava ancora. «È uno scocciatore, ma può essere interessante di tanto in tanto. Volete vedere?»

Niamh esitò. Era quasi sicuramente sbagliato abbandonarsi a futili pettegolezzi su un suo committente, ma adorava un piccolo scandalo qua e là. «Volentieri.»

Lui suonò un campanello per farsi portare il «Daily Chronicle» dalla servitù. Quando glielo consegnarono, le domandò, non senza gentilezza: «Sapete leggere?»

Era una domanda legittima; ben poche ragazze comuni erano istruite. Glielo aveva insegnato sua madre, ma non leggeva molto a parte i titoli dei cataloghi di moda. «Abbastanza bene, spero.»

Lui le porse il giornale. Era spiegazzato e lacero nei punti in cui la gente doveva esserselo strappato di mano. Niamh lo lisciò per aprirlo, cercando di non sentirsi terribilmente provinciale.

Non aveva mai visto una pubblicazione di quel tenore prima di allora. Ricevere informazioni ogni giorno le sembrava una meraviglia impensabile, ben più strana della magia. A Caterlow, le notizie giungevano lentamente. Le novità dal continente potevano impiegare un mese per arrivare nelle città machlandesi, due settimane da Avaland, e a volte anche sei mesi se provenivano da oltreoceano. E bisognava aggiungere un'altra settimana perché raggiungessero i villaggi come Caterlow, dove una delle poche persone alfabetizzate in città leggeva il giornale ad alta voce nel pub. Non avevano gran bisogno di rubriche di pettegolezzi, comunque. Tutti conoscevano gli affari degli altri. Se si rivelava un segreto in mezzo alla piazza, il vento lo avrebbe portato in ogni casa del villaggio prima della fine della giornata.

Il «Chronicle», con suo grande sgomento, si dimostrò piuttosto difficile da leggere. I caratteri erano minuscoli, come se il tipografo avesse provato a infilare ogni storia sulla prima pagina. Niamh strizzò gli occhi e desiderò ardentemente una lente di ingrandimento. Andò direttamente all'ultima pagina: lì, infilata tra pubblicità di carrozze e sottovesti, c'era una sezione chiamata *Il Cicaleccio*.

A quanto pareva, Lovelace non faceva mai nomi e cognomi, ma forniva dettagli tanto puntuali da permettere a chiunque fosse ben introdotto nella buona società di indovinare la vera identità dell'interessato. E altri, scoprì, erano a malapena celati.

Di recente mi è giunta voce di una disastrosa colazione nella dimora di un certo Lord W, che forse ricorderete da un articolo di qualche mese fa, dato il suo coinvolgimento

con una certa Pistola in un Incidente in una Serra. A quanto pare, quando è arrivato il momento di servire il vino, non si è materializzato alcun servitore, e la combriccola si è sciolta dopo non più di un'ora. È stato un terribile imbarazzo. Vi dico questo non per farvi partecipi di inutili pettegolezzi, ma per offrirvi rassicurazione… o forse un avvertimento.
E magari scoprirete che i vostri calendari sociali saranno più vuoti questa Stagione. State tranquilli, i vostri amici (quasi sicuramente) non vi odiano. I lavoratori machlandesi in città stanno venendo meno ai loro doveri, per protesta contro il trattamento irrispettoso che ricevono… e per chiedere risarcimenti per il Flagello, su istigazione di una certa Madame HC. A proposito di Madame HC, devo mettere fine a ridicole insinuazioni: lei e io non siamo la stessa persona. Certamente condividiamo una causa, e io la ammiro per la sua organizzazione così efficiente. Ma l'avete sentita parlare? Quella donna è dolorosamente sincera… e io non ho vissuto con sincerità un solo giorno della mia vita. Ma sto divagando. Un Certo Qualcuno si rifiuta in modo categorico di incontrarla, anche se la sua stessa servitù se ne sta andando a frotte.
Questo CQ potrà anche non essere all'altezza della reputazione del suo illustre padre – si sente la mancanza di quell'audace sicurezza, per non parlare dell'indole sgradevole –, ma pare che condividano un certo disgusto per i nostri vicini machlandesi. O forse è troppo occupato a tirare il guinzaglio del nostro Figlio Scapestrato, che finalmente è tornato da noi dopo quattro lunghi

anni. Resta da vedere se il FS. ha migliorato le proprie maniere dall'ultima volta che lo abbiamo visto, ma ho i miei dubbi.
L'unica cosa certa è che il discontento ammanta questa Stagione, sia tra i machlandesi, sia a corte. Per il suo stesso bene e per una sorta di fiducia nell'intrinseca dignità di tutto il genere umano, esorto quel CQ a rispettare le richieste di alcuni dei membri più vulnerabili nella società avalandese. Come avete visto – e continuerete a sentire –, i vostri piaceri dipendono dalla loro fatica e dalla loro magia.

Niamh posò il giornale, invasa da un senso di disagio. Anche dopo tutti quegli anni, sembrava che gli avalandesi non si sarebbero mai stancati di calpestare la sua gente. Ma era vero che persino Jack stava maltrattando la servitù machlandese? Finora si era dimostrato cortese con lei, ma forse non poteva fidarsi di se stessa. Era sempre stata troppo credulona… troppo incline a vedere il meglio nelle persone. In quel momento, si domandò se la lunghezza delle lettere di Erin fosse un riflesso non del suo entusiasmo, ma della sua solitudine.

Come aveva potuto non capirlo?

Il Cicaleccio era davvero un'insolita rubrica di pettegolezzi. Suggerire che il principe reggente fosse un governante mediocre e avanzare così apertamente pretese per dei risarcimenti… Sperò che Lovelace avesse preso precauzioni per assicurarsi di non essere mai scoperto. Persino a Caterlow aveva sentito ciò che era successo a Jaille trent'anni prima. Le persone comuni si erano stufate dell'élite magica e un giorno avevano condannato al rogo la famiglia reale. Da allora, ogni monarca del continente aveva messo a tacere qualsiasi dissenso con scioccante rapidità.

E tuttavia, quella era l'opinione di una persona soltanto... che probabilmente non era nemmeno un suddito di Jack. Lovelace doveva essere machlandese. Chi tra gli avalandesi avrebbe avuto interesse a sostenere le parti di una popolazione straniera? «Mi sembra che una persona impegnata come il principe reggente dovrebbe avere cose più pressanti di cui preoccuparsi di una rubrica di pettegolezzi.»

«Sì, be', Jack ha il brutto vizio di rendere tutto affar suo.» Dall'espressione acida di Sinclair, Niamh capì di aver pungolato una vecchia ferita. «Tuttavia, è sottoposto a una grande pressione. La corte riesce a irritarsi parecchio se i suoi impegni in società vengono compromessi. E, come ha detto Lovelace, Jack non possiede esattamente la reputazione di suo padre.»

«È impopolare?»

«Non è suo padre» ribatté Sinclair. «Quando era nel fiore degli anni, il re era un dio fra gli uomini. Ispirava rispetto... o forse solo paura. Era anche un vero politico. Jack, invece, si interessa più della gestione del palazzo che del regno.»

Lo aveva notato anche lei. Aveva una moglie e una governante, che sicuramente potevano mandare avanti il palazzo senza la sua supervisione. Azzardò: «È consuetudine che i regnanti avalandesi siano tanto coinvolti nella gestione della loro servitù?»

«Oh, no. Jack è un ficcanaso della peggior specie. È sicuro che nessuno sia in grado di fare una singola cosa come si deve.» Il suo interlocutore parve piuttosto deliziato dalla domanda, ma si interruppe per ricomporsi. «Seriamente, di questi tempi molti re sono figure puramente rappresentative, con poche effettive responsabilità politiche… a meno che non *vogliano* essere coinvolti, come il padre di Jack. I forzieri reali sovvenzionano il governo civile, e il re è a capo dell'esercito. A parte quello, è il Parlamento a gestire i dettagli più salienti del governo. I nostri sovrani hanno i loro modi per divertirsi quando la politica li annoia.» Sinclair agitò una mano. «Il re aveva la sua collezione d'arte. Il nonno di Jack aveva un allevamento dei più bei levrieri che abbia mai visto. E Jack… be', ha i suoi eventi mondani. Organizzare il matrimonio lo ha tenuto piuttosto impegnato.»

«Oh» disse lei, sbalordita.

«Esatto.» Sinclair sollevò la tazza di tè nella sua direzione. «Benvenuta in Avaland.»

Benvenuta, davvero. Questo rendeva il suo lavoro due volte più difficile. Se Kit rifiutava di indossare qualunque cosa da lei creata, allora Jack l'avrebbe sicuramente sostituita con qualcuno di più congeniale al fratello. Nonostante le minacce, il principe non poteva di certo presentarsi nudo al proprio sposalizio. Il suo viso avvampò al ricordo del loro incontro. «Sinclair, non è mia intenzione ficcanasare, visto che so che ci siamo appena conosciuti, ma devo chiedervelo…»

Lui si protese in avanti. «Dite pure.»

«Conoscete bene il principe Christopher?»

Sinclair sospirò. «Fin *troppo* bene, se chiedete a me. Ci conosciamo da quando eravamo bambini, quindi nessuno dei due ha molta scelta quando si tratta della nostra amicizia.»

Questo spiegava tutto. Niamh sorrise, un po' affascinata all'idea di vederli insieme. «Non sembrate avere molto in comune. Ve lo confesso, trovo difficile immaginarlo.»

«Oh, altroché. Kit conserva una lista in ordine alfabetico di tutte le mie manchevolezze. Gli piace rimproverarmi per ognuna di esse.»

Niamh rise. «Questo posso crederlo.»

Sinclair le rivolse uno sguardo malizioso. «Perché lo chiedete?»

«Non è nulla di bizzarro, ve lo giuro! Apprezzerei il vostro consiglio, se foste così gentile da darmelo. È chiaro che Sua Altezza mi disprezza, e in qualche modo devo creare per lui qualcosa che non detesti. Ha detto…» Niamh riusciva a malapena a sopportare di ripetere quel che aveva detto *davvero*. «…che preferirebbe morire piuttosto di indossare una delle mie creazioni.»

«In effetti è proprio da Kit» mormorò Sinclair, con la rassegnazione di qualcuno che ha sentito la stessa storia raccontata un migliaio di volte. Assunse un'espressione piuttosto seria. «Non sto tentando di giustificarlo, ma dovete capire che ha combattuto una guerra contro se stesso per molto tempo. Certe volte si finisce bersaglio di un fuoco incrociato. Cercate di non prenderla sul personale.»

«Ci proverò senz'altro.» Non suonò del tutto convincente nemmeno alle proprie orecchie.

«Ecco lo spirito giusto.» La vivacità gli illuminò di nuovo lo sguardo. «Una volta eliminate tutte quelle spine, non è poi così male. C'è una dolcezza, una tenerezza in lui. Quindi, siate solo voi stessa. Siete come un uragano di sincerità e buonumore in miniatura. È… be', è una boccata d'aria fresca.»

Niamh non era sicura di cosa fosse peggio: l'immagine mentale della tenerezza interiore di Kit o che le fosse stato detto di essere *in miniatura* come se fosse un complimento.

Non riuscire a raggiungere gli scaffali alti da sola non poteva essere una punizione sufficiente? «Grazie, Sinclair. Credo.»

«Di nulla.» Sogghignò. «Buona fortuna.»

Niamh aveva la sensazione che ne avrebbe avuto un gran bisogno.

4

La mattina dopo, un valletto scortò Niamh nel suo nuovo laboratorio e le porse una lettera con la calligrafia impeccabile del principe reggente.

Gentile Miss O'Connor,

Vi prego di accettare le mie più sincere scuse per il comportamento di mio fratello, e per la mia improvvisa partenza di ieri. Spero che vi sistemerete al meglio, e non esitate a far sapere alla mia servitù se c'è qualcosa di cui avete bisogno…

La nota andava avanti a descrivere, in ogni minimo e snervante dettaglio, il calendario mondano di Kit per la Stagione. Oltre a un completo per la presentazione delle debuttanti la settimana successiva – e l'arrivo della sua promessa sposa (per la prima volta da un secolo la famiglia reale castiliana avrebbe messo piede su suolo avalandese senza le insegne di guerra) –, avrebbe avuto bisogno di completi per due balli alla settimana, un soprabito da caccia e, naturalmente, il tradizionale mantello nuziale.

Prima di partire, Niamh aveva messo insieme alla bell'e meglio quante più informazioni poteva sulle tradizioni nuziali avalandesi. Come parte della cerimonia, il testimone dello sposo doveva cingergli le spalle con un mantello che simboleggiava il suo nuovo ruolo di marito e protettore. A quanto aveva scoperto, richiamava l'era in cui uno scudiero aiutava il cavaliere a vestirsi per la battaglia. *Che cosa poco romantica*, pensò Niamh, *considerare il matrimonio come una battaglia da vincere*. Nel Machland, gli sposi si scambiavano monete d'oro e danzavano sino all'alba. In Avaland, un matrimonio terminava non più tardi di mezzogiorno.

Niamh scorse il resto del biglietto di Jack e per poco non restò senza fiato per l'entusiasmo. L'infanta Rosa aveva richiesto che Niamh disegnasse il suo abito da sposa.

I dettagli, scriveva Jack, *saranno definiti al suo arrivo.*

Era un grandissimo onore, un onore in cui non aveva osato sperare. Ma dopo un istante, si rese esattamente conto di ciò che le veniva chiesto. Avrebbe dovuto confezionare dieci capi in sei settimane. Anche se Jack le aveva promesso una squadra di assistenti, la prospettiva di tutto quel lavoro la scoraggiò più di quanto osasse ammettere. Completamente sopraffatta, impiegò almeno dieci minuti per riacquistare una cocciuta determinazione. Non c'erano scadenze assurde o principi sgradevoli in grado di spaventarla. La nonna e la mamma contavano su di lei.

E poi le era stato concesso un magnifico spazio per lavorare.

La servitù aveva rifornito il laboratorio con tutto ciò di cui avrebbe potuto aver bisogno, se non di più. C'era un fuso sistemato in un angolo, un magnifico tavolo proprio a ridosso dei bovindi e persino un telaio. Le librerie erano state svuotate e riempite con sontuosi scampoli di tessuto, tutti molto più raffinati di quanto avesse mai sognato di comprare lei stessa.

Rimase ferma nel bel mezzo della stanza con le mani serrate sul petto. Non avrebbe mai voluto lasciare quel posto. Non poteva crederci: anche se solo per un mese, tutto quello era *suo*. Poteva immaginare di appartenere davvero a un posto così bello. E forse addirittura di meritarlo.

Niamh sollevò la gonna con le mani e piroettò nello spazio aperto. Non aveva mai imparato a danzare, ma riusciva quasi a sentire il crescendo di un quartetto d'archi. Il leggiadro un-due-tre dei passi, il tocco deciso della mano del suo compagno sulla vita e…

«Cosa state facendo?»

Strillò per la sorpresa. Quando ruotò in direzione della voce, vide Kit fermo sulla soglia. Lasciò andare la gonna e si ricompose, poi inciampò nell'orlo del vestito. «Avete bussato?»

Per un istante, lui si limitò a fissarla. Aveva una strana espressione, a metà tra il divertito e l'irritato. «Sì. Ho bussato.»

«Be', vi pregherei di bussare più forte la prossima volta!» Il sangue le affluì alle orecchie, e il suo viso avvampò per l'imbarazzo. Quello era precisamente il motivo per cui non si lasciava andare a *voli di fantasia*, come li chiamava la nonna. Ogni volta che si fermava per godersi qualcosa, ogni volta che si lasciava andare, accadeva qualcosa di terribile. Aveva sprecato troppi pomeriggi a disegnare abiti poco pratici e difficili da vendere, a sognare a occhi aperti per ore mentre una forma di pane bruciava nel forno. Era stata persino sorpresa a ballare da sola dall'uomo più inflessibile in tutta Avaland. «Mi avete spaventata.»

«Eravate persa in un mondo tutto vostro. Non vedo proprio come possa essere colpa mia.»

Niamh resistette all'impulso di brontolare sonoramente. Certo, lui aveva cose più importanti da fare che prenderla in giro. Era fortunato che la sua voce fosse bella come i suoi occhi, o nessuno sarebbe riuscito a sopportarlo. Era anche piacevolmente roca, come la marea su una spiaggia sassosa.

Si costrinse a esibire un sorriso cortese. «Cosa posso fare per voi, Vostra Altezza?»

«Non chiamatemi così. "Vostra Altezza" è mio fratello.»

Quindi lui e Sinclair avevano *davvero* qualcosa in comune. Nessuno dei due aveva molto riguardo per i titoli e le formalità. Tuttavia, Kit non riusciva a nascondere la sua vera natura. Tutto l'orgoglio che irradiava da lui – il naso per aria, la curva sdegnosa delle labbra – era un indizio sufficiente della sua natura di principe.

«Mio signore, allora?» azzardò lei.

Lui sospirò esasperato. «Solo Kit.»

«Molto bene, mio...» Si trattenne prima di chiamarlo "mio Kit", che sarebbe stato anche fin troppo intimo. Non poteva chiamarlo con il suo nomignolo, quindi non lo avrebbe chiamato affatto. «*Ehm*... perdonatemi. Che cosa desideravate?»

«Farmi prendere le misure per un soprabito nuovo.» Disse

"prendere le misure" come se si trattasse di un metodo di tortura e "soprabito" come se fosse uno strumento per praticarla.

Tutt'a un tratto, le tornò in mente il suo insulto. "Preferirei non indossare nulla alle mie nozze piuttosto di qualcosa che lei può rendere tanto appariscente." Il dolore le provocò una morsa allo stomaco, ma fece un respiro profondo per placarsi. Tutti meritavano una seconda occasione. Glielo aveva suggerito Sinclair, a modo suo.

«Avete cambiato idea, allora?» Immediatamente, desiderò potersi rimangiare quelle parole. La sua intenzione era stata quella di sembrare spiritosa, ma tutti i suoi sentimenti feriti ruzzolarono fuori come un filo da una spoletta disfatta.

Kit si raddrizzò, gli occhi socchiusi per la diffidenza. «A che riguardo?»

Lo sapete bene. Niamh tenne a bada l'orgoglio leso. Se voleva crederla soltanto una sciocca superficiale a cui piaceva pavoneggiarsi, che facesse pure. Con il sorriso più dolce che riuscì a trovare, disse: «Non siete più intenzionato a presentarvi nudo al vostro matrimonio?»

«Sono qui, no?» replicò lui, del tutto imperturbabile. «Vediamo di sbrigarci.»

«Come desiderate, signore.»

Non si era ancora ambientata nel nuovo laboratorio, ma non doveva essere tanto difficile trovare ciò di cui aveva bisogno. Aprì i cassetti della postazione di lavoro e fu infastidita nel vedere tutto organizzato per colore, ogni utensile allineato esattamente in piccole file perfette. Chiunque fosse stato doveva essere molto puntiglioso. Il suo metodo di lavoro era... be', immaginava che già poterlo definire "metodo" richiedesse uno sforzo d'immaginazione.

Dopo qualche istante, afferrò un taccuino, infilò una matita dietro l'orecchio e si mise un metro da sarta attorno al collo. Kit era rimasto esattamente dove lo aveva lasciato: a braccia conserte, con un piede già fuori dalla porta, pronto a darsela a gambe alla minima provocazione.

Gli indicò lo specchio. «Mettetevi qui, per favore.»

Con sua sorpresa, le obbedì senza fare storie. Entrò nella stanza quasi di soppiatto, come se uno dei manichini potesse aggredirlo all'improvviso o una striscia di seta colorata potesse volare via dalla sua bobina e strangolarlo. Doveva ammettere che la intimidiva averlo così vicino, mentre la guardava dall'alto in basso. Era longilineo e nervoso come un lupo nel bel mezzo dell'inverno e più basso della maggior parte degli uomini che aveva conosciuto. Ma lei era ancora più piccola. C'erano una decina di centimetri di differenza tra loro. Poteva rendere le cose difficili.

«Un momento.»

Niamh indietreggiò fino all'angolo della stanza e prese un poggiapiedi. Si sfilò il metro dal collo, poi salì sullo sgabello. Le gambe di legno vacillarono sotto di lei, e Niamh fu quasi sicura di aver visto Kit scattare, come se avesse voluto sorreggerla, ma si fosse fermato all'ultimo momento. Il tentato gesto la sorprese abbastanza da farle rischiare di perdere di nuovo l'equilibrio. Forse possedeva ancora un qualche istinto cavalleresco. O forse si era immaginata tutto. Lui fissò risolutamente la parete, la mascella rigida.

Niamh aveva i capelli sciolti sulle spalle, così li raccolse in uno chignon.

Un'occhiata allo specchio le rivelò che aveva un aspetto

terribile, ma non poteva preoccuparsene in quel momento. Tanto non avrebbe potuto impressionarlo nemmeno con un po' di impegno.

Cominciò a prendergli le misure: altezza, ampiezza delle spalle, lunghezza del braccio... Per qualche miracolo, lui le permise di manipolarlo come una bambola ed esibì solo una vaga espressione da martire. Ma aveva esaurito tutte le misure innocue. *Innocue*. Che cosa ridicola. Era una professionista consumata. Era *lui* quello che senza dubbio si sarebbe sentito a disagio per ciò che veniva dopo, quindi avrebbe dovuto avvisarlo e farla finita.

«Dunque...» Un inizio poco promettente. Si schiarì la voce e ci riprovò. «Avrò bisogno di avvicinarmi di più per le prossime misurazioni. Se questo vi disturba...»

«Fatelo e basta.»

«D'accordo» ribatté lei con finta allegria. «Sollevate le braccia, per favore.»

Il silenzio si trascinò miseramente. Le braccia di Niamh erano troppo corte per risparmiare a entrambi il disagio della vicinanza. Gli si avvicinò con cautela finché non si schiacciò quasi del tutto contro la sua schiena. Il calore irradiò da lui, insieme a un profumo di boccioli... e tabacco. Se solo avesse smesso di farsi influenzare tanto dalla sua presenza. Mai nella vita aveva avuto la sensazione di mettersi i bastoni tra le ruote da sola come in quel momento. Mentre gli avvolgeva il metro attorno al petto, sentì e vide i suoi muscoli farsi più tesi. Quando gli sfiorò le costole con un gomito, lui trattenne il respiro. La stoffa della sua camicia sfiorò la pelle di Niamh, e...

«C'è qualcosa che volete dirmi?» le chiese Kit.

La sua franchezza mise quasi a tacere ogni pensiero inopportuno di Niamh. «Come?»

«Siete stata incostante e strana dall'istante in cui ho varcato la soglia. Se avete qualcosa in mente, ditelo.»

Incostante e strana. Oh, che faccia tosta! Quel poco rimasto della sua pazienza sbottò. «*Bene*» borbottò lei «dato che lo avete chiesto così gentilmente, pensavo che vi sareste scusato.»

Kit rimase a bocca aperta per la sorpresa. Niamh lo guardò ricomposi lentamente, l'espressione che si incupiva man mano che comprendeva. «Scusatemi.»

"Scusatemi", sputato fuori come un dente rotto. Come se gli avesse estorto una confessione sotto tortura. Se non fosse stata tanto furiosa con lui, le sarebbe venuto da ridere. «Tutto qui?»

I suoi occhi dardeggiarono di amara frustrazione. «Che altro volete che vi dica?»

«Non lo so.» Il cuore le batteva così forte che riusciva a malapena a sentire la propria voce sotto quel ruggito tonante. Una parte di lei sapeva che avrebbe dovuto obiettare o abbozzare un sorriso, o persino lasciar perdere. Che non avrebbe dovuto rivolgersi a un principe in quel modo. Forse erano i suoi giorni contati a palazzo a infonderle coraggio, o forse la sarta che era in lei. Non era mai riuscita a ignorare i fili allentati. «Che vi dispiace di aver definito il mio dono un trucco?»

Lui continuò a fissare il muro alle sue spalle. «Ero furioso quando l'ho detto.»

«Io sono furiosa *adesso*. Il mio lavoro...» *Sono io*, fu quasi sul punto di confessare. «È personale!»

«Non ho intenzione di scusarmi di non essere stramazzato ai vostri piedi per la meraviglia. Non sono io che vi ho chiesto di venire qui.»

«Non è quello che intendevo.» Le tremò la voce. Se fosse scoppiata a piangere, non se lo sarebbe mai perdonato. «È stato crudele, e lo sapete.»

«Lo so.» Si fece aggressivo. «Vi ho chiesto scusa.»

E quello, suppose, era il massimo che poteva aspettarsi da lui. Quanto poco doveva averla in considerazione per credere che fosse tutto ciò che meritava? Una ragazza machlandese, dopotutto, valeva meno di niente. Nel silenzio, l'abisso tra loro si fece sempre più vasto.

«Devo finire di prendere le misure» fu tutto ciò che riuscì a dire.

Mentre continuava a lavorare, il suo umore si rabbuiò. Sinclair le aveva detto che sarebbe finita nel fuoco incrociato di qualunque guerra Kit avesse deciso di intraprendere. In quel momento, Niamh vide chiaramente il campo di battaglia, con i due vessilli rossi dei Carmine piantati a terra. Il suo matrimonio con l'infanta Rosa sarebbe stata un'unione decisa per dovere, non per amore.

"Non sono io che vi ho chiesto di venire qui."

"Sono al tuo servizio."

Jack aveva combinato quel matrimonio. E se Kit lo aveva accettato, chiaramente intendeva farla pagare a tutti fino all'amara conclusione.

D'un tratto, Niamh si sentì terribilmente triste. Aveva sempre amato l'amore. Per quanto lo avesse desiderato, non riusciva a comprendere qualcosa di tanto luminoso e selvaggio. L'avrebbe divorata come una fiamma con le sterpaglie.

La vita era dolorosamente breve. Non poteva affliggere qualcun altro con l'intimità di quella consapevolezza, che aveva portato con sé fin da quando aveva notato per la prima volta le proprie dita diventare mortalmente bianche per il freddo. Ma mentre l'amore non era per ragazze come lei, l'inguaribile romantica nascosta nel suo cuore non poteva essere messa a tacere. Non sapeva bene da dove provenisse. La mitologia machlandese, dopotutto, non era così bizzarra e clemente da promettere amore eterno. Anzi, il suo nome portava con sé la storia più tragica di tutte.

Molto tempo prima, la regina Niamh aveva scelto un amante mortale e lo aveva portato con sé nel castello nella Terra dell'Eterna Giovinezza, dove regnava per sempre la primavera. Nulla moriva mai, e nulla mai cambiava. Ma dopo molti anni insieme, il suo amato ebbe nostalgia di casa e desiderò rivedere tutte le persone che si era lasciato alle spalle. Niamh lo aveva avvertito che i suoi parenti e amici erano morti, ma sapeva di non poterlo tenere prigioniero. Capì che la sua solitudine era più potente del loro amore.

Con estrema riluttanza, acconsentì… ma solo se avesse promesso di non mettere mai piede a terra. Mentre lui attraversava la campagna a cavallo, in cerca di volti familiari, si rese conto che ciò che gli aveva detto Niamh era vero. Tutti coloro che conosceva e che aveva amato erano morti da tempo. Mentre si allontanava dal villaggio che una volta aveva chiamato casa, il cavallo si imbizzarrì per un fruscio nell'erba e lo disarcionò. Nell'istante in cui toccò il suolo, le centinaia di anni che aveva in realtà lo colsero all'istante, e lo trasformarono in un vecchio fragile.

Niente di buono veniva mai dall'amare le cose fragili.

Niamh non aveva mai dato peso alle leggende machlandesi. La intristivano terribilmente, traboccanti come erano di tragedie e di guerre, e dell'impossibile peso dell'onore. Ma aveva trascorso molte notti da bambina a sfogliare un libro di fiabe importate da Jaille: racconti di giovani contadine che si intrufolano a un ballo in scarpette di cristallo, che sposavano principi per via della loro bontà e bellezza, che amavano abbastanza intensamente da infrangere terribili maledizioni. Erano storie impossibili, meravigliose, romantiche, e l'avevano riempita di un desiderio disperato. Dubitava fortemente che a qualcuno come Kit importasse qualcosa del romanticismo, ma le sembrava un peccato che non avesse l'opportunità di sperimentarlo di persona.

Quando il silenzio denso minacciò di farla impazzire, sospirò. «C'è qualcosa del matrimonio che aspettate con ansia?»

Kit la fissò in preda allo sconcerto. «State cercando di provocarmi?»

«Cosa? No! Io...» Resistette all'impulso di strangolarlo con il metro da sarta che aveva attorno al collo. «Sto solo cercando di fare conversazione.»

«La maggior parte delle persone si limiterebbe a fare commenti sul tempo» le disse lui, con una specie di invidiosa ammirazione. «Siete impertinente.»

«E *voi* siete polemico.»

La fissò con gli occhi ridotti a due fessure, ma non sembrava arrabbiato. Anzi, pareva quasi incredulo. «Che c'è? Avete intenzione di rimproverarmi adesso?»

Mentre, in piedi sullo sgabello, incombeva su di lui, si sentì ridicola ed esposta, così scese e si trovò con lo sguardo all'altezza del suo mento. «Be'... forse.»

Gli occhi di lui scintillarono di gelido divertimento. «Fate pure, allora.»

«Capisco che abbiate sentimenti contrastanti e che siate sottoposto a parecchia pressione, ma...» Lui ridacchiò. Ignorando il suo evidente disprezzo, proseguì imperterrita. «*Ma* questo processo filerà molto più liscio se collaborate. Vostro fratello...»

«Voi non sapete nulla di mio fratello.»

E in un istante alzò tutte le sue difese per proteggersi da lei. Se Niamh fosse stata meno furiosa, se non avesse letto la rubrica di Lovelace, se due persone non l'avessero già sminuita per il solo fatto di essere machlandese, forse avrebbe sorvolato. Ma dentro di sé covava un risentimento che si rifiutava di restare in silenzio un minuto di più.

Come poteva credersi tanto oppresso? Era un principe, il figlio dell'uomo più potente del mondo e abitava nel palazzo più splendido che lei avesse mai visto. Non aveva mai conosciuto un istante di sofferenza in vita sua, e l'unica volta che gli era stato chiesto di fare qualcosa che non gli andava a genio, *ecco* come si comportava. Poteva e voleva trasformare i sogni di Niamh in nient'altro che danni collaterali. Quell'amara consapevolezza scacciò in lei ogni buonsenso.

«Forse no» protestò lei. «Ma so qualcosa su di voi, signore. Se non avete il minimo riguardo per nessuno a parte voi stesso, allora non c'è da meravigliarsi che siate tanto infelice... al punto che siete disposto a rendere chiunque altro infelice quanto voi!»

Le labbra di Kit si schiusero per la sorpresa, e parve sinceramente colpito. Quell'accenno di terribile, contrastata vulnerabilità le fece contorcere lo stomaco per il rimorso.

Non si sentiva meglio per aver dato sfogo alla rabbia. Era riuscita soltanto a infilare le dita più a fondo in una piaga.

Ma dopo un istante il dolore svanì dall'espressione del principe, sostituito da uno sdegno familiare. «Questo genere di ingenuità vi rovinerà, prima o poi. Qui a corte conviene badare solo a se stessi. Farete meglio a comprenderlo subito, prima che veniate gettata in questo covo di serpi.»

"Sei una ragazza intelligente, Niamh, ma hai sempre la testa fra le nuvole" le aveva detto la nonna la sera in cui aveva ricevuto l'invito. "Ancora non sai che il mondo è crudele."

Quel ricordo la colpì come uno schiaffo.

La sua famiglia le aveva donato una vita felice. Niamh non aveva dovuto affrontare la guerra o la fame. Da bambina, trascorreva giornate spensierate a scorrazzare per il villaggio e a rotolare per il *sidthe*, istigando gli Eterni a portarla via con sé. Ma aveva visto l'oscurità incombere come uno spettro su ogni adulto di Caterlow. Aveva visto l'agitarsi delle loro anime e le ondate imprevedibili del loro dolore. Aveva visto come si incattiviva l'umore con il giungere della mietitura – si ingrossava, cupo e oppressivo come un mare in tempesta – per sparire solo quando la prima patata veniva estratta e ripulita dalla terra. Forse non conosceva il morso della crudeltà in prima persona, ma riconosceva la forma delle cicatrici che lasciava dietro di sé. Poteva anche essere frivola e distratta, ma non era una sciocca.

«Sono machlandese, in caso lo abbiate dimenticato. So per esperienza diretta quanto possa essere terribile la nobiltà. Le persone che disdegnate così tanto... voi siete una di loro. Anzi, siete peggio! La magia della vostra famiglia ha provocato il Flagello, e vostro padre non ha fatto *nulla* mentre la mia gente moriva di fame.» Mosse un passo verso di lui, finché non furono a un soffio l'uno dall'altra. «E adesso vostro fratello continua a ignorare la loro sofferenza! Tutto quello che vi ho visto fare è rimuginare e lamentarvi. Se pensate davvero che la nobiltà sia così orrenda, perché non fate qualcosa a riguardo?»

L'aria tra loro parve sul punto di accendersi. Entrambi respiravano pesantemente, e lei era sicura che il suo cuore ruggisse abbastanza forte perché lui lo sentisse. Quando incontrò di nuovo i suoi occhi, rilucevano di rabbia. E sotto, fumoso e debole, c'era qualcos'altro che le tolse il fiato.

Vergogna?

«Abbiamo finito qui» sentenziò lui.

«Aspettate! Io...»

La porta venne sbattuta.

«Mi dispiace.»

La tensione che l'aveva tenuta in piedi evaporò, e per poco non collassò sullo sgabello. Seppellì il viso tra le mani e brontolò forte, solo per liberare un po' di energia repressa. Ma cosa le era preso? Come aveva potuto essere tanto stupida da attaccar briga con il principe di Avaland?

Una lite, si rese conto, da cui lui era fuggito a gambe levate.

Aveva fatto scappare un *principe*. Si sentì stranamente agitata, come se avesse scoperto una qualche strana, nuova magia tutta sua. Si riconosceva a malapena: sfrontata e in cerca di uno scontro a tutti i costi. Ma il calore della loro discussione l'aveva trasfigurata. Non provocava mai una discussione, non sceglieva mai le parole con lo scopo di ferire qualcuno. Ma qualcosa in Kit Carmine le faceva dimenticare se stessa e ogni briciolo di istinto di conservazione.

Se lui avesse raccontato a Jack come si era comportata quel giorno, come minimo lui l'avrebbe licenziata. Il pensiero le fece ribollire di nuovo il sangue. Non aveva alcuna scelta. Avrebbe dovuto dimostrargli quanto valeva, una volta per tutte.

Gli avrebbe confezionato un soprabito che non avrebbe potuto fare a meno di adorare.

Il che significava resistere alla tentazione di farlo magenta o arancio solo per dispetto. Si era già guadagnata il suo odio, non c'era bisogno di esagerare. Eppure, qualcosa di acceso avrebbe creato un contrasto attraente con i suoi capelli, e il giallo avrebbe fatto risaltare le pagliuzze dorate dei suoi occhi...

Concentrati, Niamh. Mentre si guardava attorno, sbatté forte le palpebre per adattare la vista. Era diventato stranamente buio lì dentro.

Alla fine notò che la finestra era semioscurata dall'ortica. Si aggrappava tenacemente al vetro: i suoi rami erano come dita che cercavano di penetrare all'interno. I fiori, però, sbocciavano dorati invece che rosa. Come stordita, attraversò la stanza e riuscì ad aprire un battente. Scrutò attraverso le fessure tra i rami, osservando le foglie che si spingevano fino a terra molto sotto di lei.

Certamente opera di Kit, bella quanto spinosa.

5

Malgrado il gran chiasso proveniente dall'affollato salone del palazzo, Niamh temette di addormentarsi in piedi.

Era da molto tempo che non restava sveglia tutta la notte per finire un lavoro. Nella settimana trascorsa dal primo incontro con Kit, aveva disegnato un soprabito che le sue assistenti avevano aiutato ad assemblare con cura scrupolosa. Malgrado ciò, aveva lavorato fino all'ultimo minuto per finire di ricamare gli incantesimi nella stoffa. Si era trascinata a letto solo quando non era più riuscita a tenere gli occhi aperti e si era punta con l'ago per la terza volta di seguito. Si era concessa non più di tre ore di sonno, ma l'ansia dell'attesa smussava i bordi più affilati della sua stanchezza.

Voleva vedere Kit.

Quella mattina presto, il suo valletto era venuto nel laboratorio di Niamh non appena lei e le altre sarte avevano apposto l'ultimo punto alla fodera. L'uomo aveva riposto il soprabito in una scatola, legandola con dello spago, e poi l'aveva portata via.

Cos'avrebbe dato per vedere l'istante in cui Kit avrebbe provato il suo nuovo soprabito per la prima volta. L'istante in cui si sarebbe reso conto di averla giudicata male... o forse in cui avrebbe deciso di farla cacciare.

Un brivido di disagio la percorse lungo la schiena, ma lo soffocò. Non era ancora stata bandita dal regno, dopotutto, e Jack l'aveva addirittura invitata di persona alla presentazione delle debuttanti, dove l'infanta Rosa stessa avrebbe fatto la sua prima apparizione alla corte avalandese. La sua continua ospitalità la lasciava del tutto perplessa. Perché estenderla a una ragazza comune, una specie di serva messa su un piedistallo? Ma sapeva che era meglio non mettere in discussione né lui né la propria buona sorte.

Non aveva senso preoccuparsi, decise, finché non l'avessero trascinata via da palazzo e incriminata per aver importunato il loro più giovane principe.

Anche se ha cominciato lui.

Qualcuno la prese per un braccio per attirare la sua attenzione. Niamh si voltò e vide una giovane donna, una debuttante, a giudicare dal bouquet di rose rosso Carmine che stringeva tra le mani come fosse un'ancora di salvezza. «Perdonatemi, signorina. Vi dispiace se resto qui con voi? So che deve sembrare folle, ma emanate una certa aura di calma...»

Ormai la stranezza della richiesta non la sconcertava più. L'incantesimo per la tranquillità che aveva cucito nel proprio abito si era dimostrato molto più potente di quanto avesse previsto. Evidentemente, aveva lo stesso effetto calmante sulla mente di chi lo guardava e non solo su quella di chi lo indossava. Per Niamh, era come starsene immersa fino ai polpacci nella risacca in una giornata di foschia o ricamare alla luce di una lampada prima che chiunque altro al mondo si svegliasse.

«Oh, nient'affatto! Vi prego, accomodatevi pure, se riuscite a trovare posto.»

L'altra ragazza parve vagamente turbata dal suo accento, ma lo spirito di conservazione evidentemente ebbe la meglio. «Grazie, signorina. I Santi vi hanno davvero benedetta.»

Si infilò nella piccola ressa di ragazze che si erano affollate attorno a Niamh. In qualunque altra circostanza sarebbe rimasta un po' interdetta e trasognata nel trovarsi circondata da così tante belle fanciulle. Erano di tutte le forme, le misure e gli stati d'animo: alcune graziose e scaltre, altre timide e titubanti, moltissime a un passo dalle lacrime, altre ancora con lo sguardo acceso e padrone di sé. Un gruppetto si accalcò attorno a uno specchio dalla cornice dorata a pizzicarsi le guance per darsi un po' di colore e a tormentare i copricapi di piume.

Elaborato era la parola d'ordine di questa Stagione. Dimenticate le linee classiche e semplici, si era dato il via libera a ogni genere di orrori e ornamenti decorativi: spalline, alamari, fiori, volant, merletti e – naturalmente – un'abbondanza di perline cucite su ogni singola balza. A giudicare anche solo dai loro abiti, Niamh avrebbe saputo dire quali di loro venissero da famiglie ricche e quali si aggrappassero al proprio retaggio come a una liscia superficie rocciosa. La maggior parte non doveva avere più di sedici anni. Erano così giovani e già preparate a sposarsi per il bene delle proprie famiglie. Erano più benestanti di quanto lei avrebbe mai sognato di essere, eppure provò pena per loro. Se non altro, poteva capire quanto fosse pesante il fardello che incombeva su di loro.

Il valletto di guardia all'ingresso fece un cenno verso di lei. «Potete entrare.»

Le ragazze alle sue spalle trattennero il respiro all'unisono mentre lei entrava nel salone, portando con sé il proprio incantesimo calmante. In fondo alla sala, l'attendeva il principe reggente in persona, immobile e imponente come una statua. A ogni lato, cortigiani e nobili erano accalcati spalla a spalla e mormoravano tra loro a bassa voce.

Da dietro le ciglia, Niamh scandagliò la folla. Esibivano espressioni di varie gradazioni d'ansia e orgoglio. Tutti dovevano avere figlie che sarebbero state presentate a Jack quel giorno. Bastò il loro numero a sbalordirla. Nel Machland, erano fortunati ad avere un figlio dotato di magia a ogni generazione. Ma in Avaland, l'aristocrazia combinava matrimoni strategici per assicurarsi che la loro discendenza magica rimanesse intatta.

«Miss Niamh O'Connor» annunciò l'araldo.

Tutti gli occhi scattarono su di lei. Un mormorio serpeggiò per la sala. Il nervosismo venne attenuato dall'incantesimo del suo abito. Anche se riusciva a sentire le parole "donna machlandese" e "sarta", la sua magia la tenne al sicuro in una nicchia di calma inattaccabile. Tutto ciò che restava era un'eccitazione che bruciava intensamente.

Mentre percorreva il corridoio centrale, i cristalli sul corpetto del suo abito scintillarono come il riflesso della luna su un laghetto immobile. La tensione si dissolse nella sala, che si quietò subito al suo passaggio, mentre la nobiltà fissava famelica la sua scia. Stava andando tutto molto meglio del previsto.

Fu allora che vide Kit.

Il suo sguardo impassibile cadde su di lei. Niamh incespicò, e l'indignazione serpeggiò dentro di lei. Persino in quel momento stava cercando di intimidirla. Tenendo la testa alta, si fermò davanti a Jack e fece un inchino.

«Miss O'Connor» la salutò lui. «Grazie di essere venuta. Comprendo che sia insolito, ma voglio assicurarmi che vi sentiate la benvenuta qui a palazzo.»

La sua cortesia la colse nuovamente in contropiede. Non riusciva a conciliarla con il ritratto di lui fatto da Lovelace. Se davvero disprezzava la sua gente, perché usciva tanto dal seminato mostrandosi gentile con lei? «Grazie a *voi*, Vostra Altezza. Mi onorate.»

Mentre lui osservava il suo vestito, l'onnipresente cipiglio che Niamh aveva visto da quando era arrivata svanì. Fu una trasformazione sbalorditiva: la colpì rendersi conto di quanto sfinito apparisse di solito. Era troppo giovane per portare un tale fardello. «Non sono sicuro di quale magia abbiate usato con mio fratello, ma sembra...»

Niamh spostò lo sguardo su Kit. Quale parola avrebbe usato per descriverlo? Affascinante, sì. Regale, probabilmente. Ma rispettabile – ciò a cui aveva mirato quando si era apprestata a creare quel dannato soprabito – decisamente no. Irradiava un malcontento talmente carico di presagi di sventura che nessuno si era avvicinato a meno di un metro da lui.

Poteva essere colpa di Niamh.

No, era *decisamente* colpa di Niamh.

L'incantesimo che aveva cucito nella giacca l'aveva tormentata come pochi altri prima di quel momento. Tutto il suo dolore e l'irritazione avevano intriso il filo con una tale insistenza che aveva passato la metà del tempo a disfare il proprio lavoro. Aveva voluto che il principe emanasse un senso di rispetto dovuto, magari un tocco di timore reverenziale. Invece, sembrava che avesse esagerato e fosse finita in un territorio malvagio. Kit incombeva sopra la spalla del fratello come un ombroso consigliere. Le code del soprabito svolazzavano nell'oscurità crescente, il tessuto diafano come una creatura spettrale.

Alla fine, Jack sentenziò: «Cortese».

«Io, *ehm*... sono molto lieta che la pensiate così, signore.»

«Permettetemi di presentarvi la mia consorte, la principessa Sofia.»

«La vostra...? Oh!»

Niamh non l'avrebbe nemmeno notata se Jack non l'avesse indicata. Una giovane donna, di non più di vent'anni, stava modestamente al suo fianco, con un sorriso tanto placido da sembrare vuoto. Sofia era bellissima, non c'era da sorprendersi. Ma era scialba e insignificante come nevischio. I suoi occhi erano di un azzurro glaciale, e i capelli – acconciati in boccoli radi attorno al viso – rilucevano candidi nella luce del sole. Torreggiava su Niamh con un'eleganza flessuosa più idonea a una ballerina che a una principessa.

«È un piacere conoscervi, Miss O'Connor.» Sofia le tese la mano.

Niamh la accettò, meravigliandosi dell'esilità del suo

polso e del puro gelo della sua pelle. Un anello di zaffiro scintillò sul suo pollice. «Il piacere è mio, Vostra Altezza.»

Per un istante rimase lì immobile, con la mano della principessa stretta nella sua, in un gesto quasi di tenerezza. Chiaramente, c'era un qualche passo di quel rituale che lei ignorava, perché Kit parve estremamente (e malignamente) divertito dal silenzio imbarazzato che seguì. Oh, non riusciva proprio a lasciarla vivere in pace?

Sofia la lasciò andare senza fiatare. «Avete una tale padronanza di voi. Di sicuro questa non è la vostra prima Stagione.»

Niamh riuscì a malapena a percepire un accento nell'asciutto e preciso avalandese di Sofia. Se la memoria non la ingannava, proveniva da Saksa, un regno appena uscito da una guerra civile. Il padre di Sofia, dopo aver deposto la precedente famiglia reale, ne era emerso vittorioso. Aveva quindi comprato e suggellato la sua alleanza con Avaland dando Sofia in sposa a Jack… proprio come Jack adesso intendeva fare con Kit.

Jack e Sofia mantenevano una decorosa distanza, come se una solida parete di ghiaccio li dividesse. Niamh comprese immediatamente la loro relazione: non si amavano. Non c'era da meravigliarsi che Jack non immaginasse né desiderasse qualcosa di diverso per suo fratello.

«È solo l'incantesimo sul mio abito, Vostra Altezza, non ho nessun merito.»

«Il vostro talento è davvero notevole, allora. Ho letto che il popolo del Machland ha un dono straordinario nelle arti, e vedo che non si tratta di un'esagerazione. Se riuscite a trovare un po' di tempo, devo chiedervi un aiuto con il mio ricamo.»

«Volentieri!» Niamh sorrise. «Il ricamo è una delle mie più grandi gioie.»

Il sorriso di Sofia si fece timidamente speranzoso.

«Mr Gabriel Sinclair» annunciò l'araldo.

Mister? Niamh avrebbe giurato di avergli sentito dire che suo padre era un duca.

I mormorii nella sala assunsero all'istante una nota di disapprovazione. Ogni testa si voltò verso di lui, le espressioni contorte dal disgusto. Niamh si sentì mancare. Cosa poteva aver scritto Lovelace per fargli guadagnare una reputazione simile?

Sinclair entrò a passo tranquillo e a testa alta, elegantemente vestito con un soprabito di cotone di un giallo becco d'oca.

Non concesse loro nulla, né una seconda occhiata, né un sorriso esitante, né un saluto. Teneva una mano pigramente infilata in tasca, ma Niamh notò la tensione che gli attanagliava le spalle.

Le venne vicino e domandò: «Vi spiace se mi intrometto?»

«Sinclair» disse Jack, con piatta e aperta avversione.

«Vostra Altezza.» Il suo sorriso era indolente, ma il bagliore nei suoi occhi disse a Niamh che l'avversione era reciproca. «Vi sono mancato?»

Jack parve infastidito, cosa che Niamh ritenne una risposta sufficiente. «Avete avuto modo di ripensare a quello che vi ho detto?»

«Un grande accordo, davvero. Non avete bisogno di preoccuparvi per me.»

«Perché ne dubito?» Jack sospirò. «Andate pure, allora, tutti e due. Ci sono altri in attesa dietro di voi.»

«Sì, signore.» Sinclair fece un inchino con uno svolazzo teatrale della mano. Era fin troppo formale per essere cortese.

Cosa era successo? Se solo fosse stato socialmente accettabile porre una qualsiasi delle domande che le frullavano per la mente…

Sinclair non perse un istante e si infilò tra la folla. Niamh lo seguì a breve distanza, facendosi strada tra gli altri ospiti e borbottando le proprie scuse sottovoce. Ma quando vide che Kit veniva verso di loro, dovette resistere all'impulso di immobilizzarsi o fuggire. Non aveva voglia di parlare con lui dopo la loro lite. Inoltre, l'incantesimo sulla giacca di Kit le faceva sudare le mani e rizzare i peli sulla nuca. Anche Sinclair tremò al suo avvicinarsi. Una parte di lei voleva essere contenta che Kit fosse stato costretto a indossare quella mostruosità, ma non poteva ottenere alcuna soddisfazione da un lavoro ultimato così miseramente. Mai nella sua vita aveva raffazzonato un incantesimo a quel modo.

«Kit» disse Sinclair, chiaramente determinato a non fermarsi. «Ti stai comportando bene?»

«Non sono io quello che deve comportarsi bene, a quanto pare.»

«Mi ferisci» replicò lui. «E io che pensavo di superare la Stagione con un solo Carmine alle calcagna.»

Kit incrociò le braccia, ma la sua espressione si intenerì. «Ignoralo. Ha di nuovo letto quella rubrica di pettegolezzi. Lo ha messo di cattivo umore.»

«È sempre di cattivo umore.» Dopo un istante, aggiunse: «Mi piace il tuo soprabito».

«Ma davvero?» chiese Kit, infastidito.

«Oh, sì. Non offenderti, ma il tuo solito guardaroba di

nero e solo nero cominciava a deprimermi. Questo mi fa sentire cordiale e confuso solo a guardarti.»

«Fottiti» replicò Kit, ma senza astio.

Niamh rimase di sasso. Nemmeno in un milione di anni si sarebbe aspettata un linguaggio tanto volgare da parte di un principe. Kit e Sinclair bisticciavano come una coppia di ragazzi machlandesi di ritorno a casa dal pub. Alcune cose, immaginò lei, erano universali.

«Con tutto il rispetto per voi, naturalmente, Miss O'Connor» disse Sinclair dopo un istante. «È un bel soprabito. Gli si adatta alla perfezione.»

«Grazie» disse lei tristemente.

Sinclair inarcò un sopracciglio per il suo tono. Il suo sguardo passò in fretta da Kit a Niamh. «Oh? Vedo che tra voi le cose continuano ad andare a gonfie vele.»

Kit sbuffò. «Non riesci proprio a farti gli affari tuoi?»

«Su, su, Christopher, sei sicuro che sia così che vuoi rivolgerti a me? Conosco tutti i tuoi segreti.» Sinclair si avvicinò furtivamente a Niamh e abbassò la voce con fare cospiratorio: «Sapete, Miss O'Connor, che il nostro Kit era un bambino molto sensibile? Anzi, ricordo che il giorno del suo decimo compleanno...»

«Smettila.» Il volto di Kit si fece cremisi in un istante. «Ma cosa ti prende oggi?»

«A me? Be', niente.» Rivolse a Niamh un sorriso malizioso.

Proprio allora le porte del salone si aprirono, lasciando entrare un'ondata di chiacchiericcio emozionato e risatine nervose. La presentazione delle debuttanti era cominciata.

«Miss Selby» annunciò l'araldo «accompagnata da sua madre, la Molto Onorevole Lady Selby.»

Miss Selby fece il suo ingresso nel salone a testa imperiosamente alta... di certo per tenere in equilibrio il precario copricapo. Le piume tra i suoi capelli raggiungevano quasi il metro d'altezza e tremolavano a ogni passo. In una mano reggeva un ventaglio fatto d'avorio. Nell'incavo dell'altro braccio aveva un bouquet di gigli bianchi. Fece un inchino a Jack e accettò la mano tesa di Sofia. Niamh capì il proprio errore. Miss Selby posò un bacio sullo zaffiro dell'anello di Sofia.

«Vostre Altezze Reali» disse la ragazza con solennità estrema. «Porto il sangue divino di Santa Isolde nelle vene. Cosa vorreste sentire?»

I nobili attorno a loro si protesero in avanti, chiacchierando emozionati.

«Che dono aveva Santa Isolde?» domandò Niamh.

«La profezia» rispose Kit.

Niamh non aveva mai visto una magia di quel genere. Gli indovini non calpestavano il suolo machlandese da secoli. Gli avalandesi erano stati piuttosto meticolosi nel disfarsi di loro nei primi giorni dell'occupazione. «È incredibile.»

Sinclair si strinse nelle spalle. «Non entusiasmatevi troppo. L'anno scorso, sua sorella maggiore ha predetto che avremmo avuto almeno un erede al trono a scorrazzare in giro, e guardate che è successo.»

Kit gli lanciò un'occhiata disgustata.

«Il giorno delle nozze sarà propizio?» chiese Sofia.

Gli occhi di Miss Selby brillarono dorati. Il silenzio teatrale che si diffuse nella sala divenne imbarazzante. Da qualche parte nelle profondità del salone, qualcuno tossì. Alla fine, Miss Selby parlò.

«C'è un venti per cento di probabilità di pioggia per il giorno del matrimonio tra l'infanta Rosa e il principe Christopher.» Una pausa. «*Ehm*... molto probabilmente. Posso dirlo con il venticinque per cento di certezza.»

«Grazie, Miss Selby.» Jack si massaggiò le tempie come se stesse lottando con un mal di testa. «È stato molto illuminante.»

Un tiepido applauso la accompagnò fuori dalla sala.

Mentre la debuttante successiva faceva il suo ingresso, Niamh rivolse un'occhiata furtiva a Kit. Benché non potesse sopportarlo, benché fosse stato intollerabilmente scortese con lei, non poteva lasciargli credere che questo orrendo soprabito rappresentasse il massimo delle sue capacità. Proprio non poteva.

Si protese verso di lui e sussurrò: «Vostra Altezza».

«Vi ho detto di non chiamarmi così.» Sospirò leggermente, come se la conversazione lo avesse già stufato. «Che cosa volete?»

Oh! Ma un principe non doveva imparare le buone maniere? Non era del tutto sicura di cosa insegnassero ai bambini nobili, ma era certa che ci fosse almeno un minimo di etichetta da rispettare. «Volevo parlarvi del soprabito.»

«Mi dà un aspetto sinistro» ammise lui. «Me ne sono accorto.»

Lei esitò. «Certo che ve ne siete accorto.»

«È come se mi odiasse.»

Lei fece una smorfia. «Lo so.»

«Questa dovrebbe essere una festa. Mi sembra inappropriato per l'occasione.»

Umiliazione e indignazione si confusero in lei. «*Lo so.*

È stato un incidente. Non è necessario che mettiate il dito nella piaga.»

Lui rimase in silenzio per un lungo istante. «Avreste dovuto vedere la faccia di Jack.»

L'immagine le si palesò con perfetta chiarezza. Kit, che scendeva lo scalone imperiale con un'aura cupa e minacciosa. Jack, del tutto mortificato e troppo cortese per dire una sola parola a ciascuno di loro. Non poté farne a meno. Soffocò una risata, nascondendola per quanto possibile con la mano. Con sua sorpresa, le labbra di Kit si curvarono, solo un pochino, in un mezzo sorriso sardonico.

Era *davvero* affascinante.

E lei doveva smettere di notarlo. Come uno degli Eterni, la sua bellezza non era nient'altro che un'illusione che nascondeva l'interno marcio. Un momento condiviso non bastava ad assolverlo.

«Miss Beaufort» annunciò l'araldo «presentata da sua zia, la Viscontessa di Grosvenor.»

Miss Beaufort, da parte sua, possedeva il sangue divino di una delle figure più venerate nella storia avalandese, Santa Jeanne. Con uno schiocco delle dita, ogni candela nella sala si spense. La folla ridacchiò nervosamente, poi fu scossa da sussulti sbalorditi quando le fiamme tornarono in vita.

Niamh si rivolse di nuovo a Kit. Nel caldo abbraccio della folla, erano praticamente soli. «Sapete, ve ne siete andato prima che potessi chiedervi la vostra opinione sul genere di soprabito che volevate *veramente*.»

«La mia opinione» ripeté lui in tono scettico.

«Be', sì. Dovremmo discutere di cosa gradireste indossare per la Stagione... e soprattutto per il vostro matrimonio.

Ma non dobbiamo parlare dell'abito da cerimonia per il momento. Mi direte cosa avete intenzione di indossare?»

«Niente.»

Qualche bizzarro impulso doveva essersi impossessato di lei, perché senza riflettere finse sgomento e disse: «Avete cambiato di nuovo i vostri piani».

Ci volle un istante perché lui capisse quello che intendeva. Il suo viso divenne scarlatto, molto lentamente, poi riacquistò la padronanza di sé ed esibì il solito cipiglio. Lei non si era resa conto prima d'ora che fosse tanto incline al rossore... o che, per quanto distaccato fingesse di essere, era davvero un disastro nel nascondere le proprie emozioni. «*Qualunque cosa*, allora. Per me è lo stesso.»

«Dovete pur avere una qualche opinione» cercò di blandirlo lei. «Colori che vi piacciono o non vi piacciono, un taglio particolare che ammirate, come volete sentirvi quando le persone vi guardano...»

«Non potrebbe fregarmene di meno» replicò lui rigidamente. «Non ho mai pensato ai colori in vita mia. Sono sicuro che mio fratello avrà opinioni sufficienti per entrambi.»

«Ma non è vostro fratello quello che raggiungerà l'altare. Siete voi.» Niamh si piantò le mani sui fianchi. «Qualunque cosa, anche insignificante, mi sarà d'aiuto. Per favore.»

«Che c'è di tanto difficile per voi da capire? Non voglio affatto che la gente mi guardi.» Distolse bruscamente lo sguardo da lei e si mise a osservare la cerimonia.

Furibonda, Niamh riportò l'attenzione sulle debuttanti, ma ebbe difficoltà a concentrarsi. Dopo quasi un'ora, perse del tutto il conto delle ragazze. Una levitò di qualche centimetro da terra, con i capelli che fluttuavano verso il soffitto come se fosse sott'acqua. Un'altra svenne subito dopo aver baciato l'anello di Sofia. Ci vollero sua madre, una boccetta di sali e due astanti per farla rinvenire. Non sembrava che fosse successo qualcosa di particolarmente straordinario, ma tutti comunque applaudirono.

Proprio quando Niamh credette che sarebbe stramazzata per la noia, l'araldo annunciò: «Sua Maestà, re Felipe V de Todos los Santos de Carillo».

Fu colta dall'emozione. Si era quasi dimenticata che l'infanta Rosa doveva arrivare quella sera.

«Sua Maestà accompagna la figlia, Sua Altezza Reale l'infanta Rosa de Todos los Santos de Carillo, e Miss Miriam Lacalle.»

Finalmente, il momento che aspettava da tutta la sera: dare un'occhiata alla principessa. Sperando di riuscirci, naturalmente. Certe volte – molto spesso, in realtà – Niamh odiava il fatto di essere bassa.

Si alzò in punta di piedi e allungò il collo, sperando di avere una visuale migliore, ma non scorse nulla attraverso quella che sembrava una foresta torreggiante di copricapi. Kit scrutò il suo viso con la crudele fascinazione di un bambino che osserva una tartaruga capovolta che lotta per rimettersi sulle zampe.

Niamh si preparò a ricevere qualunque forma di disprezzo intendesse rivolgerle.

«Voi» disse Kit all'uomo che si trovava davanti a lei.

Il gentiluomo parve insultato per essere stato apostrofato con tanta scortesia, ma quando vide il principe fermo dietro di sé, con le braccia conserte e un'espressione arcigna, sbiancò. «Vostra Altezza? Cosa posso fare per voi?»

«Spostatevi. Siete d'intralcio.»

Lo shock provocò a Niamh una morsa allo stomaco.

«Io...» L'uomo parve frastornato, ma annuì ossequiosamente. «Ma certo, Vostra Altezza. Non me ne ero reso conto. Le mie più sincere scuse.»

Qualche altro membro della corte si fece più in là, per sicurezza, ansioso di evitare la lingua tagliente del principe. Niamh fissò Kit, incredula. Per quale motivo lo aveva fatto? Probabilmente nemmeno lui riusciva a scorgere granché da lì, ma non lo immaginava ansioso di vedere la donna che non desiderava minimamente sposare.

Percependo il suo sguardo su di sé, Kit si voltò a guardarla. «Che c'è?»

«Niente!»

Almeno le rese facile mandar giù la propria gratitudine.

Il costante *clac*, *clac*, *clac* dei tacchi sul pavimento di legno penetrò il ronzio di un centinaio di conversazioni. Quando i valletti si fermarono, la sala cadde in un silenzio teso. Persino Jack fissò la porta con un'espressione che Niamh non aveva mai visto sul suo volto.

Terrore.

Re Felipe e l'infanta Rosa si fermarono sulla soglia delle doppie porte dorate, incorniciati come i soggetti di un dipinto a olio. Il re, un omone imponente, riempiva la soglia con l'ampia sagoma delle sue spalle. L'oro scintillava sulle spalline in stile militare e sulla corona posata sui riccioli scuri. Ma, chissà come, senza neanche un briciolo d'oro né una gemma in vista, era sua figlia ad attirare tutta l'attenzione dei presenti.

L'abito dell'infanta Rosa toccava terra in più strati di

ampia seta nera. Il colore era, francamente, scioccante. Nessuna nobildonna avalandese indossava il nero a meno che non fosse in lutto. Un velo di merletto nero oscurava la maggior parte dei suoi tratti, ma Niamh riuscì a vedere che anche le labbra della principessa, curvate tetramente verso il basso, erano dipinte di nero. I suoi capelli, pure nerissimi, erano acconciati in lucidi boccoli in contrasto con la pelle olivastra. Scorse la folla con un'aria di totale disinteresse, le palpebre basse come fossero assonnate.

La sua dama di compagnia li seguiva a un passo di distanza. In confronto a Rosa, nel suo abito scarlatto Miss Lacalle sembrava l'incarnazione del sole. Aveva le guance rotonde, una bocca che sembrava predisposta al sorriso e maliziosi occhi nocciola. I suoi folti ricci scuri erano raccolti in un discreto chignon sulla nuca.

«Mio dio» sibilò qualcuno vicino. «Sembra l'incarnazione della morte.»

«Peggio» ribatté la sua accompagnatrice «sembra una *donna di bassa estrazione sociale*.»

Un mormorio si diffuse per la sala come un vento gelido. Qualcuno parve deliziato, altri scandalizzati. Niamh non era sicura di cosa pensare. Solo che doveva esserci qualcosa nell'aria di Sootham che infettava tutti i reali, infondendo in loro una disposizione d'animo collerica.

Mentre la principessa castiliana raggiungeva Jack e Sofia, Niamh guardò Kit di sottecchi. Guardava Rosa come se fosse appena uscita dal suo peggiore incubo per piombare nel salone.

«Ben fatto, Kit» gli sussurrò Sinclair con tono incoraggiante. «È bellissima.»

Ma per una volta Kit non replicò. Si limitò a raggiungere come inebetito Jack che gli faceva cenno di avvicinarsi.

Quello sarebbe stato di sicuro un matrimonio interessante.

Niamh si protese per ascoltare la loro conversazione, ma per quanto vicini fossero ai reali, non riuscì a capire un bel niente in mezzo a tutto quel chiacchiericcio. Colse, però, il lieve sorriso di Jack e il velo di sudore sulla sua fronte. Si chinò così profondamente davanti al re che lei pensò che il suo naso avrebbe sfiorato il pavimento. Re Felipe era famoso per il suo temperamento brusco e il suo valore militare. Malgrado ciò, non si era aspettata tale dimostrazione di deferenza da parte di un uomo come Jack Carmine.

«Sono quasi affranto nel vederlo così» disse Sinclair, seguendo lo sguardo di Niamh. «In vita mia non ho mai visto Jack tanto pieno di lusinghe e ansioso di compiacere qualcuno.»

«Perché, secondo voi?»

«L'infanta Rosa è l'unica figlia femmina del re, e lui è notoriamente iperprotettivo con lei» rispose Sinclair. «È probabile che non sia stato facile persuaderlo a cedere la sua preziosa principessina ad Avaland. Scommetto che non ci vorrebbe molto a fargli cambiare idea. Ma guardatelo.»

Felipe contemplava la figlia con una tale evidente adorazione che Niamh provò una strana fitta di autocommiserazione e desiderio. Ma mentre Kit si avvicinava sempre di più, l'intero atteggiamento del re cambiò. Non fu soltanto l'effetto di quel soprabito odioso. No, aveva preso le misure a Kit alla prima occhiata, e Niamh capì dalla disapprovazione sul suo volto che lo aveva valutato insufficiente.

Fu travolta da una nuova ondata di terrore. Non avrebbe

potuto provvedere alla propria famiglia se il re avesse deciso di annullare le nozze. I suoi sogni dipendevano dall'uomo più sgradevole e ostinato in Avaland, che doveva dimostrare il proprio valore a qualcuno che aveva già deciso che niente e nessuno sarebbe stato all'altezza della propria figlia.

Il che significava che doveva fare quanto in suo potere per far *sembrare* Kit un principe, anche se lui non si sarebbe comportato come tale.

6

Il primo ballo della Stagione si sarebbe tenuto quella sera e Niamh ancora non aveva terminato l'incantesimo sul soprabito di Kit.

La mancanza di sonno delle ultime notti aveva cominciato a farsi sentire, e le dita le erano diventate pallide e intorpidite. Un avvertimento. Spingersi troppo oltre – lo sapeva – non era mai un bene. Erano anni che i suoi sintomi non si riacutizzavano fino a rallentarla, ma d'altro canto non aveva mai usato la sua magia così tanto prima di quel momento. Non sapeva cosa lasciasse capire di lei il fatto che la frustrazione prevalesse sulla sua preoccupazione. Ma certe volte la differenza tra ciò che il suo corpo poteva offrire e ciò che la sua mente e le circostanze pretendevano rischiava di farla impazzire.

Niamh era generalmente convinta di aver accettato il suo destino: il suo corpo l'aveva tradita. C'era una sorta di tetro conforto nel sapere come sarebbe morta, anche se non sapeva esattamente quando. Lei e il dio della morte, Donn, avevano un delicato accordo. Non si sarebbe avvicinato a lei furtivo come un ladro nella notte. Invece, l'avrebbe prosciugata lentamente, come un contadino che dissangua un bovino per il pudding.

Molti nella sua famiglia – con o senza un *ceird* – erano nati con la stessa malattia: affaticamento, dolore e gonfiore senza una causa ben precisa, un'aspettativa di vita ridotta, dita che diventavano bianche come ossa per il freddo e sotto stress. Qualcuno era arrivato ai sessant'anni. Altri erano morti a venti. Non c'era un modo infallibile di sapere quanto le restasse, a parte i suoi capelli. Il colore che sbiadiva era la sua clessidra, un promemoria di quanto fiato le restasse in corpo.

Un promemoria a lavorare sodo.

Guardò il proprio taccuino dei bozzetti, incapace di dar forma alle poche idee che si era appuntata intorno alle tre del mattino. Più lei le guardava, più le linee si spostavano da sole, e non riusciva a convincersi che niente di ciò che aveva disegnato avesse senso. Ora, se solo fosse riuscita a ricordare dove aveva lasciato la matita…

Piroettò su se stessa e andò a sbattere contro un manichino. Quello traballò precariamente, ma Niamh lo stabilizzò prima che cadesse. «Oh! Mi dispiace tantissimo.»

Il manichino non aveva occhi – e nemmeno la testa, se per quello – ma lei avrebbe potuto giurare che la stesse guardando con biasimo. O forse aveva bisogno di andare a letto. Quando era stata l'ultima volta che aveva dormito?

Pazienza. Avrebbe finito solo l'ultimo dei ricami sul

soprabito di Kit, e poi avrebbe fatto un sonnellino. Pescò qualche spillo nel disordine del cassetto del tavolo da lavoro, poi lo infilò tra i denti. Mentre lavorava, il raggio obliquo del sole si faceva lentamente strada sul pavimento, come la lancetta di un orologio.

«Mi avete fatto chiamare?»

Kit.

Niamh sussultò, ruotando sulla sedia. Quando incontrò il suo sguardo, tutti gli spilli che aveva in bocca caddero sul pavimento con un tintinnio. Le labbra di Kit si schiusero, e la sua espressione acida si addolcì di stupore… probabilmente per averla vista sputacchiare un boccone di metallo. Si fissarono da un lato all'altro della stanza.

L'ortica che aveva fatto crescere durante la loro ultima lite ondeggiava come una bandiera bianca fuori dalla finestra. Le sue foglie si curvarono verso di lui, premendo contro il vetro, e l'intera stanza parve scintillare nella luce a chiazze che lasciavano trapelare. Il cuore le tamburellò contro la cassa toracica.

«Cosa vi avevo detto riguardo al fatto di bussare sonoramente?» bofonchiò.

«L'ho fatto. Siete *voi* che dovete prestare attenzione all'ambiente circostante.»

Niamh si trattenne dal dare una risposta impertinente. Era troppo stanca per battibeccare con lui. «Volete darmi il soprabito? Voglio assicurarmi che quello a cui sto lavorando vi vada bene.»

Senza una parola, Kit si sfilò la redingote e gliela porse. Il tessuto era caldo e morbido tra le sue mani, e odorava vagamente di terra smossa e tabacco. Gli diede il soprabito nuovo appeso al manichino e cercò di non guardare mentre lo infilava. A una prima occhiata, gli andava splendidamente. L'orgoglio si accese dentro di lei. Finalmente aveva l'aspetto giusto: quello di un principe, regale e maestoso.

Niamh ammirò il colore – un blu così intenso che sembrava preso da una porzione di cielo notturno – e le linee rigorose e decise. Le sue assistenti avevano fatto un lavoro magnifico nell'assemblarlo. Il ricamo, fatto interamente di filo argento incantato, aveva richiesto più tempo e pazienza di quanto avrebbe potuto prevedere. Il disegno, un cespuglio di ortica che sbocciava lungo la schiena, sfuggiva all'osservatore. Diventava visibile solo se si voltava un pochino la testa, o se la luce colpiva il tessuto nella giusta angolazione.

Era il massimo di se stessa che avesse mai riversato in un indumento.

"Non voglio essere visto affatto" le aveva detto, un'osservazione pungente che lei aveva preso come una confessione.

E così, per quanto l'addolorasse, aveva intessuto ricordi di protezione nel soprabito. L'incantesimo gli avrebbe permesso di nascondersi in piena vista. Se provava a smettere di concentrarsi e a ignorare la familiarità del suo potere, poteva vedere la magia cominciare a fare effetto. In quel soprabito, le linee del corpo di Kit diventavano confuse e il suo volto si faceva indistinto. Lo sguardo sorvolava su di lui, come fosse uno sconosciuto in mezzo alla folla, o non più interessante di un complemento d'arredo.

Kit studiò il proprio riflesso nello specchio. Lei si aspettò di vederlo innervosirsi – succedeva a molti, mentre conciliavano le loro aspettative con la realtà di ciò che lei aveva creato –, invece rimase impalato con uno scintillio assente negli occhi. Si preparò al suo disgusto, a vederlo gettare il soprabito a terra con uno sbuffo, come aveva fatto con il fazzoletto.

Ma lui non disse niente.

Un'esile speranza sbocciò in lei. Intrecciò le dita sul petto. «Cosa ne pensate?»

Detestò l'ansia che traspariva dalla sua voce. Detestò il fatto che ancora le importava la sua opinione.

«È... a posto, suppongo» disse con una certa esitazione, quasi con la gola serrata. «Posso andare?»

A posto. Non poté evitare di provare delusione. Ma in confronto alle prime due reazioni che aveva avuto per il suo lavoro, era praticamente una lode. «Non ancora. Devo finire il motivo... e cucire la fodera, se per questo. Voltatevi, per favore.»

Kit la guardò in cagnesco, chiaramente contrario anche solo all'idea di voltarsi; malgrado ciò, le permise di girarlo da una parte all'altra. Tollerò tutto con una grazia sorprendente.

Lei gli raddrizzò il bavero ed esaminò la propria opera. Tracciò il ricamo con i polpastrelli dei pollici, proprio dove i lembi si curvavano timidamente attorno alle clavicole. Kit la guardò con gli occhi sgranati, e Niamh si accorse, in ritardo, che era un uomo in carne e ossa, non un manichino, a indossare il suo cappotto. Non poteva toccarlo con tanta nonchalance. Il suo viso avvampò.

«*Ehm*» bofonchiò nello stesso istante in cui lui disse: «Cosa...»

La porta si spalancò. Si allontanarono con una tale rapidità che Niamh rischiò di inciampare nel proprio vestito.

Jack fece il suo ingresso a grandi passi, con il portamento

austero di un comandante militare. In un istante, tutte le difese di Kit tornarono al loro posto. La curiosa, spaesata vulnerabilità che gli aveva letto in viso un attimo prima si irrigidì in una maschera di totale disprezzo. Jack, però, non parve notarlo. Il suo sguardo percorse la stanza una volta, poi un'altra. Guardò Niamh, con un profondo cipiglio.

«Che cosa ci fai qui?» gli domandò Kit.

«Ah» disse Jack, sorpreso. «Eccoti.»

Kit corrugò la fronte con vaga preoccupazione mentre Jack sbatteva ripetutamente le palpebre. Poi il suo sguardo si accese quando capì che cos'aveva fatto Niamh. Sembrava quasi riconoscente.

Fu scossa da un brivido segreto. L'incantesimo funzionava proprio come aveva sperato. Ma adesso che Jack fissava direttamente il fratello, l'effetto della magia si attenuò. Valutò Kit come un gioielliere con un monocolo d'ingrandimento. La fredda impersonalità di tutto ciò la fece quasi indignare per conto di Kit.

Dopo qualche istante, Jack gli chiese: «Sei contento?»

«Estasiato» ribatté Kit seccamente.

«Eccellente.» Se Jack era consapevole che Kit stesse cercando di ucciderlo solo con lo sguardo, la cosa non sembrò turbarlo. Estrasse l'orologio dal taschino. «Bene, dunque. Preparati, Kit. Non abbiamo molto tempo. Re Felipe e l'infanta Rosa saranno qui tra poche ore.»

«Solo un momento» si intromise Niamh. Entrambi i Carmine la fissarono con la stessa espressione sconcertata, ma lei continuò: «La giacca non è ancora finita».

Con una certa riluttanza, Kit si arrese.

Jack la osservò come se fosse un enigma che non aveva ancora capito come risolvere. «Molto bene, allora. Scendete quando sarete pronta per il ballo.»

Niamh non sapeva se fu il panico o l'eccitazione a farle perdere un battito. «Non avevo capito di essere invitata.»

«Ma certo che sì» concluse Jack, come se fosse ovvio. «Mi aspetto che siate presente. Dovete farvi vedere.»

Farmi vedere?, pensò. *Io?*

Ma lei non era nessuno. Di sicuro intendeva che le sue creazioni dovevano essere ammirate. Forse per sollecitare l'attesa per gli abiti da cerimonia di Kit e Rosa. Avrebbe dovuto scegliere con saggezza la propria mise, allora.

«Ci sarò.» Avrebbe preferito avere più tempo per prepararsi, ma poteva farcela. Doveva soltanto tagliare e cucire la fodera del soprabito di Kit. Il che le ricordò che non aveva più trovato quella matita. Borbottando a mezza voce, Niamh rovistò nella pila di *cose* sulla sua scrivania. Se solo fosse riuscita a ricordare dove…

«Dietro il vostro orecchio» le disse Kit.

«Eh?» La sua mano corse alla tempia e trovò la matita infilata dietro l'orecchio. «Oh. Grazie.»

«Ma vi pare» mormorò lui. Quindi si diresse alla porta, come se non potesse fuggire più in fretta.

Quella sera, Niamh distese sul letto ogni abito che aveva con sé. Fece del suo meglio per non toccarli. Non si era mai abbastanza cauti quando si trattava di una pila – una montagna, in quel caso – di indumenti incantati. Scorrerli tutti distrattamente avrebbe provocato l'intero spettro di emozioni in un batter d'occhio. Lo aveva fatto un paio di volte prima di allora, e non era incline a ripetere l'esperienza.

Fissò i propri abiti con crescente sgomento. Quello era il primo ballo a cui partecipava in vita sua, e Jack le aveva esteso l'invito con una tale noncuranza, come se non avesse potuto mandarla nel panico. Doveva sembrare elegante ma non austera, audace ma non esotica, classica ma non fuori moda. Doveva scegliere qualcosa che dicesse: "Non sono un pesce fuor d'acqua", ma senza essere presuntuosa.

Alla fine, ridusse la scelta ai suoi due abiti preferiti. Il primo era di mussola bianca, con paillettes sulla gonna che aveva impiegato settimane a cucire. Aveva intriso ogni singolo punto con la gioia irruente di una notte di tarda estate, e risultava brioso come una risata. Il secondo era di cotone color pesca, ricamato con un incantesimo che rendeva chi lo indossava due volte più bella agli occhi di chiunque posasse lo sguardo su di lei. Il pesca avrebbe di certo attirato l'attenzione, ma lei non era venuta in Avaland per irretire qualcuno. Quello bianco sarebbe andato bene.

Una volta pronta, scese di sotto con il soprabito nuovo di Kit ordinatamente ripiegato sul braccio. Si fermò sul ballatoio in cima allo scalone imperiale e sorrise alla vista di ciò che si ritrovò davanti. La servitù si era data da fare mentre lei era chiusa nella sua stanza: composizioni di gigli bianchi e fiori di nebbia sbocciavano su ogni gradino, e del gelsomino si intrecciava alla balaustra di ferro battuto. Profumavano l'aria con il loro nettare dolce e delicato.

Vide Jack, Sofia e Kit indugiare ai piedi dello scalone. Kit irradiava un'aura talmente tetra che era come se si trovasse al centro di un campo di battaglia piuttosto che nel più bel salone per ricevimenti che lei avesse mai visto. Niamh cercò di non notare che era solo in maniche di camicia, con le mani infilate nelle tasche. Si affrettò verso di loro, e tutti e tre si fermarono di colpo vedendola.

«Miss O'Connor, sembrate come i campi ghiacciati di Saksia in una giornata luminosa» disse cordialmente Sofia. I suoi occhi pallidi scintillarono di gioia. «Vi giocavo quando ero bambina, inseguendo gli spiriti del ghiaccio con le mie sorelle. Non lo pensate anche voi, Vostra Altezza?»

Jack aveva un'espressione davvero curiosa. Osservò la moglie come se non la riconoscesse affatto. «Non saprei dire. Non ci sono mai stato, né ho mai sentito nominare una cosa del genere.»

Sofia si fece avvilita, l'entusiasmo sparito in un battibaleno. Niamh sentì un morso allo stomaco. Conosceva molto bene la fitta di quella delusione: una mano tesa e ignorata.

Dovette riconoscere a Jack, però, che si rese conto in fretta di essersi espresso male. «Ma è un effetto d'insieme molto particolare. Anzi, mi fa pensare alle estati trascorse a Woodville Hall. Nostro padre ci veniva a trovare lì quando eravamo bambini. Ti ricordi, Kit?»

«Oh» rispose lui cupamente «mi ricordo eccome.»

Per un istante, il quartetto rimase in un silenzio imbarazzato. Niamh avrebbe tanto voluto rivedere lo stupore fanciullesco sul viso di Sofia. Era stranamente sensibile all'idea che una donna tanto composta, nientemeno che una principessa, si sciogliesse tanto facilmente di fronte a un incantesimo di gioia. «Vi regalerò il vestito se vi fa piacere, Vostra Altezza.»

Benché fosse più contenuto, il sorriso tornò. «Non potrei desiderare niente di più.»

«È molto generoso da parte vostra» disse Jack, chiaramente sconcertato.

«Nessun problema... ed è il minimo che possa fare visto che siete stati tanto cortesi da invitarmi a questa festa.» Lasciò il soprabito nelle mani di Kit, ansiosa di allontanarsi da qualunque ferita Jack avesse riaperto. «Provatelo, per favore.»

Senza fare storie, lui lo infilò. L'effetto dell'incantesimo agì immediatamente. La sagoma di Kit divenne incerta, la sua forma uno schizzo di carboncino sbavato. Jack sbatté le palpebre, sbalordito, e poi la sua bocca si ridusse a una linea tetra. Infine, capì che cosa Niamh aveva fatto.

«Il principe dovrebbe essere in grado di controllarlo, in un certo senso» riferì lei umilmente.

«Be', è sempre un bene avere una via di fuga» disse Jack rivolto a nessuno in particolare. Controllò l'orologio da taschino ed emise un verso stizzoso. «Finitelo, allora. Gli ospiti inizieranno ad arrivare da un momento all'altro. Vogliamo andare, Sofia?»

Sofia infilò la mano nell'incavo del suo gomito e gli concesse di scortarla all'ingresso principale.

Era quasi ora.

Attraverso le vetrate frontali, Niamh osservò la fila di carrozze emergere dai boschi che circondavano i giardini di palazzo. Con le loro imponenti forme e i cavalli maestosi, sembrava che un piccolo esercito stesse piombando su di loro. L'impressione non era affatto agevolata dall'espressione straordinariamente tetra di Kit. Niamh non poteva permettersi di farsi distrarre in quel momento. Doveva concentrarsi sul compito che aveva davanti... se fosse riuscita a trovarlo.

Sbatté le palpebre un paio di volte per superare l'incantesimo. Anche se Kit era indistinto, i suoi occhi erano come un faro: luminosi e ambrati, ardevano attraverso un mare nascosto dalla nebbia. Ogni attimo che passava, diventava sempre più visibile. Il soprabito, decise, gli stava a pennello. Tutto ciò che rimaneva da fare era aggiungere gli ultimi bottoni decorativi.

«Sedetevi, per favore.»

Lui obbedì. Niamh gli si sistemò accanto sulle scale. Infilò l'ago e cominciò a cucire i bottoni di madreperla alla giacca. Mentre lavorava, tutto ciò su cui riusciva a concentrarsi era la rapidità dei battiti del principe e il calore costante del suo corpo sotto la mano. Quando finì, tagliò il filo e ripose le forbici nella scatola da cucito.

«Così dovrebbe andare» concluse, soddisfatta. «Nemmeno un re avrà da ridire su di voi.»

«Grandioso» replicò lui, secco.

Grandioso. Aveva lavorato notte e giorno per una settimana, e quello era il massimo riconoscimento che aveva avuto. Ma mentre lo guardava, decise che sembrava più distratto che altro. Cercò di non prenderla sul personale. Il cattivo umore non sembrava essere colpa sua.

Tirò fuori una pipa e una scatola di fiammiferi dalla tasca, e Niamh si scoprì sorpresa.

«Non sapevo che i principi fumassero la pipa» disse per prenderlo un po' in giro. «Molto plebeo da parte vostra.»

Lui si irrigidì, cercando di decidere se fosse ironica o

meno. «Questo principe sì. Non mi piace il tabacco da fiuto, quindi questo è l'ultimo vizio che mi è rimasto.»

Niamh annegò nel proprio silenzio. Il tono del principe non ammetteva repliche. Eppure non fece alcuno sforzo per andarsene, né la congedò. Chissà per quale grazia degli dei, riuscivano a esistere in presenza l'uno dell'altra senza finire in qualche sciocca lite. Niamh non voleva rovinare quel momento, ma non riusciva a tollerare il silenzio né l'immobilità. Troppi pensieri indesiderati facevano capolino nella sua mente. Per esempio, quanto fosse stranamente affascinante osservarlo mentre infilava la pipa nell'angolo della bocca. Si costrinse a distogliere lo sguardo da lui, ma dovette fare un certo sforzo per bandire l'immagine della punta di legno appoggiata leggermente sul suo labbro inferiore.

«Sofia sembra simpatica» azzardò, con voce solo un tantino strozzata.

«Vi prendete parecchie libertà oggi.»

L'imbarazzo ebbe il sopravvento su di lei. «Non sono io ad avere infranto il decoro per prima. Inoltre, non avete scoraggiato qualche familiarità tra noi.»

«Non per mancanza di tentativi.» Accese un fiammifero e diede fuoco al fornello della pipa. L'odore di tabacco si diffuse nell'aria. «La conosco tanto quanto voi.»

Impiegò un istante a comprendere che il principe stava assecondando il suo flebile tentativo di fare conversazione. Quanto aveva detto catturò il suo interesse. Non pensava che Jack e Sofia fossero sposati da poco, ma Jack aveva accennato a qualcosa sull'assenza prolungata di Kit da corte. Davvero non si erano conosciuti prima di quell'estate?

Sapeva di esser troppo curiosa… o, come aveva detto una volta Kit, *impertinente*. Ma la posa rilassata con cui era appoggiato alle scale, sostenuto da un gomito, le diede coraggio.

Lui inclinò la testa all'indietro, una porzione della sua gola visibile sopra il nodo della cravatta. Per la prima volta da quando lo conosceva, sembrava quasi in pace, come se stesse fumando in un campo aperto e non nel palazzo infiocchettato del principe reggente.

Cosa si proverà, si domandò Niamh, *a essere così sicuri di sé? O forse, più precisamente, a infischiarsene di tutto?*

«Eravate presente al loro matrimonio?» gli domandò.

Lui esalò un pennacchio di fumo. «Così pare.»

Niamh lo liquidò con un cenno della mano. «È stato molto tempo fa, allora?»

«Forse un anno e mezzo.» Diede un'altra lunga boccata, poi esalò il fumo con un sospiro. *Dentro, pausa, fuori*. Ogni suo respiro saliva e calava come la marea. «Adesso avete finito con l'interrogatorio?»

Il viso di Niamh fu inondato di calore. Forse era stata *davvero* impertinente. Ma persino lei sapeva di non potergli fare le domande di cui desiderava ardentemente una risposta. Per esempio: *Come avete potuto dimenticare qualcosa come il matrimonio di vostro fratello?*

«Per ora» rispose.

«Christopher, gli invitati stanno…» Jack si interruppe per sbuffare, impaziente. «Per l'amor di dio, metti via quell'affare. Non siamo in una taverna.»

Kit si raddrizzò e ripose la pipa. Con un'occhiata fugace a Niamh, disse: «State lontana dai guai».

«E questo cosa vorrebbe dire?» gli domandò, ma lui si

stava già allontanando. La cosa la irritò, ma perlomeno si sarebbe potuta godere il ballo senza lui che la guardava in cagnesco.

Il ballo. Il primissimo ballo della sua vita. Ma certo. Come poteva averlo dimenticato?

Nel profondo, Niamh sapeva di non potersi permettere troppo entusiasmo per una cosa simile. Ma i suoi più folli, sciocchi sogni a occhi aperti erano sopravvissuti alla sua adolescenza. Non poté fare a meno di immaginare come sarebbe stato entrare in una sala da ballo dove tutti conoscevano il suo nome, quanto sarebbe stato emozionante danzare con uno sconosciuto sotto lo scintillio di un lampadario.

Innamorarsi.

Non avrebbe dovuto permettersi di desiderare così tante frivolezze. Era egoismo della peggior specie. Persino in quel momento, riusciva a sentire il peso dell'occhiata di disapprovazione della nonna. Pensò ai suoi conterranei – come Erin – che avevano lasciato il lavoro per la frustrazione. Chi era lei per godere degli agi della corte avalandese quando così tante persone avevano sofferto per mano della casata reale?

Doveva lavorare più sodo che poteva, più a lungo che poteva, più in fretta che poteva, per assicurarsi che le persone che amava fossero felici e al sicuro, per preservare il lascito della sua famiglia. Se avesse potuto prendere su di sé i loro fardelli, ciò avrebbe dato alla sua vita – ai pochi miseri anni che aveva a disposizione – un significato.

La sua vita non aveva importanza.

Non ancora, comunque.

Ma, mentre i primi invitati oltrepassavano le porte

d'ingresso del palazzo, Niamh non riuscì a reprimere i propri desideri autodistruttivi. Aveva cucito abbastanza per quel giorno. Solo per quella volta, forse, poteva concedersi un po' di divertimento.

Solo per quella sera, poteva essere un po' egoista.

7

Entrare nella sala da ballo fu come mettere piede in un prato. Niamh si portò una mano alle labbra per impedirsi di gridare dalla gioia.

Fiori traboccavano dai vasi in equilibrio sulle colonne di marmo, si riversavano dalle balconate e facevano capolino tra i vassoi di torte sul tavolo del rinfresco. Qualcuno fluttuava anche nella ciotola del punch. Centinaia di candele tremolavano intorno a lei, immergendo la sala da ballo in un bagliore intimo. Fiammelle facevano l'occhiolino dai lampadari bassi e donavano al pavimento di legno massiccio un bagliore che toglieva il fiato. E mentre il sole calava e inondava con i propri raggi quelle maestose vetrate, tutto divenne dorato e caldo.

«Le danze cominceranno all'arrivo di Sua Altezza Reale l'infanta Rosa» la informò con solennità il valletto accanto alle porte.

Un gigantesco lenzuolo bianco era steso sulla pista da ballo. *Curioso*, pensò Niamh, *che non si possa neanche ammirarla prima dell'arrivo dell'infanta.*

Gironzolò per la sala come in un sogno. Servi affaccendati si muovevano in massa, portando vassoi d'argento con pietanze in porzioni minuscole che lei non aveva mai visto in vita sua. Assaggiò pudding a strati in minuscoli bicchieri, sandwich al cetriolo tagliati così sottili che non ebbe quasi bisogno di masticare e tre biscotti ripieni di marmellata, ciascuno sormontato da un petalo cristallizzato.

Mentre ne prendeva un altro, una donna di mezz'età la prese per un braccio e quasi la trascinò dalle sue amiche. I suoi occhi brillavano di meraviglia. «Cielo, chi ha creato il vostro abito?»

«Io» rispose Niamh a bocca piena. «Mi chiamo Niamh Ó Conchobhair.»

Un mormorio divertito si diffuse nel gruppetto, e parte dell'allegria genuina svanì dal viso della donna. Una gioia crudele prese il suo posto.

«Voi? Una machlandese?» strillò la donna. «Oh, cielo. Be', davvero caratteristico. Dovete crearne subito uno per mia figlia. No, non dite nulla, adesso. Posso mandarvi a chiamare… oh, povera me. Sapete almeno leggere? Che sciocco da parte mia darlo per scontato!»

L'insulto andò a segno, ma Niamh fece del suo meglio per reagire con un sorriso. Aveva sperato in una vita migliore lì. Ma una vita migliore, comprese in quell'istante, comportava un migliaio di piccoli sacrifici. Mentre attraversava la sala, passò da una conversazione sgradevole all'altra.

«Che peccato. Un sangue divino così potente ma niente

denaro né status sociale» disse con disgusto una donna. «Però, oserei dire che siete abbastanza graziosa da spingere un certo tipo di famiglia a darvi in sposa a uno dei figli minori. Ho sentito dire che le donne machlandesi sono molto prolifiche.»

«Dovete venire nella mia tenuta, se riesco a strapparvi al vostro padrone» le disse un uomo anziano in tono lacrimevole. «Il vostro abito… non provavo una spensieratezza simile da quando ero un ragazzo. Nulla riesce più a rendermi felice, sapete, a parte i miei splendidi cavalli.»

«Che strano deve sembrarvi questo ambiente» sottolineò una delle debuttanti. «Noi avalandesi siamo talmente riservati in confronto ai vostri conterranei. Ho sentito dire che nel Machland si corre selvaggi per le colline. E, oh, i racconti che si sentono sui vostri rituali!»

Nessuno le chiese di danzare.

Una volta fuggita dagli ultimi invitati, Niamh trovò una sedia e vi si lasciò cadere sopra, grata di dare un po' di sollievo ai piedi. Il vestito le si allargò attorno, scintillando a tal punto alla luce delle candele che le fecero male gli occhi. I balli, da quel che sembrava, erano molto meno romantici e assai più umilianti di quanto avesse immaginato. Serrò gli occhi e contò fino a tre, mandando giù le lacrime familiari che le bruciavano la gola.

Quando li riaprì, notò Sinclair che tornava in sala con passo malfermo da una delle due ali laterali. Non ci voleva un membro smaliziato della corte per immaginare cosa avesse combinato. La sua giacca era sospettosamente spiegazzata, e la cravatta era annodata alla meno peggio attorno al collo, anche se "annodata" era un termine generoso per ciò che ne aveva fatto. Dovette ammettere di essere impressionata che gli ci fosse voluta non più di un'ora per trovare qualcuno con cui appartarsi.

I loro sguardi si incontrarono e il viso di Sinclair si illuminò. Sollevò un dito, come per dire: *Aspettate*. Prese due bicchieri di punch dal tavolo dei rinfreschi e la raggiunse con passo tranquillo. I capelli dorati gli ricadevano arruffati sulla fronte, e quasi brillava alla luce delle candele, angelico come un'icona dorata in una chiesa avalandese.

«Be', ma siete stupenda. Sembrate l'incarnazione del sole.»

Niamh si animò per quel complimento. «Salve, Sinclair.»

Lui le porse un bicchiere e fece *cin cin*. Niamh sorseggiò il punch... e per poco non lo risputò nel bicchiere. L'alcol le bruciò la gola e le irritò lo stomaco. Percepì il gusto di non meno di tre tipi di liquori... e vino. Santo cielo, come faceva la gente a ballare, figuriamoci a *camminare*, se ne beveva più di uno?

Sinclair si appoggiò alla parete accanto a lei e indicò con un gesto vago la sala da ballo. «Vi state divertendo?»

Niamh posò il bicchiere su un tavolo vicino. «È, *ehm*... interessante. Ma il cibo è incredibile.»

«Sembra incredibile anche addosso a voi» disse in tono scherzoso.

Lei si guardò le dita dei guanti rosse di marmellata. Perlomeno sperò che fosse marmellata. «Oh, dei. Vi prego, fate finta di non averlo visto.»

«Non vi prometto niente. Fa molta tenerezza.» Sorrise. «Avete posto sul vostro carnet di ballo? Non mi perdonerei mai se perdessi l'opportunità di danzare con voi.»

«Avete l'imbarazzo della scelta.» Gli mostrò il carnet vuoto. Quel martellante, stucchevole senso di solitudine minacciò di avere di nuovo il sopravvento su di lei, così aggiunse: «È meglio così. Non ho mai imparato a ballare come fate qui».

Nel Machland, le feste erano una faccenda più intima: poche persone, balli veloci, abbigliamento informale. Lì immaginava che fossero compassate e artificiose come ogni altra cosa, con tutti gli invitati che volteggiavano sulla pista come figure in un carillon.

«Allora permettetemi di insegnarvi il valzer. Una ragazza graziosa come voi che non partecipa al primo ballo della Stagione? Non posso permetterlo.»

Un'esile scintilla di eccitazione sbocciò in lei, ma la soffocò meglio che poté. «Non potrei mai! Vi metterei in imbarazzo.»

«Fa parte del divertimento, no?» La sua espressione divenne talmente abbattuta che Niamh non poté fare a meno di sorridere. «Vi prego, dite di sì.»

«Molto bene, ma non dite che non vi avevo avvertito quando vi pesterò i piedi.»

«Non vedo l'ora che succeda.» Guardò di traverso la pista da ballo. Il telo che la ricopriva rimaneva indisturbato, come una coltre di neve fresca. Alcuni invitati indugiavano alle sue estremità, osservandolo con bramoso, impaziente interesse. «Sempre che si riesca ad averne l'occasione.»

«Mi hanno detto che le danze non cominceranno prima dell'arrivo dell'infanta Rosa. È consuetudine?»

Sinclair agitò una mano. «In un certo senso. Ogni anno, Jack commissiona a un artista di disegnare con il gesso la pista per il ballo inaugurale della Stagione. Immagino che quest'anno abbia chiesto che venissero omaggiati i nostri ospiti castiliani. Non possiamo rovinarla prima che loro la vedano.»

Riusciva a immaginare ogni cosa. Le coppie che volteggiavano per la sala mentre la magia si sprigionava nell'aria. La polvere di gesso che si avvolgeva attorno a loro. L'opera che si spargeva per tutto il pavimento in linee irregolari, vorticose. Il pensiero dolceamaro di tanta bellezza così fragile, transitoria, le provocò una fitta di desiderio. «Sembra spettacolare.»

«È così. Dovreste vedere quando viene svelata.» Le offrì il braccio e sorrise quando lei lo accettò. «Andiamo a cercare una posizione privilegiata.»

«D'accordo» replicò lei, incapace di trattenere l'entusiasmo.

Mentre lui la guidava tra la folla, iniziarono i sussurri. Dapprima, Niamh riuscì a ignorarli. Ma mentre gli sguardi li seguivano per la sala – alcuni impietositi, alcuni derisori, altri ancora divertiti – non riuscì più a far finta di niente. Sentì una morsa allo stomaco per la vergogna, e la pelle iniziò a formicolare sotto i loro occhi indagatori.

«Sinclair?» sussurrò. «Perché tutti ci fissano?»

«*Mmm*?» lui osservò la sala per un istante. «Ah. Deve essere per causa mia.»

«Vi prego, non serve che abbiate tatto » lo incalzò Niamh. «Stasera tutti hanno reso molto chiaro ciò che pensano di me. Non voglio causarvi alcun problema.»

Il suo passo disinvolto vacillò, poi rallentò fino a fermarsi. Evitò di guardarla negli occhi. «Non è per causa vostra. Non so come dirlo, ma non sono stato del tutto sincero con voi.»

«Capisco.» Niamh scrutò la sua espressione, mezza

nascosta da un ciuffo di capelli arruffati. «Che intendete dire?»

«Le mie attenzioni per voi non sono state del tutto disinteressate. Questo non vuol dire che non trovi piacere nella vostra compagnia. È così, ma...» Si lasciò sfuggire una risata strozzata. «Gradirei prendere un po' d'aria. E voi?»

Qualunque cosa avesse da confessarle, chiaramente lo opprimeva. Gli strinse l'avambraccio per rassicurarlo. «Potete dirmi tutto. Non mi arrabbierò.»

«Alla presentazione delle debuttanti, ricordate quando Jack mi ha chiesto se avevo riflettuto su quanto mi aveva detto?» Quando lei annuì, continuò: «Mi ha chiesto di corteggiare qualcuno durante la Stagione. Per essere più precisi, di *fingere* di corteggiare qualcuno. Lo so che sembra una follia, ma la mia reputazione non è del tutto limpida, e lui non vuole che questo si ripercuota ancora di più su Kit. Ovviamente, farò del mio meglio per aiutarvi a destreggiarvi durante la Stagione. Potrei presentarvi alle poche conoscenze che mi sono rimaste, se volete. Ma non avrei mai l'ardire di presumere che...»

«Sinclair, oh, sono davvero spiacente di interrompervi.» Si guardò attorno. «Posso chiedervi perché? Voi siete una persona incantevole. Di sicuro, deve esserci una donna qui che incoraggerebbe il vostro affetto...»

«Non voglio corteggiare una donna.» Sostenne il suo sguardo, e ci volle solo un istante perché lei capisse il significato delle sue parole.

Nel Machland, nessuna legge impediva di amare o sposare chi si desiderava. Lei ed Erin non si erano mai dichiarate ufficialmente, ma la sera prima di partire per Avaland, l'anno precedente, Erin aveva portato Niamh sulle scogliere proprio fuori Caterlow. Mentre il sole si immergeva lentamente nell'oceano, Erin l'aveva baciata. Il calore languido del bacio, il brivido, la gioia impossibile di quell'istante, tutto era sembrato fugace come gesso su una pista da ballo. Niamh non aveva potuto promettere di aspettarla... lei non sapeva quanto sarebbe stata via. Non aveva potuto nemmeno andare con lei. Non alla prospettiva di un lavoro mal pagato. Nemmeno per inseguire la propria felicità. La pietà ferita negli occhi di Erin l'aveva quasi distrutta.

Ma in Avaland, dove ricchezza e magia erano intrecciate, dove la nobiltà proteggeva ferocemente il proprio patrimonio magico, non la sconvolse scoprire che certe unioni erano disapprovate.

«Siamo uguali» gli sussurrò lei, il che le fece guadagnare un sorriso sollevato. «Ma perché io? Sono un partito a malapena adeguato per voi.»

«Perché siete perfetta! Non siete qui per trovare marito. Nessuna madre desiderosa di sistemare la figlia mi permetterebbe di corteggiarla. E poi, direi che voi e io siamo uguali agli occhi della società. Anzi, voi potreste essere addirittura più rispettabile. Io non possiedo sangue divino.»

«Ma siete pur sempre un nobile» protestò lei. E tuttavia, l'araldo lo aveva annunciato come Mr Gabriel Sinclair.

«Non più» proseguì lui con una certa amarezza. «Non sono figlio di Pelinor... non di sangue, comunque. Mi ha cresciuto in casa sua per proteggere sia se stesso sia mia madre dallo scandalo. Ma qualche anno fa... Be', diciamo che ho esaurito la sua generosità. Un bastardo senza sangue divino si può anche tollerare. Ma un bastardo con inclinazioni come le mie... avrebbe potuto soprassedere se avessi avuto sangue divino come mia madre. Ma con entrambe queste mancanze? Era inaccettabile.»

«Vi ha disconosciuto.»

«Sì.» Sinclair sospirò, ma lei lo vide nascondere con cautela il dolore dietro un sorriso. «Ma Kit ha fatto in modo che non finissi in mezzo a una strada. E ricevo anche un'indennità da lui.»

«*Cosa?*» Non era sicura di cosa la sconvolgesse di più: che il duca fosse così spietato, o che Kit fosse tanto generoso. «Ma è terribile!»

«Non è il caso che vi preoccupiate per me. Mi ha comprato una casa molto carina in città. Anzi, dovreste venire a farmi visita un giorno di questi.» Le fece l'occhiolino, ma Niamh non riuscì proprio ad assecondare il suo fare superficiale. Come riusciva a sorvolare con tale determinazione su una cosa tanto dolorosa? Quando vide la sua espressione, si fece serio. «Vi ho sconvolta. Le mie più sincere scuse.»

«No, vi prego, non scusatevi. Nessuno dovrebbe portare il vostro fardello da solo.» Niamh gli prese entrambe le mani tra le sue. «Sono molto contenta che me lo abbiate raccontato. E, per quel poco che vale, sarei onorata di assecondare la vostra richiesta.»

Gli occhi di Sinclair si illuminarono di gratitudine. «Ah, Miss O'Connor, vi spezzerò il cuore alla fine.»

«E io vi odierò amaramente per questo» rispose con affetto. «Chiamatemi Niamh.»

«Niamh.»

Il suono del suo nome, pronunciato con tanta gradita familiarità, le scaldò il cuore. Quella serata non somigliava minimamente ai suoi sogni a occhi aperti. Malgrado ciò, in una sala da ballo piena di persone che li disdegnavano entrambi, finalmente aveva trovato un amico.

«Sinclair. Eccoti qui.»

Tanto rapidamente com'era migliorata, la serata si rabbuiò ancora una volta.

Kit era appena a qualche passo di distanza, nella raffinata eleganza del suo soprabito. Tutta la luce dei lampadari si raccolse attorno a lui, addolcendo i tratti aguzzi del suo viso. Le si seccò la gola a vederlo. Ecco finalmente un principe che sembrava uscito dalle pagine di un libro di fiabe jailliano. O uno degli Eterni, crudele e bellissimo, vista la facilità e il fastidio con cui aveva catturato la sua attenzione.

Kit voltò i suoi occhi dorati su di lei e aggiunse: «Voi».

Voi. Come se non sapesse come si chiamava!

«L'uomo del giorno finalmente fa la sua comparsa» si intromise Sinclair. Con un filo d'apprensione nella voce, gli domandò: «Che cos'hai lì?»

«Limonata» tagliò corto Kit «quindi puoi smetterla di guardarmi in quel modo.»

«Giusto. Ma certo.»

Per la prima volta, Niamh percepì del disagio tra loro. Osservò il bicchiere di Kit. Era davvero limonata, guarnita con un ciuffo di menta e una fettina sottile di cetriolo. Stranamente, lui era una delle poche persone presenti senza un bicchiere di punch in mano. Le era sembrato distratto, prima, all'ingresso, ma adesso era del tutto agitato. La mascella si contraeva nervosa, e i suoi occhi vagavano per la sala senza posarsi su niente e nessuno.

«Jack è deciso a tormentarmi» disse dopo un lungo istante,

chiaramente facendo del suo meglio per spezzare quel silenzio teso. «È talmente dolce che non riesco neanche a berla.»

Lei restò a bocca aperta. «Non vi piacciono i dolci?»

«No» rispose lui, visibilmente colto alla sprovvista dall'orrore che le lesse in volto.

Sembrava impossibile che un uomo solo potesse essere tanto mostruoso. «Com'è possibile?»

«Non lo so. È così e basta» rispose lui, sulla difensiva. Sembrava esasperato dal tono d'accusa nella sua voce, il che la sconcertò ancora di più. «Tenete.»

Non la spinse esattamente verso di lei, ma gliela offrì bruscamente, come se si fosse sentito obbligato contro la propria volontà o il buonsenso. Il ghiaccio nel bicchiere tintinnò in modo sinistro. Troppo sbalordita per rifiutare, Niamh lo accettò. Il bicchiere le raffreddò la pelle e un rivolo d'acqua scivolo lungo il lato, inzuppando il suo guanto. Fissò, paralizzata, la condensa che ne permeava l'orlo, dove le labbra di Kit avevano lasciato un impercettibile impronta. Dovette ruotarlo prima di bere un sorso. Dei, adesso sì che era confusa.

Sinclair li guardò entrambi con un'espressione tra il meravigliato e il nauseato. Molto lentamente, bevve un sorso del proprio punch, come se dovesse trattenersi dal dire qualcosa.

Un mormorio si diffuse per la sala da ballo. Si moltiplicò, finché Niamh non riuscì a capirne il motivo: l'infanta Rosa era arrivata.

«Devo andare» mormorò Kit. «A dopo.»

Detto questo, sparì. Che uomo bizzarro. Ma non poteva rimuginarci sopra. In quel momento aveva cose migliori da fare che interrogarsi sul suo comportamento. Si alzò in punta di piedi e allungò il collo tentando di vedere oltre la folla… e subito avvistò Rosa.

Ancora una volta, era vestita di nero come se fosse in lutto. Camminava a braccetto con la sua graziosa dama di compagnia, seguendo il sentiero tracciato dalle ampie spalline con i gradi militari di suo padre attraverso la sala da ballo. Uno spesso nastro nero cingeva la vita alta del suo vestito, e le perline nere sulla gonna catturavano la luce a ogni passo.

Jack attese i nuovi arrivati sul palco che era stato allestito, le mani intrecciate davanti a sé e Sofia serenamente al suo fianco. Quando il re e il principe reggente parlarono, gli invitati si spostarono irrequieti intorno a lei. Tutti erano ansiosi di danzare.

Alla fine, Jack si fece avanti e si rivolse alla folla con la sua cadenza solenne. «Sono onorato di aprire le danze per il ballo inaugurale della Stagione. Come molti di voi sanno, è tradizione festeggiare l'avvenimento con un'opera d'arte in gesso sulla pista da ballo. Quest'anno ho preparato qualcosa di molto speciale per i nostri ospiti, che ben presto avrò l'onore di chiamare famiglia. Senza ulteriori indugi…»

Fece un cenno a due valletti, che all'unisono presero tra le mani gli angoli del telone.

«Di cosa si tratterà quest'anno?» mormorò qualcuno trepidante. «Sarà difficile superare l'opera dell'anno scorso.»

«Sarà un ritratto della principessa, secondo voi? Quello della principessa Sofia commissionato in occasione delle loro nozze era assolutamente raffinato.»

Centimetro dopo centimetro, i valletti arrotolarono il telone per rivelare il pavimento.

Il frivolo mormorio della folla crebbe.

E la speranza abbandonò del tutto il volto di Jack.

Rosa guardò la pista da ballo con un'espressione volontariamente impassibile. I suoi occhi scuri, però, brillarono di ilarità. Suo padre, invece, non parve affatto impressionato. Si voltò verso Jack in attesa di una spiegazione, ma il principe reggente non parve notarlo affatto. Il suo incarnato, da mortalmente pallido, si fece rosso vivido.

Dalla sua posizione privilegiata, Niamh riuscì a vedere la pista da ballo che si stendeva davanti a lei. A tratti marcati, aggressivi, qualcuno aveva disegnato il sole nello stile delle rune machlandesi: il simbolo del dio della giustizia e della sua implacabile, accecante gloria. Era un emblema che persino gli avalandesi conoscevano, perché era stato impresso sulle bandiere portate durante la Guerra d'indipendenza machlandese. Era un messaggio abbastanza chiaro, ma l'artista aveva anche scarabocchiato delle parole in machlandese sotto il disegno.

Sinclair si protese verso Niamh e le sussurrò: «Cosa vuol dire?»

Niamh arrossì. Non poteva proprio riferire quel che diceva... soprattutto lì, nel cuore del regno avalandese. «Non credo che vogliate saperlo.» Certe volte credeva che la sua lingua fosse stata creata apposta per lanciare maledizioni, perché c'era un'eleganza essenziale nel machlandese. Perdeva parte della sua forza in avalandese, ma diceva più o meno questo:

Jack Carmine, che le porte del paradiso mai si aprano per te.
Che venga una faraona a piangere la nascita del tuo erede.
Che tu possa vedere ciò che sei diventato.

8

«Bene» tuonò Jack sopra il caos. «Divertitevi.»

Quasi fuggì dal salone, con il re di Castilia alle calcagna. L'impassibilità di Sofia si incrinò quel tanto da rivelare un esile bagliore di glaciale contrarietà. Kit e Rosa, abbandonati ai lati opposti del palco, si fissavano l'un l'altra come due gatti pronti ad azzuffarsi in un vicolo. Niamh non poteva sopportare di vederlo insultare Rosa, come inevitabilmente avrebbe fatto. La serata era già un disastro totale.

Indietreggiò di qualche passo, premendo la schiena contro il muro. L'aria era densa dell'odore di liquori, profumi e sudore. Qualche coppia audace raggiunse la pista, le scarpe che creavano macchie indistinte nelle maledizioni scritte con il gesso sotto i loro piedi. Niamh percepì ancora il loro potere come se fossero magia vera, antica e sboccata, che crepitava come una saetta nell'aria. Per alcuni membri della corte, l'incidente non era altro che uno spettacolo da criticare e di cui ridere. Ma altri l'avevano preso per la minaccia che era. Due donne si appartarono lì vicino, i ventagli che sfarfallavano e le teste chine l'una verso l'altra con fare cospiratorio.

«Cielo, i machlandesi sono diventati audaci ultimamente» sottolineò una di loro. «La mia servitù si è fatta sempre più pigra da quando quella tale Carlile ha deciso di tormentarci. Che faccia tosta, chiedere di più quando loro rendono sempre meno.»

Niamh sentì una fitta improvvisa allo stomaco.

Sinclair le posò una mano sulla spalla, facendola sussultare. Riuscì a interpretare la pressione decisa delle sue dita: *Andiamocene, prima che sentiate qualcosa che sarebbe meglio non ascoltare*. «Posso essere tanto audace da reclamare il vostro primo ballo?»

Avrebbe dovuto essere così facile accettare, scivolare via e fingere di non aver udito nulla. Eppure, si sentì incollata a terra. Il debole suono argentino del quartetto d'archi la raggiunse da un centinaio di miglia di distanza.

«Riuscite a credere» proseguì l'altra donna «che il principe reggente abbia affidato un incarico tanto importante proprio a una machlandese?»

«Certo che sì. Dopotutto, ha esibito quella sua sartina a ogni evento, neanche fosse una specie di pony da esposizione. È a dir poco evidente ciò che sta cercando di fare. Si affanna per placare quella marmaglia invece di fare davvero qualcosa. Suo padre non avrebbe mai tollerato questo genere di affronto.»

«Certo che no» convenne la compagna. «Ne tollera da ogni fronte... soprattutto da parte di quel suo terribile fratello. E che razza di compagnia si è scelto il giovane principe! Li avete visti tutti e tre insieme? Sembrava l'inizio di qualche pessima storiella. Una stracciona, uno smidollato e un ubriacone entrano in una sala da ballo...»

Il ronzio di un centinaio di conversazioni crebbe fino a diventare un ruggito sordo nelle sue orecchie. Tutt'intorno a lei si agitava un mare di visi pallidi, brilli, pettegoli, ammiccanti, sghignazzanti. Le si offuscò la vista per le lacrime non versate. Come aveva potuto pensare anche solo per un istante che sarebbe stata accettata lì?

«Niamh» le disse dolcemente Sinclair. «Vi prego di non dare ascolto a quello che dicono.»

«Non lo farò.» Ma come poteva non farlo? Gli sorrise meglio che riuscì. «Volete scusarmi per un attimo? Torno subito.»

Aveva bisogno d'aria.

Si fece strada attraverso la sala da ballo, rovesciando almeno un drink e colpendo diverse composizioni floreali nella fretta. Alla fine raggiunse una porta finestra. Non importava dove conducesse. La aprì con una spinta e si ritrovò su una terrazza.

Fuori era buio, la poca luce proveniva dalle stelle nel firmamento e da qualche candela tremolante che formava pozze di cera. Le porte a vetri attutivano il suono della musica e il chiacchiericcio. Niamh si massaggiò le braccia mentre l'aria notturna sussurrava sulla sua pelle. Il sudore le si gelò alla base della nuca.

Non c'era nessun altro lì.

Finalmente, Niamh si concesse di piangere.

"Ha esibito quella sua sartina a ogni evento, neanche fosse una specie di pony da esposizione." Non voleva crederci.

Eppure non riusciva a capacitarsi di non averlo capito prima. Non c'era nessun'altra spiegazione per l'ospitalità e le attenzioni di Jack. L'aveva scelta non per le sue capacità o il suo dono, ma per mostrarsi *illuminato*. Per sfuggire a ogni responsabilità. Lei non era nient'altro che una novità da mostrare, per poi poter dire ai machlandesi: "Guardate, non tutti quelli come voi soffrono nel nostro Paese".

E che vantaggio ne aveva tratto.

La sua servitù machlandese era ricorsa a questo – ad augurargli le peggiori sventure – proprio in un momento tanto solenne. Dopo essere stato esposto pubblicamente, di sicuro Jack non avrebbe avuto altra scelta che ascoltare le loro richieste.

Avrebbe dovuto gioire, eppure se scavava a fondo dentro se stessa trovava solo disperazione. Come aveva potuto essere tanto stupida, tanto *egoista*, da sprecare il suo tempo prezioso a inseguire una sciocca fantasia? Era venuta lì a lavorare per il bene della sua famiglia, niente di più. Quel dolore doveva essere soltanto un promemoria, come la ciocca bianca tra i suoi capelli: meglio sacrificarsi che affrontare ancora una volta una simile delusione.

La porta dietro di lei si aprì, lasciando penetrare una scia di muta luce arancione. Qualcuno uscì sulla terrazza.

Niamh si asciugò le lacrime dal viso con un gesto frettoloso. Finché fosse rimasta in silenzio, nessuno l'avrebbe disturbata. Con un po' di fortuna, non l'avrebbero nemmeno notata. Ma quando sollevò lo sguardo non vide niente e nessuno. La fredda aria estiva si fece gelida in un istante.

Un fantasma. L'aveva seguita fin lì, allettato dal profumo della sua tristezza.

Erin l'aveva sempre presa in giro per la sua superstizione. Allora, attraverso il mormorio frenetico del terrore, Niamh sentì di aver avuto ragione a prepararsi per tutta la vita in previsione di un momento come quello. Se gli avesse ordinato di andarsene, sarebbe svanito come la foschia sulle colline illuminate dal sole.

E poi sentì il rumore di un fiammifero.

Una minuscola fiammella illuminò i contorni sfocati di una figura. Mentre la metteva a fuoco, sbattendo ripetutamente le ciglia, l'imbarazzo scacciò tutta la sua paura. Era solo Kit, nascosto dall'incantesimo che aveva cucito nel suo soprabito.

Si appoggiò alla balaustra, un barlume di oscurità contro il bianco gelido del marmo. Solitario nella luce frammentaria della luna, sembrava così triste e solo. Niamh ebbe la netta sensazione di intromettersi in un momento privato, ma non sarebbe riuscita a sgattaiolare via senza farsi notare. Forse se avesse…

«Sento il vostro sguardo addosso.»

«Vostra Altezza.» Fece una smorfia per la nota lacrimosa nella propria voce. «Mi dispiace di avervi disturbato.»

Si voltò di scatto verso di lei, la sorpresa evidente sul suo volto. La fissò con preoccupazione crescente, come se si fosse reso conto troppo tardi di essere salito su una nave che affonda. «State… *piangendo*?»

«No, certo che no!» Tirò su col naso, ma cercò di alleggerire il tono di voce meglio che poté. «Avevo solo bisogno di un po' d'aria.»

Lui parve tanto smarrito e a disagio che quasi le venne da ridere. Il solo pensiero di Kit Carmine che cercava di consolare qualcuno era già abbastanza assurdo, ma scoprire che si sentiva in dovere di farlo... be', glielo rese quasi simpatico. *Quasi.*

«Anch'io.» Rimase in silenzio per un istante. «Dovrei andare.»

«Non siete obbligato» bofonchiò lei. La prospettiva di passare anche solo un secondo di più da sola con i propri pensieri le sembrava intollerabile. «Cioè, non mi dispiace che siate qui anche voi. Non dobbiamo per forza parlare se...»

«Dovrei andare» chiarì lui «perché la gente comincerà a mettere in giro delle voci se ci vede qui fuori insieme.»

«Che intendete dire?»

Anche nell'oscurità, riuscì a vedere il rossore che si diffondeva sul dorso del suo naso. «Cosa credete che voglia dire?»

Oh. *Oh.* La festa infuriava dall'altro lato della porta di vetro appannato, ma lei immaginò che in un momento di passione una terrazza appartata come quella sarebbe stata meglio di niente per una coppia di amanti che sperava di rubare qualche momento lontano dagli occhi indiscreti della corte. Chiunque li avesse trovati lì da soli avrebbe dedotto che si fossero accordati per una specie di incontro segreto. Se solo il pavimento si fosse aperto sotto i suoi piedi... *qualunque cosa* pur di sfuggire all'orribile disagio che era calato su di loro.

«Non mi preoccupo dei pettegolezzi sul mio conto» proseguì lui, chiaramente ansioso di andare avanti, «ma essere associata a me vi causerà soltanto problemi.»

Il pensiero dei pettegolezzi spense tutto l'ottimismo che era riuscita a riacquisire. «Forse dovreste» disse sottovoce.

«Il padre dell'infanta Rosa non è soddisfatto di voi, e non è il solo.»

Quel suo terribile fratello.

Ricordare il disgusto nella voce di quella donna la fece inalberare di nuovo, e tutti i dolci che aveva mangiato le si adagiarono come pietre nello stomaco. Non sarebbe dovuto importarle tanto… non dopo essere stata lei stessa tanto insolente con lui. Kit non le piaceva nemmeno. Avrebbe potuto trovare un migliaio di motivi che giustificassero l'opinione tanto avversa che si era creata su di lui l'alta società: il contegno pungente, l'espressione imbronciata, quei modi odiosi. Ma era il loro principe. E dopo tutti gli insulti che aveva subito quella sera, poteva capire perché lui avesse così poca stima dei suoi pari.

Un covo di vipere, senza dubbio.

Lui si lasciò sfuggire una risata secca, tirando boccate di fumo dalla pipa con fare assente. «Ne sono consapevole.»

«E non vi infastidisce?»

«No. Non mi è mai importato di ciò che gli altri pensano di me. Non ho il minimo desiderio di snaturarmi per compiacere persone che neanche rispetto.» Fissò il prato sotto di loro, con un cipiglio preoccupato. La frustrazione serpeggiò nella sua voce. «Questo infastidisce Sinclair e mio fratello, però. E mi pare di capire che infastidisca anche voi.»

«Sì. Mi infastidisce essere odiata e ridicolizzata per ciò che sono.»

La sua stessa vulnerabilità la imbarazzava. Chinò il capo, lasciando che i capelli le ricadessero a nascondere il viso, ma sapeva che lui la stava osservando con un'intensità indagatrice. Quando osò rialzare lo sguardo, lo scintillio di riconoscimento nei suoi occhi le scaldò il cuore. Diceva: *Io e te siamo uguali.*

«Sono degli sciocchi meschini, tutti quanti. Non valgono le vostre lacrime» le disse. «Non raggiungerete mai il loro standard, né dovreste desiderarlo. Siete troppo sincera per il vostro bene… e troppo gentile, se per questo.»

Un sorriso tese lentamente le labbra di Niamh. «Vostra Altezza, era forse un *complimento*?»

«Non montatevi la testa» sbuffò lui, ma la sua irritazione si dissolse con la stessa rapidità con cui era divampata. «Ammetto che sono sorpreso che siate rimasta tanto a lungo. *Perché* lo avete fatto?»

«Per lo stesso motivo di chiunque altro. Per dare alla mia famiglia una vita migliore.» Il pensiero della mamma e della nonna, sole in quel cottage, le fece provare un'ondata di nostalgia. L'indomani mattina, per prima cosa, avrebbe scritto per mandar loro una parte dei suoi primi guadagni. Pregò che quel gesto alleggerisse almeno un po' il suo senso di colpa. «È rimasto ben poco per noi nel Machland. Una volta concluso questo incarico, avrò abbastanza denaro per aprire una boutique e far venire mia madre e mia nonna qui.»

«E questo è tutto?»

«Che intendete?»

«Be', niente balli né corteggiatori?» chiese lui con tono scettico. «Non hanno praticamente voce in questo vostro piano.»

Con un po' di imbarazzo, Niamh si sistemò la ciocca di capelli bianchi dietro l'orecchio. Una volta assicuratasi che la sua famiglia avesse di che sostenersi per il resto della vita, non sapeva che ne sarebbe stato di lei. Ma non sarebbe stato opportuno alimentare le proprie speranze… addirittura immaginare che fosse possibile avere di più. Sognare tutte le cose che avrebbe potuto ottenere avrebbe soltanto reso più difficile affrontare il momento in cui la sua salute sarebbe inevitabilmente peggiorata. Quella serata le aveva dimostrato che i balli non facevano per lei, e non aveva alcun bisogno di corteggiatori. Avrebbe soltanto fatto soffrire chiunque si fosse innamorato di lei. Per quanto bramasse l'affetto di qualcuno, non era tanto egoista. Niente di buono veniva dall'amare le cose fragili.

«Il lavoro è una ricompensa sufficiente per me» disse.

Lui non parve del tutto convinto. «Siete una strana ragazza.»

«Anche voi siete piuttosto strano, Vostra Altezza.» Sorrise dolcemente quando lui si accigliò. «Comunque, sospetto che avrò la mia buona dose di feste molto presto. Cosa potrei sperare di più?»

Le spalle di Kit si tesero. «Giusto.»

«Vedo che voi non siete ansioso di affrontare il resto della Stagione.»

«No. Odio questo posto. Non ho mai desiderato tornare.»

Niamh cercò di non lasciar trapelare la propria sorpresa. Che il principe avesse finalmente rinunciato a tenerla a distanza? O era come una delle sue favole jailliane, dove l'incantesimo scaturito dal loro dolore condiviso si sarebbe infranto non appena fosse scoccata la mezzanotte? Aveva ben poca importanza. Si sarebbe aggrappata a quella connessione tra loro finché fosse durata.

«Non avete davvero fatto un grand tour negli scorsi anni» gli domandò dopo un istante «vero?»

Lui prese una lunga boccata dalla pipa. Quando esalò, il fumo gli uscì dalle labbra e si alzò in una rigida linea grigia. «Lo sanno tutti. Chiedete a chiunque in quella sala e vi racconterà volentieri l'intera storia.»

«*Io* non la so. Inoltre, gradirei sentirla da voi.»

«E allora no. Non sono stato in grand tour.» A giudicare dal suo tono glaciale, Niamh comprese che era il massimo che avrebbe ottenuto da lui quella sera. Ma Kit non fece che confermare i suoi sospetti.

Era stato allontanato, e lei aveva visto abbastanza da azzardare il perché.

I pettegolezzi di quelle donne orribili. La preoccupazione di Sinclair per il contenuto del bicchiere. L'enfasi con cui Kit aveva detto che il fumo era l'ultimo vizio rimastogli... era malato, per giunta. Non sapeva che nome dargli, ma riconosceva quel malessere... soprattutto dopo averlo visto lacerare Caterlow. In seguito al Flagello, la fame cronica e il dolore avevano portato molti a cercare conforto nel *poitín* distillato in casa. Aveva assistito alla devastazione che la dipendenza da alcol provocava negli uomini. Per un certo periodo riuscivano a resistere piuttosto bene, ma alla fine li portava sempre alla rovina. Prima colpiva i loro legami, poi le loro vite.

Dovette ammirare Kit perché cercava di affrontarlo meglio che poteva. Con una certa esitazione, attraversò lo spazio tra loro. Parlare con lui era come avventurarsi in una stanza con gli occhi bendati e pregare di non incrociare bordi aguzzi, ma doveva fare un tentativo. «Non vi ho mai chiesto scusa per quello che ho detto durante la nostra prima chiacchierata. Cioè, voi *siete* negativo e asociale, ma, *ehm*... Un momento. Non mi è uscita proprio bene. Lasciatemi riprovare.»

«D'accordo» disse lui seccamente. «Ci sarà da divertirsi.»

«So che non è facilissimo cambiare le cose da soli. E non è stato giusto paragonarvi a vostro padre. Nessuno di noi due era ancora nato quando il Machland era sotto il giogo avalandese.» Intrecciò le mani. «Non posso fingere di comprendervi del tutto. Ma so bene cosa si prova quando la propria vita non ha importanza. Come se procedesse su un percorso obbligato e non ci fosse nulla che si possa fare per impedirlo.»

L'emozione le ribollì nel petto e le fece pizzicare gli occhi. Qualunque cosa si fosse aspettata di dire, non era quella.

Lui si spostò, evitando chiaramente il suo sguardo. «Non dovete scusarvi. Non vi siete sbagliata su di me.»

Niamh d'un un tratto si rese conto di quanto fossero soli. I loro gomiti si sfioravano sulla balaustra, così vicini che poteva sentire il calore che emanava il suo corpo. Il chiaro di luna sembrava una lama. Inargentava i bianchi petali dei fiori che sbocciavano attorno a loro e addolciva la severità dei lineamenti di Kit.

«Non era così che sarebbe dovuta andare la mia vita» disse lui, sorprendendola. «Mio fratello non mi avrebbe mai richiamato qui a meno che non fosse veramente disperato. È uno stupido a volte, ma ha sempre mantenuto le sue promesse.»

Niamh si domandò di che promesse parlasse, ma non voleva rischiare di farlo chiudere di nuovo a riccio. «Forse è cambiato.»

Kit scosse la testa. «Nessuno cambia così tanto. Quell'uomo

non può sopportare che un problema resti irrisolto per cinque minuti, e, come avete appena visto, sta evitando tutti i suoi al momento. Deve esserci un motivo.»

Quale poteva mai essere? Non conosceva il principe reggente come lo conosceva Kit, ma non vedeva nulla di nefasto in un matrimonio in tempo di pace... o di terribilmente insolito in un nobile avalandese che trascurava la sua servitù machlandese. «Credete che stia nascondendo qualcosa?»

La sua espressione si fece impenetrabile, come se a un tratto si fosse reso conto di chi aveva di fronte. Ricomponendosi, si voltò verso di lei con espressione corrucciata. «Non so perché vi sto spiegando tutto questo. Dimenticate che abbiamo avuto questa conversazione.»

«Io...» Annaspò per il suo improvviso cambio di contegno. Quindi l'incantesimo si era infranto, alla fine. «Non posso *dimenticarmene*! Non sono sicura di volerlo fare.»

Lui serrò gli occhi. «*Sssh.*»

Niamh rimase a bocca aperta. «*Prego?*»

«Zitta» sbottò lui. «C'è qualcuno...»

La porta si aprì, e il rumore del ballo si riversò nella terrazza. Una figura femminile si stagliò sulla soglia, le mani appoggiate sugli stipiti come per impedire loro la fuga.

«Oh, cielo» disse. «Ho interrotto qualcosa?»

Niamh rimase senza fiato per il panico. La donna aveva visto attraverso l'incantesimo sul soprabito... proprio perché si era aspettata di vedere due persone. Come aveva potuto essere così sciocca da trattenersi lì insieme al principe? Se la donna l'avesse riconosciuta, allora...

«Sì» disse Kit, a voce bassa e pericolosa, ma la linea dura della sua bocca era indice di cupa rassegnazione. La luce della sua magia riempì d'oro il campo visivo di Niamh, e le piante attorno a loro cominciarono ad agitarsi. L'edera e i rampicanti si staccarono dal muro e dalla balaustra, e il fogliame si riversò a terra come un'onda.

«Andate» borbottò lui a mezza voce.

Prima che Niamh potesse ribattere, si lanciò in avanti, abbastanza in fretta da far indietreggiare la donna, che impallidì per il terrore. Kit rientrò con fare minaccioso nella sala da ballo... e non esitò a gettarsi giù per i tre bassi scalini che conducevano alla porta della terrazza.

Lo shock risuonò tra la folla. Qualcuno addirittura gridò.

Niamh osservò tutto in preda all'orrore. Cosa stava facendo? E dove si aspettava che andasse, esattamente? Si guardò intorno disperata finché, a qualche metro di distanza, vide un'altra porta che conduceva a un angolo abbandonato della sala da ballo. Perfetto. Sgusciò di nuovo dentro, a testa bassa. Qualche anima coraggiosa stava cercando di aiutare Kit a rimettersi in piedi mentre lui inveiva contro di loro, e qualcuno più sadico osservava la scena ridacchiando.

Nessuno le prestò la minima attenzione.

Mentre serpeggiava verso l'uscita, si rese conto, con un certo ritardo, che Kit Carmine aveva dato spettacolo di sé per proteggere la sua reputazione.

9

La consapevolezza la travolse come una secchiata d'acqua gelida. Si svegliò di colpo nel letto, il cuore che martellava nella cassa toracica, e ansimò nel buio sonnolento. *No*. Aveva dormito per tutto il giorno.

Si liberò con un calcio delle lenzuola soffocanti, incespicò giù dal letto e spalancò le tende. L'aria umida la accarezzò attraverso la finestra, agitandole i capelli intorno al viso. Grazie al cielo era ancora mattina… e abbastanza presto, perché il sole non si era ancora fatto strada nella coltre di nebbia sul lago. Grazie agli dei non aveva dormito troppo. Appoggiò la fronte contro il vetro ghiacciato e respirò profondamente, cercando di dissipare le ultime tracce di nervosismo. La sera precedente aveva sprecato fin troppo tempo.

La sera *precedente*. I ricordi erano come ragnatele.

Aveva parlato con Kit nella luce soffusa e onirica della terrazza. A modo suo, lui l'aveva confortata. E poi l'aveva salvata dalla rovina. Il cuore le vibrò per... cosa, vergogna? Gratitudine? Non sapeva dirlo, né voleva farlo. Si rifiutò di dedicare un momento di più a una qualsiasi delle emozioni che provava per lui. Era un cliente e un principe – fidanzato, per giunta –, non un bel ragazzo del villaggio su cui fantasticare.

Doveva concentrarsi.

Niamh si costrinse a sedersi alla toeletta. La vista dei suoi capelli la sconvolse. Metà erano ingarbugliati in un groviglio in cima alla testa. Aveva dimenticato di scioglierli prima di collassare sul letto la sera prima, e doveva pagarne il prezzo. Li bagnò con una piccola caraffa d'acqua. Poi, estraendo un pettine con i denti larghi dal disordine che la circondava, cominciò a districare i nodi dalle punte alle radici. Il ritmo noioso del gesto placò i suoi pensieri quel tanto che bastava per venirne a capo. Prima di tutto, si sarebbe occupata della corrispondenza.

Quando ebbe finito con i capelli, Niamh andò allo scrittoio e sospirò per la confusione che vi regnava. Ancora non aveva ricevuto una risposta da Erin – non c'era da sorprendersi, visto lo stato in cui versavano le poste –, ma doveva mandare del denaro alla mamma e alla nonna. Odiava pensarle da sole in quel cottage con la finestra rotta e il tetto pericolante: la nonna avvolta nelle coperte anche d'estate; la mamma a strappare le erbacce in giardino con le mani gonfie e doloranti. Più di qualunque altra cosa, avrebbe voluto essere con loro per mettere su il bollitore, fare rientrare sua madre e inginocchiarsi in mezzo alla terra al posto suo, e passare la serata a rammendare a lume di candela.

Ma presto non avrebbe più dovuto preoccuparsi per loro.

I domestici di solito venivano pagati ogni tre mesi, ma

Jack aveva acconsentito – piuttosto generosamente, aveva pensato lei – a una scadenza quindicinale. Aveva lavorato a palazzo per più di due settimane ormai, quindi il suo salario doveva essere seppellito lì, da qualche parte. Oh, perché non aveva messo tutto in ordine prima? Con un gemito, scartabellò tra i fogli. Un giornale vecchio di una settimana, un'infinità di bozzetti scartati, una lettera che aveva cominciato e mai finito. Quando raggiunse il fondo della pila, un panico sordo cominciò a montare dentro di lei. Non poteva aver smarrito la sua paga; nemmeno lei era tanto incurante.

Qualcuno bussò alla porta.

Si lasciò sfuggire il respiro che aveva trattenuto fino ad allora. Forse venivano proprio per quel motivo.

«Un momento» disse a voce alta.

Si affrettò di nuovo allo specchio e si asciugò gli occhi con la manica. Erano ancora un po' segnati, ma nulla che un sorriso di facciata non potesse rimediare. Indossò un semplice abito da giorno bianco e raccolse i capelli in una crocchia morbida. Ecco. Perfettamente presentabile.

Con la voce più allegra che riuscì a trovare, disse: «Buongiorno». E aprì la porta.

Ma non c'era nessuno.

Allungò il collo per sbirciare nel corridoio, sinistro in tutto quel silenzio. Non si vedeva nemmeno un granello di pulviscolo nei raggi del sole che penetravano attraverso le finestre. «Ehilà?»

Accigliandosi, guardò a terra e vide una busta, insieme all'edizione odierna del «Daily Chronicle». Niamh radunò tutto. C'era il suo nome sulla busta che aveva in mano. Incredula, la voltò… e per poco non cadde. Il sigillo sul retro le fece l'occhiolino: una *L* arzigogolata impressa nella cera nera.

Lovelace.

L'autore del *Cicaleccio* le aveva scritto. La busta quasi bruciava sotto la punta delle dita. Dopo aver letto la sua rubrica – e capendo perché Jack la disprezzasse – sapeva quanto fosse pericolosa. Tuttavia, non poteva *non* leggerla. Ruppe il sigillo e armeggiò per estrarre la lettera.

Gentile Miss Niamh Ó Conchobhair,

spero perdonerete la mia audacia nel presentarmi a voi... Perché non sarò tanto audace da presumere che sappiate chi sono. Mi chiamo Lovelace e sono l'autore di una rubrica chiamata Il Cicaleccio. *Il mio primo e principale obiettivo è proteggere i deboli dai potenti rivolgendomi alla corte in un linguaggio che capiscano. Nel bene e nel male, questo linguaggio è il pettegolezzo.*

Comprendo che siate qui da poco, ma visto che avete presenziato al ballo di ieri sera, deduco siate già al corrente delle condizioni dei machlandesi qui a Sootham. Il conflitto ha raggiunto il culmine dopo molti anni di frustrazione... una frustrazione accresciuta dal cocciuto rifiuto del principe reggente di occuparsi di tutto ciò che vada al di là della stretta sfera della sua casata reale. Da quando è stato nominato reggente, non ha fatto altro che isolarsi ed evitare udienze e sessioni del Parlamento. Riemerge solo per ospitare gli eventi sociali che suo padre ha tenuto nelle Stagioni passate. Ma di recente ha dimostrato una determinata devozione per l'imminente

matrimonio di suo fratello. Lo trovo terribilmente strano, considerando che lui e il principe Christopher non sono in buoni rapporti da molti anni.
Forse è tutta speculazione senza fondamento, ma è difficile credere che sia tanto indifferente alla politica quanto dà a vedere. Deve esserci un motivo se insiste nel far finta di non notare le ribellioni che si agitano intorno a lui e intendo scoprirlo. E se non accetta di incontrarsi con Carlile e portare soluzioni in Parlamento, allora lo userò contro di lui. Ho molte risorse a mia disposizione, ma il principe reggente è diventato scaltro e ha scoperto i miei metodi nel corso degli anni. Tutte le mie spie sono state licenziate pochi giorni dopo essere entrate a servizio a corte.
Ecco perché scrivo a voi. Vi chiedo umilmente assistenza nella lotta per i diritti dei machlandesi in Avaland. C'è poco che non farei a questo scopo, e spero che possiate pensarla allo stesso modo. Il principe reggente non può licenziare voi. Vi ha assunta lui stesso, sia per le vostre capacità sia – presumo – per il vostro lignaggio. So che non può sopportare i pettegolezzi su di lui che maltratta la servitù machlandese, quindi vorrà tenervi buona. Voi avete la sua attenzione, se non la sua fiducia.
Non credo che il principe reggente sia un uomo malvagio, solo sfuggente. Se vorrete aiutarmi, potete lasciare una risposta a mezzanotte nell'albero bruciato proprio fuori dai giardini di palazzo. Non c'è bisogno che prendiate una decisione stasera. Vi osserverò.
Vostro,
Lovelace

Forse stava ancora sognando.

Perché se non era così, allora sembrava che fosse incappata in una specie di velato ricatto. Era quasi... rinvigorente. Mai in vita sua si era aspettata che le accadesse qualcosa di così straordinario.

Chi avrebbe pensato che una ragazza di un paesino come Caterlow sarebbe stata reclutata per cospirare contro il principe reggente?

Oh, dei. Era stata *reclutata per cospirare contro il principe reggente.*

Ma Lovelace le aveva concesso una scelta, e lei poteva anche non accettare. Per quanto desiderasse dalla corona un'ammissione di responsabilità, per quanto volesse lottare al fianco della sua gente, non poteva rischiare. Lei e la sua famiglia dipendevano dal favore e dalla protezione di Jack. Inoltre, era discreta come uno stormo di pavoni. Se avesse fatto uno sforzo serio per spiare la famiglia reale, quasi certamente avrebbe fallito. Venire scoperta avrebbe significato la condanna a morte.

"Quell'uomo non riesce a sopportare che un problema resti irrisolto per cinque minuti" le aveva detto Kit la sera precedente "e come avete appena visto, sta evitando tutti i suoi al momento. Deve esserci un motivo."

No, no, no. Benché fosse curiosa, non poteva immischiarsi negli affari dei Carmine. Ora che Jack era stato messo in ridicolo davanti a tutta la corte, la pressione sociale l'avrebbe costretto ad accettare le richieste dei protestanti. Lovelace quasi sicuramente gli aveva dato il colpo di grazia nella rubrica di quel giorno. Sfogliò il giornale finché non la trovò.

Che serata inaugurale. Sembra, con sorpresa di nessuno, che il nostro Figlio Scapestrato sarà la stella indiscussa di questa Stagione. Dite di lui ciò che volete, ma possiede doti da intrattenitore che il fratello non avrà mai. Dopo aver ostentato il suo cattivo umore per tutta la sera – ed essersi rifiutato di rivolgere anche solo un'occhiata alla sua promessa sposa – ha fatto un bel ruzzolone giù per le scale.
Ho sentito ogni genere di speculazione sul perché. Alcuni di voi, senza dubbio, diranno che ha conservato quel suo vizietto. Altri – se siete abbastanza sciocchi da credere a una sola parola di quel che esce dalla bocca di Lady E – dichiareranno che stava creando un diversivo. A quanto pare, la nostra Lady E lo ha sorpreso con una signorina sulla terrazza. Un'amante spiegherebbe di sicuro la sua mancanza di interesse per la sua graziosa futura sposa… eppure, sono propenso a credere che volesse allontanare l'attenzione da un Certo Qualcuno.
Dovrà impegnarsi più a fondo la prossima volta per competere con una pista da ballo trasformata in un'opera di protesta. Mi duole riferirvi che il nostro ospite castiliano, un Illustrissimo Gentiluomo, non ha gradito il disegno di gesso di quest'anno. Se eravate posizionati nell'angolo a nord est della sala da ballo, forse avrete sentito l'Illustrissimo rimbrottare CQ per aver messo in imbarazzo la sua amata, obbediente figliola, che – cito testualmente – "non ha mai chiesto alcunché in vita sua".
Se questo non induce CQ a incontrare Madame HC, vi anticipo che sarà solo l'inizio di una Stagione molto travagliata. Nessuna festa sarà sicura… nemmeno la tua,

caro lettore. Se vuoi risparmiarti l'umiliazione, magari considera l'idea di pagare ai tuoi domestici un salario sufficiente per vivere... oppure un risarcimento al Machland alla prossima sessione del Parlamento. Ma chi sono io per offrire consigli? Sono solo l'umile titolare di una rubrica di pettegolezzi, non un politico.

Era finita sul *Cicaleccio*.

Questa Lady E, chiunque fosse, l'aveva vista. Se qualcuno avesse ricordato una ragazza con una ciocca di capelli argento che fuggiva dalla sala da ballo all'incirca nel momento dell'"incidente" del principe, avrebbe fatto due più due e, in un istante, tutta la sua vita si sarebbe dissolta come un punto allentato tirato fino a sciogliersi. Avrebbe lasciato il palazzo in disgrazia. Non avrebbe mai più trovato lavoro. Sarebbe tornata a Caterlow, a guardare altri suoi amici partire, finché non fosse appassita in quel negozietto mentre la sua famiglia moriva lentamente di fame.

No, non poteva ancora cedere alla disperazione.

Lovelace non immaginava che la giovane donna fosse lei, altrimenti ne avrebbe fatto menzione nella lettera. Tuttavia, il cuore le batteva selvaggio in gola per il terrore. Erano stati a un passo dall'essere scoperti. Doveva stare più attenta, il che significava niente spionaggio e *sicuramente* non farsi trovare mai più da sola su una terrazza con Kit Carmine.

Piuttosto facile, pensò.

Ma il problema del suo mancato pagamento restava. Nel caos degli ultimi giorni, doveva essere finito chissà dove. Valutò se mandare a chiamare Mrs Knight, ma era stato Jack a gestire tutte le questioni riguardanti il suo incarico finora. Il solo pensiero di far visita al principe reggente nel suo studio – senza un invito – la mortificava, ma che altro poteva fare? Sinclair le aveva detto che Jack preferiva gestire le cose da solo.

Ci volle solo qualche svolta sbagliata – e qualche disperata richiesta d'aiuto alla servitù – perché una cameriera avesse pietà di lei e le mostrasse la strada per lo studio di Jack. Mentre Niamh saliva la scala imperiale, la cameriera disse alle sue spalle: «Se volete il mio parere, io aspetterei fino a domani per parlargli. C'è il principe con lui adesso».

Be', non prometteva affatto bene.

Quando alla fine trovò lo studio, la voce attutita di Jack filtrò dalla stanza. «Non ho tempo per queste sciocchezze, Christopher. La mia corte, il tuo futuro suocero, Carlile, quell'insopportabile giornalista – persino la mia *servitù*, per amor di Dio – mi stanno con il fiato sul collo. E adesso anche tu hai deciso di causare problemi. A cosa devo questa straordinaria mancanza di giudizio?»

Kit rispose a voce troppo bassa perché Niamh potesse sentirlo. La curiosità ebbe la meglio su di lei. Si avvicinò di soppiatto e si allungò per origliare la conversazione.

«Non voglio sentire scuse da te.» Jack fece un respiro profondo, tentando di tenere a bada il malumore come se ne avesse le redini tra le mani. «Lo so che questo non è stato un cambiamento facile per te. Però...»

«E di chi è la colpa?»

Jack rise amaramente. «Chi era quella ragazza?»

«Nessuno.» Una nota di frustrazione traspariva dalla voce di Kit. In qualunque altra circostanza, Niamh sarebbe scoppiata a ridere. Dei, era un *pessimo* bugiardo. Non c'era da meravigliarsi che fosse sempre così schietto. Poi, con un tono più crudele, aggiunse: «Chi ti dice che fosse davvero una donna?»

«Non fare certi giochetti con me» ribatté Jack con voce glaciale. Ma la lunga pausa riflessiva che seguì suggerì che Kit lo aveva colto alla sprovvista. «Non puoi andartene in giro ad amoreggiare con chi ti pare davanti all'infanta Rosa e a suo padre. Metterai a repentaglio tutto ciò che sono riuscito a ottenere con tanta fatica, e trascinerai il nostro nome nel fango. Cosa ti è passato per la mente?»

«Niente» borbottò. «Anche se da quello che ho visto ieri sera non sono l'unico che deve preoccuparsi di trascinare il nostro nome nel fango.»

«Basta.» Jack suonò pericoloso, la sua voce terribilmente grave. «Sei fidanzato con la principessa di Castilia, un partito assai migliore di quanto avresti potuto sperare. È una ragazza rispettabile con una solida discendenza magica. Ho stilato un elenco di tutte le giovani donne appetibili del continente, e lei rispondeva a ognuno dei miei requisiti.»

«E "Kit andrà d'accordo con lei?" c'era nel tuo elenco?»

«Quello non è importante... per non dire che è un'impresa impossibile! Avrei potuto portarti la donna più bella, educata, mite del mondo e saresti riuscito comunque a trovarle qualche difetto.»

«La sposerò. Qual è il problema? Devo anche fingere di esserne contento?»

«Il problema?» Seguì il suono secco di palmi sbattuti su una superficie solida. «Il problema è il tuo atteggiamento. Tanta arroganza e sconsideratezza non si confanno a un uomo del tuo rango.»

«Non. Mi. Interessa.» Kit scandì ogni parola.

«Pensavo che il tuo allontanamento ti avrebbe donato un po' di prospettiva, ma vedo che sono stato ingenuo. Dobbiamo entrambi affrontare la realtà. Le tue scelte ti hanno condotto qui, Christopher, e non posso più proteggerti dalle conseguenze. Sei un adulto e, per Dio, sei un Carmine. Adesso fa' il tuo dovere.»

La porta si spalancò, e Niamh incespicò all'indietro per la sorpresa. Kit uscì dalla stanza come una furia, il viso arrossato per la rabbia e le mani strette a pugno lungo i fianchi.

«E non credere neanche per un secondo che non scoprirò chi è quella ragazza» gli urlò dietro Jack «se insisti a comportarti in questa maniera!»

Jack comparve sulla soglia vuota, gli occhi che scintillavano di gelida rabbia. Ma non appena Kit scomparve alla vista, tutto il suo fare battagliero svanì. Sospirò esasperato e si passò una mano sul viso. La sua espressione provocò in Niamh un'ondata di compassione: una stanchezza sfibrante, piena di rimorso. Ebbe una mezza idea di girare sui tacchi per evitare di sobbarcarlo con un altro problema. Ma prima di poter battere in ritirata, Jack la vide lì ferma e rimase visibilmente stupito. La fissò con orrore crescente.

Niamh desiderò di poter scomparire, anche solo per risparmiare a entrambi tutto quell'imbarazzo.

Jack si schiarì la voce, e lei lo osservò mentre rimuoveva con metodo ogni emozione che si era riversata sul suo viso. «Miss O'Connor, cosa posso fare per voi?»

Le parve cordiale, tutto considerato. Una parte masochista di lei voleva chiedergli perché l'avesse assunta… per scoprire se si fosse davvero guadagnata quell'onore, o se fosse solamente la sua marionetta machlandese. Ma anche se fosse stata abbastanza audace da chiedere, perché andare in cerca di altra sofferenza? «Non è nulla di importante, Vostra Altezza. Posso tornare in un altro momento.»

«Sciocchezze» ribatté lui bruscamente. «Siete già qui. Entrate.»

Con una certa esitazione, Niamh lo seguì all'interno. C'erano diversi libri e una pila di fogli terribilmente alta sulla scrivania, mentre una serie di candele ridotte ormai a mozziconi ingombrava il davanzale. Un ritratto incorniciato in oro era appeso al centro della stanza. L'uomo che la fissava dalla tela somigliava in modo straordinario a Kit e a Jack, salvo per gli occhi verdi. C'era un che di crudele nell'atteggiamento della bocca e un'espressione di disapprovazione immortalata per l'eternità.

RE ALBERT III, diceva la placca fissata nella parte inferiore della cornice. Niamh ebbe un tremito. Non sapeva come facesse Jack a sopportare il peso dello sguardo del padre per tutto il giorno.

Dietro di lei, la serratura scattò e scese un silenzio minaccioso. Aveva la gola terribilmente secca.

«Prego» le disse Jack. «Accomodatevi.»

Lei obbedì.

Il principe reggente si sistemò sulla sedia dietro la scrivania e la guardò con freddezza. La luce del sole si infranse sulla cucitura dorata della sua giacca e scintillò sull'anello con sigillo che portava al pollice. Mentre Kit era irto di spine, Jack presentava un aspetto levigato e inaccessibile come la pietra. Questo la fece sentire terribilmente in imbarazzo. Si era così spaventata per la rubrica di Lovelace che aveva dimenticato di acconciarsi i capelli come si deve. Infilò la ciocca d'argento dietro l'orecchio e ripiegò le mani in grembo.

«Cosa vi turba?» le domandò.

Lei si asciugò i palmi sudati sulla gonna. «Sono terribilmente spiacente di dovervi disturbare per una cosa tanto banale, ma non ho ricevuto la mia paga questa settimana.»

Per un istante, pensò di aver parlato in machlandese, o di non aver parlato affatto, perché lui la fissò con un'espressione del tutto vacua. Poi si riprese scuotendo la testa. «Non è affatto banale. Sono terribilmente spiacente per l'accaduto, parlerò immediatamente con Mrs Knight di questa svista.»

Niamh cercò di non lasciar trapelare la sua sorpresa. Bastava davvero così poco? Con ammirevole efficienza, il principe tirò fuori una busta e una penna d'oca. «Un assegno va bene?»

«Contanti, se non vi spiace.» Dopo un istante, aggiunse: «Vostra Altezza».

«Ma certo.» Tirò fuori il suo portamonete, ne estrasse una moneta scintillante e la posò sul suo palmo. Lei chiuse la mano, ma giurò di aver visto il bagliore risplendere attraverso i solchi tra le dita.

«Grazie, signore» disse senza fiato.

«No, grazie a *voi* per essere venuta a dirmelo.» Le sembrò sincero, ma al tempo stesso glaciale. «C'è altro di cui avete bisogno?»

«No, è tutto. Grazie ancora, signore.»

Quando fece per alzarsi, lui le disse: «Aspettate un momento».

Niamh rischiò di accasciarsi sulla sedia. «Signore?»

«Voglio scusarmi per quello che avete sentito prima per caso.»

Oh. Di sicuro, non voleva *davvero* scusarsi. Doveva essere una qualche specie di test. «Sono certa che non abbiate nulla di cui scusarvi. Non ho sentito niente.»

«È inutile girarci intorno.» Sospirò stancamente. «Capisco che la natura del vostro lavoro abbia dato modo a voi e a mio fratello di conoscervi meglio. Sembra che abbiate un certo ascendente su di lui… e anche su mia moglie, se per questo.»

«Oh, no, non arriverei a dire tanto.»

«La vostra modestia vi fa onore» disse con voce assente. «Ne ho parlato soltanto per chiedervi se vi sembra che Kit stia… bene.»

Niamh si tormentò il labbro. Sapeva cosa volesse dire il principe, ma osò chiedere: «Che intendete, signore?»

«Capisco che possa sembrare una domanda insolita.» D'un tratto parve preoccupato, quasi imbarazzato. La cosa fu stranamente tenera. «Odio mettervi in questa posizione, ma credo di avere ben poche altre risorse per scoprire come si sente *davvero*.»

«Mi sembra che stia abbastanza bene.» A parte la sua delusione per la vita di corte, per quanto ne sapeva lei era la verità. E una piccola, egoista parte di lei voleva aggrapparsi a quel poco che Kit le aveva raccontato. Per il resto, non spettava di certo a lei parlarne, persino con il principe reggente. «C'è qualcosa che non va?»

Jack sorrise senza ironia. «Siete al corrente di quello che è accaduto a mio padre, Miss O'Connor?»

«Vagamente, sì.» Molti anni prima, il re si era ammalato

e non si era mai più ripreso. Pochi dettagli erano trapelati, però, e a giudicare dall'espressione guardinga di Jack non intendeva condividerli adesso.

«Allora sapete abbastanza.» Posò i palmi piatti sulla scrivania, come per lisciare una piega invisibile. «Se io fossi morto prima di mio padre, il Parlamento non avrebbe nominato Kit come reggente. C'è troppo di nostro padre in lui. Ma il matrimonio rende un uomo più rispettabile agli occhi della corte. So che è risentito perché gli sto con il fiato sul collo, ma sto facendo quello che devo per il suo bene… e per assicurare la continuità del retaggio della nostra famiglia.»

Jack si sedette di fronte a lei, temprato e resistente come le pietre su cui era costruita la sua eredità. Quanto doveva essere snervante, pensò lei, dover risolvere i problemi di tutti gli altri da solo. Portare il peso del dovere e la responsabilità di proteggere le persone che si amano. Lei ne sapeva qualcosa.

Al di sopra delle sue spalle, il cipiglio del re la trafisse. Se suo padre si era ritirato otto anni prima, Jack non doveva avere più di ventidue anni quando il Parlamento lo aveva nominato principe reggente. Osservò le ombre sotto i suoi occhi e le lievi rughe che gli solcavano la fronte e provò, per quanto strano, un senso di affinità con lui.

«Capisco, signore.»

«Sono contento» ribatté lui rigidamente. «Vi ho trattenuta abbastanza. D'ora in avanti, non assecondate troppo i capricci di mio fratello. Avremo bisogno di *vederlo* il giorno delle sue nozze, dopotutto.»

Niamh rise nervosamente. «Sì, signore. Mi assicurerò che sia visibile, come minimo.»

«Grazie, Miss O'Connor. È un sollievo.» Controllò l'orologio da taschino e si accigliò. «Visto che siete qui, dovrei informarvi che incontrerete l'infanta Rosa oggi per una consulenza. Ho acconsentito a inviarvi nella sua casa in centro. Alle dieci va bene per voi?»

«Sì». E con ciò venne congedata.

Mentre Niamh tornava nei propri alloggi, con la moneta ancora stretta nel pugno, i suoi pensieri vorticavano per ciò che aveva scoperto. Tutta la concentrazione ossessiva di Jack su quel matrimonio, la sua trascuratezza nei confronti della propria servitù e dei contestatori scaturivano dal dovere verso la sua famiglia. Gli credeva, ovviamente… addirittura ammirava quel genere di devozione. Ma era davvero tutta la verità? Se Lovelace scriveva di lui da anni, allora Jack aveva ignorato l'ingiustizia nel suo regno da molto prima che Kit si fidanzasse con l'infanta Rosa.

No. Non poteva nutrire alcun dubbio. Era una sarta, non una spia. Al suo ritorno dall'incontro con l'infanta Rosa, avrebbe scritto a Lovelace per comunicargli che non poteva essergli d'aiuto. Una volta che Kit fosse stato sposato, Jack avrebbe sistemato tutto.

Doveva crederlo.

10

La casa presa in affitto dall'infanta Rosa le ricordava una torta: una fetta sottile di pietra bianca, ricoperta da eleganti frontoni e guarnita da glicini fragranti. Era situata all'estremità occidentale di Bard Row, uno dei quartieri più incantevoli e alla moda di Sootham, tutto prati ben tenuti, giardini pieni di colore e alberi ricchi di foglie. Ceste di vimini piene di fiori freschi erano appese come pendagli alle lampade a gas. Tutto ciò deliziò e allo stesso tempo sbalordì Niamh.

Sollevò l'orlo del vestito da passeggio mentre si avvicinava alla porta d'ingresso. La tesa ampia del suo cappello le schermò gli occhi dal sole, ma il nastro legato sotto il collo pizzicava terribilmente. Il sudore le imperlava la fronte. Non si era mai sentita meno se stessa, ma doveva recitare la parte della signora dell'alta società per fare la conoscenza della principessa di Castilia, anche se non c'era nulla che potesse fare per il proprio accento.

La governante, già in attesa sotto il portico, la scortò prontamente nel salottino al primo piano e le disse che *Su Alteza Real* l'avrebbe raggiunta a breve. Lì l'aspettava un tè già pronto, crudelmente invitante come un piatto di biscotti nella capanna di una strega delle favole. Lo stomaco prese a borbottare all'istante e dovette ricordare a se stessa che era di una maleducazione intollerabile mangiare senza la sua ospite.

Il servizio esposto non somigliava a nulla che avesse mai visto in Avaland o nel Machland. Un aspro odore pungente sprigionava dalla teiera in ceramica. Lei arricciò il naso. Si allontanò per raggiungere dei quadratini di cioccolato, scuri e lucidi come pietre levigate, spesse fette di pane fresco, una forma di formaggio stagionato e strisce di carne essiccata. Dei, desiderò ancora una volta di non aver saltato il pasto. Il tempo continuava a sfuggirle di mano. Ma di sicuro nessuno avrebbe notato l'assenza di un minuscolo pezzettino di cioccolato. Lo infilò in bocca e per poco non gemette forte mentre le si scioglieva sulla lingua.

La porta della camera di Rosa si spalancò.

Niamh scattò in piedi, e per poco non si strozzò con il cioccolato. Non si trattava dell'infanta Rosa, ma della sua dama di compagnia, Miss Miriam Lacalle. Miriam chiuse di scatto la porta, poi vi appoggiò la schiena contro come per intrappolarvi dietro una bestia. «Buongiorno! Cosa posso fare per voi?»

«Salve.» Niamh fece del suo meglio per non sbirciare in modo troppo palese alle sue spalle. «L'infanta Rosa è qui? Dovrei prendere le misure per il suo abito stamattina.»

Gli occhi di Miriam si illuminarono. Alla luce del giorno,

il suo viso era gentile come Niamh lo ricordava dalla sera prima nella sala da ballo. «Ah, quindi siete *voi* la sarta di cui ho sentito tanto parlare. Le cronache mondane sono tutte in fermento per l'abito che indossavate ieri sera. Mi dispiace di non averlo visto con i miei occhi.»

«Avranno detto solo cose positive, spero.» Niamh sorrise timidamente. «È un onore fare la vostra conoscenza, milady. Niamh O'Connor.»

«Mi lusingate, Miss O'Connor, ma non sono una lady.» Rise. «Miriam Lacalle.»

Che strano che l'infanta Rosa avesse scelto una ragazza comune come sua dama di compagnia. «Che piacere, Miss Lacalle.»

«Temo che l'infanta non sia in casa al momento.» Da qualche parte nelle profondità della camera da letto qualcosa si infranse. Miriam fece una smorfia. «Quello che volevo dire è che la principessa è indisposta.»

Una voce lamentosa riecheggiò da dietro la porta. «*Miriam, con quién estás hablando?*»

Miriam chiuse gli occhi, aveva tutta l'aria di chi stesse pregando in cerca di un po' di pazienza. «Ripensandoci, perché non entrate?»

Scortò Niamh nella stanza. Quando chiuse la porta alle loro spalle, si ritrovarono circondate dalla più totale oscurità. Niamh sbatté forte le palpebre per adattarsi al buio sepolcrale. Tutte le tende di velluto erano tirate; solo una sottile lama di luce penetrava tra le cortine, illuminando lo stato francamente disastroso del pavimento. C'erano mucchietti di abiti sparsi ovunque, una collana solitaria spuntava da sotto un armadio e una serie di scarpe – alcune senza gemella – segnavano un percorso accidentato attraverso la stanza. C'era una scacchiera a ridosso della finestra, i pezzi ancora sistemati in un finale di partita. Misteriosamente, una delle sedie era rovesciata. Tutti i restanti preconcetti di Niamh nei confronti della nobiltà giacevano sparpagliati nello sfacelo dell'anticamera dell'infanta Rosa.

«Sono desolata per la confusione» disse Miriam con una risata nervosa, aprendo le tende. L'improvviso scroscio di luce fece lacrimare gli occhi di Niamh. «Rosa non è una persona mattiniera. Non volevo sottoporvi a tutto questo, ma immagino che non ci sia modo di evitarlo adesso.»

«Non so proprio di cosa stiate parlando» mentì Niamh. «Sembra immacolata in confronto alla mia stanza!»

Miriam bussò a un'altra porta chiusa. «Rosa, c'è qualcuno qui che è venuto a trovarvi.» Dopo qualche secondo di silenzio, si schiarì la voce e urlò: «Rosa!»

La porta si aprì con un cigolio e apparve l'infanta Rosa, bellissima e terrificante.

Niamh trattenne il respiro, il viso che avvampava alla vista della principessa. Se non si fosse guardata da una tale bellezza, avrebbe dimenticato come si fa a parlare. Era sorprendentemente alta, ma la postura poco elegante delle spalle la faceva sembrare più bassa a una prima occhiata. Indossava un altro vestito nero, ma quel giorno aveva rinunciato al velo di merletto. I capelli le ricadevano attorno alle spalle in boccoli perfettamente acconciati, ma un'ombra scura aleggiava sotto gli occhi spenti… come se fosse andata a letto senza struccarsi. Rosa lo ostentava come fossero segni di battaglia. Scrutò il viso di Niamh.

«Questa chi è?» domandò. Come Miriam, aveva un

accento impercettibile ma inconfondibile. La sua voce, però, era piatta. Non proprio fredda, ma annoiata. «Un'assassina, spero.»

«Rosa» la rimbrottò Miriam, sperando chiaramente di non dover aggiungere altro. «Lei è Miss O'Connor, la tua sarta.»

«Capisco.» Rosa si lasciò cadere su una poltrona, come se il suo peso fosse diventato un fardello che non riusciva più a tollerare. L'ampia gonna inondò il pavimento come inchiostro rovesciato. «Che delusione.»

«Non prendete tutto quello che dice alla lettera» le sussurrò Miriam all'orecchio. «Ha un macabro senso dell'umorismo e mira a divertire solo se stessa.»

Niamh cercò di continuare a sorridere mentre faceva un inchino. «È un onore fare la vostra conoscenza, Vostra Altezza.»

La curiosità accese l'espressione di Rosa, e il suo sguardo penetrante e indagatore si fissò su Niamh. Quell'improvvisa attenzione quasi la spaventò. Non aveva detto nulla di eccezionale… Almeno, lei *pensava* di no.

«Altrettanto.» Rosa sbadigliò. «Le mie scuse. Preferisco concedermi dodici ore intere di sonno, ma sono andata a letto molto più tardi di quanto avessi sperato. Fin troppe emozioni.»

«Rosa» borbottò Miriam con voce esasperata.

«Che c'è?» Inarcò un sopracciglio. «Il mio promesso sposo è stato incantevole, non è vero?»

Parlò così seccamente che Niamh non riuscì a capire se stesse scherzando. Miriam mantenne il suo silenzio carico di sopportazione.

Niamh non sapeva se confermare, ridere o piangere.

«Comprendo perfettamente, Vostra Altezza. Cercherò di velocizzare le cose.»

«Eccellente.» Miriam batté le mani. «Ho una lettera da finire, quindi posso lasciarvi alla vostra discussione.»

E con ciò, Niamh rimase sola con la principessa di Castilia.

Rosa si lisciò il vestito sulle ginocchia e sospirò. «Sono a vostra disposizione, Miss O'Connor. Da dove vogliamo cominciare?»

«Da dove preferite, Vostra Altezza. Posso prendervi prima le misure, oppure potete dirmi come immaginate il vostro abito. Vorrei sapere quali stili sono popolari in Castilia, oppure... Oh! Potremmo...»

«Piano, ve ne prego. Non ho ancora bevuto il caffè, e non ho mai sentito un accento come il vostro prima d'ora.» Rosa si massaggiò le tempie. «Forse possiamo cominciare con le misure.»

«Sì, ma certo. Mi sembra saggio.»

Niamh liberò un po' di spazio sul pavimento, spingendo pile di vestiti fuori dai piedi, e si mise al lavoro. Rosa, con suo grande sollievo, era molto più pratica della procedura di Kit. Ebbe a malapena bisogno che le venisse detto cosa fare mentre Niamh le passava il metro da sarta attorno alla vita, ai fianchi e al seno, per poi registrare la lunghezza delle braccia.

Quando Niamh si chinò sopra un tavolo per finire di appuntare le ultime misure, Rosa disse: «Venite dal Machland».

Niamh si voltò a guardarla, e per poco non andò a sbattere contro una sedia. La afferrò per lo schienale per evitare che cadesse... e anche per mantenersi in equilibrio. Che una principessa si rivolgesse direttamente a lei la lasciava ancora frastornata. «Sì, Vostra Altezza.»

«Capisco.» Quello scaltro interesse si accese di nuovo nei suoi occhi, ma il suo tono era di una gentilezza spenta. «Come avete trovato la vostra permanenza in Avaland finora?»

«Molto gradevole» rispose lei più allegramente che poté. «Il principe reggente è un ospite molto generoso.»

Rosa mormorò pensosa. «Sì, immagino che lo sia, non è vero?»

«E voi, Altezza? È la vostra prima volta a Sootham?»

«Sì. La trovo piuttosto affascinante. Le maniere altezzose degli avalandesi, i balli noiosi, il tempo grigio, il loro gusto in fatto d'arte...» Si interruppe. «Ah, ma suppongo che non siate qui per ascoltare questa tiritera. Possiamo discutere del vestito?»

«Ma certo! Avete qualche idea?»

«Mi piacerebbe che fosse di merletto nero.»

Una luce morì dentro di lei. Ma cosa avevano questi reali contro i *colori*? Il pensiero di usare così tanto merletto... Niamh tremò. Il senso della moda dell'infanta era molto insolito per una donna del suo rango, almeno per gli standard avalandesi. Questo le fece venire in mente casa sua. Poche persone nel Machland acquistavano abiti nuovi per il giorno delle nozze. Di solito indossavano il loro abito scuro più bello. Era più facile nascondere le macchie in quel modo. Ma l'infanta poteva permettersi un abito nuovo ogni giorno della settimana, se avesse voluto.

«Che ne dite di qualcosa di più divertente?»

«Divertente» ripeté Rosa.

«Non so.» Niamh osservò le montagnole di tessuto nero sparpagliate per la stanza. «Magari qualcosa di colorato?»

Rosa fece una smorfia. «Io non porto cose colorate.»

«Che intendete dire? Stareste così bene in...» Rosa la fissò imperturbabile finché Niamh non ebbe altra scelta che dire: «A dir la verità, un abito nero mi sembra molto *au courant*».

«È la nuova moda di Castilia» confermò lei. «Immagino che farà scalpore. Tutti qui sono così... appariscenti.»

Era vero. Il pensiero delle facce che avrebbero fatto a corte quando avessero visto Rosa con un abito nero la solleticò più di quanto volesse ammettere. Si portò una mano alla bocca per nascondere una risata. «Oh, *senz'altro*.»

Rosa sorrise, un'impercettibile curvatura delle labbra. «Se non è troppo disturbo, a mio padre farebbe piacere se indossassi anche un velo.»

Niamh non riuscì a interpretare la sua espressione. Da quel poco che aveva visto del padre di Rosa, sembrava un uomo prepotente. Voleva chiedere alla principessa se avrebbe fatto piacere a *lei*, ma decise di sorvolare. Aveva parlato a sproposito con dei reali fin troppe volte ormai. «E quanto a incantesimi, cosa preferireste?»

«Incantesimi?»

«Posso cucire ricordi o emozioni nell'abito. Se volete avere un certo aspetto o provare una determinata emozione...»

«È questo il vostro dono, allora? Capisco perché vi abbiano ingaggiata.» Rosa si mise comoda, soppesando Niamh con uno sguardo fisso attraverso le palpebre socchiuse. «Vediamo. Potete insinuare paura nel cuore di chiunque mi guardi?»

Niamh faticò a nascondere la disperazione nella propria voce. «Be', io...»

«No, avete ragione. Un'altra volta, magari» cedette Rosa. «Mio padre non ne sarebbe contento. Ci penserò. Questo matrimonio si rivelerà davvero molto interessante.»

La curiosità la divorò da dentro. Kit tollerava la sua impertinenza, ma non sapeva se lo avrebbe fatto anche Rosa. Tuttavia, lei e Miriam sembravano amiche nonostante le loro differenze di rango, quindi non avrebbe risposto troppo sdegnosamente a Niamh per averle posto delle domande. «In che senso?»

Rosa attraversò la stanza e si sedette davanti alla scacchiera. Con fare assente, cominciò a riordinare i pezzi. «Ve lo confesso, quel che ho visto al ballo di ieri sera ha stuzzicato la mia curiosità. Non sono estranea ai disordini politici. Quando ero bambina, mio zio spodestò mio padre e bandì la mia famiglia dalla Castilia. Abbiamo vissuto in esilio per quasi un anno, finché mio padre non è tornato a reclamare il suo trono a suon di fulmini e massacri.»

Niamh tremò per quell'immagine. Era cresciuta sentendo parlare di violente rivoluzioni, ma Rosa le aveva vissute. Che vita doveva aver condotto. «Non vi spaventa, allora?»

«Non più.» Osservò Niamh con le palpebre socchiuse, gli occhi accesi da quella che sembrava ferma determinazione. «Ho assistito a tre cambi di regime nel corso della mia vita. Ho visto gli errori dei miei antenati. Anzi, trovo l'attivismo politico meno spaventoso di questi *preparativi*. Gli avalandesi fanno un gran chiasso per i matrimoni. Per quel che mi riguarda, sarebbe meglio firmare l'accordo e chiuderla una volta per tutte.»

«Ma...» le scappò di bocca prima di riuscire a trattenersi. «Così è talmente poco romantico!»

«I matrimoni non sono romantici. Non per la nobiltà.»

Le spalle di Niamh si accasciarono.

«Non è così terribile, Miss O'Connor, ve lo assicuro. Questo accordo mi va bene. Mi piacciono gli scacchi, dopotutto.»

«Gli scacchi? Non vi seguo.»

«Tutti noi abbiamo un ruolo in questa vita. Prendete me, per esempio. Sono l'unica figlia femmina di mio padre, e quindi sono un pedone. So molto bene cosa ci si aspetta da me: che sia sacrificata per gli scopi del re.» Esaminò un pezzo degli scacchi, rigirandolo fra le dita. La luce del sole colpì il pedone di vetro, e un arcobaleno si diffuse sulla scacchiera. «Ed è precisamente *perché* non provo nulla per il principe che è un matrimonio attraente.»

Niamh ancora non la seguiva. La confusione le si doveva leggere in viso, perché Rosa proseguì dopo un istante di silenzio.

«La felicità è una cosa semplice. Quando nella vita accetti la tua sorte, non ci sono bassi devastanti né alti svettanti. I tentennamenti sono estenuanti: ostacolano la capacità di prendere decisioni obiettive.» Rosa posò di nuovo il pedone sulla scacchiera con un sonoro *clac*. «Vengo spesso definita imperturbabile, ma quell'imperturbabilità mi permette di fare ciò che deve essere fatto. Questa unione favorirà i rapporti tra Castilia e Avaland, e soprattutto favorirà me. La mia gioia coniugale, sempre che una cosa simile esista davvero, è immateriale. Devo farlo.»

Quindi lei e Kit si sarebbero sposati entrambi per dovere. In un certo senso, era un sollievo per Niamh che Rosa avesse uno spirito pratico esattamente come Kit sull'intera faccenda. Tuttavia, dubitava che qualcuno potesse essere così perfettamente rassegnato a una vita tanto monotona e priva di gioia.

Nemmeno io.

Faticò a ricacciare quel pensiero da dove era venuto e domandò: «Come può un accordo simile favorirvi, se non provate affetto per lui?»

«Sono adatta ai giochi di corte, e sono ansiosa di giocare.» Si accigliò, e un'emozione che Niamh non riuscì a decifrare animò i suoi lineamenti. «Ho le mie ragioni.»

Miriam riapparve sulla soglia. «Rosa, state tormentando questa poverina? Non fatevi convincere a giocare a scacchi. Non è per niente divertente.»

Rosa sogghignò. «*È* divertente. Siete voi che siete una giocatrice scadente... e non sapete perdere.»

Niamh non poté fare a meno di sorridere nel vederle interagire. Miriam era il raggio di sole che penetrava attraverso la tetraggine di Rosa. «Da quanto siete amiche?»

«Amiche?» chiese Rosa. «Oh, no. Vi sbagliate. Miss Lacalle è la mia carceriera.»

«Oh, tacete, voi.» Quando Miriam rise, i suoi occhi scintillarono di allegria.

Solo per un istante, l'espressione di Rosa si addolcì, poi la maschera tetra tornò al suo posto. Niamh si era sempre meravigliata per le cose che la gente teneva nascoste dentro di sé. Non aveva mai avuto il dono di nascondere le proprie emozioni. Tutto ciò che pensava o provava lo si leggeva chiaramente sul suo volto. Fluiva da lei come acqua da un vaso rotto.

"Ho le mie ragioni" aveva detto Rosa.

Ragioni sufficienti a spingerla a tenere in così poco conto la propria felicità. Uno di quei giorni, forse, Niamh avrebbe scoperto il perché.

Quella sera, dopo aver terminato gli schizzi per l'abito dell'infanta Rosa, quando le candele si erano consumate e le lancette dell'orologio si avvicinavano alla mezzanotte, Niamh rivolse la propria attenzione alla lettera di Lovelace. Era posata nell'angolo della scrivania, una macchia color crema che si stagliava nel buio. Il sigillo di cera brillava come una moneta coniata di fresco. Prese un foglio di carta intonso, aprì una boccetta d'inchiostro e prontamente ne rovesciò metà sulla scrivania. Quello, decise, non preannunciava nulla di buono. Dopo aver ripulito il disastro e tirato fuori *un altro* foglio intonso, compose la propria risposta a colpi zoppicanti di penna.

Gentile Lovelace,

grazie infinite per la vostra lettera e per la vostra devozione nei confronti di noi machlandesi qui in Avaland. Ammiro enormemente la vostra causa, ma non posso aiutarvi.

Più scriveva, più il senso di colpa cresceva dentro di lei. Rifiutargli il suo aiuto le sembrava un atto di egoismo… o forse di codardia. Ma se Jack stava davvero nascondendo qualcosa, non sarebbe stata di certo lei la persona che l'avrebbe portata alla luce.

A un quarto a mezzanotte, Niamh sgattaiolò fuori dalla sua stanza e uscì nel buio dei giardini di palazzo. Lovelace le aveva dato istruzioni di lasciare la lettera dove poteva trovarla: nell'albero colpito da un fulmine che si affacciava sul lago. Incombeva davanti a lei, i rami completamente spogli sembravano uno schizzo a carboncino contro il viola corposo del cielo.

Arrancò attraverso il prato, stringendo forte la mantellina di pelliccia con una mano e il manico di ferro di una lanterna nell'altra. Era una notte gelida e l'erba, umida di rugiada, scintillava debolmente nel caldo bagliore della lanterna. In altre circostanze sarebbe stato un dettaglio delizioso, ma quando raggiunse il luogo prestabilito tremava dalla testa ai piedi per il terrore. Se a Jack fosse giunta voce che aveva scritto a Lovelace, anche se per declinare la sua richiesta d'aiuto...

Non osava pensarci.

L'albero era attraversato da venature di un nero che sembrava liquido, ma la corteccia sotto le sue dita era dura come un osso. Posò la lettera nell'incavo del tronco e scrollò le mani. Ecco. La parte peggiore era conclusa. Non le restava che tornare nella sua stanza senza farsi vedere... e senza farsi avvicinare da un fantasma, o da uno degli Eterni. Non si era mai troppo attenti. Quando raggiunse il palazzo, Niamh rimase pietrificata.

Un fantasma.

Una luce solitaria brillava fioca, illuminando una figura sulla terrazza del primo piano. L'orlo della veste fluttuava come nebbia all'altezza delle caviglie. I capelli pallidi come la luna le ricadevano sulle spalle e ondulavano al vento come una fune.

No, non è un fantasma, comprese. *Sofia.*

Sofia era appoggiata alla balaustra, lo sguardo fisso sull'orizzonte, le spalle infossate dalla nostalgia. Sembrava così sola lassù… Niamh provò una fitta di compassione al cuore. Da quanto tempo, si chiese, Sofia non tornava a quelle distese di ghiaccio che le aveva descritto? Da quanto tempo non vedeva le sue sorelle?

Niamh si riscosse da quei pensieri. Non poteva permettersi di starsene lì a compatire la moglie del principe reggente. Presto o tardi, Sofia avrebbe notato una lanterna che ondeggiava spettrale in mezzo al prato. Niamh spense la fiamma con un soffio, immergendosi nell'oscurità. Lentamente, rientrò a palazzo al chiaro di luna. All'interno, la sala dei ricevimenti era immobile e silenziosa come una tomba. Sgattaiolò su per la scala imperiale, poi svoltò nel corridoio che portava alla sua stanza. Lì, una luce tremolava da una porta lasciata socchiusa. Vi si fermò proprio davanti. Chi altro era ancora sveglio a quell'ora?

«Non riuscite a dormire?»

Niamh fece un salto. Si portò una mano sul petto, sollevata di sentire che il cuore batteva ancora, e si accasciò contro lo stipite della porta che portava in quella che scoprì essere la biblioteca. Scaffali e scaffali pieni di libri rilegati in pelle facevano da sentinelle contro le pareti, con i titoli dorati che brillavano alla luce fioca delle candele. Kit era seduto su una poltrona dallo schienale alto vicino alla finestra, il polpaccio di una gamba appoggiato sull'altro ginocchio. Si era tolto la giacca e l'aveva riposta sullo schienale, cosa che Niamh fece del suo meglio per ignorare. Quasi si aspettò di vedere un sigaro fumante tra le sue dita, ma lui teneva in mano soltanto un libro aperto. La vista di lui le fece ribollire lo stomaco mentre gratitudine e umiliazione si inseguivano l'un l'altra senza posa.

Il suo sguardo si posò sulla lanterna spenta di Niamh. «Sarebbe utile accenderla.»

Questo la ridestò dal suo stupore. «Vostra Altezza» rispose in un sussurro teatrale. «Non dovreste essere qui.»

«Sto leggendo» disse lui con aria perplessa «in una biblioteca.»

«Sì, be'...» Niamh si agitò. «Quello che intendevo dire è che non dovremmo stare da soli.»

Lui parve considerare la sua affermazione. «Perché no?»

«Voi...!» Sbuffò, poi si bloccò. Gli andò vicino, così non sarebbe stata costretta a cercare di urlare sussurrando attraverso la stanza. «Sapete molto bene perché.»

«Non mi viene in mente niente.»

Lei sollevò le mani. «Adesso vi state prendendo gioco di me.»

«Siamo nel bel mezzo della notte» ribatté lui con freddezza. *Esatto*, avrebbe voluto rimarcare lei, ma lui proseguì: «Non c'è nessuno qui a spettegolare. Se mi va di parlare con voi, perché non dovrei farlo?»

D'un tratto lei si sentì avvampare. «Volete parlare con me?»

«È un problema?» Pensò di aver colto un briciolo di imbarazzo nell'irascibilità della sua risposta.

Sì. Certo che lo è. Una rubrica scandalistica aveva già scritto di loro... vagamente, e per mettere in discussione la fonte del pettegolezzo, certo, ma il punto restava. Il padre di Rosa già lo disapprovava. Suo fratello aveva minacciato di dare la caccia alla ragazza con cui era stato visto al ballo. Si era finalmente liberata dei piani di Lovelace, e voleva soltanto finire il suo lavoro in pace. Senza altre complicazioni, senza altre distrazioni.

Ma più lo guardava, con quell'esitazione quasi fanciullesca sul volto svelata dalla luce della candela… Si rese conto che doveva sentirsi piuttosto solo lì. Per quale altro motivo qualcuno come lui avrebbe voluto parlare con una ragazza come lei? Per tutelare se stessa, avrebbe dovuto dirgli di chiamare Sinclair e lasciarla in pace. Ma, be'…

Forse anche lei si sentiva un po' sola.

Quella consapevolezza scese come un macigno su di lei. Erin, l'ultima amica che le era rimasta a Caterlow, se n'era andata un anno prima. Non si era accorta che da allora non aveva più parlato con qualcuno della sua età. Che cosa aveva fatto a parte *lavorare*?

«Se insistete» disse, cercando di esibire un tono allegro, «e poi dovrei scusarmi.»

La sorpresa comparve sul volto di Kit. «Per cosa?»

«So che volevate che dimenticassi la nostra conversazione di ieri sera, ma non posso. Probabilmente avrei perso questo incarico – o peggio – se voi non aveste agito come avete fatto.»

La vergogna si insinuò in lei, improvvisa e acuta come una freccia al cuore. Se fosse stata abbastanza forte da ignorare la meschina crudeltà della corte, lui non si sarebbe mai umiliato davanti alle persone che disprezzava per proteggerla. Non avrebbe ricevuto una strigliata da suo fratello come se fosse un bambino. Oh, quanto si odiava per quel momento di debolezza, per aver scaricato su Kit il fardello di tutti quegli sciocchi sentimenti feriti. Lei si prendeva cura degli altri; non chiedeva mai che qualcuno si prendesse cura di lei. Altrimenti di che utilità sarebbe stata?

«Mi dispiace tanto per i problemi che vi ho causato» continuò. «Non avrei dovuto...»

«Non avreste dovuto cosa?» Il suo tono era tagliente, ma non lasciava intendere alcun accenno di scherno. «Uscire in terrazza? Respirare?»

Non seppe come replicare. Alzò lo sguardo da terra per scrutarlo negli occhi. La loro intensità la travolse. Splendevano nel buio della biblioteca, la incendiavano come la luce del sole.

«Risparmiate le scuse per quando serviranno davvero» disse. «Non mi avete costretto a fare nulla.»

Che delle scuse venissero rifiutate tanto sommariamente la mise a disagio. Niamh aveva trascorso tutta la vita a scusarsi per essersi presa dello spazio, a sentirsi in colpa per aver disturbato qualcuno con le sue emozioni o i suoi bisogni. Era stata spesso tentata di scusarsi persino perché respirava, ma nessuno l'aveva mai fatta sentire tanto assurda per questo. La ferì e al contempo la sollevò, ma non avrebbe dovuto aspettarsi nulla di diverso da un uomo così sgradevole a tutta la buona società. Kit, immaginò lei, non si era mai scusato neanche una volta di essere ciò che era.

«Allora dovrò ringraziarvi invece» disse sottovoce «per la vostra gentilezza.»

«*Gentilezza?*» Parve assolutamente confuso a quell'idea... addirittura disgustato. «Non è niente del genere. Il mio corpo è soltanto più veloce della mia mente.»

Com'era ansioso di negare anche la sua più piccola virtù. La cosa la fece sorridere. L'impulso di prenderlo in giro crebbe troppo in fretta perché riuscisse a soffocarlo. «Che istinto nobile avete, Vostra Altezza.»

Molti uomini impulsivi agivano per saziare i loro appetiti, inseguire piaceri o crogiolarsi in crudeltà. E invece ecco Kit, impulsivamente autolesionista per proteggere qualcun altro da un'offesa. Perché era di questo che si trattava, no? Lo sguardo tetro, rassegnato che gli aveva visto ieri sera – quell'abbandono sconsiderato – non apparteneva a qualcuno a cui importava solo di se stesso.

«Non lo è, credetemi.» Parlò con una tale freddezza che lei pensò di averlo offeso.

«Vostra Altezza, io...»

«Me ne vado a letto.»

Si alzò dalla poltrona e le passò accanto. Niamh sapeva che non avrebbe dovuto pentirsi per averlo spinto ad andarsene, proprio come non avrebbe dovuto chiedersi cosa lui intendesse dire. Porre fine a ogni frequentazione fra loro, ritirarsi dietro il velo del distacco professionale era la scelta più saggia. La scelta più giusta. Eppure...

"Una volta eliminate tutte quelle spine, non è poi così male" le aveva detto Sinclair una volta. La vita era stata assai più semplice prima che lei cominciasse a credergli.

11

Niamh non riusciva a smettere di pensare a Lovelace.

Non le aveva ancora risposto. Erano passate solo dodici ore, ma la sua mente continuava a girare in tondo. Forse non aveva ricevuto la lettera. Forse il suo rifiuto non giustificava una risposta. O forse Sofia l'aveva vista fuori, e ben presto un contingente della Guardia Reale sarebbe venuto ad arrestarla per sedizione. Certo, probabilmente a questo punto lo avrebbe già fatto, ma…

«A cosa state pensando?»

Niamh sussultò, pungendosi un dito con l'ago da ricamo. «Ahi!»

Gli occhi di Miriam si spalancarono per la preoccupazione. «Santo cielo. Le mie scuse.»

Lei si portò il dito alla bocca: il sapore del sangue sbocciò deciso e metallico sulla lingua. Doveva davvero impegnarsi a essere una compagnia più piacevole… soprattutto perché dubitava fortemente che avrebbe dovuto essere lì, tanto per cominciare. Quel giorno Kit e Rosa avrebbero dovuto trascorrere del tempo insieme, ma Kit aveva invitato Sinclair, e Sinclair aveva invitato *lei* (tramite il suo biglietto da visita, infilato nel più spettacolare mazzo di rose rosse – be', l'*unico* mazzo di rose rosse – che avesse mai ricevuto), e Rosa, giusto perché si sentiva in inferiorità numerica, aveva invitato Miriam. Così, eccoli tutti e cinque, una ciurma davvero eterogenea.

«No, no. La colpa è *mia*» disse Niamh. «Ero con la testa altrove.»

«Comprensibile» disse Miriam, sorridendo con ironia. «È una pessima giornata.»

In verità era splendida, il genere di giornata che conciliava languidi sogni estivi a occhi aperti. Niamh non riusciva a tollerare l'immobilità, ma se proprio si doveva stare fermi, c'erano posti ben peggiori in cui trovarsi.

Eye Park si estendeva davanti a loro, glorioso, verde e completamente assiepato di gente. Niamh lo adorava... L'energia frenetica che ronzava come api sui fiori selvatici, l'urgenza spasmodica di una stagione che ben presto sarebbe arrivata. Desiderò di poter catturare quella sensazione con il filo da ricamo.

Carrozze e cavalli correvano a precipizio sulle strade ghiaiose. Gruppi di amici gironzolavano per il parco in abiti luminosi come gemme, i nasi seppelliti nei fogli scandalistici, le labbra macchiate dai ghiaccioli, le risate che si riversavano nei campi illuminati dal sole. I rami di un albero di limoni scendevano come un telaio su di lei, pesanti di frutti, e profumavano l'aria con il loro vivace odore agrumato.

Accanto a loro scorreva il fiume Norling, scintillante e incantato nella luce pomeridiana.

Miriam fece schioccare la lingua con disapprovazione. «Miss O'Connor, state ancora sanguinando?»

«Eh?» Si guardò le dita. Una goccia di sangue dorato si era gonfiata sulla punta di un dito. «Oh! Immagino di sì.»

«Fate vedere.» Le parole erano appena uscite dalla bocca di Miriam che già teneva la mano di Niamh. I suoi occhi scintillarono di una luce calda, e un brivido di magia passò tra loro. Il calore le fece pulsare la mano, e in un attimo la puntura sparì. «Ecco.»

Niamh rigirò il palmo, sbalordita. «Avete un *ceird*? Cioè, sangue divino? Oh, uffa, come lo chiamate in Castilia?»

«Dono miracoloso.» I suoi occhi brillarono. «Sapevate che è questo dono ad aver portato Rosa nella mia vita? Mia madre ha salvato la vita della regina – e quella di Rosa – al momento della sua nascita. Dopodiché, le è stata concessa una posizione a corte come guaritrice reale, e io sono cresciuta in mezzo alla nobiltà. Anche questo a suo modo è una specie di miracolo.»

«Come una cittadina comune?» si meravigliò Niamh.

«E come una Siradim» aggiunse lei.

Non c'erano molti Siradim nel Machland, ma una famiglia, i Pereira, si era trasferita a Caterlow. Erano arrivati molti anni prima della nascita di Niamh, fuggiti per la persecuzione religiosa in Castilia. Alcuni machlandesi facevano voltare i propri figli dall'altra parte quando li incontravano per strada, ma loro avevano mostrato a Niamh nient'altro che gentilezza. Quando il clima si faceva freddo e le notti diventavano più lunghe, lei accendeva il loro caminetto una volta a settimana, nel giorno in cui non potevano lavorare, in cambio del pane più delizioso che avesse mai mangiato. Pensò alle candele che bruciavano debolmente alle loro finestre, e soprattutto ai loro abiti raffinati, tutti ricamati in oro.

«I Siradim sono stati espulsi dalla Castilia molte volte, e il padre di Rosa non è stato tollerante con noi. Mi terrorizza. Persino Rosa ha paura di deluderlo o di disobbedirgli. L'unica volta che l'ho mai vista tenergli testa è stata per difendere me.» La sua espressione si fece nostalgica. «È sempre stata protettiva nei miei confronti. Sospetto che sia il vero motivo per cui mi ha portata con sé. Certo, lei non ammetterebbe mai certi sentimentalismi.»

Il cuore di Niamh si strinse di una tenerezza inaspettata. «Vuole tenervi vicina.»

«Quel che vuole è vedermi sposata a qualche avalandese» ribatté Miriam, con affetto ed esasperazione insieme. «Le ho detto che non ho alcun interesse per il matrimonio, ma lei sa essere piuttosto cocciuta quando si mette in testa qualcosa.»

«Non stento a crederlo.» Niamh rise sommessamente. «Quindi non volete diventare la moglie di un avalandese. Cosa vorreste fare invece?»

«Vorrei aprire una clinica e prestare cure mediche ai bisognosi.»

«Credo che sarebbe una splendida cosa.»

«È mio dovere.» Miriam tirò su una manciata d'erba e la lasciò ricadere a terra. «Dio ha agito attraverso mia madre il giorno in cui ha salvato Rosa, e ci ha protette da allora. Vivo con il senso di colpa ogni giorno, consapevole che così tante persone soffrono e io no. Non posso fare a meno di pensare che sono sopravvissuta perché sono nata per usare il mio dono e fare di più. Se potessi spingere qualche nobile a fare qualcosa…»

Sì, voleva dirle. *So esattamente cosa provate.*

Niamh allungò una mano e le strinse l'avambraccio. «Posso solo immaginare quanto sia stato difficile vivere tra coloro che avevano fatto del male alla vostra gente. Ma non siete costretta a soffrire solo perché altri hanno sofferto. Il vostro sogno a me sembra molto nobile.»

«Credo che possiate fare molto più di quello che immaginate, Miss O'Connor.» Miriam sorrise tristemente. «Voi e io dobbiamo restare unite.»

Niamh le sorrise. «Molto volentieri.»

Un'ombra scese su di loro. Niamh piegò il collo e vide Sinclair in piedi, un braccio alzato a schermare gli occhi dal sole. Le sue guance erano arrossate dal caldo come quelle di un cherubino. «Porto tristi notizie. Non sono riuscito a trovare neanche un goccio di limonata.»

«E avete osato tornare a mani vuote?» chiese Miriam prendendolo in giro.

«Sono terribilmente mortificato, milady.» Sinclair si portò una mano al petto. «Però ho un'altra idea. Che ne dite di una missione di salvataggio?»

Indicò con un cenno del capo Kit e Rosa, seduti a fianco a fianco su una panchina che guardava il fiume. Kit stava riuscendo a mantenere una certa distanza da lei, tenendo quella che Rosa aveva chiamato *papelate* – tabacco avvolto in foglie di granturco – tra le dita. Rosa aveva fatto un certo sforzo per compiacerlo, e Kit, che era incapace di compiacere e farsi compiacere da qualcuno, almeno sembrava aver accettato il suo dono senza fare storie. Rosa sembrava abbastanza contenta di guardare i cigni che zampettavano tra i giunchi. Il merletto del parasole nero proiettava un'ombra irregolare sul suo volto.

Il sorriso di Miriam si fece malizioso. «Chi dei due ha bisogno di essere salvato secondo voi?»

Sinclair picchiettò il bastone da passeggio a terra. «Entrambi, decisamente.»

«Probabilmente è vero» rifletté lei. «Andiamo.»

«Vi prego, andate senza di me.» Niamh recuperò il tamburello da ricamo da dove lo aveva posato sull'erba. Quella mattina aveva chiesto alle sue assistenti di cominciare il merletto per l'abito di Rosa mentre lei era fuori, ma non poteva dipendere da loro in tutto. «Devo proprio finire questo schema.»

Sinclair le strappò di mano il tamburello.

Niamh rimase esterrefatta e si alzò in piedi. «Sinclair!»

Lui lo tenne sopra la testa in modo che lei non potesse raggiungerlo, nemmeno allungandosi in punta di piedi e mettendosi a saltare. Sconfitta ancora una volta dalla propria altezza. Lui parve un po' troppo compiaciuto. «Temo che questo sia indispensabile, Niamh. Non si può ignorare una giornata come questa.»

Gemendo, lei li seguì fino alla panchina. Nelle acque basse del fiume, alcuni bambini si schizzavano l'un l'altro mentre la servitù riempiva caraffe d'acqua. Più avanti, una donna dava da mangiare a un cigno e strillò quando questo le diede un morso. Kit e Rosa, però, si stagliavano come due ombre identiche nel vivace caos che li circondava.

«Ehilà, Vostre Altezze» disse Sinclair. «Possiamo persuadervi a fare due passi, o il sole vi farà prendere fuoco, principessa?»

«Qualche minuto di sole dovrebbe essere accettabile.» Rosa si alzò dalla panchina. Quel giorno si era intrecciata dei nastri di merletto nero e piume di corvo tra i capelli. Agitò il ventaglio davanti al viso con fare modesto, ma Niamh vide il disappunto nei suoi occhi scuri. «Il fiume stava diventando di una noia mortale.»

Miriam la prese a braccetto. «Allora dovremmo fare un gioco e tenere occupata la vostra mente.»

Una volta tornati alla coperta del picnic, Rosa si lasciò cadere all'istante su uno dei cuscini e si accoccolò, simile a un gatto sonnacchioso. Kit fumò sino al filtro una delle sue *papelate* e ne accese subito un'altra. Dietro al velo di fumo, la sua mascella fremeva. Niamh lo osservò di sottecchi. Non le aveva parlato per tutto il giorno, quindi poteva soltanto dedurre che fosse ancora arrabbiato con lei per avergli detto – ma pensa un po' – che era stato gentile. Era un uomo davvero sconcertante, a volte.

Per fortuna, Sinclair ruppe il silenzio per primo. «Allora, di cosa stavate parlando voi piccioncini?»

Rosa aveva già chiuso gli occhi. Si coprì il viso con il gomito e disse con voce piatta: «Gli stavo domandando che opinioni avesse sui recenti referendum parlamentari e l'imminente elezione».

«Oh.» Il sorriso di Sinclair vacillò.

«È stata una conversazione sorprendentemente breve.»

Kit abbassò lo sguardo, in volto un'espressione che tradiva la sua rabbia. «Non sono aggiornato sulla politica.»

«È stato un errore mio.» Rosa parlò con calma, ma la loro conversazione chiaramente l'aveva infastidita. «Avevo dimenticato che siete tornato a casa qualche settimana fa. Vostro fratello è gentile ad avervi concesso un grand tour così lungo. Quattro anni, dico bene?»

«Sono certo che avrebbe gradito che fosse ancora più lungo» ribatté lui seccamente. «Non mi ero reso conto che i figli minori in Castilia avessero doveri politici tanto estesi.»

Rosa si stese, il ritratto dell'indolenza, ma affilò ogni parola. «Minori? No, davvero. Escluso l'erede al trono, i miei cari fratelli sono ufficiali nell'esercito, ecclesiastici e poeti. Ma benché a me non venga richiesto di intervenire nelle questioni politiche, mi piace sapere quando e dove poter applicare una certa pressione se necessario.»

Kit la guardò in cagnesco. Chiaramente percepiva ogni briciolo dell'insulto che lei intendeva rivolgergli. La sua voce stillò sarcasmo. «E come vi ha ripagato tutta questa dedizione? Io e voi siamo sulla stessa barca.»

«E il vostro cinismo, signore?» replicò lei. «Non siete fuggito dal mondo che disprezzate tanto.»

«Continuate ad agire con rettitudine se vi aiuta a dormire la notte» disse lui freddamente. «Ma mi rifiuto di esaltare ridicoli ideali come il sacrificio e il dovere.»

Rosa aprì la bocca e la richiuse. Un terribile gelo attraversò il suo volto. Niamh non poteva tollerare di assistere a tutto questo un minuto di più.

«Allora!» Sinclair batté le mani. «Veniamo a questo gioco.»

«Sì» convenne Miriam prontamente. «Che gioco potremmo fare?»

«Pensavo a mosca cieca.»

Kit sollevò il capo, un interesse riluttante gli accese lo sguardo. Ma ciò che disse fu: «Sul serio? Che cosa infantile».

«Non fatevi ingannare» intervenne Sinclair. «*Adora* questo gioco. Lo facevamo sempre con Jack e mia sorella. Ricordo ancora quella volta in cui sei diventato talmente competitivo che ti sei storto una caviglia. Jack ha dovuto riportarti indietro di peso. È successo quando eravate entrambi ancora simpatici.» Fece l'occhiolino a Rosa. «Riuscite a immaginarlo?»

«Chiaro come il giorno» replicò lei maliziosamente.

«È stato molto tempo fa.» Kit divenne scarlatto ed esalò un sottile filo di fumo. «E poi senti chi parla. Mi sembra di ricordare che tu sei caduto nel lago. »

«Oh, suvvia» lo blandì Sinclair. «È solo che hai paura di perdere.»

Kit ridacchiò. «No, non è vero.»

«D'accordo, allora.» Sinclair fece un passo verso di lui, sfidandolo. «Dimostralo.»

Il suo sorriso era malandrino. Colpì nel segno, perché l'intero atteggiamento di Kit cambiò. Dal luccichio nei suoi occhi, Niamh vide chiaramente il bambino competitivo che era stato. Lasciò cadere la sua *papelate*, schiacciandola con il piede. Il fumo si alzò in spirali sinuose tra loro.

«Va bene» disse in tono rassegnato. «Visto che per te è tanto importante.»

Niamh sollevò una mano. «Scusate. Ho una domanda.»

«No» disse Sinclair «non potete lavorare invece di giocare. Altre domande?»

Lei sbuffò, sdegnata. «Che *cos'è* la mosca cieca?»

Sinclair la fissò sbigottito. «Permettetemi di illustrare a voi signore i vertici più raffinati della cultura avalandese.»

Era un semplice gioco a rincorrersi, scoprì Niamh. Una persona veniva bendata, guidata – o raggirata – solo dai rumori e dalla magia. Quando si catturava qualcuno, bisognava indovinare l'identità del prigioniero. Se si sbagliava, il gioco continuava. Se si indovinava, il prigioniero veniva bendato al proprio posto.

«Ah» disse Rosa. «Sarebbe la nostra *gallina ciega*. Dovrebbe essere interessante.»

«Che bello!» Niamh si portò le mani intrecciate al petto.

Lo era davvero... ed era il caos più totale. Non riusciva a ricordare l'ultima volta che si era divertita così tanto.

Al primo turno, Sinclair e Miriam fecero squadra per far girare in tondo Rosa per almeno cinque minuti grazie solo alle loro voci, gridando così forte che alla fine lei si arrese per "stanchezza uditiva".

Al secondo turno, Kit rimase a meno di un metro di distanza da Sinclair per tutto il tempo, avanzando e arretrando come uno schermidore mentre Miriam lo incitava. Alla fine, lo guidò dritto verso Niamh. Lei giurò di aver visto Kit sogghignare per il suo grido di indignazione.

Poi fu il suo turno.

Sinclair le legò la benda attorno agli occhi. Il tessuto le pizzicava contro il naso, e dovette trattenere uno starnuto. Una volta sistematasi, lui la prese per le spalle e la fece girare lentamente su se stessa. Girò e girò, finché non fu completamente disorientata. L'oscurità davanti agli occhi la fece sbandare. Tutti i suoi sensi si acuirono. Il fruscio delle foglie risuonò forte come il rumore del mare. Apprezzò il calore del sole sulla fronte, il profumo dei limoni e dell'acqua del fiume.

«Arrivo» gridò.

Tese le mani e fece un passo incerto in avanti. Nel momento in cui il suo piede toccò terra, una folata di vento per poco non la fece cadere. La treccia le frustò una spalla. La risata di Miriam era lieve, sfuggente e graziosa, mentre Niamh incespicava verso di lei. L'energia statica crepitò nell'aria, e un forte strattone del pendente che aveva attorno al collo la guidò di nuovo nella direzione da cui era venuta. La magia vibrò nell'aria attorno a lei, dorata anche dietro la benda.

«Da questa parte» la stuzzicò Sinclair, in un'imitazione davvero terribile della voce di Kit.

Ridendo, si trascinò verso di lui. Il suo piede si incastrò in una radice ritorta.

Lo stomaco le si rivoltò in preda alla nausea quando si inclinò verso il suolo. Si preparò alla botta, serrando gli occhi. Ma l'impatto non avvenne mai. Andò a sbattere, invece, contro qualcosa di caldo e solido. Delle mani la afferrarono saldamente attorno alle braccia, riportandola in equilibrio.

«Oooh!»

Sotto il suo palmo, sentì il battito selvaggio del cuore di qualcuno. Lo sbuffo di un respiro accarezzava le ciocche libere dei suoi capelli attorno alle tempie; i profumi terrosi di tabacco e ortica la avvolsero. Chiunque fosse non disse nulla. Ma Niamh non ebbe bisogno di sentirlo parlare per *sapere.*

«Vostra Altezza?» Sollevo l'angolo della benda.

Kit era fermo davanti a lei. «State bene?»

Mentre lei sbatteva le palpebre, la sua vista tornò normale. Quando capì che lo stava fissando, le difese di Kit si erano ormai trasformate in qualcosa che non riuscì a decifrare. La luce del sole rendeva i suoi occhi di metallo fuso. Donava al suo viso un bagliore dorato.

«*Ehm*...» Le avvampò il viso. «Sì. Credo di sì.»

«Bene» disse lui con tono aspro. La stava ancora tenendo con sorprendente delicatezza, come se si aspettasse di vederla vacillare nell'istante in cui l'avesse lasciata andare. E forse aveva ragione, considerando che la sua vista oscillava ancora, provocandole un po' di nausea. «Giuro, siete una calamita per i guai. Come siete riuscita a trovare l'unico ostacolo nel raggio di cinque chilometri?»

«Non è vero!» Da sopra la spalla, notò che Rosa li stava osservando con un'espressione molto curiosa. Non era esattamente rabbia... non verso di *lei*, comunque. Anche Sinclair li guardava un po' accigliato. Non aveva forse giurato di stare più attenta? Niamh si ritrasse dalla sua presa e gli porse la benda. «È il vostro turno.»

Kit la prese. La sua espressione cambiò almeno cinque volte finché non si bloccò sul disagio. Poi, con un sospiro, si trascinò al centro del cerchio e si mise la benda sugli occhi. «Tutto questo è ridicolo.»

Da fuori, *era* piuttosto ridicolo. Kit permise a Sinclair di farlo girare su se stesso, ma mantenne un cipiglio costante. E quando il gioco incominciò, divenne assai chiaro che Rosa voleva la testa di qualcuno.

L'elettricità divampò tra le sue mani, inondandole il viso di un'innaturale luce blu. L'aria crepitò di magia e vibrò contro la pelle di Niamh. Le nuvole si incupirono e gonfiarono in modo minaccioso, oscurando il sole. Sentì un forte schiocco nelle orecchie, e il vestito cominciò ad agitarsi contro le caviglie. Per il parco, gli ombrelli sbocciarono come funghi nella pioggia. Il chiacchiericcio della gente si fece più forte mentre indicava il temporale incipiente.

Se i Carmine dominavano la terra, sembrava che i Carrillo dominassero i cieli.

Con gli occhi roventi e i capelli che si sollevavano per le raffiche di vento, Rosa sembrava ferocemente, pericolosamente bella… come una dea. Scintille le saettarono lungo il braccio, e un fulmine scaturì dalla sua mano tesa. Lacerò l'aria, proprio sopra la testa di Kit. Di riflesso, lui si gettò a terra.

Poi si scagliò contro Rosa, la bocca spalancata, senza dire una parola. Anche se Niamh non riusciva a vedere i suoi occhi, sembrava suo malgrado impressionato. «Vi sentite meglio adesso?»

Un ghigno tronfio curvò gli angoli delle labbra di Rosa. L'energia statica sfrigolava ancora dalla punta delle sue dita e l'odore di ozono pervase l'aria, ma il vento cessò attorno a loro. I ricci liberi e selvaggi le ricadevano sulla fronte. «Sì, moltissimo. Siete perdonato.»

E con ciò, il gioco riprese. Sinclair si gettò tra i rami bassi di un albero di limone e ripiegò le lunghe gambe sotto di sé, quasi svanendo nel fogliame. Diverse volte chiamò Kit, che parve del tutto spaesato finché non capì dove si fosse nascosto.

«Barare a mosca cieca? Sei senza vergogna.»

«Barare? Ti prego, mi ferisci. Questo si chiama pensiero strategico.» Si portò cerimoniosamente una mano al petto. «Hai proprio perso il tuo tocco.»

Kit sbuffò, ma la sua bocca si curvò in un ghigno. Con

un guizzo del braccio, una pianta rampicante sbucò da terra e afferrò Sinclair per la caviglia. Lui sgranò gli occhi mentre veniva trascinato fuori dal suo nascondiglio, e finì a terra con un grido.

Kit si tolse la benda e la gettò nella sua direzione. «Tocca a te.»

«Mi sembra giusto.» Sinclair si girò, sorridendo. Ma quando cercò di alzarsi, fece una smorfia. Il rampicante che Kit aveva dissotterrato giaceva come un serpente nell'erba, ricoperto di spine. Aveva lacerato la gamba di Sinclair. Il sangue – di un rosso allarmante, privo di magia – gli inzuppava i calzini bianchi. Inspirò a denti stretti.

Miriam si accovacciò accanto a lui. «State bene, Mr Sinclair?»

«Bene, bene» rispose lui cortesemente, ma il suo sorriso era teso. «Sono stato trattato decisamente peggio sulla pista da ballo.»

«Merda.» Tutto il colore defluì dal viso di Kit. «Scusami.»

«È solo un graffio, Kit» disse Sinclair. «Davvero. Non preoccuparti.»

«Davvero. È molto cortese da parte vostra» aggiunse Rosa diplomaticamente, sistemandosi accanto a Sinclair. «Non avevo l'energia per un altro tuono.»

La loro ironia, però, non raggiunse Kit. «Non volevo.»

«Ehi» disse Sinclair. Niamh non lo aveva mai sentito parlare così. Era come se stesse parlando a un cavallo spaventato. Peggio, quello spaventato era lui. «Lo so. Perché non ti siedi?»

«Sì.» Kit si passò una mano tra i capelli, la voce agitata. «Sì, va bene.»

Tornò alla coperta del picnic e si lasciò cadere alla base del tronco dell'albero. Ombre scure gli percorrevano il volto teso, e la brezza gli scompigliava i capelli. Sedette perfettamente immobile, irradiando un'aura di rimorso e disprezzo per se stesso.

«...Gli prende così a volte...» La voce di Sinclair la raggiungeva a tratti, portata dal vento. «...Qualche minuto per calmarsi...»

"Gentilezza? Non è niente del genere" le aveva detto Kit. "Il mio corpo si muove più in fretta della mia mente."

Era *questo* che aveva voluto dire? Quando erano stati interrotti sulla terrazza quella sera, la sua magia aveva reagito immediatamente, come se fosse stata innescata da una minaccia. Preoccupazione e frustrazione la pungolavano. Kit, era evidente, pensava il peggio di se stesso. Ma qualunque cosa avesse fatto prima di essere mandato via, qualunque cosa lo affliggesse persino allora, non poteva essere contagioso.

Con una certa esitazione, si avvicinò a lui. «Posso sedermi qui?»

Kit non rispose, cosa che lei decise di prendere come un assenso.

Ritirò il tamburello da ricamo e si sistemò accanto a lui sull'erba. Così vicino, con le loro spalle che quasi si toccavano, lo sentiva tremare. Se non avesse rischiato di provocare lo scandalo del secolo, avrebbe posato una mano sulla sua. Ma forse c'era qualcos'altro che poteva fare.

Non era sua intenzione usare il suo dono quel giorno, dopo quanto ne aveva abusato per prepararsi per il ballo. Ma per qualcuno in un momento di bisogno poteva sempre trovarne un po' di riserva. C'era sempre un po' di sé da donare.

Lasciò che gli occhi si chiudessero con uno sfarfallio e cercò dentro di sé, nel profondo. La sua magia giaceva accoccolata, a sonnecchiare, ma quando la chiamò tornò da lei come un segugio leale. Arrivò su zampe lente e stanche. I ricordi si tesero in lei. Una mano fredda contro la fronte febbricitante. Una tazza di tè nelle sue mani alla fine di una lunga giornata. Il calore delle coperte in un gelido mattino d'inverno. Le braccia di un'amica che la cingevano dopo una delusione cocente.

La gola le si strinse per il desiderio di quelle piccole consolazioni, e incanalò quel sentimento nel filo. Scintillò di luce dorata nelle sue mani. Ricamò, finché il respiro di Kit non si placò accanto a lei... finché non iniziò a seguire il ritmo del suo.

12

Il mattino dopo, prima ancora di riuscire a trascinarsi fuori dal letto, Niamh chiamò per il tè e per una copia di ogni foglio scandalistico popolare a Sootham. Li scorse tutti dall'inizio alla fine in cerca di un qualunque segno della sua imminente rovina, ma i resoconti di quel giorno sul picnic della coppia reale erano misericordiosamente banali.

Un misterioso temporale ha colpito Eye Park nel primo pomeriggio di ieri, annunciava uno. *Che sia un segno infausto?*

Che genere di abito disegnerà la nostra Bellezza Provinciale?, si domandava un altro. *C'è da chiedersi se il nostro povero Mr S si dimostrerà una distrazione o una musa. Solo il tempo ce lo dirà, ma quanto a me spero sempre in una storia di redenzione.*

Nessuno aveva notato l'amicizia tra lei e Kit… sempre che si potesse definire tale. Persino Lovelace l'aveva risparmiata. Aveva rivolto la propria attenzione su *Madame HC* – Helen Carlile, immaginava –, un'avalandese che aveva cominciato a sostenere appassionatamente i machlandesi all'inizio dell'anno. Il giorno prima, a quanto sembrava, aveva avvicinato Jack durante la sua cavalcata mattutina. Malgrado l'esposizione al ballo inaugurale, la pressione di Lovelace e i migliori sforzi di Carlile, sembrava che non avesse alcuna intenzione anche solo di considerare le richieste dei contestatori.

Cosa ci sarebbe voluto, si chiese lei, per spingerlo ad agire?

Niamh sospirò stizzosamente. Quando mise da parte il giornale, una busta scivolò fuori dalle pagine. Riconobbe subito il sigillo di cera nera. Alla fine, Lovelace aveva risposto. Con dita tremanti, Niamh aprì la busta.

Miss Ó Conchobhair,

capisco perfettamente. Io, dopotutto, scrivo sotto anonimato. Abbiamo tutti qualcosa che non siamo disposti a rischiare. Se doveste cambiare idea, però, sapete come contattarmi.
L

Per poco non si mise a piangere per il sollievo. Non sapeva che cosa si fosse aspettata. Crudeltà? Ritorsioni? Ricatto? Per quanto ridicolo fosse, non poteva fare a meno di saltare alla peggiore conclusione possibile. Ma adesso era libera. Mentre il peso l'abbandonava, si rese conto di quanto fosse esausta. Si era spinta troppo oltre ieri al parco, ma non riusciva a pentirsene. Quando aveva finito il ricamo, aveva sollevato lo sguardo e aveva trovato Kit che la osservava con una sorta di rispetto.

Niamh si trascinò fuori dal letto e andò alla toeletta. Ma quando vide il proprio riflesso rimase senza fiato. Le lentiggini si stagliavano scure sulla pelle esangue, e i suoi occhi brillavano di un azzurro più intenso contro il rossore dell'insonnia che le circondava le iridi. Ma non era quello a preoccuparla.

Con dita tremanti, portò la ciocca d'argento sulla tempia, pallida in modo scioccante in confronto al nero dei suoi capelli. A quanto sembrava, durante la notte il bianco si era diffuso ulteriormente, come dita fredde di gelo prematuro. Non riusciva a respirare. Un altro granello di sabbia era sceso nella clessidra della sua vita, e lei aveva sprecato del tempo a giocare su un prato. Correndo a perdifiato come una *bambina*. Non poteva essere così negligente con il proprio tempo.

Dall'istante in cui erano cominciati i sintomi, il suo stesso spettro aveva iniziato a perseguitarla. La attendeva, inevitabile, una figura alla fine di un lungo, buio corridoio. Correva da così tanto tempo, ormai, che temeva ciò che sarebbe successo se si fosse fermata. Non poteva affrontare tutte le cose che l'avrebbero raggiunta.

Non aveva importanza quello che faceva, non sarebbe mai stato abbastanza.

Niamh distolse di scatto lo sguardo dal proprio riflesso. L'aria chiusa della sua stanza incombeva su di lei. Se fosse rimasta confinata lì ancora per un po', avrebbe sprecato metà della giornata a compatirsi. Non c'era modo di sapere per certo quando sarebbe morta, e, anche se ci fosse stato, preoccuparsi non avrebbe cambiato nulla.

Tutto quello che poteva fare era andare avanti giorno per giorno. Procedere un passo alla volta.

Niamh radunò carboncino e album da disegno e sgattaiolò attraverso la porta della camera da letto. Percorse il labirinto di corridoi finché non trovò le porte che conducevano alla terrazza sul giardino. Fiori in boccio dai colori coordinati formavano schemi rigidi, geometrici. Un sentiero di ghiaia conduceva verso un labirinto di siepi. In fondo, una linea perfettamente simmetrica di alberi faceva la guardia ai boschi ordinati al di là del confine del palazzo. E al centro di tutto, una statua si stagliava nella fontana gorgogliante come una ninfa. Fissava Niamh con i suoi occhi ciechi di marmo. Tutto era misurato, tosato, domato... proprio come il suo padrone. Malgrado tutto quel verde, le diede l'impressione di essere senza vita.

«Voi.»

Niamh sussultò. «Vostra Altezza.»

Kit era ai piedi delle scale della terrazza, una mano stretta sulla pietra pallida della balaustra. La sua espressione la intenerì. Sotto la solita aggressività, scorse una scintilla di incertezza. Ormai aveva imparato a individuare tutte le sfumature dei suoi sguardi. *Questo*, pensò, *appartiene a un uomo che prova sia crudeltà che tenerezza.*

«Mi state seguendo.»

L'indignazione divampò in lei. Il principe stava solo cercando di coglierla alla sprovvista, ma a quel gioco si poteva giocare anche in due. «Forse sì.»

Capì di averlo disarmato. Si raddrizzò in tutta la sua altezza «Cosa? Perché?»

«Quale nobile si sveglia prima di mezzogiorno?» gli domandò. «Dovevo vedere se steste nascondendo qualche terribile segreto.»

L'espressione guardinga lasciò il suo viso, sostituita dal fastidio di essere preso in giro. «Oh? Del tipo?»

«Be', per esempio, forse vi trasformate in un lupo alla luce del giorno. O forse avete un cadavere da nascondere.»

Lui parve del tutto impassibile. «È davvero questo il genere di cose di cui vi preoccupate?»

«Sono preoccupazioni legittime!» Forse era diverso in Avaland, ma nel Machland un uomo avrebbe potuto essere davvero un mostro. «In ogni caso, *no*, non vi sto seguendo. Per caso mi sono trovata a passeggiare nel posto in cui siete voi, e non è affatto la stessa cosa.»

Lui si accigliò come se non l'avesse sentita. «State male?»

Ogni suo tenero sentimento svanì in un istante. Doveva *sempre* dire qualunque cosa gli passasse per la mente nel modo più brusco possibile? Da quando era arrivata a Sootham due settimane prima, non era riuscita ad avere un'intera nottata di sonno, ma lui non aveva bisogno di ricordarle quanto sembrasse smunta. «Non ho un aspetto *tanto* orribile, vero?»

«No» rispose in fretta Kit. «Sembrate... i vostri capelli sono diversi.»

La sua mano corse alla ciocca bianca. «Che strano. Non li ho acconciati in maniera diversa.» Dopo un istante, gli domandò: «Vi sentite meglio oggi?»

Sgarbatamente, rispose: «Sì. Grazie».

«Bene.» Niamh esitò. «E, *uhm*... mi dispiace per l'altro giorno in biblioteca. Non intendevo...»

«È tutto a posto. Non vale neanche la pena parlarne.»

Qualche istante di silenzio intercorse fra loro. La brezza portò il profumo delle rose e arruffò l'orlo della sua giacca nera.

«Suppongo che siate venuta qui per un motivo» disse lui. «Camminate con me, oppure no.»

No, le disse il buonsenso, ma era troppo tardi. Le parole: «Oh, molto bene» le erano già uscite di bocca.

Se lui continuava a cercare la sua compagnia, non poteva di certo negargliela. Malgrado le sue riserve, malgrado tutti i rischi, cominciava quasi a piacerle passare del tempo con Kit. Per quanto la sfinisse, riusciva a farle dimenticare la propria malinconia.

Si affrettò per tenere il passo mentre lui faceva strada attraverso i giardini, l'album da disegno stretto al petto. I suoi muscoli esausti protestarono, ma lei proseguì a tutta velocità. Kit era incapace di fare una normale passeggiata. Nulla avrebbe potuto sorprenderla di meno. Del resto, supponeva che fosse lo stesso anche per lei. Un sorriso le curvò l'angolo della bocca. Ma la sua tenerezza divenne confusione quando lui la condusse verso il bosco. «Dove stiamo andando?»

«Vedrete. Voglio mostrarvi una cosa.»

Ora sì che la faccenda si faceva sinistra. «Nel *bosco*? Con tutto il dovuto rispetto, signore, mi sembra una pessima idea.»

«Fate quello che volete. Io vado da questa parte, che mi seguiate o meno.»

Non seppe cosa ribattere.

Ben presto, vide una serra emergere da dietro la linea degli alberi. Sembrava in rovina, tutta avvolta nel muschio e soffocata da una folta coltre di edera. Le sue pareti di vetro scintillavano al sole, brillanti come le sfaccettature di un diamante. Kit non disse nulla mentre si avvicinavano. L'unico rumore era il vento che sospirava dolcemente contro il suo orecchio, il percorso dei loro passi nell'erba alta fino alle ginocchia.

Lui aprì la porta e la fece entrare. La prima cosa che Niamh notò fu il calore. Per poco non la soffocò. La condensa imperlava le pareti, e i suoi capelli si separarono all'istante in una nuvola crespa. Ma una volta superato il disagio dell'aria che incombeva su di lei, si lasciò andare completamente all'ambiente circostante.

Bellissimo.

La serra traboccava di luce e colore, eccentrica e lussureggiante come un bosco incantato. Ogni sfumatura di verde si ergeva, si attorcigliava e sbocciava davanti a lei. L'aria densa li avvolgeva, profumata di terra, dolce nettare e *vita.* L'emozione si riversò nel suo petto. Lo splendore selvaggio di tutto quello le ricordò così tanto il suo Paese. Quello era un posto traboccante di magia.

Kit sospirò nell'istante in cui la porta si chiuse con uno scatto dietro di loro, e lei sentì che un peso si sollevava da lui. Mentre seguiva il percorso lastricato nella serra, i fiori si aprirono verso di lui e scossero il loro polline, come se si pavoneggiassero solo per attirare la sua attenzione. Le piacque vederlo appagato.

Niamh non era sicura che lui fosse consapevole di quanto si fosse rilassato, e non aveva intenzione di farlo innervosire di nuovo sottolineandolo.

«È spettacolare» gli disse. «Non avevo capito che vi piacesse il giardinaggio.»

«Infatti non mi piace. È noioso. Ma ne ho praticato parecchio mentre ero via, e Jack vuole che mi tenga occupato.»

«Che genere di giardino tenevate?»

Con eccessiva modestia, le disse: «Ho lavorato in un oliveto su un'isola in Helles».

«Oh. Wow!» Aveva senso, suppose lei, che si comportasse a malapena come un principe se aveva vissuto per anni in mezzo a persone comuni. Le sue maniere – persino il suo modo di parlare – erano più rozze di quelle di qualunque altro nobile avesse conosciuto. Era come un gatto di razza purissima che, lasciato libero, aveva imparato a sopravvivere nella natura selvaggia. «Sembra difficile.»

«Lo era» rispose lui. «Certo, ero ubriaco la maggior parte del tempo, fino all'incirca un anno fa. Rende le cose un po' più complicate.» La guardò, chiaramente in attesa che lei indietreggiasse.

«Congratulazioni» gli disse, e diceva sul serio. «Un anno è un traguardo incredibile.»

«Non trattatemi con condiscendenza.» Non c'era molto impeto in lui. Se mai, parve a disagio per il suo elogio... forse addirittura schivo. «In ogni caso, questo posto è molto più facile da gestire. Era la serra di mia madre. Coltivava tutto da sola partendo dai semi, per cui mio padre ha sempre pensato che fosse una costosa perdita di tempo. Chiunque di noi in poche ore avrebbe potuto far crescere tutto tre volte tanto. Ma lei era testarda e preferiva fare così.»

Quindi era da lei che aveva preso. Sorrise al pensiero.

Le vennero in mente tante domande – da *Com'era vostra madre?* a *Qual è il vostro fiore preferito?* – ma non voleva farlo spaventare. Lui non le aveva mai raccontato dei suoi genitori prima di quel momento. Eppure il suo tono era pragmatico e spassionato, come se stesse parlando del tempo e non della madre morta e del padre malato. Niamh accarezzò i delicati petali di un'orchidea solo per impedirsi di fissarlo. «Essere qui deve far riaffiorare molti ricordi.»

«Suppongo di sì.» Non le era mai capitato di incontrare una persona che si irritava tanto di fronte alla comprensione. «Qualcuno deve tenere in vita i fiori, e non mi fido dei giardinieri. Questo posto era un disastro quando sono tornato a casa.»

Niamh si chinò su un vaso e affondò il naso in un fiore, un'esplosione di petali color indaco. Emanava un leggero odore pepato. «Avete bisogno di aiuto?»

«No. Non voglio che inciampiate in qualcosa.» Le rivolse uno sguardo strano. «Se volete un fiore con un vero profumo, forse vi piaceranno di più i lillà. Sono due file più avanti.»

«Oh.» Lei arrossì e si raddrizzò rapidamente. «Grazie.»

Lui annuì teso, poi andò a prendere un annaffiatoio da un gancio accanto alla porta. Mentre lui si occupava dei fiori, Niamh ne approfittò per dare un'occhiata. Gironzolò tra le file di piante, l'album da disegno infilato nell'incavo del gomito, le dita che sfioravano i petali più invitanti, finché non trovò un posto dove sistemarsi: in cima a un mucchio di sacchi di iuta, pieni di terra fino a scoppiare. Abbastanza comodo, decise. Era così stanca che qualsiasi cosa era meglio che stare in piedi.

Appoggiò il mento sui pugni e osservò Kit. La serra era enorme e francamente la stupiva che lui avesse la pazienza per un lavoro che richiedeva così tanto tempo. Ma Kit aveva preso un ritmo costante, annaffiava e sfrondava ciascuna delle sue piante con una sicurezza data dalla pratica. La luce del sole che filtrava dalle finestre rendeva l'aria densa e calda. Se avesse chiuso gli occhi anche solo per un momento, si sarebbe assopita. *Come sarebbe pittoresco*, pensò, *trascorrere ogni mattina in questo modo.*

Kit si sbottonò la giacca e la abbandonò sul manico logoro di una vanga. Un altro *pop* di bottoni, che riflettevano la luce, e cominciò ad arrotolare le maniche della camicia fino ai gomiti. Appena sotto la crocchia sulla nuca, la sua pelle luccicava per un sottile velo di sudore. L'aria umida fece scivolare le gocce giù per il colletto, e la bocca di Niamh si prosciugò di colpo.

D'un tratto, faceva davvero piuttosto caldo lì dentro.

Riportò lo sguardo sui suoi album intonsi, il viso che le bruciava furiosamente. Dei, quanto tempo aveva sprecato standо seduta lì, trasognata, dopo che aveva appena giurato di concentrarsi? Eppure, in quei pochi minuti che aveva rubato a se stessa, si era sentita… appagata.

Scacciò quel pensiero e si mise al lavoro per buttar giù le sue idee. Quando l'ombra di Kit calò su di lei, aveva completato almeno cinque modelli per un ipotetico mantello nuziale.

«Siete coperta di terra» disse lui.

«Eh?» Niamh si guardò il vestito. In effetti, aveva delle striature di terra sulla gonna, simili a distratte pennellate di vernice. *Com'è possibile…?* Quando girò le mani, anche i palmi erano ricoperti di terriccio e polline. Ma certo, a furia di toccare tutti i fiori… e poi si era seduta su una vera e propria montagna di terra. «Oh. Oh, no.»

Kit si posò una mano sul fianco. I suoi occhi si accesero di una luce insolita. Non era disprezzo o fastidio… ma *derisione*. Niamh sentì montare la rabbia all'istante. «Come avete fatto a ridurvi in questo stato stando seduta qui? È impressionante.»

«Ci sono *tonnellate* di terra qui dentro! Non è poi così difficile.»

«D'accordo» ammise lui. «Ma la maggior parte è nei vasi.»

«Basta» strillò Niamh indignata «ho capito!»

Lui sogghignò. «È come se...»

«Basta, K...» Si bloccò di colpo.

L'espressione di Kit si incupì di nuovo, d'un tratto penetrante. «Perché non volete chiamarmi per nome?»

Perché chiamarlo per nome era una forma di intimità riservata solo agli amici in Avaland. Avrebbe significato oltrepassare un limite che non potevano superare. Il cuore le balzò in gola. «Perché no! Nemmeno voi mi chiamate per nome. Vi rivolgete a me soltanto con un "voi". Sapete almeno come mi chiamo?»

Lui parve imperturbato dal suo scoppio di rabbia. «Niamh.»

Il suo viso avvampò per il suono del proprio nome sulle labbra del principe. No, di nuovo? Forse poteva far dissolvere il calore dalla pelle o, perlomeno, impedire che lui lo notasse. Si portò le mani sul viso, per poi rendersi conto di essere riuscita solo a lasciare due impronte di terra sulle guance.

«Avete peggiorato le cose. Smettetela.» Lui sbuffò sommessamente, a metà tra il divertito e il rimprovero, e tirò fuori un fazzoletto dal taschino. «Tenete.»

Un gesto raffinato che risultò sbalorditivo compiuto da lui. Niamh si aspettava che glielo porgesse bruscamente, o che glielo lanciasse senza neanche guardarla, e invece Kit si mise in ginocchio davanti a lei. Lo guardò mentre si allungava per toglierle la striscia di terra dallo zigomo, come se stesse assistendo alla scena dall'esterno.

Smise di respirare.

La pelle di Kit scottava anche attraverso il sottile lembo di tessuto che li separava. Con la coda dell'occhio vide le pareti di vetro scintillare, finché tutto il mondo intorno a loro parve risplendere di magia. Riusciva a vedere solo le sopracciglia di Kit aggrottate per la concentrazione e il ventaglio scuro delle sue ciglia. Riusciva a vedere solo *lui*. Era molto, molto più vicino di quanto avrebbe dovuto. Niamh sentiva il suo respiro come una carezza sulle labbra.

«Ecco» le disse. E poi, come se si fosse reso conto di quel che aveva fatto, si ritrasse di colpo. Ricacciò in tasca il fazzoletto stropicciato con malagrazia.

«Grazie» disse lei con un filo di voce. Si sfilò i guanti per evitare altri orribili incidenti. Quando finalmente sentì di essersi ripresa, gli domandò: «Volete davvero che vi chiami per nome? Non siamo amici».

Lui la fissò con aria assente.

«Lo siamo?» La voce di Niamh si fece terribilmente acuta.

«Non lo so. Non ho amici.»

«Non è vero. Che mi dite di Sinclair?»

«Quello?» Kit storse le labbra. «Sinclair è un buono a nulla autolesionista e privo di autostima. È più un pupillo che un amico. Qualcuno deve pur tenerlo lontano dai guai.»

Così come qualcuno doveva pur prendersi cura dei fiori. Così come qualcuno doveva impedirle di combinare altri disastri. Niamh sollevò il mento verso di lui. Aveva dipinto Sinclair con un tale disprezzo, ma lei aveva visto la sua reazione quando aveva creduto di averlo ferito. Sinclair stesso le aveva raccontato che Kit pagava il suo alloggio e gli assicurava una rendita.

Cominciava a capirlo chiaramente. Tutto il suo affetto era celato da modi sbrigativi e caustici, come se volesse nascondere la sua vera natura. «Non ci casco più» disse lei con fare accusatorio. «Non volete che nessuno lo veda, o forse vi rifiutate di crederlo voi stesso, ma volete bene alle persone. Voi *siete* gentile.»

«Non sapete un bel niente di me.» Ogni fiore nella serra tremò per la veemenza del suo diniego. Kit si inalberò, spine attorno a un fiore delicato.

La cosa le provocò un brivido di piacere inebriante, e mascherò una risatina dietro la mano. «Avete ragione. Certo.»

«Smettetela di sorridere così» disse Kit, stizzito.

«Scusate.» Niamh si morse il labbro per non ridere. «Per quel poco che vale, penso che Sinclair sia una brava persona.»

«Non direi. Ma sa essere intelligente nelle rare occasioni in cui sceglie di esserlo.» Esitò. «E poi ci capiamo.»

«In che senso?»

«Ci sono cose di cui non si parla nella buona società» disse lentamente. «Io e lui non abbiamo mai dovuto fingere l'uno con l'altro, o essere ciò che non siamo.»

"La mia reputazione non è esattamente limpida" le aveva detto Sinclair "e Jack non vuole che questo si ripercuota ulteriormente su Kit."

Niamh si mise a sedere più dritta con un'improvvisa consapevolezza. Non voleva azzardare congetture, ma i pezzi combaciavano e comprendeva piuttosto bene la confessione attorno a cui lui stava girando. «Stavate insieme?»

Kit parve sorpreso. «Lo sapevate già?»

«Mi ha raccontato, sì… di sé, non di voi.» Cercò, senza riuscirci, di frenare la propria curiosità. «Allora, stavate insieme?»

«No» rispose lui, cauto. Dopo un attimo, la sua espressione si addolcì un po', velata d'ironia. «Ci saremmo uccisi a vicenda. Lui era addirittura peggio a quindici anni. Lo ero anch'io.»

Niamh sorrise. «Suppongo che abbiate più opportunità rispetto ai vostri amici qui in città. Che io sappia, a Caterlow c'erano solo altre quattro ragazze a cui piacevano le ragazze. Le cose potevano farsi piuttosto complicate.»

«Siete come me, allora.»

Come me. Essere definita con tanta disinvoltura la riempì di un vibrante senso di appartenenza.

Abbassò lo sguardo sull'album da disegno, incapace di sopportare un secondo di più l'intimità del suo sguardo. «*Ehm*… Kit?»

Lui reagì fisicamente al suono del proprio nome. Con la coda dell'occhio Niamh lo vide protendersi verso di lei. Per una persona della sua estrazione sociale, era senza alcun dubbio inopportuno chiamare per nome un membro della famiglia reale, ma supponeva che avessero rinunciato da tempo al decoro. Si infilò una ciocca di capelli dietro l'orecchio, scoprendosi improvvisamente timida.

«Volete vedere gli schizzi?»

«Va bene.»

Le prese di mano l'album. Lo sfogliò lentamente, con un'espressione del tutto impenetrabile. Niamh sentì l'ansia annodarle lo stomaco. Per tutto il tempo, aveva voluto dimostrargli che si sbagliava sul suo conto e sulle sue capacità. Ma in quel momento si andava ben oltre il bisticcio insignificante, il suo fragile orgoglio ferito. Voleva renderlo felice.

Quando glielo restituì, le disse: «Sono… belli».

Niamh rischiò di strozzarsi con la saliva. «Cos'avete detto?»

«Non ho intenzione di ripetermi» ribatté lui stizzosamente. «So che mi avete sentito.» Sul suo viso comparve una punta di imbarazzo, che sparì nel giro di un istante. «Fate come volete per il modello. Mi fido di voi.»

Forse era la cosa più generosa che un cliente le avesse mai concesso. Fiducia totale. Il cuore le traboccò dall'emozione. «Sul serio?»

«Sì, sul serio.»

Niamh si alzò in piedi di scatto. «Siete proprio sicuro?»

Lui fece un passo indietro. «Sì. Sono proprio sicuro.»

«Perché se *davvero* mi lasciate il pieno controllo di…»

«Ho detto che sono sicuro. Non fatemi cambiare idea.»

«Adesso non potete rimangiarvi la parola» cantilenò lei.

Kit alzò le mani. «Basta. Avete vinto.»

Con ciò, si ritirò nell'angolo più remoto della serra, per annaffiare una pianta che lei era sicura avesse già annaffiato almeno una volta. Non sapendo come impiegare il proprio tempo, Niamh si lasciò cadere sul sedile improvvisato di tela ruvida e sorrise al soffitto, arrossendo, sporca di terra e stordita per il trionfo. Aveva ottenuto la sua approvazione, alla fine. E, a quanto pareva, la sua amicizia.

Era davvero di questo che si trattava?

Kit. Trattenne la forma del suo nome in bocca, la lingua

premuta dolcemente contro i denti. La pelle le formicolava ancora al ricordo del suo tocco, del modo in cui l'aveva guardata con tanta tenera attenzione. Tra la loro pelle nuda non c'era stato altro che un sottilissimo strato di seta. Lui non aveva nemmeno i *guanti*. Il calore si accumulò dentro di lei. Si sfiorò il labbro inferiore con i polpastrelli e lo tirò dolcemente mentre immaginava…

Si alzò di scatto. *Oh, no*. Quel giorno non aveva solo superato un limite. Se l'era lasciato abbondantemente alle spalle. Una ragazza come lei che desiderava Kit Carmine… Non sarebbe finita bene.

13

Quando Niamh aprì la porta del suo laboratorio, due figure erano ferme accanto alla finestra aperta. Per poco non si mise a urlare, ma si premette le mani sulla bocca prima di lasciarsi sfuggire il minimo suono.

«Ah» disse Sinclair. «Ecco cosa intendevi per nervosetta.»

Mentre Niamh sbatteva le palpebre cercando di mettere a fuoco, lui e Kit divennero più nitidi, entrambi vestiti per cavalcare: Sinclair con un gilet di velluto blu e un cappello a cilindro abbinato, il foulard legato in un fiocco; Kit con un soprabito verde oliva e un cappello nero. Picchiettava con impazienza un frustino contro la pelle degli stivali. La luce del sole cadeva su di lui come una coltre dalla consistenza acquosa, mettendo in risalto le sfumature rosse nei suoi capelli scuri. Niamh rischiò di farsi sfuggire un gemito.

Erano passati due giorni da quando erano stati nella serra, e il tempo non aveva attenuato il suo desiderio. Fino a quel momento, aveva pensato che sarebbe stato facile. *Doveva* essere facile. Dopotutto, lo aveva ritenuto bellissimo fin dal primo istante in cui lo aveva visto. Il suo pessimo carattere per un po' l'aveva illusa di essere immune all'attrazione per lui. Solo adesso comprendeva che ogni sua singola emozione si manifestava sotto forma di ostilità o sarcasmo… e invece Niamh aveva visto quanto fosse impacciato e insicuro dietro quei precari tentativi di difesa. Si era affezionata a Kit Carmine, per quanto asociale fosse, e stava diventando un problema.

Niamh sbatté la porta dietro di sé. «Cosa ci fate qui?»

«Vi aspettavamo» rispose Kit. Il profondo, familiare timbro della sua voce le provocò un brivido di calore dappertutto.

«Ho mancato qualche appuntamento?»

«Vi siete già dimenticata?» Sinclair si tolse il cappello e lo strinse al petto. «Sono qui per farvi visita.»

Oh. Dei, era oggi? Aveva perso la cognizione del tempo ancora una volta. «Oh, Sinclair, mi dispiace tanto!»

«È tutto a posto» ribatté lui. «Se siete ancora dell'idea, dovreste accompagnarmi per una cavalcata. Kit farà da chaperon, ovviamente. Non è abbastanza rispettabile per l'incarico, ma a mali estremi, come si suol dire… È solo che non potevo aspettare un momento di più per vedervi.»

«Come vostro chaperon» disse Kit seccamente «sono contrario a questo genere di discorsi in mia presenza.»

«Va tutto bene, Kit.» Sinclair sogghignò. «Devi ammettere che sta funzionando.»

Kit alzò gli occhi al cielo. «Sei insopportabile.»

La sollevò vedere che qualunque tensione avesse percepito tra loro al parco si era dissipata. L'offerta di Sinclair era allettante, ma aveva fin troppe cose da fare. Ieri, aveva valutato attentamente i suoi schizzi con Rosa, che aveva una visione molto più esigente di quel che Niamh aveva previsto. La quantità di merletto che lei e le sue assistenti avrebbero dovuto fornire era a dir poco sconcertante.

«Riesco a vedere gli ingranaggi che girano nella vostra mente» disse Sinclair. «Non vi preoccupate. Vi riporteremo a casa prima che i vostri ricami si rendano conto della vostra assenza.»

«Molto bene» cedette lei. «Ma dovreste sapere che non sono una cavallerizza molto esperta.»

Kit borbottò qualcosa a mezza voce che parve tanto uno "scandaloso". Niamh decise di ignorarlo... solo per quella volta. Poche persone a Caterlow potevano permettersi di possedere cavalli, a parte la sua amica Erin. In quanto ragazze, prendevano un paio di giumente all'alba per andare a cavalcare lungo la costa. Erano passati molti anni, ma immaginò che non fosse il genere di cosa che si dimenticava facilmente.

«Ve la caverete splendidamente, ne sono sicuro» sentenziò Sinclair.

«Vi raggiungerò a breve, allora. Datemi solo un momento per cambiarmi.»

«Suggerirei qualcosa di scuro» disse Kit. «La terra si vedrà meno.»

Le orecchie le avvamparono quando vide quel suo sciocco ghigno autocompiaciuto. Si riferiva chiaramente alla sua piccola disavventura nella serra. Avrebbe detto che la stava prendendo in giro, ma... No, non poteva soffermarsi sull'alternativa. Con finta innocenza, disse: «Ma certo, verrò incontro alle vostre preferenze, Vostra Altezza».

«Non è...» sbottò lui, poi si interruppe con un sospiro sconfitto. «Saremo nelle stalle. Vieni, Sinclair.»

Sinclair inarcò le sopracciglia, ma lo seguì senza fare commenti.

Niamh indugiò accanto al bovindo. L'ortica inghirlandava ancora le grondaie e ondeggiava delicatamente nella brezza. Kit doveva averne potata un po', perché adesso poteva godere di una vista senza ostacoli del prato sottostante. Osservò i due che si dirigevano alle stalle. Parlavano animatamente – anche se, a essere sinceri, sembrava che Kit stesse urlando –, ma la conversazione si interruppe bruscamente quando il principe spinse Sinclair in un cespuglio di ginestra spinosa che cresceva ai bordi di un'aiuola. Niamh sussultò. Avrebbe passato settimane a sfilare spine da quel bel paltò.

Anche da lì, riusciva a sentire Sinclair ululare dalle risate e a vedere il volto di Kit farsi di un rosso vivido e acceso.

Le gentildonne avalandesi, scoprì Niamh, non cavalcavano con una gamba su ciascun lato del cavallo. Ci vollero Sinclair, Kit e una qualche intercessione divina per issarla in cima a una sella da amazzone.

Il suo cavallo, le disse lo stalliere, si chiamava Ferdinand, un palafreno che vantava il dubbio onore di essere il più affidabile, gentile castrone nelle stalle. Sbuffò cortese quando Niamh sollevò una mano e lo accarezzò sul naso. I suoi guanti azzurro polvere creavano un contrasto magnifico con quel manto nocciola.

«Non ha avuto un solo pensiero in tutta la sua vita» le assicurò Sinclair, tenendo Ferdinand immobile per le briglie.

Kit si abbassò su un ginocchio e intrecciò le dita. Con il fascino e il garbo di sempre, le intimò: «Salite».

Impiegò qualche istante per capire che voleva che usasse le sue mani come scalino. «Siete sicuro, Vostra Altezza? Non voglio farvi male.»

Lui sospirò in modo così esasperato che le ciocche sciolte dei suoi capelli svolazzarono. Non era certa se lo irritasse di più il suo ritorno alla formalità o la sua esitazione. «Non mi farete male. Una folata di vento potrebbe portarvi via.»

Lo stesso si potrebbe dire di voi. Molto nobilmente, si astenne dal dirlo ad alta voce. Tuttavia, trovava stranamente difficile contraddirlo quando era in ginocchio davanti a lei. Con un gemito nervoso, afferrò la sella con una mano e pose l'altra sulla spalla di Kit. Era incredibilmente solido sotto il palmo… e incredibilmente caldo, malgrado la pelle dei guanti da equitazione a dividerli. Ebbe la vaga consapevolezza di essersi imbambolata, forse solo per lo sguardo impaziente che lui le puntò addosso come un fucile. Con estrema riluttanza, mise il piede sulle sue mani.

«Va bene» grugnì lui. «Oh, issa!»

Detto ciò, la spinse in alto. Niamh strillò quando l'altro piede lasciò il suolo. Ferdinand ruotò la testa massiccia per osservarla in preda a una placida confusione. Non appena fu appollaiata sul bordo della sella, Kit la sostenne per la vita. Il suo tocco le provocò un'ondata di calore. Si affrettò ad agganciare il ginocchio al corno superiore della sella. La gonna le scivolò su per il polpaccio, svelando un lembo di pelle nuda. Kit abbassò gli occhi, solo per un attimo, e poi si allontanò bruscamente da lei.

«State bene?» le chiese.

«Adesso sì» rispose lei, rimettendo a posto la gonna. «Grazie per l'aiuto.»

Lui si chinò per recuperare il frustino. Sopra il colletto del soprabito, la sua pelle assunse una bella tonalità di rosa.

«Ben fatto, Niamh.» Sinclair accarezzò il collo del puledro in modo affettuoso. «Sembrate nata per cavalcare.»

Kit le mise il frustino tra le mani, ma non lo lasciò andare. Il disappunto si leggeva chiaramente sul suo viso. «Non siate avventata. E per una volta nella vita abbiate prontezza di spirito. Se cadete, non sarà facile liberarsi dalla sella. Scivolerete sotto il cavallo e finirete schiacciata dai suoi zoccoli.»

L'immagine la fece rabbrividire, ma non riuscì a trattenere l'impulso capriccioso di battibeccare con lui. «Me la caverò. L'ho fatto per diciotto anni senza tutta questa agitazione, sapete.»

«Agitazione?» ripeté lui, indignato. Perlomeno mollò la presa sul frustino. «Non mi sto agitando. Solo, cercate di non diventare una seccatura.»

Sinclair gli rivolse uno sguardo piatto e indifferente. «Vogliamo andare?»

Dopo neanche cinque minuti dalla partenza, Niamh si rese conto che Kit aveva avuto tutte le ragioni per metterla in guardia. Benché il passo tranquillo di Ferdinand rendesse più facile mantenere l'equilibrio, si sentiva comunque in bilico, contorta com'era sulla sella. La piacevole sensazione del vento che le scivolava sotto il cappellino, almeno, aveva quasi la meglio sulla nausea.

Quel giorno era fresco, fitte matasse di nebbia sovrastavano i campi. La sua giacchetta di lana, ricamata con rose dorate, la riparava abbastanza bene dal freddo mattutino. Ma l'aria le pizzicava ancora il naso e le guance, arrossandoli. Quando arrivarono ai cancelli bianchi di Eye Park, Niamh percepì che qualcosa non andava. Attraverso la nebbia non riusciva a vedere nulla, ma il sordo ruggito di numerose voci la raggiunse attraverso tutta quella desolazione. Un esercito fantasma chiamato alle armi. Kit e Sinclair si scambiarono uno sguardo severo.

«Dovremmo tornare indietro» azzardò Kit.

«Non essere così noioso» ribatté Sinclair. «Vediamo cos'è tutta questa confusione.»

Non attese risposta e imboccò i cancelli. Kit si lasciò sfuggire un sospiro impaziente. Ma il suo stallone era chiaramente ansioso di correre e lui non ebbe bisogno di una scusa per avviarsi dietro a Sinclair, molto più velocemente del trotto placido e tranquillo che aveva raccomandato di tenere a Niamh lungo i sentieri del parco. Furono inghiottiti dalla nebbia come una moneta gettata in un pozzo buio.

«Va bene, Ferdinand.» Niamh si chinò sul collo del cavallo, che drizzò l'orecchio per prestarle attenzione. «Possiamo tenere il passo, vero?»

I tre si diressero verso la fonte del frastuono. Non dovettero fare molta strada prima che Niamh le vedesse: migliaia di persone riunite nel cuore di Eye Park. Il suo cuore accelerò per una sorta di eccitazione... e forse anche un po' di paura. Non aveva mai visto così tanti individui in un unico luogo. In lontananza, ne scorse altri che scendevano dalla collina: una vera e propria parata in marcia proveniente da tutti gli angoli della città. Alcuni di loro si affannavano a montare tende. A quanto pareva, avevano intenzione di trattenersi per un po', nel cuore della vita sociale del bel mondo.

Sinclair arrestò il cavallo accanto a un altro gentiluomo, che si era fermato con un piccolo gruppo per osservare lo spettacolo. «Scusate, signore. Di che si tratta?»

«Helen Carlile» rispose questi. «Quella donna ha una bella faccia tosta a insediare qui il suo accampamento. È chiaro che lei e Lovelace intendono istigare i machlandesi a una nuova rivolta! Guardateli, radunati come un esercito.»

Machlandesi? Quindi quelli erano tutti i servitori che avevano abbandonato il lavoro per le grandi casate. Nell'osservare la folla riunita, le si strinse il cuore per la nostalgia. Tutti vestiti come si usava a Caterlow, con abiti semplici e impolverati dal viaggio. La loro pelle, temprata e scurita dal lavoro, li faceva sembrare spuntati dalla terra stessa. Nessuno di loro aveva armi.

Il gentiluomo notò Kit e rimase a bocca aperta per lo stupore. «Vostra Altezza. Le mie più sincere scuse. Non vi avevo riconosciuto. Se posso permettermi, signore, è una consolazione sapere che siete qui. Spero che riusciate a far ragionare Carlile. Altrimenti, immagino che la Guardia Reale serva a questo. Una simile insolenza non va tollerata.»

Prima che Kit potesse replicare, l'uomo sollevò il cappello a mo' di saluto e se ne andò.

Kit strinse la presa sulle redini. Il suo stallone scalpitava sull'erba battuta. «Se chiamo la Guardia Reale, saremo responsabili di un massacro.»

Il cuore le balzò in gola. Kit non poteva fare una cosa

del genere. Un raduno in un luogo pubblico non poteva di certo essere un crimine.

Sinclair si accigliò. «Devo ammetterlo: Carlile ha le palle.»

«È una sciocca» sentenziò Kit «se pensa che questa faccenda possa finire bene.»

«È disperata. Sai bene quanto me cosa significa cercare di convincere Jack ad ascoltare. È testardo tanto quanto te. La domanda è se tu sei altrettanto respingente.»

Sembrava essere una vecchia discussione. Kit diede l'impressione di voler ribattere, ma poi si trattenne.

«Se questa storia andrà avanti, la nobiltà diventerà sempre più irrequieta» proseguì Sinclair. «Qualcuno deve fare qualcosa prima che la situazione degeneri.»

Erano in cima alla collina a osservare la folla in aumento, assiepata intorno a un palco improvvisato fatto di legname accatastato e casse da spedizione. Vi erano salite sopra tre persone, troppo confuse nella nebbia perché Niamh potesse distinguerle con chiarezza. Gli organizzatori, immaginò. Bandiere sventolavano e schioccavano nella brezza. UNITÀ, proclamava una. FORZA. Le altre esibivano l'insegna della rivoluzione, la stessa che era stata disegnata con il gesso sulla pista da ballo di Jack: il sole con i suoi raggi roventi. L'energia che crepitava tra la folla era inconfondibile. Rabbia… e, ancora più forte, speranza.

Niamh rivolse lo sguardo a Kit. «Cosa farete?»

«Non c'è nulla che io possa fare.»

«Come potete dire una cosa simile?» Niamh fece spostare Ferdinand meglio che poté per poterlo affrontare a faccia a faccia. «Siete un *principe*.»

«E che vantaggi ho ricevuto grazie a questo titolo?»

Finalmente la guardò negli occhi. «Cosa pretendete che faccia? Sono il secondogenito. Non ho alleati né rispetto a corte. È Jack ad aver creato questo problema, ed è chiaro che intende gestirlo come meglio ritiene. Non gli devo nulla.»

«Forse no.» Quel giorno non riusciva a sopportare il suo cinismo. Forse era l'energia della folla, o il fatto di trovarsi di nuovo fra la sua gente dopo tanto tempo, ma non poteva permettergli di ritirarsi o di lavarsene le mani. Puntò un dito verso la folla. «Ma qualcuno non deve qualcosa *a loro*?»

Trentacinque anni prima, centinaia di migliaia di suoi compatrioti erano morti a causa del padre di Kit. Un'ecatombe simile, per mano di un uomo che aveva il potere di fare qualcosa e si era rifiutato di agire. Era cresciuta accanto a tutti quei fantasmi. E benché avesse rifiutato di aiutare Lovelace, aveva trovato un'altra opportunità di combattere per la sua gente proprio grazie a Kit Carmine. Visto che uno strano scherzo del destino le aveva concesso l'attenzione di un principe, doveva cercare di farglielo capire. Portava con sé un retaggio di violenza, sì, ma il sangue era sangue. Non era come una maledizione delle favole, destinata a perpetuarsi all'infinito.

Se voleva, Kit poteva essere diverso.

«So che odiate la nobiltà» lo incalzò Niamh. «Ma la detestano anche loro. In questo momento, proprio perché siete stato lontano, avete molto più potere di quanto crediate. La mia gente potrà anche disprezzare vostro fratello e i vostri conterranei, ma non conosce *voi*. Eravate ancora un bambino quando siete partito. Ora avete la possibilità di mostrare loro cosa siete diventato.»

Kit parve straziato. «E se non mi piacesse ciò che sono diventato?»

«La vita è la vostra. Non è mai troppo tardi per cambiare.»

Lui fece un lungo respiro a denti stretti, e Niamh riuscì a vedere il lampo di irritazione – no, di *paura* – nei suoi occhi. «Accidenti a voi.» Poi, senza preavviso, incitò il suo stallone ad andare avanti, direttamente verso la folla.

«Come diavolo ci siete riuscita?» le chiese Sinclair con ammirazione. «Non l'ho mai visto dar retta a qualcuno.»

Niamh non riusciva a distogliere lo sguardo da Kit. «Io… in realtà non lo so.»

Sinclair si pizzicò il dorso del naso. «Voi *siete* una seccatura. Andiamo.» I due inseguirono Kit giù per la collina, con Niamh che si aggrappava alla criniera di Ferdinand come se ne andasse della sua vita. Lo raggiunsero proprio mentre rallentava ai margini della folla. Niamh riusciva a malapena a sentire i propri pensieri, travolta com'era da un'ondata di migliaia di voci. Quasi tutti parlavano in machlandese, e lei provò una fitta al petto per quel suono familiare, consolatorio.

«Dov'è Helen Carlile?» La voce di Kit lacerò il chiacchiericcio generale.

An prionsa. Il suo titolo si diffuse tra la folla.

Fila dopo fila, le teste si voltarono verso di lui. I più lo guardavano con fredda, granitica diffidenza. Altri ardevano di curiosità, altri ancora covavano timide scintille di speranza. Le spalle di Kit si irrigidirono, a disagio per tutta quell'attenzione. Mentre i mormorii si diffondevano, la folla cominciò a muoversi intorno a loro, dividendosi fino a creare un sentiero che portava dritto verso la zona anteriore.

La donna che si trovava sul palco allungò il collo e Niamh la vide irrigidirsi quando capì. Senza esitare, scese dal palco e venne loro incontro con passo deciso.

Questa deve essere Helen Carlile, pensò Niamh.

Essendo una comune cittadina, probabilmente non possedeva sangue divino, ma era chiaro che padroneggiava un tipo di magia più terrena. Si muoveva tra la folla con la stessa abilità con cui Rosa brandiva i fulmini, con la stessa facilità con cui Kit faceva germogliare la terra. I suoi sostenitori la guardavano con evidente adorazione. Qua e là, si fermò per salutare le persone. Stringeva loro la mano e dava calorose pacche sulle spalle, come se ciascuno fosse un vecchio amico.

Alla fine, Carlile venne ad accogliere il loro gruppo. Aveva un aspetto più ordinario di quanto Niamh si aspettasse. Il viso segnato dall'età era serio e franco, e i capelli, di un castano spento, erano tirati indietro con noncuranza. Tuttavia, era vestita bene, con un cappotto da uomo, e impugnava un bastone da passeggio come fosse una clava.

«Bene, ma che sorpresa» disse, e proprio in quel momento prese vita. Aveva una voce che esigeva attenzione, un'urgenza negli inflessibili occhi grigi che risultava terribilmente magnetica. «Voi dovete essere il principe Christopher.»

Non c'era davvero modo di sbagliarsi in quel momento. Si ergeva imperioso in sella al suo magnifico cavallo, con le mani guantate di nero strette sulle redini, il mento sollevato per guardarla dall'alto in basso. Era l'incarnazione della grazia aristocratica, solenne e inaccessibile. Dopo un istante, fece oscillare la gamba oltre la sella e atterrò sull'erba senza il minimo rumore.

«Sì» disse con voce brusca. «Sono io.»

La donna sorrise divertita dalla sua ruvidezza. «È un onore conoscervi, Vostra Altezza Reale.» Il suo sguardo si posò su Niamh e aggiunse in machlandese: «E voi dovete essere Niamh Ó Conchobhair».

«Piacere» replicò Niamh, tanto affascinata quanto sorpresa. Se Carlile l'aveva riconosciuta – ed era tanto devota alla causa machlandese – che fosse *lei* il fantomatico Lovelace?

«E io sono Gabriel Sinclair. È un piacere fare la vostra conoscenza.»

«Oh, so chi siete, Mr Sinclair» rispose lei in avalandese. L'espressione di Sinclair si fece glaciale. «Devo porgere le mie più sincere scuse a tutti voi. Abbiamo interrotto la vostra cavalcata?»

«Basta chiacchiere» disse Kit. «Cosa volete, Carlile?»

Lei si mise a ridere. «Voglio parlare con vostro fratello.»

«Così ho sentito dire.» Kit guardò la folla alle sue spalle. «Ed è così che pensate di riuscirci? Qualcuno potrebbe chiamarla sedizione.»

«Vi assicuro, signore, sulla mia vita, che non è mia intenzione.» Fece un gesto verso i contingenti ordinati dei manifestanti. Si erano accalcati lì attorno, ma non serpeggiava né panico né livore tra loro. «Sono persone buone e operose, che vogliono solo essere ascoltate. Sono venuta qui per rivolgermi alla Corona in loro vece. Tutto ciò che vogliono è un trattamento equo in questo Paese e l'ammissione delle responsabilità della Corona per il Flagello, l'evento stesso che li ha condotti qui.»

«Vi rivolgete al principe sbagliato» ribatté Kit in modo brusco, ma non privo di sentimento.

«No, non credo proprio.» Niamh sentì l'intensità del suo

sguardo scrutarle il viso. «Se siete disposto, signore, potete riferire un messaggio da parte mia. Dite al principe reggente che lo aspetterò qui, finché non deciderà di darmi udienza.»

Nell'istante in cui Kit e Niamh rientrarono a palazzo, Jack andò loro incontro.

I suoi capelli, di solito perfettamente in ordine, erano arruffati, come se vi avesse passato le mani in un impeto di rabbia. Sofia lo seguiva come una pallida ombra, con una mano trepidante premuta sulle labbra. Niamh pensò a quando l'aveva vista la sera precedente sulla terrazza, in piedi accanto alla balaustra come un fantasma. Sembrava incorporea come allora, annullata dall'impeto della rabbia di Jack.

Lo sguardo del principe reggente rimbalzò avanti e indietro tra Kit e Niamh. Ma qualunque irritazione o sospetto covasse era nulla in confronto alla sua preoccupazione. «Dove sei stato?»

«A incontrare Helen Carlile.»

Jack fece una pausa, sbalordito. «Vuoi scherzare.»

«Io non scherzo *mai*» ribatté Kit, sprezzante. «C'è una folla in tumulto che ti aspetta a Eye Park. Immagino che tu ne sia al corrente.»

«Forse dovremmo ritirarci in salotto per discuterne» disse Sofia in tono rassicurante. «Potrei mandare a chiamare qual...»

Jack sollevò una mano. «Non ora, Sofia.»

Sofia abbassò lo sguardo. Niamh provò pena per lei. Essere

zittita così... e dal proprio marito, per di più. Sembrava un destino davvero crudele. Avrebbe voluto rivolgerle un sorriso incoraggiante, ma lei teneva rigorosamente la testa china, alcune ciocche di capelli biondissimi le oscuravano il viso.

«Quella donna» continuò Jack «mi ha inviato dieci lettere al giorno. Immagino che sia venuta a rivolgermi l'ennesima supplica, ma è una perdita di tempo. Per lei e per me. Non posso fare nulla per quella gente.»

Niamh rimase di stucco per il disprezzo che percepì nella sua voce. Anche se la sua magia non era neanche lontanamente paragonabile a quella dei suoi antenati, era il principe reggente di Avaland. Come poteva insistere nel dire che non c'era nulla da fare? Se solo avesse voluto, avrebbe potuto rilasciare una dichiarazione quello stesso giorno in cui ammetteva la responsabilità del padre nell'aver provocato il Flagello machlandese. Avrebbe potuto concedere un risarcimento, o adoperarsi per rendere più felice la sua servitù, o... Niamh sapeva che era sciocco sentirsi tradita, ma aveva confidato nel fatto che Jack avrebbe fatto la cosa giusta.

«Mi è stato chiesto di dirti che non se ne andrà finché non le concederai un'udienza. È davvero questa la tua risposta, Jack? Intendi nasconderti per sempre?»

«Il tuo idealismo è pericoloso.» La voce di Jack era tesa, al limite della disperazione. «Ti supplico, Christopher. Dammi ascolto almeno su questo. Non incontrarla più. È una situazione delicata, e ti giuro che me ne sto occupando, come mi sono occupato di tutto ciò che ti riguarda. Fidati di me.»

Niamh percepì la supplica nella sua voce: *Lascia che ti protegga.*

"Sta evitando tutti i suoi problemi" le aveva detto Kit una volta.

Quell'espressione di vulnerabilità la sbalordì. Doveva aver fatto abbassare la guardia anche a Kit, perché parte della sua ostilità svanì. Quando parlò di nuovo, adottò lo stesso tono di sufficienza che riservava a lei e a Sinclair. «Come posso fidarmi di te se tu non ti fidi di me? Non discuto con te per la mia salute, lo sai. Un giorno o l'altro crollerai a furia di portare questo fardello da solo.»

I fratelli si guardarono attraverso l'atrio, il peso di mille piccole ferite che incombeva su di loro.

«Non preoccuparti per me.» La voce di Jack era ancora vulnerabile, ma Niamh notò che stava rimettendo in atto tutti i suoi meccanismi di difesa: archiviava le sue emozioni al loro posto. Poi, come se gli fosse venuto in mente qualcosa, aggiunse: «Ho un'idea. Organizzeremo il nostro prossimo ballo a Woodville Hall tra quattro giorni».

Un silenzio pesante cadde sulla stanza.

«Non puoi dire sul serio» replicò Kit. «Non ho intenzione di tornare là.»

«Non ci siamo più tornati dopo la morte della mamma. È ora di farla riaprire. Inoltre, richiede meno servitù. Rinunceremo al personale machlandese.» Jack si rivolse a Niamh. «Esclusa voi, naturalmente, Miss O'Connor. Vi unirete a noi.»

Le voci crudeli di tutte quelle nobildonne riecheggiarono nella sua mente.

"Ha esibito quella sua sartina a ogni evento, neanche fosse una specie di pony da esposizione."

«Sarà un onore per me» sussurrò.

Sofia ebbe un sussulto. «Penso che...»

«Quindi, visto che non puoi nasconderti, hai intenzione di scappare» concluse Kit. «È così?»

Quando Jack non rispose, Kit mormorò: «Incredibile», e uscì dalla stanza come una furia.

Sofia si avventò su Jack: il suo biasimo era quasi palpabile. «Non credo che sia stato saggio.»

«Sì, adesso mi è chiaro. Hai qualche altro consiglio da darmi?» chiese Jack stancamente. «E voi, Miss O'Connor? Volete intervenire anche voi?»

Prima che Niamh potesse balbettare qualche risposta, il portamento di Sofia divenne glaciale. La temperatura nella stanza scese di colpo... letteralmente. Il respiro di Niamh si condensò nell'aria davanti a lei e le venne la pelle d'oca sulle braccia. Persino Jack impallidì di fronte a quell'improvvisa manifestazione di potere.

«Non prenderti gioco di lei. Sai bene che non può difendersi da te» disse Sofia con calma. «E ho dei pensieri, sì, se avrai la compiacenza di ascoltarli.»

«È stato indegno da parte mia» ammise lui, imbarazzato. «Le mie più sincere scuse, Miss O'Connor.»

«Non c'è problema» mormorò Niamh. «Se volete scusarmi, Vostre Altezze.»

Mentre si allontanava, sentì il mormorio cupo della voce di Sofia. «...entrambi venire a patti con...»

Una volta al sicuro nel suo laboratorio, Niamh si rannicchiò su una poltrona e rabbrividì per il freddo che le era rimasto addosso. La fece sentire insignificante e patetica e, solo per un istante, si abbandonò al pensiero che l'aveva tormentata da quando aveva posato gli occhi su quella folla.

Voleva tornare a casa.

Ma lì non avrebbe trovato ad aspettarla alcun conforto o speranza. Per quanto deprimente potesse essere la situazione, sopravvivere in un Paese che disprezzava il suo popolo era meglio che morire di fame per orgoglio. Doveva rimanere lì.

Uno di quei giorni, Jack avrebbe sicuramente ceduto. Riusciva a pensare solo alle crepe che si aprivano sulla gelida facciata del principe reggente. Conosceva bene quello sguardo carico di stanchezza.

"Prima o poi crollerai a furia di portare questo fardello da solo."

Ogni giorno che passava, Niamh vedeva crescere quel fardello sulle spalle di Jack. Un fratello che lo contestava. Un matrimonio senza amore. Servi scontenti. Un'eredità abbastanza pesante da schiacciarlo. Nessun uomo, per quanto forte, poteva resistere per sempre. Per quanto lo odiasse per la sua inerzia, non osava immaginare cosa sarebbe piovuto su di loro nell'istante in cui Jack Carmine avesse vacillato.

14

Più si allontanavano dalla città, più Niamh si sentiva a casa.

Nel giro di un'ora di viaggio, il grigio inalterato di Sootham lasciò il posto a un verde vasto e incontenibile. Le colline che vedeva dal finestrino della carrozza erano increspate come le onde del mare e la luce del sole si riversava come sangue divino nei fiumi, splendenti e dorati. Al di là dello sferragliare delle ruote e del ritmo degli zoccoli, Niamh riusciva a sentire il canto degli uccelli, il gracchiare sommesso delle gazze e l'uggiolio metallico dei cardellini. Se ignorava l'opulenza attorno a lei, poteva quasi credere di essere tornata nel Machland. Tuttavia, era incredibilmente difficile da ignorare. Era stata fatta accomodare su una pila di cuscini di velluto riccio e le era stato offerto un piatto di dolci alle mandorle. Anche se ne aveva spazzolati almeno cinque, a Niamh sembrò un'esagerazione. Nella carrozza c'era *solo lei*.

Be', lei e i suoi venti e più rocchetti di filo.

L'abito di Rosa aveva richiesto molto più lavoro di quanto avesse previsto. Il merletto non era esattamente il suo forte, dato che richiedeva la pazienza di un santo castiliano e un numero davvero allarmante di oggetti appuntiti da tenere sotto controllo. Sulle sue ginocchia era appoggiato un cuscino da merlettaia, con centinaia di spilli con la capocchia di perla a fissare lo schema che Niamh aveva abbozzato. Sembrava più il tavolo anatomico di un naturalista che l'inizio di un merletto. Spirali di delicato filo nero erano avvolte intorno a ogni spillo, e se socchiudeva gli occhi cominciavano quasi ad assomigliare a un traliccio di rose. L'infanta aveva richiesto un delicato merletto floreale in stile castiliano per adornare il corpetto del suo abito. Niamh sapeva cosa fosse lo "stile castiliano" solo perché aveva passato la notte a leggere la storia del merletto castiliano. Non era grazioso e fine come piaceva agli avalandesi... ma appariscente e audace, cosa di cui nemmeno Rosa era capace. Una volta finito, sarebbe stato magnifico: il lavoro più raffinato e complesso che avesse mai realizzato.

Sarebbe stato degno di una principessa.

Sospirando, Niamh intrecciò i fili intorno a ogni spillo, raccogliendo la propria magia come lana cardata tra le dita. Il dondolio nauseante della carrozza rendeva il lavoro due volte più difficile del necessario e le palpebre le calavano, pesanti per la stanchezza. Forse avrebbe ripreso più tardi, in serata. Staccò gli occhi dallo schema proprio quando la carrozza raggiunse la cima di una collina.

Woodville Hall era accoccolata nella valle sottostante. Alla sua vista le si mozzò il fiato. Non assomigliava affatto al palazzo reale. Mentre quello era blindato nella sua severa e imponente austerità, Woodville Hall traboccava di calore e di vita. Gelsomini e glicini viola si arrampicavano sulla facciata di mattoni e danzavano lentamente, piroettando nella brezza. Niamh respirò il dolce e inebriante profumo dei fiori. Una fila di carrozze belle come la sua riversarono il loro carico sui gradini davanti alla dimora. Da quella distanza, gli ospiti non erano altro che macchie di colore nelle loro sete marezzate. La proprietà sembrava un dipinto a olio, vibrante e irreale nella luce del pomeriggio.

Quando la sua carrozza arrivò finalmente in testa alla fila, un lacchè in livrea cremisi aprì lo sportello e la aiutò a scendere. «Benvenuta, Miss. Il principe reggente è ansioso di ricevervi.»

«Davvero?» Che gentilezza. O forse il valletto doveva dire così a tutti gli ospiti. Si schiarì la voce. «Cioè... Ma certo. Grazie.»

Con le gambe tremanti, salì le scale e varcò l'ingresso. La luce soffusa filtrava dalle finestre anteriori, creando mosaici dorati sulle assi consunte del pavimento. Jack e Sofia la aspettavano nell'atrio, l'uno accanto all'altra con la medesima espressione esausta. Persino Sofia, eterea nell'abito argento, sembrava preoccupata. Evidentemente l'aria di campagna non giovava granché a nessuno dei due.

Sofia le strinse le mani in segno di saluto. «Benvenuta, Miss O'Connor. Siamo molto felici di avervi qui.»

«Grazie dell'ospitalità» disse Niamh, cercando di riprendersi dallo stupore. «Non avete davvero badato a spese, Vostra Altezza. È magnifica.»

Jack gonfiò il petto e il cipiglio preoccupato di Sofia

si inasprì. Ma prima che il marito potesse replicare, disse: «Grazie. Possiamo far portare un tè in camera vostra?»

«È gentile da parte vostra, ma avrei bisogno di un po' di esercizio dopo questo lungo viaggio. Vi dispiace se mi concedo un giro della casa?»

«Niente affatto» disse Sofia, con un tono più sereno. «Anzi, vi incoraggerei a farlo. È una dimora davvero fuori dal comune. Doveva esserlo, suppongo, per ospitare Jack per diciotto anni.»

Jack parve solo un po' seccato dalla sua frecciatina. «Fate pure. Siete la benvenuta.»

E così Niamh si addentrò nella casa. Mentre saliva lo scalone, il sudore cominciò a imperlarle la nuca. Woodville Hall era davvero bella ma insolita. Era spoglia a causa dei molti anni di abbandono, ma Niamh sentiva che si stava risvegliando intorno a lei. L'aria calda spirava attraverso le finestre aperte, densa ed evanescente. Quasi tutte le porte che cercò di aprire erano chiuse a chiave e non incontrò praticamente nessuno nei corridoi. Probabilmente – e saggiamente – stavano tutti sonnecchiando dopo il viaggio nel caldo pomeridiano.

I corridoi si snodavano come un sentiero attraverso un bosco ombroso, invitandola a proseguire. Si diramavano in nuove stanze o terminavano improvvisamente in angoli affascinanti e misteriosi. Si imbatté in una scala che non portava ad altro che a una parete con un affresco sbiadito, che brillava debolmente di un incantesimo quasi estinto. Trovò un balcone nascosto che si affacciava su una sala da ballo: i cristalli di un lampadario lo proteggevano dagli sguardi più curiosi, e un'alcova segreta sotto una curva della scala. All'interno, una finestra coperta di polvere e con intarsi a forma di foglie, lasciava filtrare un fascio di luce solare. Qualcuno aveva inciso grossolanamente le lettere KC sul davanzale di legno.

Era tutto così… bizzarro. Non riusciva a immaginare che i fratelli Carmine avessero mai vissuto lì, tantomeno che vi avessero giocato. Dubitava fortemente che Jack fosse mai stato un bambino.

Niamh si addentrò in una serie di stanze. Su ogni lato delle sale, ritratti dei Carmine delle passate generazioni la fissavano con i loro inquietanti occhi verdi. Probabilmente erano sconvolti dal fatto che un'umile ragazza machlandese, il residuo ostinato di un popolo che non erano riusciti a schiacciare, avesse messo piede nella loro dimora ancestrale. Alla fine si fermò davanti a un ritratto alto quanto lei.

Questa deve essere la famiglia reale, pensò. O comunque, quella che era *stata* la famiglia reale.

Al centro c'era un uomo che riconobbe come il padre di Kit e Jack, re Albert III. Accanto a lui c'era la defunta regina, con i capelli di un castano scuro e quegli occhi da lupo color ambra che Niamh conosceva così bene. Dietro il sorriso dolce e misterioso, sembrava terribilmente infelice. Tra loro sedeva un bambino di non più di dieci anni, che teneva tra le braccia un neonato. Una fenditura attraversava la tela come una vecchia cicatrice, appena visibile sotto i brillanti colori a olio. Si protese in avanti per esaminarla… e per poco non cadde addosso al quadro quando dei passi risuonarono lungo il corridoio.

Niamh sussultò. Se qualcuno l'avesse scoperta a curiosare… Stava *davvero* curiosando? Poco importava. Non poteva rischiare. Ma non c'era modo di nascondersi lì... se non dietro le tende, agitate dalla brezza che si insinuava dalla finestra aperta. Vi si tuffò dentro e se le strinse attorno. Il *clac* dei tacchi rallentò, ma il rumore indugiò nella sala vuota.

«Ah» esordì Sinclair. «Sembra che alle vostre tende siano cresciuti i piedi dall'ultima volta che sono stato qui.»

«Vi state nascondendo?» domandò Kit, incredulo.

Niamh guardò in basso. Le tende le arrivavano alle caviglie come l'orlo di un abito alla moda. Le aprì. «No, certo che no! Stavo... *ehm*, ammirando il panorama.»

Ecco di nuovo quell'esasperante, beffardo scintillio negli occhi di Kit. «Qualcosa di interessante?»

Lei si voltò verso la finestra, che dava su una parete di edera che lasciava intravedere appena qualche scheggia di cielo qui e là. «Sì, eccome! In ogni caso... Che cosa vi porta tutti e due qui?»

Prima che Kit potesse aggiungere altro, fu Sinclair a rispondere. «Presto sarà servita la cena. Kit pensava che dovessimo assicurarci che raggiungiate il salone sana e salva, visto che questi corridoi hanno il vizio di cambiare di posto.» Sogghignò. «Molto premuroso da parte sua. E strano, visto che mai una volta si è dato la pena di rendersi utile di proposito.»

Kit si risentì. «E questo cosa vorrebbe dire?»

«Oh, niente.» Lo sguardo di Sinclair scivolò sfuggente verso Niamh. «Assolutamente niente.»

«Allora smetti di parlare per una volta in vita tua.»

Sinclair lo accontentò, ma parve un po' troppo compiaciuto.

Niamh, tuttavia, riuscì a stento a tollerare il silenzio.

Aggrappandosi al primo argomento che le venne in mente, indicò il ritratto. «La somiglianza è impressionante.»

Kit si accigliò per quell'affermazione. «Tra e me e il vecchio?»

Niamh non pensava che il *sì* fosse esattamente il modo giusto di rispondere a una così palese mancanza di rispetto per il re di Avaland, ma ciononostante annuì. «Se si escludono gli occhi, voi e vostro fratello siete l'esatta replica di vostro padre.»

Sinclair trasalì. L'aria si fece pesante come il momento che precede la caduta di un fulmine. Niamh ebbe la netta impressione di aver detto la cosa sbagliata.

«Alcuni dicono così.» Il tono piatto di Kit rese evidente cosa pensasse di tali considerazioni. Incrociò le braccia. «Era un perfido figlio di puttana.»

Sinclair rise di gusto, chiaramente sollevato. «Per usare un eufemismo.»

«Mi dispiace tanto.» Niamh osservò l'espressione di Kit, ma lui non lasciò trapelare nulla. «Non intendevo far riaffiorare ricordi dolorosi.»

«Non fa niente» disse lui con aria distaccata. «Ormai se n'è andato.»

«Andato?»

«In tutto tranne che nel corpo» chiarì. «Esiliato in uno dei suoi castelli per il resto della sua miserabile esistenza. Ho pensato di fargli visita. Ho sentito dire che di questi tempi si è ridotto alla quasi totale docilità.»

«Immagino che possa sembrare strano» azzardò Niamh. «Si dice che fosse un uomo che incuteva timore.»

«Si può dire così.» Kit non distolse lo sguardo dal dipinto.

Il suo tono era distaccato, ma aveva le spalle rigide per la tensione. «Aveva sempre la mano pesante con la disciplina. Attribuiva il massimo valore a dovere, onore e reputazione. Non sopportava il minimo segno di debolezza.»

Aveva detto "mano pesante" con una tale gravità che Niamh non aveva potuto fraintendere quello che voleva dire. Era tutt'altro che insolito essere fustigati per aver disobbedito o essersi mostrati insolenti, ma Niamh non scontentava mai la mamma o la nonna se poteva evitarlo. Kit, invece, con la sua testardaggine…

"Sapete, Miss O'Connor" le aveva detto Sinclair "che il nostro Kit era un bambino molto sensibile?" Aveva stentato a crederlo. In quel momento, però, le sembrava evidente il motivo per cui era cambiato.

«Anche dopo che si è ammalato?» chiese con un filo di voce.

«Soprattutto allora. A volte era costretto a letto dal dolore, e quelli erano giorni buoni. Ma quando avevo dieci anni, i giorni buoni erano meno di quelli cattivi. Era incredibilmente felice finché gli andava bene, e quando non gli andava più parlava per ore e ore, vomitando ogni genere di ignobile assurdità. Jack ha tollerato il peggio per il mio bene, anche se non lo ammetterebbe mai.» Kit aveva un'aria pensierosa. «Lo ha cambiato in negativo. Ma suppongo che quando hai a che fare ogni giorno con un mostro simile, non puoi evitarlo se vuoi sopravvivere.»

Sentire quella considerazione espressa con tanta franchezza le provocò uno strano senso di confusione. La nonna e la mamma non avevano mai chiesto la sua devozione, eppure lei gliel'aveva concessa senza pensarci. Cos'altro avrebbe potuto fare? Per anni le aveva viste razionare i pasti, anche quando il loro orto produceva un buon raccolto. Aveva imparato a rendersi utile, a modellarsi ai margini del loro umore cupo nella stagione del raccolto. Aveva sopportato ogni puntura d'ago e ogni parola di critica mentre la nonna le insegnava a perfezionare l'arte di famiglia, una magia che gli avalandesi avevano quasi del tutto estirpato. A volte le sembrava di aver infilato tutte le ferite della sua famiglia in una corda e di essersela appesa al collo.

Ma non poteva lamentarsi, né poteva paragonarsi a Kit. Inoltre, ormai era un peso confortevole. Se non lo avesse portato lei, chi altri lo avrebbe fatto?

«Ora che ci penso» disse Sinclair «Kit e io abbiamo scaricato i nostri problemi su di voi. Eppure, rimanete un mistero.»

Niamh trasalì. «Io? Oh, vi assicuro che la mia vita è terribilmente noiosa. Ho passato la metà del tempo a cucire.»

In verità, non si era accorta di aver condiviso ben poco di sé con loro. Se possibile, evitava di meditare troppo su se stessa. La conduceva sempre in luoghi pericolosi, come quello sfiorato solo pochi secondi prima, e si era abituata a non farlo per così tanto tempo che non poteva fermarsi ora. La caduta sarebbe stata talmente disastrosa che non si sarebbe più rialzata. Non poteva permettersi di indugiare in cose come l'autocommiserazione e l'ingratitudine, e il solo pensiero di gravare su qualcuno con le sue sciocche preoccupazioni le faceva accapponare la pelle. Kit era quasi esploso quando l'aveva vista piangere la sera del ballo inaugurale e lei non voleva mortificarlo di nuovo. Preferiva di gran lunga la soddisfazione di ascoltare gli altri, di fare ciò che poteva per alleggerire i fardelli altrui. Non c'era niente di più magico a quel mondo del modo in cui le persone si srotolavano davanti a lei come gomitoli di filato quando si concedeva loro tempo e pazienza sufficienti.

«Non siate timida» disse Kit.

«Cosa volete sapere?»

«Non lo so. Avete un padre?» A giudicare dalla sua espressione, Kit aveva puntato sulla sincerità, ma aveva finito per sembrare piuttosto sarcastico. Niamh ormai sapeva bene che non avrebbe dovuto prendersela. «Non lo avete mai nominato.»

«Sono sicura di averlo avuto, ma non l'ho mai conosciuto.»

«Ah» fece Sinclair. La sua voce assunse quella nota familiare, un po' troppo allegra. «Visto? I padri sono universalmente dei buoni a nulla.»

Kit alzò gli occhi al cielo. «Sii serio.»

«*Sono* serio. Ci auguravamo la morte dei nostri ogni giorno, o lo hai dimenticato?»

«Uno di noi potrebbe ancora avere fortuna.»

«Basta con questi discorsi.» Sinclair li prese a braccetto e li attirò a sé. «E comunque chi ha bisogno di una famiglia di sangue, se ha dei così buoni amici?»

Un'emozione traboccò in lei, tanto da farle venire le lacrime agli occhi. *Senso di appartenenza.*

«Non sfidare la sorte» lo ammonì Kit. Ma nonostante il gran brontolare, non fece nulla per allontanarsi. «Faremo tardi per la cena.»

Niamh non era mai stata tanto desiderosa che una cena finisse. Aveva trascorso l'intera serata tra due donne che l'avevano tempestata di domande sui suoi abiti, su come fosse riuscita a sfuggire all'innata indolenza machlandese e sull'opinione che aveva delle proteste in corso. Una volta stancatesi delle sue risposte educate, senza troppi riguardi si erano rivolte all'altro vicino e avevano cominciato a lamentarsi del cibo.

«Sua Altezza deve aver lasciato a Sootham il solito cuoco» disse una di loro, sondando distrattamente la zuppa di porri con un cucchiaio.

«Sempre che non si sia licenziato lui stesso» ribatté l'altra. «Ho sentito dire che era machlandese.»

«È a dir poco ripugnante.»

Ripugnante. Di certo non poteva essere tanto male. Incuriosita, Niamh ne assaggiò una cucchiaiata e rabbrividì. Mandò giù un porro freddo, molle. Il sapore era indescrivibile. Allontanò un tantino il piatto.

Si dedicò invece a osservare il re di Castilia e Rosa. Lui rispondeva a qualsiasi domanda le rivolgessero prima che l'infanta riuscisse ad aprire bocca, si lamentava a nome suo ogni volta che sembrava non gradire qualche pietanza e aveva pungolato Kit perché le facesse dei complimenti almeno tre volte. Rosa riuscì nell'incredibile impresa di sembrare al contempo mortificata, irritata e rassegnata. Tuttavia, non disse nulla per contraddirlo. Non disse nulla, punto.

"Sono l'unica figlia di mio padre" le aveva detto Rosa una volta "e quindi sono sacrificabile quanto un pedone negli scacchi."

Nel vedere Kit e Rosa, capiva cosa significasse davvero il dovere regale: dare a se stessi e ai propri desideri così scarso valore da rendersi praticamente irrilevanti. Niamh non poteva più sopportare di guardarli.

Nel corso della serata vennero servite più di trenta portate: salmone stracotto avvolto in una sfoglia semicruda, lingua di manzo bollita, una torta ripiena di quelle che – se non al gusto, almeno alla vista – sembravano carote, un timballo di spinaci e patate che non stava insieme e un'intera flotta di dessert, ciascuno meno invitante del precedente. Tutto mancava di stile e sapore, e venne servito a una lentezza imprevedibile e snervante, da un numero di camerieri che avrebbero dovuto essere almeno il doppio.

Sembravano tutti esausti… e lo si vedeva da come lavoravano. A un certo punto, un cameriere rovesciò il vino addosso al barone seduto di fronte a lei, e una cameriera posò un piattino di biscotti con un tale fragore che tutti i commensali si zittirono di colpo. La ragazza, tuttavia, non sembrava mortificata. Pareva tanto esasperata da competere con re Felipe. Entrambi rivolsero a Jack sguardi duri, indifferenti.

Una volta giunti alla tanto agognata fine, Niamh seguì le signore nel salotto. Il tappeto era stato spostato e sostituito da un pianoforte. Una giovane donna, appollaiata sullo sgabello, suonava lo strumento scordato con le dita che inciampavano goffamente sui tasti, mentre giungevano gli ultimi ritardatari. La sua voce, tuttavia, catturò la mente di Niamh come fosse stata presa all'amo. Le andò più vicina, smaniante, rapita dalla sua innegabile bellezza… Niamh si scosse dall'incantesimo. La ragazza aveva sicuramente sangue divino. Una donna che doveva essere la madre era in piedi alle sue spalle, con aria orgogliosa e disperata al contempo.

Dall'altra parte della stanza, Rosa si era rannicchiata sulla poltrona più accogliente, vicino al bagliore caldo e tremolante del focolare. Niamh pensò di andare a salutarla, ma in un istante una decina di altre signorine le piombò addosso. A poca distanza, Sofia stava dando disposizioni per il tè. Gocce lucenti di diamanti le scintillavano attorno alla gola. Era bella e algida come una stella polare, e altrettanto solitaria. Quando ebbe finito, rimase goffamente ai margini del gruppetto di signorine con le mani giunte davanti a sé, con un'ansia sempre più profonda sul volto. Era chiaro che intendeva invitarle a prendere il tè, ma nessuna le prestava attenzione. Dopo un po', si voltò e uscì dalla stanza senza dire una parola.

Niamh provò una stretta al cuore. Ai propri piedi trovò un cestino con i progetti di ricamo di Sofia, non ancora terminati. Senza pensarci, ne prese uno e la seguì nel corridoio buio. «Vostra Altezza?»

Sofia si voltò di colpo verso di lei. Un accenno di sorpresa le attraversò il volto. «Miss O'Connor. Avete bisogno di qualcosa?»

«No, grazie.» Esitò, sentendosi all'improvviso piuttosto sciocca. Distolse lo sguardo e studiò il ricamo che teneva tra le mani. Era preciso e sobrio proprio come Sofia. «Ma avevo promesso di aiutarvi con i vostri lavori di ricamo, se volete sedervi con me. Tuttavia, non posso fare a meno di notare che i vostri punti sono davvero eccellenti. Non credo proprio che abbiate bisogno della mia assistenza.»

«Siete stata gentile a ricordarvene» le disse Sofia. «E ancora più gentile con le vostre lodi, voi che siete capace di creazioni magnifiche. Imprimere le vostre emozioni così liberamente in un ricamo... È un dono meraviglioso.»

Qualcosa nel suo tono lasciò Niamh incerta. Si costrinse

a guardare Sofia negli occhi e vi lesse una terribile tristezza. «Vostra Altezza... State bene?»

«Sì, io...» Sofia si interruppe. Lentamente, si sedette sul gradino più basso dello scalone imperiale. Rimase in silenzio per un lungo istante e quando parlò aveva la voce rotta. «Sono solo molto stanca.»

Niamh le si avvicinò, esitante. «È successo qualcosa?»

«Questa serata è stata un disastro. Non so come faremo a superare i prossimi tre giorni» rispose la principessa, talmente in fretta e a voce così bassa che Niamh dovette fare uno sforzo per capirla. «Sono certa che avrete notato che siamo a corto di personale. Molti dei nostri servitori se ne sono andati, e quelli rimasti sono oberati di lavoro. E quando questo evento si sarà rivelato un totale fallimento, la corte si spazientirà ancora di più con mio marito.»

Mentre le emozioni sgorgavano da lei, lo stesso fece la sua magia. Una luce dorata danzò debolmente sotto la pelle di Sofia. La temperatura si abbassò, e Niamh serrò la mascella per evitare che le battessero i denti. Se l'avesse interrotta, temeva che Sofia non si sarebbe più confidata con lei.

«Non so cosa fare per risolvere la situazione» continuò Sofia. «Non mi lascia gestire la casa e non mi vuole dire cosa lo preoccupa. Per lui sono inutile. Lo sanno anche le altre signore a corte. Non hanno interesse a stringere amicizia con una donna che non esercita alcuna influenza sul marito. Per un certo periodo ho avuto le mie cameriere personali, ma Jack le ha licenziate tutte. Ora non ho nessuno con cui confidarmi e non posso fare altro che sorridere e far finta che vada tutto bene.»

Il silenzio scese pesante su di loro e una sottile spolverata di ghiaccio scintillò sul pavimento. Sofia appoggiò la testa alla balaustra di ferro e chiuse gli occhi. La luce della sua magia fece brillare le sfaccettature della collana di diamanti.

A Niamh si strinse la gola. Si rese conto, allora, di quanto Sofia fosse giovane… doveva avere al massimo un paio d'anni più di lei. Non riusciva a immaginare quanto dovesse essere terribile trovarsi relegata in un luogo dove non conosceva nessuno, a parte un uomo che non la stimava. Un uomo che avrebbe dovuto amarla, non isolarla. Si appollaiò con cautela sul gradino accanto a Sofia e le appoggiò una mano sul ginocchio. «Potete parlare con me, se volete.»

Sofia trasalì, sia per la sorpresa sia per il gelo della pelle di Niamh. L'orrore le illuminò gli occhi chiari. «Vi prego di perdonarmi. Vi ho quasi fatta morire congelata, e io… Non spetta a voi portare questo fardello.»

«Non c'è bisogno che vi scusiate.» Stava tremando violentemente, ma un po' di gelo si era dissipato nell'aria. «Non vi fa bene tenervi tutto dentro. In un modo o nell'altro, verrà fuori.»

«Sì, immagino sia così.» Sospirò, e il suo respiro si addensò per il freddo. Un po' alla volta, riguadagnò la padronanza di sé. «Trattate tutti con una tale familiarità, indipendentemente dalla loro posizione sociale, che è facile dimenticare i propri doveri. È tanto insolito quanto affascinante.»

«Non saprei comportarmi in altro modo. Non c'è davvero nulla di ammirevole, Vostra Altezza. Credo che mi abbia causato più problemi che altro, da quando sono arrivata.»

«Non è una cosa negativa. Avete il talento di indurre le persone alle confidenze, di portare alla luce ciò che più desiderano tenere nascosto.» Sofia la fissò con quegli occhi grigi, freddi e indagatori, e posò la mano su quella di Niamh. «Credo che sia questo il vostro vero dono, non il ricamo.»

Era una cosa dolce da dire… forse il complimento più generoso che qualcuno le avesse mai rivolto. «Grazie.»

«Anzi, siamo noi a crearvi dei problemi» continuò Sofia. «Ma è gentile da parte vostra badare a Christopher. Non ha molti amici a corte.»

«Io non…»

Lei sorrise con l'aria di chi la sapeva lunga. «Non preoccupatevi per noi. Il principe vuole solo dimostrare di essere capace come suo padre, quindi cerca di affrontare tutto da solo. E io sono necessaria qui, anche se *lui* non ha bisogno di me. La mia presenza fa sì che egli sostenga il regno di mio padre. Di questo sono felice, sapendo che i miei sacrifici non sono vani. Farei di tutto perché sia sempre così. Lo capite, vero?»

Certo che lo capiva. Lo capiva benissimo. Eppure, l'intensità della voce di Sofia e la fermezza del suo sguardo… Le sembrava in qualche modo familiare e la riempì di un'inquietudine che non riuscì a scuotersi di dosso.

15

L'aria odorava di pioggia... di pietra umida e terreno fertile. In lontananza, nubi grigie scivolavano sulle colline come lo strascico insozzato di un abito. Niamh fece non più di cinque passi sul prato di Woodville Hall e notò qualcosa di strano. Una specie di *desolazione*. Non era solo il tempo, anche se era davvero una giornata terribile per una festa all'aperto. Tutti oziavano sull'erba con aria annoiata e stordita.

Niamh non era mai stata a una festa all'aperto, ma Sinclair le aveva dipinto il quadro in modo abbastanza vivido. Gli ospiti avrebbero giocato a volano sul prato, o si sarebbero radunati intorno ai tavoli a fare partite di carte e a ridere dietro i ventagli e le mani guantate, o a bere punch fino allo stordimento. Ma il prato era deserto. Niente tavoli, niente giochi, niente punch, niente servitù. Solo un gruppo di aristocratici in attesa che accadesse qualcosa.

Che strano, pensò.

Quando riportò lo sguardo sulla casa, vide Jack in piedi sulla veranda con un'espressione torva, e il padre di Rosa che chiaramente lo stava rimproverando. Puntò un dito accusatore verso il principe reggente e poi verso la presunta festa, cosa che Niamh prese come un segno per muoversi. Si spinse tra la folla, sperando di scorgere un volto familiare. La gente mormorava al suo passaggio. Sembrava che il suo abito stesse attirando di nuovo l'attenzione.

La gonna fluttuava lentamente intorno a lei anche quando stava ferma, come se fosse stata catturata dalla corrente pigra di un fiume. L'aveva realizzato anni prima in preda alla frustrazione. Le ci erano voluti giorni per creare il merletto... e altri per incanalare attraverso il ricamo tutte le esortazioni della nonna a *rallentare*. In teoria, l'incantesimo e la foggia dovevano incarnare la pazienza stessa. In pratica, le dava solo la sensazione di camminare in un sogno. Immaginava che tutta la concentrazione volta a *rallentare* dovesse aver causato qualche effetto indesiderato. Quel giorno le andava bene così. La notte precedente non aveva dormito affatto. Aveva finito la nuova giacca di Kit per quell'evento proprio quando l'alba aveva fatto capolino dalla finestra della sua stanza. Il corpo dolorante e gli occhi stanchi la facevano già sentire nel bel mezzo di un sogno.

Finalmente trovò i suoi amici all'ombra di una quercia. *Amici*. Quando era successo? Quella parola le scaldò il cuore.

Rosa era seduta su un'altalena legata a un grosso ramo, i piedi che scalciavano a mezz'aria. Era Miriam a spingerla, dando di tanto in tanto un'occhiata alle corde che gemevano sotto il peso dell'infanta. Kit e Sinclair erano appoggiati al tronco, intenti a conversare. Kit sembrava più a suo agio di quanto non lo vedesse da giorni. L'incantesimo che aveva intessuto nella sua giacca creava un effetto ancor più affascinante sul tessuto. Scintillava come un'armatura. Il solo guardarlo la faceva sentire un po' più coraggiosa. La sera prima aveva chiamato a raccolta, a mo' di scudo, i suoi ricordi di coraggio: quando si gettava dalle scogliere nel mare sottostante, i primi passi che aveva mosso sul suolo avalandese, quando aveva detto a Kit quanto l'avesse ferita settimane prima.

Fu solo quando lui incontrò il suo sguardo che si rese conto che lo stava fissando. Lui inarcò un sopracciglio, come per dire: *Ebbene?* Le provocò una sensazione molto strana alla bocca dello stomaco. Forse avrebbe dovuto scegliere un abito diverso, se non altro per conservare la prontezza di spirito.

Arrossendo, fece un inchino. «Salve, Vostre Altezze, Miss Lacalle, Sinclair.»

«Finalmente siete qui» la accolse Sinclair con calore, sfiorandosi il cappello. «Vi state divertendo alla festa più vivace della Stagione?»

«Più o meno» rispose Niamh. «Che cosa sta succedendo?»

«Gli ultimi membri rimasti della servitù si sono licenziati» annunciò Rosa con voce piatta. «Confesso che sono sollevata. Mio padre è troppo impegnato a dirne quattro al principe reggente per pensare a me.»

«Cosa? Ma...»

Gli unici membri del personale rimasti erano avalandesi. Eppure, la sera prima Sofia si era detta preoccupata che fossero sovraccarichi di lavoro ed esasperati. Questo lasciava la nobiltà del tutto abbandonata a se stessa. Niamh non sapeva se ridere o piangere. Mancava solo un acquazzone e quella festa sarebbe finita sulle rubriche di pettegolezzi come la peggiore della Stagione. Sarebbe stato un disastro. Tutti quegli abiti da giorno orlati di fango, le scarpette di seta fradicie, i boccoli ottenuti con tanta fatica inzuppati e rovinati. Rabbrividì al solo pensiero della seta bagnata.

«Stavamo proprio per andare a prendere il set da croquet» disse Sinclair. «Vi va di unirvi a noi?»

Rosa si portò le dita sulle tempie e sospirò profondamente. «Oh, cielo. Eravate serio.»

«È una tale noia starsene seduti a far niente» la rimproverò Miriam.

La prospettiva di sforzarsi ulteriormente sembrava gravosa, ma l'alternativa – non fare *nulla* – era di gran lunga peggiore. «Che spasso!»

Insieme, attraversarono il prato. In fondo, dietro una sottile cortina di nebbia, Niamh riuscì a scorgere i vaghi contorni di un capanno.

Le nuvole continuavano ad addensarsi sopra di loro. Sinclair rise quando una folata di vento per poco non gli strappò il cappello a cilindro. «Pensate di poter fare qualcosa, principessa?»

«Perché dovrei alterare la perfezione?» domandò Rosa placidamente.

Miriam si mise al fianco di Niamh e la prese a braccetto. Il suo viso risplendeva per l'aria fredda e, con l'umidità, i suoi riccioli formavano un'aureola intorno a lei. «Mi sembra di non avervi ancora vista da quando siamo arrivati. Oggi siete un sogno.»

«Grazie!» Niamh sorrise. «E voi come state?»

«Abbastanza bene, direi.» Sospirò. «Anche se devo dire che mi sento un po' fuori posto qui. Un peso, a essere sincera.»

«Chi potrebbe mai ritenervi un peso?»

Miriam sollevò una spalla. «Nessuno l'ha mai detto. Ma la sensazione non mi è mai passata. In Castilia, la decisione di Rosa di tenermi al suo fianco le ha impedito di stringere rapporti che avrebbero potuto facilitarle la vita a corte. Non posso permettermi di ostacolarla anche qui.»

«Chiunque sarebbe fortunato a passare del tempo con voi.» Niamh appoggiò una mano sulla sua e la strinse. «Inoltre… direi che il re ha molto più successo di voi nell'impedire all'infanta Rosa di farsi degli amici qui. Avete visto come si è comportato a cena ieri sera?»

Miriam sbuffò. «È vero.»

«Comunque» proseguì Niamh «capisco cosa intendete quando dite di non voler essere d'impiccio.»

Davanti a loro, Kit e Rosa camminavano a braccetto sull'erba. Ecco, adesso la attanagliava anche la gelosia. *Stupida*, si rimproverò. Aveva sempre avuto ben chiara quale fosse la situazione di Kit… e la propria condizione sociale.

Miriam non aggiunse altro. Era intenta a guardare la coppia reale con uno strano, malinconico bagliore negli occhi. Scambiò un'occhiata con Niamh prima di distogliere in fretta lo sguardo.

I cinque si fermarono davanti al capanno. Le erbacce crescevano incolte attorno alle fondamenta, e un lucchetto arrugginito pendeva dalla porta sgangherata. Sembrava che non fosse stato aperto da secoli. Sinclair lo scosse e guardò

Rosa con un sorriso sornione. «Forse è il caso di far saltare quest'affare con una scossetta, Vostra Altezza.»

Kit raccolse un sasso e lo scagliò sul lucchetto, che cadde a terra in una pioggia di ruggine e fango indurito.

«Bene» disse Sinclair. «Anche così può andare.»

Rosa canticchiò pensierosa. «Di certo è un metodo che non rischia di provocare un incendio.»

«E più elegante» convenne Miriam.

Kit aprì le porte. All'interno, trovarono moltissimi attrezzi abbandonati da tempo e sparsi sul pavimento, insieme a un vecchio mobile pieno di mazze da croquet. Il manico di ognuna era bordato da una striscia colorata. Lo aprì e fece un passo indietro per permettere agli altri di scegliere il colore che preferivano. Rosa afferrò con bramosia quella nera. Niamh scelse quella rosa con un brivido di piacere. Le cose belle, per quanto piccole, non mancavano mai di allietarla. Mentre Sinclair iniziava a piantare a terra gli archetti di ferro, Niamh sollevò la sua mazza. La fece oscillare in un ampio arco, testandone il peso mentre fendeva l'aria.

«Attenta» la avvertì Kit. «Potreste fare danni con quell'affare.»

«Allora sembra che siate *voi* a dover fare attenzione» lo punzecchiò lei.

«È una minaccia?» domandò lui, adeguandosi al suo tono.

Niamh provò un'altra fitta allo stomaco. Stavolta non ebbe la risposta pronta. Per fortuna, fu salvata dall'impappinarsi quando intravide una figura che emergeva dalla nebbia. Le code del suo soprabito si agitavano nel vento, uno stendardo scuro che si dispiegava sopra il bisbiglio dell'erba.

«Chi è?» chiese Niamh.

Sinclair si schermò gli occhi con una mano e fece una smorfia. «Bene. Questa sì che è bella.»

Nel giro di pochi istanti, capirono che si trattava di Jack. Il vento gli aveva scompigliato i capelli e la sua andatura sembrava insolitamente sciolta… quasi irregolare. Addirittura sorrise mentre si avvicinava, e diede a Niamh la stessa impressione che immaginava si provasse nell'assistere a un qualche raro evento cosmologico. Rosa e Miriam gli fecero immediatamente un inchino. Niamh si ricordò delle buone maniere un po' troppo tardi, e mormorò un: «Vostra Altezza».

«Non c'è bisogno di tutte queste formalità» disse lui. «Posso unirmi a voi?»

Kit lo fissò come se parlasse in un'altra lingua. Per una volta in vita sua, sembrava del tutto a corto di parole.

Sinclair, invece, ritrovò i mezzi per rispondere. Diede una pacca sulla spalla a Jack, un po' troppo forte per essere amichevole. «Certo, Jackie. Prendi una mazza.»

Detto ciò, ognuno si apprestò a tirare: un primo giro del tutto trascurabile, a parte il fatto che Niamh si era quasi rotta una caviglia con un colpo sbagliato. Rosa, nel frattempo, si astenne da ogni sforzo. La sua palla veleggiò pigramente in aria e cadde in terra a solo qualche metro di distanza. Ma quando Jack fece cozzare la sua palla contro quella di Kit, facendole volare entrambe lontano, l'atmosfera si fece tesa.

Furibondo, Kit si avventò sul fratello. «Cosa stai facendo?»

«Sto giocando. Vedo che ancora non hai imparato a perdere.»

«No» ribatté Kit lentamente. «Che ci fai *qui*? Non hai

ospiti da intrattenere... o da rabbonire, se è per questo? O forse dovresti concentrarti prima sulla tua servitù.»

A quel punto, l'irritazione fece breccia nell'insolita indifferenza di Jack. Ma invece di rispondergli, si rivolse a Rosa. «Che mi dite? Avete visto buona parte dei problemi di Avaland per poterli valutare. Vorrei conoscere la vostra opinione.»

Rosa, che aveva educatamente fatto finta di non origliare, li guardò con espressione preoccupata. Si appoggiò alla propria mazza. «Volete davvero la mia opinione, signore?»

«Certamente.»

«Mi sembra che siate sotto assedio, in una posizione difensiva svantaggiosa. Se concedete ai machlandesi ciò che chiedono, porrete fine al peggio.»

Jack parve amaramente divertito. «E quando la mia corte si ribellerà contro di me per aver adottato una posizione tanto debole e insultato il retaggio del mio amato padre? O quando la classe lavoratrice si ribellerà perché ho trattato i machlandesi come loro pari?»

«Nel caso veniate destituito, un nuovo reggente probabilmente userà la forza contro gli oppositori che hanno consegnato il potere nelle loro mani. Questo non farà che peggiorare la situazione, provocando potenzialmente una rivolta in piena regola. Una tale malagestione spianerebbe la strada al vostro reintegro non appena vostro padre passerà a miglior vita. Nella peggiore delle ipotesi, chiederò l'intercessione di mio padre, o la vostra graziosa consorte la chiederà al suo.» Fece una pausa. «Questa è la mia umile opinione, naturalmente, Vostra Altezza.»

«Ed ecco fatto» disse Jack. «Per la miseria, ha risolto tutti i miei problemi in pochi secondi.»

Rosa lo guardò per un istante con disappunto, consapevole del fatto che Jack si stesse prendendo gioco di lei. Borbottando qualcosa in castiliano, colpì la palla facendola volare verso un archetto di ferro lontano.

Quando l'infanta non fu più a portata d'orecchio, Kit incalzò il fratello. «Sei *ubriaco*?»

«Sono state due settimane molto lunghe» replicò Jack in tono sarcastico. «Perché non dovrei divertirmi, nelle mie residenze private? La mamma approverebbe sicuramente una bella sbronza per festeggiare la grande riapertura della sua casa.»

«Perché ti stai rendendo completamente ridicolo» sibilò lui «e ben presto finirai schiacciato sotto il peso di una situazione che *tu* hai contribuito a far degenerare.»

Jack lo guardò a lungo, con occhi annebbiati. Poi rise così forte che una lacrima gli rigò la guancia. «Oh, questa è bella.»

Oh, no. Niamh arretrò di qualche passo. Ormai aveva assistito a un numero sufficiente di litigi tra loro per sapere che non sarebbe finita bene.

Kit indietreggiò, ma mascherò il proprio dolore con il suo solito cipiglio. «La mamma si vergognerebbe di quel che sei diventato. Parli di famiglia come se significasse qualcosa per te, ma tu ti preoccupi più del nostro meschino retaggio che della famiglia che ti è rimasta, e figuriamoci dei tuoi sudditi.»

«Nostra madre? Ma di cosa diavolo stai parlando?»

La rabbia di Kit sbollì, spenta dall'incertezza.

«Se credi che nostra madre avrebbe dedicato anche un solo pensiero alla nostra situazione attuale, occupata com'era a decidere quali abiti indossare o quali dei suoi appetiti soddisfare, sei completamente fuori di testa.» Sul volto di Jack comparve un sorriso dolente. «Ma si capisce. Sei sempre stato il cocco di mamma.»

Niamh trattenne il respiro. Persino il vento smise di soffiare.

Fino a quel momento, le emozioni indisciplinate di Kit si erano infrante contro la fermezza imperturbabile di Jack. Non aveva mai visto il principe reggente uscire dalla fredda impersonalità del suo ruolo, né come principe né come sostituto di un genitore. Non lo aveva mai visto impantanarsi in sentimenti comuni come la meschinità o il risentimento. Qualcuno doveva intervenire prima che la situazione degenerasse. Ma Rosa e Miriam si erano allontanate in silenzio, e Sinclair fece cenno a Niamh di raggiungerlo. Lei si sentiva completamente inchiodata sul posto.

Gli occhi di Kit si incupirono, un chiaro avvertimento. «Jack.»

«Non so cosa ti sia preso, per fingere di avere una qualche nozione di cosa sia il dovere.» Jack sogghignò. «Come se avesse mai significato qualcosa per te. Non c'è mai stato nemmeno un grammo della disciplina e della dignità di nostro padre in te.»

«Non come in te, ovvio.» Kit tremava di rabbia a malapena trattenuta. «È come se guardassi lui, adesso. Tu cerchi di nasconderlo, ma io vedo il suo carattere ingabbiato dentro di te.»

L'espressione di Jack si fece pericolosa.

Niamh sussultò quando le piante spuntarono dal terreno. Ai piedi di Kit, rovi si ersero contorcendosi a formare una fortificazione: ognuna delle loro spine affilate mirava a Jack. Intorno a Jack, invece, germogliarono arbusti dalle forme orribili e frastagliate, che diedero frutti pesanti e dal colore sanguigno. Il solo aspetto gridava *veleno*.

Niamh si scansò quando una spina le trapassò l'orlo del vestito. «*Ehm*... Vostre Altezze?»

Non la sentirono nemmeno.

«Se sai cosa è meglio per te» disse Jack a bassa voce «ti morderai la lingua.»

«Che c'è, vuoi colpirmi?» Kit si preparò ad affrontarlo. «Avanti. Fallo.»

«Non farebbe molta differenza, perché anche così non posso certo infonderti un po' di gratitudine! In questi ultimi anni ho organizzato tutto *alla perfezione*. L'unica cosa che devi fare adesso è comportarti in modo responsabile, ma sei tanto egoista e viziato che non riesci a fare nemmeno questo. Crolli alla minima provocazione... e scappi non appena le cose si fanno difficili, proprio come faceva nostra madre. Non mi siete mai stati di nessun aiuto.» Gettò a terra la mazza. Le sue labbra fremettero prima che riuscisse a riguadagnare il controllo di sé, ancora una volta imponente e impenetrabile come il marmo. «Tu riunisci il peggio dei nostri genitori, Kit. Dal giorno in cui sei nato, non hai fatto altro che creare problemi che è toccato a me risolvere.»

Il terreno tuonò sotto di loro. Un tralcio di rovo si lanciò verso Jack, con le spine tese come artigli. Lui non batté ciglio. Strinse il pugno e il tralcio appassì, le foglie si seccarono davanti agli occhi di Niamh. I due fratelli si fissarono per un lungo istante, spogliati di tutte le loro difese.

Un'emozione attraversò il volto di Jack. Senza dire una parola, si voltò e se ne andò.

Sinclair corse da Kit e gli mise una mano sulla spalla. «Stai bene?»

«No.» Kit se lo scrollò di dosso. Faticava a respirare. «Non toccarmi, cazzo.»

Prima che Sinclair potesse controbattere, si allontanò furibondo. Sulla sua scia, germogliarono incontrollati arbusti di quercia velenosa, belladonna, aconito… Si sollevavano da terra solo per soffocarsi l'un l'altro.

«Kit!» Sinclair si premette un pugno sulle labbra. Quando riportò la mano lungo il fianco, aveva il volto tirato e pallido. «Dannazione.»

Niamh si precipitò da lui. «Ma cos'è successo?»

«Non lo so» disse lui a bassa voce. «Non ho mai visto Jack comportarsi così.»

«Dovremmo seguire Kit?»

«Probabilmente sì» disse Sinclair, con voce roca e distante. «L'ultima volta che l'ho visto così… Non lo so. Non so cosa farà.»

Sembrava spaventato, come quando la magia di Kit si era scagliata contro di lui nel parco.

«Che volete dire?»

Sinclair si passò una mano sul viso. «Non è colpa sua, ma quando si riduce in questo stato la sua magia può diventare pericolosa… per se stesso e per gli altri. Forse sono un codardo, ma non me la sento. L'ultima volta ho imparato che è meglio essere un po' più egoista.»

Niamh fu scossa da un brivido di disagio. «Allora andrò io. Qualcuno deve assicurarsi che stia bene.»

«No. Dobbiamo andare da Jack.»

«Non credo che Jack sia in grado di affrontare questa situazione!»

Mentre gli passava accanto, Sinclair le afferrò un gomito. Niamh fece per divincolarsi, ma lui la trattenne. «Va bene, aspettate. Capisco che siate preoccupata, ma forse dovremmo riflettere sulla questione insieme. Prima di tutto, sembra che siate sul punto di svenire. Siete pallida come la morte.»

«Sto *bene.*»

«Non ho finito.» Le rivolse uno sguardo severo, poi sospirò. «Sentite. Non volevo parlarne, ma non vedo altra soluzione. Io voglio bene a Kit e voi siete stata una buona amica per me, quindi non userò mezzi termini. Non sono un idiota.»

Niamh lo fissò. Il respiro le si mozzò in gola ed ebbe la netta sensazione di precipitare. «Che… che intendete?»

«Suvvia, Niamh.» Sinclair sembrava angosciato. Fece un passo verso di lei, finché non rimase quasi più spazio fra loro. La prese per le spalle e abbassò la voce, come se rischiassero di essere scoperti. «Non fingete con me. Ogni volta che voi due vi guardate negli occhi è come assistere a un'intera opera lirica. Se l'ho notato io, non passerà molto tempo prima che lo faccia la persona sbagliata. Non sfidate la sorte.»

Mille emozioni la attraversarono in un singolo istante. Umiliazione, paura, rabbia, tristezza. Non riusciva a dare un senso a quel guazzabuglio. Non riusciva ad accettare il fatto che lui avesse esposto il suo cuore… era come se glielo avesse strappato dal petto e lo avesse gettato, ancora pulsante, ai suoi piedi. In quel momento, l'unica cosa che contava era che Kit fosse incolume. «Allora *aiutatemi*, Sinclair.

Se andremo entrambi la cosa non sembrerà così sospetta. Volete davvero correre questo rischio?»

«Non me la sento.»

«Io sì.» Lo guardò dritto negli occhi. «Non ho paura di lui.»

Un tuono rombò sopra le loro teste. Cominciò a cadere la prima pioggia.

«Cazzo» mormorò Sinclair. Si sfilò la giacca e gliela avvolse intorno alle spalle. «D'accordo. Verrò con voi fino al limitare del bosco. Tutti sono entrati in casa, ma ci sono finestre ovunque. Quindi… fate attenzione. E non tornate insieme, per l'amor del cielo.»

Niamh si strinse il bavero alla gola. «Grazie, Sinclair.»

Lui annuì. E quando Niamh prese quella che forse era la peggior decisione della sua vita, Sinclair era proprio dietro di lei.

Il cielo era a dir poco minaccioso, con squarci di nuvoloni che oscuravano il sole. La pioggia cadeva a dirotto, appiccicandole i capelli al viso. In pochi minuti aveva bagnato sia il cappotto di Sinclair che il vestito. Le sue dita erano già diventate insensibili e bianche come ossa per il freddo. Non poteva permettersi un riacutizzarsi dei suoi sintomi proprio in quel momento.

Oltre il limitare degli alberi, i boschi di Woodville Hall si estendevano selvaggi e intricati. Davanti a lei, un campo di lavanda pallida tremò per un'improvvisa folata di vento. Niamh sollevò la gonna e vi si immerse. A ogni passo sentiva salire da terra il profumo dolciastro della lavanda misto all'odore della pioggia. Le sue scarpe affondarono nel fango mentre si avvicinava a un vecchio cancello in ferro battuto. Il chiavistello era arrugginito e brontolò rabbiosamente quando cercò di aprirlo. Allora vi si gettò contro con tutto il proprio peso… e se ne pentì subito quando l'anca le diede una fitta in segno di protesta.

Avrebbe dovuto scavalcarlo.

Niamh fece un bel respiro e si arrampicò, cercando punti d'appoggio tra le volute di ferro. Non riusciva a chiudere le dita a pugno. Le sue articolazioni indolenzite gridavano e ci volle quasi tutta la sua forza per salire fino in cima. I gigli appuntiti le si piantarono nell'addome e le strapparono qualche filo del corpetto. Quando arrivò dall'altra parte, grosse macchie arancioni deturpavano la parte anteriore dell'abito. Atterrò come un sacco di patate, inzaccherandosi tutta di fango.

Si sollevò da terra e socchiuse gli occhi nella semioscurità. Un tempo, forse, lì c'era stato un giardino. Ma ormai era tutto incolto e abbandonato. Il trifoglio viola fioriva a dismisura nelle aiuole, e la menta aveva reclamato metà della proprietà per sé, quell'ingorda. I denti di leone spuntavano decisi dalle fessure tra i gradini. Quanto doveva essere stato splendido quel posto quando qualcuno ancora se ne occupava. Eppure, c'era qualcosa di bello in tutto quello. La terra scura, odorosa e viva. Le piante ostinate e ribelli, che crescevano nell'abbandono.

Mentre camminava con cautela tra le erbacce, dei viticci verdi le si impigliarono nell'orlo del vestito e le si allacciarono intorno alle caviglie. Un'altra pianta rampicante le si avvolse intorno a un polso quasi con bramosia. Cercavano di trattenerla al suo posto, ma erano abbastanza sottili da non richiedere alcuno sforzo per liberarsene.

Era chiaro che Kit non la voleva lì. Riusciva quasi a percepire la sua volontà scorrere nella vegetazione, anche senza vedere l'oro rivelatore che scorreva nelle vene di ogni foglia e petalo. Le si annebbiò la vista per la stanchezza e cominciò a tremare per il freddo. Ma si rifiutava di lasciarlo solo ad affrontare la sua sofferenza.

«Kit!» chiamò, ma il fragore del temporale inghiottì la sua voce.

Passò all'ombra di meli nodosi e attraverso orti abbandonati alla putrefazione. Alla fine, quando gli alberi si diradarono, scorse una figura accoccolata a terra: Kit, avvolto dall'alone argenteo della pioggia. La giacca e la cravatta giacevano in un mucchietto in mezzo al fango e la camicia era diventata trasparente da tanto era fradicio. In quello stato sembrava così fragile.

«Kit?» Niamh si affrettò verso di lui, sollevando fango a ogni passo.

Non la guardò nemmeno. «Andate via.»

Niamh si avvicinò ancora, esitante. «So che forse non volete parlarmi in questo momento, ma io...»

Lui si girò a guardarla. I capelli sciolti e bagnati gli aderivano al viso. Attraverso la pioggia che scrosciava sulla terra fra loro, Niamh vide i suoi occhi ardere brillanti e dorati. «Vi ho detto di *andare via.*»

Delle spine spuntarono dal terreno, formando un cerchio perfetto intorno a lui. Niamh strillò, incespicando all'indietro. Riuscì a mantenere l'equilibrio per pura fortuna. Prima che potesse rendersene conto, fusti di rosa canina si avvolsero intorno a lui, chiudendolo in una gabbia di rovi. Erano inghirlandati di fiori bianchi e bacche rosse, e l'acqua si posava su ogni petalo delicato simile a gocce di sangue divino.

Il cuore di Niamh batteva forte, tanto da sentirlo ruggire nei polsi, nella punta di ogni dito. Prima di allora non aveva mai visto una magia simile. Tanto potente da farle credere che gli Eterni camminassero ancora tra loro. Era magnifica e terribile allo stesso tempo.

Kit era accoccolato tra le spine e la rosa selvatica lo teneva al sicuro come un seme nel suo guscio. Le sue spalle tremavano, e quando la guardò, Niamh capì che si trovava in due luoghi contemporaneamente: era lì, ma non c'era. Questo la fece tornare in sé. Kit non era né un dio né un principe. Sembrava un bambino terrorizzato. Quando le spine si avvolsero intorno a lui, gli penetrarono nella pelle. Il sangue, dorato come la luce del sole, gli inzuppò la camicia.

«Fatemi entrare» lo esortò, cercando di infondere nella propria voce una certa fermezza. «Subito!»

Lui non rispose.

Il vento fece sferzare la treccia contro la sua schiena. Niamh ebbe una mezza idea di scavalcare di nuovo il cancello per andare a prendere un paio di cesoie in quel capanno sgangherato. Era fradicia e tremava per un misto di paura e freddo, ma non lo avrebbe abbandonato lì. Era solo ciò che lui credeva di volere.

«Non vado da nessuna parte. So essere molto ostinata, vi avverto.»

Sembrava quasi che lui non la riconoscesse. I suoi occhi ardevano come una lanterna nel buio di un bosco. «Non posso.»

«Cosa vuol dire che non potete?»

«Non riesco a controllarla.» Le spine si agitarono intorno a Kit e un altro ramo saettò verso di lei. Niamh incespicò all'indietro. Si lasciò sfuggire uno strillo e atterrò nel fango, sporcandosi completamente. L'impatto le riverberò nelle spalle.

Succedeva anche a lei, le emozioni avevano sempre influenzato la sua magia. Accedervi era sempre stata solo una questione di *sensazioni*. Ma non le aveva mai fatto del male in quel modo. Anche quando era triste, anche quando era arrabbiata, la magia la illuminava dall'interno. Era una luce che sbocciava dentro di lei come petali sotto la pioggia. Per Kit, era tutt'altra cosa.

"Una volta tolte tutte quelle spine, non è poi così male." Aveva intravisto quella verità già da tempo. La rabbia e l'aggressività erano la spada e lo scudo nelle mani della sua paura.

«Vi prego, Kit.» Si raddrizzò e si inginocchiò appena fuori dalla portata delle spine. «Parlatemi.»

«Perché? Non ha importanza» disse lui con voce aspra. Un altro ramo spuntò da terra e si attorcigliò intorno al suo braccio. Lui premette la fronte contro le ginocchia. «Non faccio altro che rovinare la vita di tutti quelli che mi circondano.»

«Ma certo che ha importanza!» Niamh serrò la mascella. «Quello che ha detto vostro fratello è stato crudele. Questo non significa che dovete punirvi, e nemmeno che dovete allontanare tutti.»

Lui rimase in silenzio.

«Non dovete affrontare tutto questo da solo» lo incalzò lei. «Vi prego.» Lentamente, i rampicanti caddero come strati e strati di un'armatura. Gli occhi di Kit tornarono a essere color ambra. Per la prima volta da quando era scappato, la guardò. La guardò davvero.

Quando la riconobbe gli si illuminarono gli occhi. «Voi.»

«Kit.» Non appena si alzò, un senso di spossatezza mai provato prima piombò su di lei. Il buio le annebbiò la vista. Decise distrattamente che sarebbe stata una cattiva idea restare di nuovo sveglia tutta la notte. «Andrà tutto bene.»

Le labbra di Kit si schiusero per la sorpresa. «Niamh?»

Le cedettero le ginocchia. Si sentiva incorporea adesso, le sembrava di fluttuare da qualche parte molto al di sopra di sé. Il suo centro di gravità le scivolò via, rapido come un taglio alla gola.

«Niamh!»

Prima di toccare terra, si accasciò contro qualcosa di solido. *Kit.* Adagiò la testa nell'incavo del suo collo. Una parte di lei sapeva che avrebbe dovuto essere mortificata, ma si stava così bene, al caldo tra le sue braccia. Era una sensazione stranamente confortante.

«Siete ferita?» Mentre scivolava nell'oscurità incombente, l'ultima cosa che Niamh vide furono i suoi occhi spalancati e in preda al panico, e in essi lo sguardo di un uomo che aveva finalmente capito che la peggiore delle sue debolezze risiedeva al di fuori di sé. «Rispondetemi. Vi prego. Vi ho fer…?»

16

Quando riaprì gli occhi, Niamh era al sicuro e al caldo. La pioggia tamburellava costante sul tetto. Striava il vetro della finestra e brillava alla luce della candela che ardeva lentamente sul suo comodino. Il fuoco crepitava allegramente nel camino, sprigionando un inebriante profumo di legna bruciata. Le ombre sfumavano sul soffitto, vorticando lentamente. Era tutto così accogliente che pensò di riaddormentarsi. Ma poi ricordò.

Kit.

Qualcuno l'aveva avvolta in una coperta di lana. Niamh si contorse fino a scoprirsi e si sforzò di mettersi seduta. Se ne pentì all'istante. Le faceva male la testa. Le faceva male *tutto*. Aveva la sensazione che le avessero svuotato il petto, come se fosse un pozzo a cui si era attinto troppo in profondità. Era da molto tempo che non si sentiva così prosciugata. Se la memoria non la ingannava, non si sarebbe alzata dal letto per un giorno o due. Avrebbe vissuto come una fanciulla imprigionata nella sua torre, a guardare la vita che le passava davanti attraverso uno specchio rotto.

Ma il matrimonio era tra due settimane.

Ogni secondo intrappolata in quel letto, intrappolata in quel suo corpo traditore, era un secondo che non poteva sprecare. Gli occhi le bruciavano di lacrime non versate. Se non altro era troppo esausta per correre allo specchio a controllare quanto si fossero inargentati i suoi capelli.

Non si è malati se non ci si sente male, ricordò a se stessa. Eppure, diventava sempre più difficile convincersi di stare bene. Se solo non avesse abusato tanto incautamente delle proprie forze. Se solo non si fosse dovuta *preoccupare* di abusare delle proprie forze.

Un debole rumore di voci la raggiunse da dietro la porta. Erano due, tese e sommesse. Se tratteneva il respiro, riusciva quasi a capire quello che dicevano.

«...davvero complicato le cose adesso.» *Miriam*, pensò Niamh. «Andate a dormire. Si riprenderà.»

«Prima fatemela vedere.» Il cuore di Niamh ebbe un sussulto. Avrebbe riconosciuto la voce di Kit ovunque.

Seguì un goffo scalpiccio di passi, poi il lieve scricchiolio della porta che si apriva. «Non pensate di aver fatto abbastanza per una notte?»

Un altro borbottio incomprensibile.

«Come desiderate, Vostra Altezza» disse Miriam contrariata. «La controllerò di nuovo per voi.»

Oh, no. Se Miriam l'avesse trovata sveglia, avrebbe capito che aveva sentito tutto. Cercò a tentoni la coperta, ma era troppo tardi. La porta si aprì di scatto, rivelando una

Miriam molto esasperata. La sua bocca si aprì in una lieve espressione di sorpresa. Si guardò alle spalle, poi chiuse la porta dietro di sé. «Siete sveglia.»

«Non da molto tempo.»

Miriam la studiò con un'espressione indecifrabile. «Come vi sentite?»

Lei fece una smorfia. «Mi sento bene.»

«Non fate la coraggiosa con me.» Il suo tono si fece severo. «Non voglio essere invadente – è la guaritrice che è in me – ma dovete riposare. Ho già visto condizioni simili alle vostre.»

Niamh non aveva mai creduto che la sua famiglia fosse speciale, ma non aveva considerato che la sua malattia potesse essere comune. «Davvero?»

«Altri membri della vostra famiglia hanno gli stessi sintomi?» Quando Niamh annuì, Miriam continuò: «Allora sì. Alcune malattie sono ereditarie. Tendiamo a vederle comparire più spesso nelle famiglie con sangue divino, non necessariamente per una correlazione, ma perché lo stress sembra peggiorare i sintomi. L'uso della magia può essere molto gravoso per il corpo. Purtroppo non esiste ancora una cura, ma un buon guaritore può aiutarvi a gestire i sintomi».

Aveva troppi pensieri al momento. Non poteva mettersi a cercare un guaritore adesso. Doveva prima portare a termine l'incarico e accertarsi che la sua famiglia fosse al sicuro, poi avrebbe potuto pensare a rallentare la malattia o a nutrire anche solo un briciolo di speranza che la sua vita potesse essere più lunga o meno dolorosa del previsto.

«Le mie scuse» disse Miriam un po' impacciata, percependo chiaramente il turbamento di Niamh. «Immagino che non fosse quello che volevate sentire subito dopo il risveglio. Il principe è in attesa nel corridoio.»

«Davvero?»

«È stato lui a riportarvi qui in braccio.»

«*Cosa?*»

Di tutto quello che Miriam avrebbe potuto dirle, questa era forse l'ultima cosa che si sarebbe aspettata. Non riusciva a farsene una ragione. Non riusciva nemmeno a immaginarlo. Kit Carmine non era di certo tipo da gesti cavallereschi. Ma in quale altro modo sarebbe potuta arrivare lì? Adesso lo ricordava: l'oscurità strisciante che le aveva offuscato la vista, l'insopportabile preoccupazione che gli aveva letto negli occhi, la sensazione di sicurezza che aveva provato tra le sue braccia.

Scacciò quel pensiero.

«*Mmm.* Non è stata una cosa da poco. Si faceva strada in mezzo al temporale con lo sguardo spiritato, come se avesse visto un fantasma.» Spalancò gli occhi per dare maggiore drammaticità al racconto. «E voi sembravate una bambola di pezza. All'inizio ho creduto che foste morta. C'è voluto un bel po' per convincerlo a lasciarvi andare.»

Era fin troppo facile capire cosa fosse successo dopo. Il pensiero di lui che la portava in braccio, completamente inerte e bagnata fradicia, fino a casa... era troppo umiliante da sopportare. Non sarebbe mai più riuscita a guardarlo negli occhi. Kit glielo avrebbe rinfacciato per sempre.

Ma quando si rese conto di ciò che aveva fatto, le si contorse lo stomaco per il terrore. Come aveva anche solo potuto *pensare* di fare una cosa simile pubblicamente? Sinclair le aveva detto di evitare situazioni come quella. Chissà quante persone dovevano averlo visto emergere dalla nebbia e dalla pioggia come un fantasma.

Non riusciva a porre la domanda che più temeva. Ma doveva sapere. «L'infanta Rosa ha visto tutto?»

«Per fortuna, no» si affrettò a rispondere Miriam.

«Ma non ci metterà molto a scoprirlo, ne sono certa. Se ci avete visto voi, può aver visto chiunque.» Seppellì il viso tra le mani. «Oh, no... Che disastro. Adesso dovrò lasciare il Paese. Devo...»

«Una cosa alla volta.» Miriam si sedette sul bordo del letto e le strinse il braccio con fare rassicurante. «Forse non sembra, ma Rosa è una persona piuttosto comprensiva. Se si presenterà l'occasione, le spiegherò l'accaduto. Vi stava solo portando al sicuro dalla pioggia e niente di più. Giusto?»

«Giusto» rispose Niamh a bassa voce.

«È ancora in corridoio. Credo che ormai abbia scavato un solco nelle assi del pavimento a forza di andare avanti e indietro. Volete che lo mandi via? Ne sarei più che lieta. C'è un puzzo nauseante là fuori. Quell'uomo fuma come una ciminiera quando è agitato.»

«Fatelo entrare.»

Miriam sospirò. «Molto bene. Un momento.»

Infilò di nuovo la porta. Si udì il rumore ovattato della conversazione all'esterno. Poi la porta venne spalancata di colpo e si schiantò contro il muro con un botto fragoroso. Kit la chiuse con un calcio, poi si avvicinò al suo capezzale con le spalle irrigidite dall'estrema risolutezza. Indossava ancora gli indumenti bagnati e sporchi di fango. I capelli gli ricadevano sciolti e umidi intorno alle spalle, arricciandosi appena sulle punte. Non aveva mai notato quanto fossero lunghi. E i suoi occhi…

Erano spiritati, come aveva detto Miriam, praticamente ardenti alla luce del fuoco. Mille emozioni gli attraversarono il volto in un istante, troppo in fretta perché Niamh potesse vederlo approdare, con una certa fermezza, alla rabbia.

«Salve» lo salutò con voce roca.

«Che sciocca. Ma cosa vi è saltato in mente?»

Niamh lo fissò interdetta. Poi, una legittima indignazione fece svanire tutte le sue preoccupazioni. «A *me*? Oh, siete così… *Argh!* Non avrei dovuto aspettarmi niente di diverso da voi. Se questo è tutto ciò che avete da dirmi, allora potete andarvene!»

«Mi avete seguito in mezzo a un temporale.» Ogni parola era un'accusa, tagliente come una lama. «E poi siete svenuta. Siete maldestra, ma non ho mai visto niente del genere. Siete caduta come un albero abbattuto, in un attimo. Che cosa vi è successo?»

«Io…» Le si serrò la gola. No, non poteva spiegarglielo. Non avrebbe sopportato la sua pietà. «Ero stanca. Tutto qui.»

«Allora perché siete stata tanto avventata?» Quando i capelli gli caddero sul viso, vi passò una mano per scostarli. «È evidente che desiderate morire. Non c'è altra spiegazione logica.»

«Avete chiarito il vostro punto di vista, signore!» Ora si sentiva in imbarazzo. Che stupida era stata, a nutrire un minimo di tenerezza per Kit Carmine. «Se volete saperlo, ero preoccupata per voi.»

«Preoccupata per *me*? Io sto bene.»

«A me non sembra proprio. Quello che ho visto non era

affatto stare *bene*, Kit.» La tensione crebbe tra loro come una nuvola di pioggia pronta a scrosciare. Ma poi lei vide il momento esatto in cui le difese di Kit crollarono.

Lui parlò in fretta, come se temesse di perdersi d'animo concedendosi anche solo un respiro. «E voi, allora? Siete voi quella che ha rischiato di morire assiderata, o inciampando in un sasso. Perdipiù, non fate che ficcare il naso dove non dovreste ed esporvi senza una buona ragione.» Fece una pausa, poi aggiunse: «Non che la cosa mi interessi».

Oh, che bugiardo… e anche pessimo. Capì cosa celava tutta quell'aggressività, di certo non le era sfuggito il modo in cui l'aveva guardata in quel giardino. Impaurito e pieno di… No, meglio non soffermarsi su cose che l'avrebbero fatta soffrire di più.

Con tono accusatorio, gli disse: «Allora perché vi agitate per me?»

Lui indietreggiò, offeso. «Non mi sto *agitando*. Vi ho appena detto che non mi interessa.»

«Non potete fare così!» gridò lei. «Non potete soccorrermi in mezzo a un temporale e poi dire che non vi interessa. Non funziona in questo modo!»

«Be', invece sì.»

All'inizio, l'unica risposta che riuscì a dare fu: «*Argh!*» Alzò le mani esasperata. Lui non batté ciglio. Era inflessibile e… rosso in viso? Doveva essere per il freddo o per la rabbia. Non lo sapeva e non le importava. Era stufa di lui. Riusciva a tirarle fuori tutti i peggiori impulsi infantili. «Allora non importa neanche a me! E comunque io *ho* un motivo.»

Le pupille di Kit erano due capocchie di spillo, anche

alla luce tremolante della candela. La stanza le sembrò improvvisamente troppo piccola. Il cuore le batteva troppo velocemente nel petto. «Allora spiegatemelo.»

«È perché...» Niamh esitò solo un attimo prima di cedere una volta per tutte. Non si trattava di un segreto, e Kit non era certo il tipo che si abbandonava alla pietà. Si rigirò la ciocca di capelli bianchi intorno al dito. «È perché sto morendo.»

Lui rimase a bocca aperta per la sorpresa. «Cosa intendete dire?»

«Sono malata e non esiste una cura. Un giorno, questa malattia mi ucciderà.» Intrecciò le mani in grembo. «Suppongo che abbiate ragione. Mi sono spinta troppo oltre. Non avrei dovuto essere così imprudente. Tuttavia, non posso rallentare. Tutto dipende dalla buona riuscita di questo incarico.»

«Per via della vostra famiglia.»

«Sì.» Chiuse gli occhi per un istante. «Io e mia nonna siamo le ultime della nostra stirpe a possedere questo dono. Se non riesco a portare a termine questo incarico... Non potrei sopportare che migliaia di anni degli Ó Conchobhair finiscano con me, una sciocca ragazza che ha gettato via l'occasione di una vita. I loro sacrifici non avranno avuto alcun senso.»

«Certo che hanno senso.» La rabbia trapelava da ogni sua parola, non verso di lei, era evidente, ma a suo favore. Lo sguardo protettivo con cui la stava fissando si avvicinava troppo a quello che le aveva rivolto in giardino. «Nonostante tutto quello che vi abbiamo fatto passare, siete viva. Non hanno il diritto di chiedervi altro.»

No? Il suo respiro si fece corto e tremante. Le lacrime le scivolarono lungo le guance, troppo improvvise per riuscire a fermarle. In ogni caso, quasi non le importava di piangere *di nuovo* come una bambina davanti a lui. «Invece sì. Non basta esistere. È mio dovere essere perfetta. Non sono stata perfetta… per niente.»

Parte del fervore abbandonò il suo viso, lasciandolo avvilito nel suo smarrimento. «Perché piangete adesso?»

«Ho fatto del mio meglio, ma devo fare di più per finire questo lavoro. *Posso* fare di più.»

«Ascoltatevi. State dicendo cose insensate. Non potete dare più di quanto abbiate già fatto.»

«Sì, posso.» Aveva aperto una vecchia ferita, e le emozioni trattenute traboccarono di getto. «Sono terrorizzata, Kit. Ho paura di fallire, nonostante tutte le sofferenze che ho patito. Ho paura di deludere chiunque. E in fondo, temo di essere terribilmente, irrimediabilmente egoista, perché ho paura di morire senza essermi concessa di vivere.»

Era una confessione e una presa di coscienza. Lì, nell'intima oscurità di Woodville Hall, voleva più di quanto si fosse mai permessa di desiderare. Il bene, il male e tutto quello che c'era nel mezzo: tutto della vita e i suoi diecimila modi per ferirti. Tutte le cose che non aveva mai immaginato per sé. Invecchiare. Soffrire. Innamorarsi.

«Forse siete egoista» disse lui dopo un lungo istante. «O semplicemente sprovveduta.»

Un misto di dolore e indignazione le attraversò le viscere. Si strinse le braccia intorno al ventre. «Non è sempre indispensabile dire esattamente ciò che si pensa, sapete.»

«Mi dispiace. Non sto cercando di ferire i vostri sentimenti. È solo che…» Sospirò, frustrato. «L'unica felicità che si riesce a immaginare per le persone a cui si vuole bene esiste solo a proprie spese. Vi state rendendo infelice, e non cercate di negarlo. Siete la persona più sincera e trasparente che abbia mai conosciuto in vita mia.»

Niamh soffocò una risata tra le lacrime. «Davvero?»

«Per me, sì. Sorridete come faceva mia madre. I vostri occhi...» Si interruppe, poi parve pensare che forse era meglio non finire il pensiero. Con più tatto, aggiunse: «Lasciate stare. Il punto è che se la vostra famiglia vi ama davvero, vorrebbe che foste felice. Sarebbe sciocco se non riconoscessero a quanto avete rinunciato per loro, o quanto talento possedete. Quindi.... smettetela. Non c'è bisogno di ammazzarvi di lavoro. Non c'è bisogno di fare cose per gli altri prima ancora di aver pensato di fare qualcosa per voi stessa. Qualsiasi cosa pensiate di dover dimostrare o meritare è tutto nella vostra testa. La vostra sola esistenza *è* sufficiente. E se credete di non aver fatto la minima differenza per qualcuno, siete ancor più sprovveduta di quanto pensassi».

Ma lei non sapeva come fare a crederci, e non sapeva come smettere. «Ci proverò.»

«Bene» concluse lui, burbero. «È tutto ciò che avevo da dire.»

Rimasero in silenzio per qualche istante mentre il respiro di lei si regolarizzava. Si sentiva... malissimo. Ma in un certo senso liberata. Kit non l'aveva trattata con delicatezza, ma in fondo non si aspettava che lo facesse. C'era qualcosa di stranamente confortante nella sua franchezza. La costringeva a essere sincera con se stessa tanto quanto lo era con lui. Supponeva di dover ricambiare il favore. «Volete dirmi cosa è successo là fuori?»

«Direi di no.»

«Sarebbe giusto così» disse lei con voce allegra.

«È da qualche anno ormai che ho difficoltà a controllare la mia magia, soprattutto quando cedo alle emozioni» disse, con lieve riluttanza. «E soprattutto quando sono ubriaco. Tecnicamente, è per questo che sono stato mandato via.»

Niamh comprese che gli era costato molto ammetterlo; la sorprese che lo avesse rivelato a lei. Qualcosa le disse che non voleva compassione. «Capisco.»

«Tornare in questa casa, quello che ha detto Jack… mi ha fatto perdere la bussola.» Si accigliò. «È difficile da descrivere. Quando perdo il controllo, mi sembra come di essere altrove. Torno al punto in cui ero quattro anni fa. Non voglio fare di nuovo male a qualcuno in quel modo.»

«Non mi avete fatto del male.» Niamh esitò. «Kit… Cos'è successo *esattamente* quattro anni fa?»

«Davvero non lo sapete?» Non era tanto una domanda quanto una manifestazione d'incredulità.

Lo sapeva, e non lo sapeva. Sua madre era morta, ma c'era dell'altro. Qualcosa che Jack non poteva tollerare. Qualcosa che terrorizzava Sinclair. Qualcosa di cui Kit si vergognava profondamente. Si preparò a vederlo innalzare di nuovo tutte le sue difese, tutte le sue spine.

Ma dopo un attimo lui emise un lungo sospiro e si sedette sul bordo del letto. Il materasso scricchiolò sotto il suo peso. «Cosa sapete di mia madre?»

«Solo quello che mi avete raccontato voi.»

«Era complicata.» Per "complicata" Niamh intuì che volesse dire "tormentata". «Per la maggior parte della mia vita, era come se si trovasse dentro una campana di vetro. Era del tutto inaccessibile. Solo quando le condizioni di salute di mio padre cominciarono a peggiorare ne è finalmente uscita. Non l'avevo mai vista così felice, o così viva.» L'amarezza intesseva le sue parole. «Andava a tutti gli eventi della Stagione e presto le rubriche di pettegolezzi si sono invaghite di lei. Osservavano ogni sua mossa, svisceravano ogni sua parola, commentavano tutto ciò che mangiava e indossava.»

Tacque per qualche istante, e Niamh pensò che avesse seguito la propria vulnerabilità fino in fondo. Ma con suo grande stupore, fece un respiro profondo e continuò: «Una sera, lasciò un ballo in anticipo. Era una notte buia e piovosa, molto simile a questa. La sua carrozza si ribaltò, proprio oltre quei cancelli».

Puntò il mento verso la finestra. Un brivido attraversò Niamh mentre fissava la recinzione in ferro battuto al di là degli scrosci di pioggia.

«Ero troppo giovane per andare al ballo, quindi mi trovavo qui. Quando ho sentito lo schianto, ho pensato che si trattasse di un tuono. Ma quando sono andato alla finestra, ho visto...» Chiuse gli occhi, e la frustrazione traboccò dalla sua voce. «Non riesco a ricordare esattamente cos'ho visto. Non riesco nemmeno a ricordare cosa l'abbia uccisa, nemmeno adesso, anche se me l'hanno ripetuto centinaia di volte. Se è stato il cavallo a travolgerla, o se ha battuto la testa sul selciato, o... Non riesco proprio a ricordare.»

«Kit, è terribile. Mi dispiace tanto.»

«La sua morte, avrei anche potuto superarla. Ma il guaio è stato il periodo immediatamente successivo. I giornali erano alla ricerca disperata di dettagli. Erano come avvoltoi, loro e il resto della corte, e non riuscivo mai a soddisfare il loro appetito. Non riuscivo a smettere di pensare a quello che era successo. Non riuscivo a ricordare, ma nessuno mi permetteva di dimenticare. Era come se questo cratere avesse lacerato la mia vita, e un giorno non riuscii più a evitarlo. Ci sono caduto dentro. E una volta caduto, ho continuato a cadere e a pensare, finché non sono arrivato al punto di desiderare di non pensare più. Era come se volessero vedermi elaborare il lutto in modo diverso. Era come se stessero aspettando di vedermi andare in pezzi una volta per tutte. Così ho dato loro quello che volevano.»

Niamh avrebbe voluto fare qualcosa, dire qualcosa che facesse sparire il dolore di quei ricordi. Ma a volte un salasso era l'unico modo per eliminare il veleno. Si avvicinò e posò la mano sul suo polso. Il suo battito palpitò sotto il tocco Niamh, ma lui non si mosse.

«È stato un brutto periodo della mia vita» proseguì, con un'ironia amara che le provocò una fitta al cuore. «Jack era molto preoccupato, e io gli davo addosso per questo. Sinclair fece del suo meglio per starmi accanto, ma poi i giornali iniziarono a speculare sul fatto che noi due stessimo insieme. Avevo rovinato la mia reputazione al punto che nemmeno il mio titolo avrebbe potuto impedire loro di dire apertamente ciò che tutti già sapevano. Non mi importava cosa si pensasse di me, ma Sinclair sapeva cos'avrebbe fatto suo padre se le voci si fossero diffuse.»

«Non avevano il diritto di fare questo a nessuno dei due.» Niamh non riusciva a concepire una simile invadenza. Si sentiva ribollire di rabbia, nel sapere che il destino di Sinclair era dipeso da pettegolezzi inutili e odio meschino. «Che cos'è successo dopo?»

«A quanto pare, qualcuno ha fatto un'insinuazione su di

noi a un ballo e suo padre ha sentito tutto. Avevo bevuto troppo e ho perso le staffe. E poi ho perso il controllo della mia magia. Sinclair ha cercato di trattenermi. L'ho quasi... Lui è quasi...» Gli sfuggì una risata amara. «La cosa peggiore è che non ricordo nemmeno quello che ho fatto. Ho dovuto scoprirlo dai giornali.»

Niamh non aveva bisogno che dicesse altro. La paura negli occhi di Sinclair le aveva già fatto intuire tutto quello che aveva bisogno di sapere. Che ne avesse avuto intenzione o meno, Kit si era scagliato contro di lui tanto da lasciargli delle cicatrici.

Kit scosse la testa e mormorò: «Quell'idiota. Fa finta di essere inaffidabile, ma è stupidamente leale».

«Vi ha perdonato.» Strinse la presa sul suo polso. «Mi ha detto che sente di dovervi molto.»

«No, sono io che devo molto a *lui*. Avrebbe potuto abbandonarmi migliaia di volte. Avrebbe dovuto, perché lo stavo uccidendo da molto prima di quella sera, ed ero troppo egocentrico per preoccuparmene. Dopodiché, Jack mi mise sulla prima nave per Helles. Ha fatto bene.» La sua espressione si incupì. «E aveva ragione su di me anche oggi. Il peggio dei nostri genitori. Destinati a impazzire, o a morire sul ciglio di una strada.»

«Oh, Kit» sussurrò lei, respingendo una nuova ondata di lacrime. «So che è difficile.»

Si sentiva così poco all'altezza. Eppure, con suo grande stupore, Kit chinò la testa sulla sua spalla. Si appoggiò pesantemente a lei, ma sembrava non sapere che farsene delle mani. Le lasciò ricadere in grembo, come se avesse paura di toccarla. Con una certa esitazione, lei gli infilò le dita tra i capelli alla base della nuca e lo cullò contro di sé. Lui si irrigidì, ma quando si rilassò, respiro dopo respiro, osò finalmente stringerle la vita con un braccio.

«Sono tornato per Sinclair.» Sospirò. «Jack ha detto che mi avrebbe tagliato i fondi se non avessi sposato Rosa.»

«Cosa?» Niamh sussultò. «Quindi voi...? È...?»

Lui si ritrasse di colpo, portando via con sé tutto il suo calore. «Giuro, se glielo direte...»

«Non lo farò!»

«Dico sul serio. Se vi fate scappare qualcosa, mi tormenterà per il resto dei miei giorni. È stato quasi impossibile convincerlo ad accettare il mio aiuto.»

«Non voglio turbarvi più di quanto già non siate, quindi mi asterrò dal ricordarvi che siete un brav'uomo.» Si interruppe per un istante. «E anche che siete stato *voi* a dirmi che non bisogna rendersi infelici per il bene degli altri.»

Lui la fulminò con lo sguardo. «Grazie tante.»

«Comunque, prometto che non glielo dirò.»

Lui sembrò rilassarsi un pochino. Una piccola, egoista parte di lei avrebbe voluto attirarlo a sé e lasciare che si accoccolasse contro di lei. Convincerlo ad accettare più di un briciolo di tenerezza e conforto. Perché in quel segreto che le aveva confidato, Niamh aveva intravisto chi era veramente. Non l'aveva sempre saputo?

In tutto ciò che contava davvero, Kit Carmine era proprio come lei.

«Ma credo che dovreste sapere...» Si schiarì la voce, improvvisamente timida. «Dicevo sul serio l'altro giorno. I nostri destini non sono segnati. Non è mai troppo tardi per vivere come si desidera, e non si è condannati a fare nulla. Capisco cosa significhi non voler deludere le persone. Ma anche voi meritate di essere felice. La vita è troppo breve, ed è la *vostra.*»

«Che ipocrita.» Sembrava affettuoso, pronunciò quell'insulto con la stessa delicatezza di un nomignolo. Le scaldò il cuore.

Lui sostenne il suo sguardo per qualche istante, poi lo lasciò scivolare verso il basso, come se stesse memorizzando il suo viso. Si soffermò sulla curva delle sue labbra che si schiusero in attesa. In quel momento, non c'era niente e nessuno a parte loro due. Nessuna aspettativa, nient'altro che il desiderio che Niamh vedeva riflesso nella luminosità dei suoi occhi. Non si era mai sentita meno vicina alla morte.

Kit insinuò le dita tra i suoi capelli sciolti, scostandoglieli dal viso. La sua mano le scottò la pelle gelata come un marchio. Seppe, fin nel profondo, che stava per essere baciata. Le girava la testa. Sembrava un sogno… una favola. Non le pareva possibile che le fosse stato concesso di avere qualcosa che desiderava così tanto.

«Siete sicuro?» bofonchiò. «Dopo tutto quello che è successo, capisco se siete stanco o…»

«Basta parlare.»

La baciò.

All'inizio, fu terribilmente dolce, le loro labbra si sfiorarono appena.

Niamh cercò di tirarsi su come meglio poteva per andargli incontro, sprofondando nella montagna di cuscini sotto di lei. Gli sfiorò la mascella con i polpastrelli. Il respiro di Kit tremò sulla sua bocca. Bastò solo quello. Un'iniezione di pura, liquida luce infuocata la attraversò dalla testa ai piedi. Mentre lo assaporava, i suoi occhi si incupirono.

Forse tutto quello era stato inevitabile dal momento in cui aveva suscitato la sua rabbia.

Quando la baciò di nuovo, tutto ciò che Niamh riuscì a pensare fu: *Ma certo*. L'intensità era tutta opera di Kit. Le strinse una mano intorno al lato del collo, inclinandole il mento verso di lui. Era sicuro e intransigente, concentrato nel solo intento di sradicare ogni pensiero coerente che lei avesse mai avuto, tranne: *Ancora*. Quando la sua lingua le stuzzicò le labbra, Niamh si lasciò andare completamente.

Nessuno dei due aveva anche solo un briciolo di pazienza. Kit si chinò su di lei, una mano sulla vita per attirarla più vicino. I bottoni d'ottone del suo gilet erano freddi e ruvidi sotto le dita mentre Niamh li slacciava. Assaporò il brivido di soddisfazione quando lo liberò dall'ultimo... e di nuovo quando gli infilò le mani sotto la camicia bagnata. Il respiro di Kit si fece affannoso e i suoi muscoli si tesero sotto i palmi di lei.

Sapeva di fumo, e odorava di pioggia e lana umida, e Niamh sarebbe potuta impazzire per tutte le sensazioni meravigliose che le faceva provare. Si lasciò andare in una nebbia di piacere e stanchezza. «È un sogno?»

«Non lo so» rispose lui con voce roca, gli occhi ardenti. «Permettimi di baciarti fino all'alba e immagino che lo scopriremo.»

Forse il giorno dopo la realtà le sarebbe crollata addosso. Ma lì, in quel momento, con il ticchettio della pioggia e il sussurro del fuoco intorno a loro, non riuscì a trovare dentro di sé il coraggio di preoccuparsi, di rimpiangere un unico momento di egoismo.

17

Niamh si svegliò nel buio più totale. La pioggia era diminuita, ma il fuoco era diventato cenere nel camino e le candele si erano consumate del tutto nei loro sostegni di ferro. Si mise lentamente a sedere, cullandosi la testa dolorante. Che ora era? La stanchezza le si era appiccicata addosso come una garza, troppo spessa per essere attraversata, e le sembrava che fosse passata un'eternità dall'ultima volta che aveva mangiato. Il che significava che aveva dormito tutto il giorno.

Si alzò di scatto, con un nodo allo stomaco. Come aveva potuto permettere che accadesse? Stava sprecando così tanto tempo…

La voce di Kit le risuonò nitida nella mente. *Non c'è bisogno di ammazzarvi di lavoro. Qualsiasi cosa pensiate di dover dimostrare o meritare è tutto nella vostra testa.*

Giusto. Gli aveva promesso che avrebbe cercato di crederci, per quanto possibile.

E poi l'aveva baciata.

Sentì di nuovo le farfalle allo stomaco al ricordo, e fu attraversata da un senso di eccitazione e vertigine. "È un sogno?" gli aveva chiesto. Non riusciva ancora a convincersi che fosse tutto vero. Lui le aveva aperto il suo cuore. E per quelle poche ore confuse e deliranti l'aveva convinta di essere abbastanza importante da pretendere qualcosa per sé.

Allora fu colta da una terribile sensazione dolceamara. Non aveva mai creduto di potersi sentire così, consumata dalla passione contro ogni buonsenso, considerata e desiderata esattamente per quello che era. Non aveva mai creduto che una ragazza come lei potesse intrappolare un *principe* in una relazione tanto sconsiderata. Naturalmente, non sarebbe mai potuto accadere di nuovo. Ma per una notte era stata veramente consapevole del suo corpo, viva... quasi traboccante di gioia. Avrebbe portato quel segreto con sé per sempre, caldo e luminoso come una fiamma custodita tra le mani. Era tutta sua, e avrebbe continuato ad ardere abbastanza da sostenerla per il resto della sua vita. Doveva. Per quanto desiderasse di più, non poteva ostacolare Kit. Avrebbe portato a termine quell'incarico, e sarebbe finito tutto.

Le sembrava di sentir sanguinare anche l'anima.

Ma se non altro era al sicuro. Se qualcuno avesse scoperto quello che era successo, non avrebbe esitato a trascinarla fuori da quella stanza per i capelli per... be', farle qualsiasi cosa gli avalandesi facessero alle donne che ambivano a superare i confini della propria estrazione sociale.

Gemendo, si lasciò cadere sul materasso e fissò il soffitto.

Si sfiorò con le dita il contorno delle labbra screpolate. Se chiudeva gli occhi, riusciva quasi a sentirlo ancora lì.

«Signorina?»

Niamh trasalì. Sulla porta si affacciò una ragazza – una domestica, a giudicare dall'uniforme –, che portava tuttavia i colori di un'altra famiglia nobile. Non l'aveva sentita bussare, presa com'era dai propri pensieri. Il mondo intero le sembrava come schermato da una parete di vetro. Dei, aveva bisogno di rimettersi a dormire.

«Oh» disse Niamh senza fiato. «Salve.»

«Mi dispiace disturbarvi» disse la ragazza «ma Sua Altezza ha chiesto di farvi trovare pronta. La vostra carrozza partirà tra mezz'ora.»

Già in partenza. Immaginava che fosse logico. Senza servitù, Jack non poteva intrattenere adeguatamente gli ospiti. Il suo orgoglio bruciava.

Ci volle tutta la poca energia che le era rimasta per alzarsi dal letto e prepararsi. Dopo aver impacchettato le ultime cose e averle fatte portare al piano di sotto, vagò per i corridoi di Woodville Hall come se fosse finita per caso in un sogno. Si trascinò oltre la porta d'ingresso e si trovò di fronte ai campi illuminati dalla luna fuori dalla tenuta. Le pozzanghere profonde e immobili li facevano brillare, e il canto dei grilli riempiva l'aria. La brezza aveva un sapore fresco e dolce e le arruffava i capelli sciolti. Niamh incrociò le braccia sulla balaustra di granito della terrazza e lasciò che sostenesse il suo peso. Se vi avesse appoggiato la testa, si sarebbe assopita all'istante.

Qualcuno uscì sulla terrazza. «Miss O'Connor.»

Assonnata, Niamh si voltò verso la voce. Jack era in piedi

accanto a lei, con le mani allacciate dietro la schiena e lo sguardo fisso all'orizzonte. I suoi occhi d'ambra brillavano anche al buio, proprio come quelli del fratello. Provò un'ondata di solidarietà vedendo quel volto esangue e le spalle rigide. Ora riusciva a capire la pesantezza che aveva sopportato negli ultimi cinque anni. Senza padre, senza madre e con un fratello che correva incontro alla propria rovina. Aveva perso così tanto, ma Niamh dubitava fortemente che si fosse concesso di elaborare il lutto. Doveva essersi messo subito al lavoro per colmare i vuoti lasciati.

La guardò accigliato. «Siete pallida. Mio fratello mi ha detto che siete stata poco bene.»

«Temo di sì.» Non poteva dirgli la verità sulla sua malattia, nel timore che la ritenesse incapace di portare a termine l'incarico. Così optò per una bugia indolore, anche se le sue gambe minacciavano di cedere. «Ho preso freddo sotto la pioggia.»

«Abbiamo chiesto in prestito una carrozza, quindi non posso rimandarvi indietro da sola. E forse è meglio così.» Le offrì il braccio. «Permettetemi.»

«È troppo, signore. Vi ho disturbato a sufficienza.»

«Non ditelo nemmeno.» La scortò lungo il sentiero di pietra e attraverso un altro giardino incolto. L'erba sospirava inquieta al loro passaggio, tremolando nel vento. «Voglio scusarmi per il mio comportamento di ieri.»

Niamh inciampò con il piede in un lastrone sconnesso e lui la sostenne subito per non farle perdere l'equilibrio. Le sue scuse non smettevano mai di sbalordirla e allarmarla. «Vostra Altezza, non c'è bisogno che vi scusiate con me.»

«Ma voglio farlo.» Jack si fermò davanti allo sportello

della carrozza, con le sopracciglia aggrottate in un cipiglio preoccupato. «Siete stata testimone di un po' troppi litigi familiari.»

«È tutto perdonato. Nessuno di noi possiede una pazienza infinita, signore.» Gli rivolse un lieve sorriso. «Ma se vorrete perdonare *me* per la domanda, avete chiesto scusa a vostro fratello?»

Le scappò di bocca. Jack sbatté le palpebre, stupito. Niamh si portò una mano sulle labbra. Perché, oh, *perché* non riusciva mai a tenere per sé certe domande impertinenti? L'intontimento di certo non aiutava.

«No» ammise lui. «Ma questo è...» Si schiarì la voce. «È un consiglio saggio. Ne terrò conto.»

La aiutò a salire sulla carrozza. Sofia li aspettava già all'interno e lì, contorto in una forma straordinariamente compatta, c'era anche Kit. Vederlo squarciò il torpore di Niamh e le fece battere il cuore. Mai in vita sua aveva desiderato così disperatamente di toccare qualcuno... di *parlare* con qualcuno. Incontrò il suo sguardo riflesso nel finestrino e tutta l'aria lasciò i suoi polmoni all'istante. Il calore nei suoi occhi cancellò ogni pensiero cosciente. Come aveva potuto essere così sciocca da credere che sarebbe stato facile accontentarsi di una sola notte?

«V-Vostra Altezza» balbettò.

Un'incantevole macchia rossa gli si allargò sul collo. «Miss O'Connor.»

Impiegò tutta la sua forza di volontà per non reagire. Lui non l'aveva mai chiamata così nelle settimane in cui avevano imparato a conoscersi, e quella formalità innaturale la divertì molto più di quanto avrebbe dovuto. Per non parlare di quel rossore… dopo tutta l'audacia che aveva mostrato con lei.

Lo sguardo di Sofia rimbalzava dall'uno all'altra, un po' troppo malizioso per i gusti di Niamh. Se aveva un'opinione in merito, non la condivise.

Jack si schiarì la voce con decisione. Solo allora Niamh si rese conto di essere rimasta imbambolata sullo scalino per tutto il tempo. Si sistemò sul sedile accanto a Kit. Ogni muscolo in lui si contrasse e l'esigua porzione di spazio che li separava crepitò di tensione. Sarebbe stato facilissimo posare la mano accanto alla sua. Desiderava un'intimità rilassata: intrecciare i mignoli, accoccolarsi sulla sua spalla o lasciarsi andare al peso confortante del suo braccio intorno alle spalle. Ma supponeva di essere condannata per sempre a desiderare cose che non avrebbe potuto avere.

Seguì l'esempio di Kit e guardò fuori dal finestrino. In pochi minuti, la facciata avvolta dall'edera di Woodville Hall si perse dietro alle colline. Che tristezza, non l'avrebbe più rivista. Ben presto, il silenzio denso e il dondolio costante della carrozza la cullarono dolcemente. Le si abbassarono le palpebre e finì con la fronte contro il vetro.

«Kit» disse Jack a bassa voce. «Non pensavo una sola parola di quello che ho detto ieri. Voglio scusarmi.»

Per un attimo, Niamh sentì soltanto il rumore delle ruote sulla strada. Poi, finalmente, con tono riluttante: «Anche io».

«Devo scusarmi per molte cose» continuò Jack. «Quanto devi odiarmi…»

«Ti sembra il momento?» Kit sospirò pesantemente. Ogni sua parola diventava sempre più distante mentre la stanchezza la trascinava giù, sempre più giù, nell'oscurità.

«Non ti odio. Ma sarà meglio che tu abbia una buona ragione per tutto quello che hai fatto.»

Kit l'aveva portata alla pazzia. Non riusciva a trovare nessun'altra spiegazione. Da quel giorno in giardino, non aveva pensato quasi ad altro che a lui. Anche allora, seduta in poltrona a ricamare il suo mantello nuziale, si scoprì a cucirvi dentro tutto il suo desiderio e la sua frustrazione. Le sembrò piuttosto adatto all'occasione.

Il matrimonio. Incombeva su tutti loro come la lama del boia; ormai mancava solo una settimana. Jack aveva sequestrato Kit per completare gli ultimi preparativi. Niamh cercava di non farsi torturare dalla sua assenza. Era un bene che non si fossero più visti dopo il viaggio di ritorno in carrozza. Non le sarebbe servito a nulla ripensare a quanto lui fosse fuori dalla sua portata.

Posò il lavoro solo quando una cameriera le portò il tè, la posta e i giornali del mattino. Mettendo lo zucchero nella tazza, sfogliò le colonne degli avvenimenti mondani.

Nessuno aveva ancora scritto di loro. Sembrava che fosse davvero un segreto, tenuto al sicuro nel suo cuore. Immaginò di chiudere il pugno intorno a quella piccola scintilla di luce.

Lovelace, com'era prevedibile, trattava della situazione a Sootham. Carlile e il resto dei dimostranti erano rimasti a Eye Park, e il loro numero cresceva di giorno in giorno. In assenza di Jack, avevano bloccato i sentieri cavalcabili, scandito slogan e pronunciato discorsi. Ma da quando era tornato a palazzo, dovevano affrontare la Guardia Reale, che lui aveva inviato per "controllare" la situazione.

Niamh non poteva negare che tutto ciò la inquietava. Di certo Jack non intendeva usare la forza contro di loro; non avevano compiuto azioni violente o illegali. Ma riusciva a immaginare ogni possibile scenario catastrofico: la cavalleria della Guardia Reale che si faceva strada tra la folla inerme, la magia che crepitava nelle loro mani, le sciabole sguainate e scintillanti. Urla e colpi di moschetto che squarciavano la notte. Il sangue del suo popolo che ricopriva le strade di rosso e oro.

Posò di colpo il giornale, in preda a un forte malessere.

In fondo alla pila, trovò una lettera di Erin. «Oh!» La strinse al petto.

L'eccitazione scacciò la sua inquietudine. Aveva quasi dimenticato di aver scritto all'amica. Niamh aprì la lettera e notò con affetto che Erin era verbosa come sempre. Dedicava diversi paragrafi a ciascuno dei membri della sua famiglia (tutti e nove in salute, grazie agli dei) e a come era stato il suo ritorno nel Machland (desolante). Alla fine, rispondeva alle domande di Niamh.

Devi raccontarmi tutto quello che hai fatto a palazzo e tutto ciò che riguarda il matrimonio e la coppia reale. Ho sentito dire che il principe è un pericolo pubblico. È vero? Sono molto dispiaciuta di non averti vista. Sarebbe stato così divertente lavorare insieme, ma non potevo più sopportare la vita a palazzo. Spero che ti trattino bene, Niamh. Era un bel lavoro, con molte brave persone, ma venivo pagata con ritardo sempre maggiore, finché alla fine la paga non è più arrivata. All'inizio sospettavo che

fosse colpa della governante, Mrs Knight. Che donna insopportabile! Ci trattava molto male e sorvegliava il principe reggente come un mastino. Comunque, ho saputo che anche alcuni domestici avalandesi hanno subito lo stesso trattamento. Non so cosa pensare. Forse il principe reggente è solo un uomo crudele.
Sono orgogliosa, però, del fatto che, a quanto pare, la partenza di molti di noi abbia risvegliato qualcosa. Siamo trattati malissimo in Avaland e mi fa piacere vedere che cominciamo a ribellarci. Avevo preso in considerazione l'idea di unirmi ai manifestanti, ma non vedevo l'ora di tornare a casa dopo quasi due anni. Tutti ti mandano i loro più affettuosi saluti!
Oh, a proposito…

Jack non pagava il personale.

Niamh supponeva di non doversi sorprendere. Anche lei era stata pagata in ritardo e, sebbene lui si fosse scusato, doveva saperlo. Era lui a supervisionare l'assunzione del personale, l'organizzazione degli eventi e ogni singola spesa. Non gli sfuggiva nulla. Forse Erin aveva ragione. Era un uomo crudele, odioso come il padre.

Ma non poteva essere solo quello. Nonostante il suo temperamento irascibile, non lo aveva mai creduto capace di crudeltà. Era un marito assente e un inetto al comando, certo. Ma, se non altro, dava la massima importanza alla reputazione. Se qualcuno dei suoi pari avesse scoperto che trattava la servitù in modo tanto spudorato, sarebbe stata una fonte di imbarazzo intollerabile. Se avesse avuto il potere di rimediare, l'avrebbe sicuramente già fatto.

"Non c'è nulla che io possa fare per quelle persone" aveva detto.

"Mio fratello non mi avrebbe mai richiamato qui se non fosse stato davvero disperato" le aveva detto Kit.

Allora Jack *stava* nascondendo qualcosa. Sia Kit che Lovelace lo sospettavano. Ma di certo non era banale come un piccolo errore di gestione. Le faceva male la testa a forza di pensare. Se solo fosse stata intelligente o scaltra, se solo avesse avuto una qualche abilità utile oltre al cucito...

Bussarono alla porta.

Sinclair le aveva fatto visita il giorno prima per proporle di fare una passeggiata nei giardini. Era un po' in anticipo rispetto a quanto concordato, ma prendere un po' d'aria le sembrava un'idea migliore rispetto a tormentarsi con tutte quelle preoccupazioni.

Attraversò la stanza e aprì la porta. «Vi aspettavo per le... Kit!»

«Aspettavi qualcun altro?» Nei suoi occhi comparve un guizzo d'ironia. «Chi devo sfidare a duello?»

Per un attimo Niamh riuscì solo a fissarlo. Ogni domanda, ogni considerazione trasognata, ogni dubbio dettato dall'insicurezza si affacciò nella sua mente.

È stato solo un sogno, dopotutto?

Provi anche tu le stesse cose che provo io quando ti guardo?

Non dovremmo farlo mai più, vero?

Invece, sussurrò: «Vieni. Presto», e gli fece cenno di entrare. La porta si chiuse dietro di lui. «Cosa ci fai qui?»

Lui evitò il suo sguardo. «Non lo so.»

Niamh cominciò subito a spazientirsi. Oh, avrebbe voluto strangolarlo. L'aveva baciata fino allo stordimento e poi l'aveva lasciata come una sciocca a struggersi d'amore, confusa e inappagata. E con tutto quello che le aveva fatto passare si permetteva di borbottare "Non lo so". Kit era così *prevedibile.* Perché, allora, continuava a provare quel desiderio smodato per lui?

Mise le mani sui fianchi e fece del suo meglio per fissarlo dall'alto in basso. «Non lo sai?»

«Forse ero soprappensiero» rispose lui sulla difensiva. «Mi piaci. Mi piace stare con te. Stamattina non avevo niente in programma, quindi eccomi qui.»

Mi piaci. Una tale semplicità, una nuova legge dell'universo. Ma non era così facile. Non poteva esserlo.

«Ma tu... io...» La sua mente correva troppo in fretta per riuscire a formare un solo pensiero coerente. «Sarebbe saggio mantenere le distanze. Il matrimonio si avvicina, e dopo è probabile che non ci vedremo mai più. È meglio per entrambi tornare a essere estranei.»

Meno rischi. Meno dolore.

Sembrava che ci stesse riflettendo. Si avvicinò di un passo, poi di un altro, finché Niamh non sentì il calore che emanava da lui. Il luccichio di sfida nei suoi occhi le fece accelerare il cuore. «È questo che vuoi?»

Lei sbatté le palpebre, perplessa. Non aveva importanza ciò che voleva lei. «No...»

Era sul punto di aggiungere un "però". Sul serio. Ma il modo in cui Kit la guardò – estasiato, come se l'avesse sottoposto a un incantesimo – le fece dimenticare ogni cosa.

«Bene» concluse lui. «Nemmeno io.»

La baciò, e lei non riuscì a trattenere un mugolio strozzato: in parte di shock, in parte di sollievo, in parte di gioia.

La bocca di Kit era decisa e insistente. La spinse all'indietro finché la sua schiena non toccò il muro. Le appoggiò l'avambraccio accanto alla testa, imprigionandola, mentre Niamh si aggrappava al suo bavero, prima per trovare l'equilibrio, poi per attirarlo a sé. Non fu l'intensità dirompente del loro primo bacio, né il languore cieco a cui si erano abbandonati per ore quella notte. No, quella era pura determinazione. L'avrebbe distrutta completamente se lei glielo avesse permesso.

In un angolo della sua mente pensò che, probabilmente, avrebbero dovuto discutere di ciò che stavano facendo *prima*, non a cose fatte. Che significato avesse, a quale intesa sarebbero giunti, quali precauzioni avrebbero dovuto prendere… Ma quando lui premette i fianchi contro i suoi, Niamh sentì quanto il desiderio di Kit coincidesse con il suo, e questo fece divampare il fuoco che le scorreva nelle vene. Era stata pronta a sacrificarsi per sempre, ma adesso che lui era di nuovo lì si rifiutava di assaporarlo a piccole dosi.

Un altro colpo alla porta. Si separarono di scatto.

«Sono io» annunciò Sinclair.

Kit emanava un'aura omicida. «Gli dico di andarsene.»

«No!» Sinclair l'aveva avvertita in modo esplicito di quanto lei e Kit fossero *trasparenti* quando venivano sorpresi insieme: avrebbe soltanto confermato il suo sospetto. E lei non poteva tollerare la sua disapprovazione. Afferrò il polso di Kit e si guardò attorno in cerca di una soluzione. «Entra nell'armadio.»

«Cosa?» Lui parve offeso. «No.»

«Fallo e basta!»

«Sento che c'è qualcun altro lì dentro» disse Sinclair con tono vivace.

Lei gemette. Troppo tardi, allora. «Un momento!»

Kit sembrava angosciato e sul punto di infuriarsi, ma sbuffò rassegnato. Si raccolse i capelli e li legò sulla nuca con disinvoltura. E in un attimo apparve di nuovo distaccato e tranquillo. Nel frattempo Niamh cercò di ritrovare la calma. Non poteva fare molto per le labbra arrossate, ma perlomeno Kit non l'aveva scompigliata eccessivamente.

«Va bene» dichiarò Sinclair «sto entrando.»

Niamh si allontanò da Kit di un altro passo proprio quando la porta si aprì. Fece del suo meglio per non sembrare colpevole, ma sentì il calore che le saliva al viso.

Sinclair osservò la scena davanti a sé. «Volete scherzare.»

Kit emise un lungo sospiro irritato.

Sinclair si diresse verso il servizio da tè, con le code del soprabito corallo che gli svolazzavano alle calcagna. Se ne versò una tazza, poi prese un biscotto dal vassoio. Diede un morso, masticò pensieroso e si rivolse all'amico. «Sei impazzito?»

«Ciao anche a te» ribatté Kit.

Sinclair gli tirò addosso il biscotto. Gli rimbalzò sulla spalla e si sbriciolò sul pavimento. «Rispondi alla domanda.»

Kit lo guardò mentre si toglieva le briciole dalla manica. «No, nient'affatto.»

«Allora cosa ci fai qui, da solo, in pieno giorno?»

Niamh rise nervosamente. «Sono certa che non sia necessario...»

«Potrei chiederti la stessa cosa» gli disse Kit.

«Bevo il tè, come una persona civile! Non sono fidanzato,

io.» Sinclair si pizzicò il dorso del naso e rovesciò la testa all'indietro. «Santo cielo. Avete mai sentito parlare di *discrezione*? E tu, Carmine, di galanteria? Non vedo fiori qui. Non è certo una dimenticanza accettabile, visto che puoi farli spuntare quando ti pare e piace.»

Niamh gemette, seppellendo il viso tra le mani.

La calma di Kit alla fine si incrinò. Sfoderò il suo solito cipiglio, ma il suo viso avvampava. «Non ho idea di cosa tu stia parlando.»

«Oh, ma *per favore*. Non insultarmi. I due peggiori bugiardi che abbia mai conosciuto in vita mia sono entrambi in questa stanza. Hai un disperato bisogno del mio consiglio, ma ripensandoci non voglio saperne nulla. Ho visto abbastanza per capire cosa sta succedendo qui, e ne sono sinceramente sconvolto.»

«Hai finito?» chiese Kit. Se possibile, era arrossito ancora di più.

«Sono sicuro che ci sia ancora molto da dire su quanto sia sconsiderato tutto ciò» disse Sinclair in modo affettato. «Ma per il momento, sì.»

«Splendido. Adesso vattene.»

«Vattene *tu*» replicò lui. «Io ho un appuntamento.»

Si fissarono per alcuni lunghi istanti, poi Kit si arrese. Guardò Niamh e disse a bassa voce: «Domani».

Lei cercò di non tremare per la promessa contenuta nella sua voce. Non poté fare altro che annuire prima che lui uscisse dalla stanza.

Sinclair osservò il loro scambio dalla chaise longue che aveva occupato. Non appena la porta si chiuse alle spalle di Kit, rimise la tazza da tè sul piattino con un fragoroso tintinnio e la fissò corrucciato. *Ebbene?*, le comunicò senza parlare.

«Non volevo che accadesse tutto questo! Doveva essere una sola volta, e poi lui… In realtà non abbiamo…» Le sue guance avvamparono per l'imbarazzo. «Comunque! Suppongo che i particolari non abbiano alcuna importanza o interesse per voi.»

Sinclair la fissò con un'espressione a metà fra curiosità e disgusto. «Be', adesso devo saperlo. Lui com'è?»

«Sinclair!»

«Scusate, scusate. So che è una cosa seria. Sto solo cercando di far fronte a questa vostra sconsideratezza. Ho cercato di mettervi in guardia.» Si massaggiò una tempia. «Per quello che vale, credo che ancora non lo sappia nessuno. Non ho sentito dire nulla in giro.»

Ancora. Come se fosse inevitabile. «Che cosa rassicurante.»

Sembrava che stesse reprimendo l'impulso di farle una ramanzina. «Non voglio farvi preoccupare. Sono *io* a essere preoccupato per voi. Se si venisse a sapere…»

Sarebbe un disastro per entrambi.

«Lo so.» Si sedette alla toeletta e appoggiò la testa tra le mani. «Non so cosa fare. Da quando sono arrivata, siamo diventati più o meno amici. Ma temo di aver sviluppato per lui sentimenti inappropriati.»

Sul volto di Sinclair sbocciò la sorpresa… e qualcos'altro, che parve quasi rimpianto. «Provate qualcosa per lui, quindi?»

Lei annuì miseramente. «Non ho mai creduto che potesse essere interessato a me. L'altra sera ero così felice. Anche se so che non può promettermi nulla, pensavo di poter essere contenta, sapendo di averlo avuto per una notte tutto per me. Pensavo di poter mantenere le distanze. Ma è talmente testardo e incosciente, e mi fa sentire così...»

Al sicuro. Importante. Mille cose diverse. Ma non poteva avvicinarsi di più a quel limite senza precipitare.

Sinclair posò la tazza da tè sul tavolo. Con dolcezza, le disse: «Venite qui».

Niamh si avvicinò e si sistemò in fondo alla chaise longue. Senza esitare, lui le strinse un braccio intorno alle spalle e la attirò a sé. Niamh non oppose resistenza, si rannicchiò contro di lui e appoggiò la testa sulla sua spalla. Le sembrava egoista accettare conforto proprio in quel momento, ma era chiaro che Sinclair la voleva vicina. Chiuse gli occhi e ascoltò il battito costante del suo cuore.

«Non credo che dobbiate necessariamente fare qualcosa adesso» mormorò lui. «Solo stare molto attenta, per l'amor del cielo. Questa volta dico sul serio.»

«Va bene.» Lei sorrise mestamente. «Starò attenta.»

«Non voglio che soffriate, Niamh. Anche se riuscirete a tenerlo nascosto, non è una strada facile quella che vi aspetta. A meno che non vi accontentiate di essere la sua amante, finirete per farvi spezzare il cuore.»

Niamh corrugò la fronte. «La sua amante?»

«Non sarebbe così terribile come vita» proseguì lui con leggerezza. «È una prassi abbastanza comune per i nobili sposati avere un'amante. La maggior parte dei nobili non vorrà avere niente a che fare con voi, ma avreste una rendita e una casa tutta vostra. E se avrete dei figli, i bastardi reali hanno una vita migliore della maggior parte dei loro simili.»

Sarebbe stato tanto oltraggioso? Se Kit avesse fatto venire lì la sua famiglia, sarebbe stata un'esistenza tranquilla...

sulla carta, tutto ciò che sognava. Eppure, "amante" era un gentile eufemismo per quello che aveva descritto Sinclair. La nonna e la folla di Eye Park l'avrebbero chiamata in ben altro modo.

FraochÚn, nella migliore delle ipotesi. *Fealltóir*, nel peggiore dei casi.

Non sapeva se sarebbe riuscita a sopportare quel genere di disprezzo. Se avesse lavorato sodo per portare lì la sua famiglia, forse avrebbero imparato a sopportare di vivere tra i loro nemici. Ma se fosse stato per la carità di un avalandese, un Carmine, nientemeno… «La mia famiglia si vergognerebbe di me.»

«Per via del suo rango?» Quando lei annuì, Sinclair borbottò, come perso tra i suoi pensieri. «Mio padre era machlandese. Il responsabile della mia esistenza, intendo.»

Lei mise un po' di distanza tra loro per poterlo guardare negli occhi. «Davvero?»

«Sì. Sospetto che sia per questo che Sua Grazia mi odia tanto. Ero il triste promemoria che sua moglie si era concessa a un essere inferiore.» Alzò gli occhi al cielo, ma non riuscì a nascondere la rabbia e il dolore che provava. «Credo che il mio vero padre fosse uno dei suoi servitori. Il duca gestisce una compagnia di navigazione molto redditizia. Lo stesso principe reggente è un suo finanziatore.»

Lei scrutò il suo viso, come se potesse scoprire qualcosa di nuovo nei suoi tratti. «Perché non me l'avete detto prima?»

«Avrei dovuto, ma non mi sembrava mai il momento per parlarne. Non volevo presumere un legame con voi che non avevo il diritto di rivendicare.»

«Certo che lo avete.»

«Grazie.» Le prese una mano e la strinse. «Quello che voglio dire è… Fino a un certo punto, capisco i sentimenti contrastanti nei confronti di questo luogo e di queste persone. Ma capisco anche, più di molti altri, che la famiglia è quella che uno si crea… e lo stesso vale per una casa. Dovete scegliere la vostra felicità, qualunque essa sia. Non potete vivere la vostra vita per gli altri.»

«Immagino di no.» Eppure, era tutto ciò che aveva sempre fatto. Non sapeva come smettere, ma forse poteva provarci. «Grazie per non avermi giudicato con severità. Siete un buon amico, Sinclair.»

Stupidamente leale, proprio come aveva detto Kit.

Lui sorrise, ma tutti i ricordi che aveva rievocato erano ancora presenti. In quel momento, sembrava terribilmente triste. Le sistemò la ciocca di capelli bianchi dietro l'orecchio. «Faccio del mio meglio.»

18

Il pomeriggio successivo, Niamh terminò il primo pezzo dell'*ensemble* nuziale di Rosa: un velo nero, bordato di merletto nero. Le fibre erano intessute a formare delle rose: un tributo sia all'infanta sia allo stemma dei Carmine. Niamh aveva impiegato giorni – e probabilmente rinunciato ad anni di vita – per dare vita al modello. Era la cosa più complessa che avesse mai creato e non poteva negare l'orgoglio che provava nell'ammirarla. Non avrebbe mai immaginato di essere così paziente da dedicarsi a una lavorazione che richiedesse tanto tempo e impegno come il merletto. Lo avvolse in carta pregiata e lo mise in una scatola. Era pronta a mostrarlo a Rosa.

Be', più o meno.

Rosa le aveva detto che non provava nulla per Kit... che non voleva nemmeno sposarlo, se non per dovere. Niamh pregò che il suo volto non rivelasse ciò che aveva fatto.

Una volta scelto un abito da passeggio, si diresse in città a piedi. Per le strade si aggiravano meno persone del solito, ma il vociare distante di una folla radunata soffocava il rumore delle loro chiacchiere. Membri in uniforme della Guardia Reale pattugliavano a cavallo gli isolati più vicini al parco, con le mani già pronte sull'elsa delle sciabole. Per caso incrociò lo sguardo di uno di loro e per poco non inciampò nella fretta di proseguire. Sembrava che tutta Sootham trattenesse il respiro, come in attesa di una tempesta.

Jack, dal canto suo, sembrava non aver lasciato i suoi alloggi da quando erano tornati a palazzo tre giorni prima. Niamh non poteva fare a meno di provare... Be', non sapeva come chiamarla se non delusione.

Quando arrivò nell'accogliente casa di Bard Row, la governante la accolse e la fece entrare nelle stanze della principessa. Rosa stava oziando come un gatto ben pasciuto sulla sua chaise longue preferita, quella sotto la finestra più soleggiata della stanza. Sembrava che si fosse appena svegliata da un pisolino, con i riccioli sciolti appiattiti su un lato. L'intimità disinvolta con cui si mostrava in disordine in sua presenza la fece sentire in colpa.

Rosa si fidava di lei.

Niamh stava imparando che il suo cuore la tradiva come il resto del corpo.

«Vedo che non vi siete ancora ripresa» le disse Rosa reprimendo uno sbadiglio. «Che aria tesa avete. Chiederò di portare il caffè.»

Niamh si costrinse a sorridere. «Mi riprenderò, Vostra Altezza. Posso mostrarvi il mio lavoro?»

Sollevò il velo dalla scatola e si adoperò per appuntarlo. I capelli di Rosa scivolavano come seta tra le sue dita e Niamh fece del suo meglio per rimettere in ordine le ciocche più crespe. Quando posizionò l'ultima forcina, fece voltare Rosa verso lo specchio. Niamh sistemò il velo in modo che si allargasse a ventaglio dietro di lei. L'orlo era delicatamente smerlato, come onde che si infrangono sulla riva. Niamh unì le mani sotto il mento e si godette lo spettacolo. Rosa era una visione: misteriosa, seducente e irraggiungibile.

Con ansia, Niamh le domandò: «Cosa ne pensate?»

Rosa era in piedi davanti al suo riflesso, avvolta dal merletto nero. Un sorriso esitante le danzò sulle labbra. «Penso che vi siate superata.»

Niamh non poté farne a meno. Si sollevò sulle punte dei piedi, come se avesse potuto spiccare il volo dalla gioia. «Grazie!»

«Santi numi» mormorò Rosa. «Non gridate.»

«Chiedo scusa!»

«Che sta succedendo qui dentro?» La porta della suite adiacente si aprì e comparve Miriam. Si bloccò sulla soglia e le sue labbra si schiusero lentamente. «Oh! Rosa, siete assolutamente splendida.»

Il contegno di Rosa cambiò del tutto per quel complimento e una luce si spense dentro di lei. Riprese la sua solita postura ciondolante e la sua voce si appiattì. «Abbiamo quasi finito qui. Andiamo a guardare le nuvole?»

Miriam fece una smorfia. «Ho già oziato anche troppo per oggi. Perché non andiamo a fare compere? Se vi comportate bene, forse possiamo andare a palazzo e chiederò a qualcuno di portarci in barca fino al centro del lago.»

Gli occhi di Rosa si riaccesero di interesse. Niamh si

affrettò a toglierle le forcine dai capelli. Quando riuscì a liberare il velo dai suoi riccioli, lo ripiegò con cura nella scatola. «Divertitevi! Io dovrei rientrare per finire un po' di lavoro.»

Rosa fece schioccare la lingua con disapprovazione. «Concedetevi un momento di tregua. Non voglio offendervi, ma sembra che ne abbiate un gran bisogno.»

«Sì! Dovreste unirvi a noi» concordò Miriam entusiasta. «È una giornata troppo bella per trascorrerla al chiuso.»

«Sebbene il concetto resti valido, non sono d'accordo con la vostra valutazione» disse Rosa con tono grave. «C'è troppo sole per definirla *bella*.»

«Come fate a essere così?» le domandò Miriam, disperata. «In Castilia c'è sempre il sole.»

«È per questo che mi trasferisco qui.» Fece un gesto vago verso l'armadio. «Prendete in prestito uno dei miei ombrellini, se volete, Miss O'Connor. Con questo tempo vi scotterete.»

Fu così che Niamh si ritrovò a passeggiare per le strade di Sootham con tre sacchetti di Rosa appesi al braccio e un parasole nero in mano. Sebbene proteggesse dal sole, faceva poco per il caldo. Il vestito le si era appiccicato alla pelle in modo fastidioso e il sudore le colava in rivoli dalla nuca.

Miriam e Rosa camminavano a braccetto accanto a lei, sbirciando le vetrine e chiacchierando in un mix disinvolto di castiliano, avalandese e una terza lingua che Niamh non riconobbe. Rise piano tra sé. Lì fuori, lontano dagli sguardi della famiglia reale, bisticciavano come ragazzine, del tutto spensierate.

Quando Rosa dichiarò di essere "sazia di sole", si fermarono in una gelateria della piazza. Il pasticciere, che riconobbe subito l'infanta, servì loro tre gelati color arancio, ciascuno modellato in una perfetta forma sferica. In cima c'erano anche un rametto di menta e scaglie ricciute di cioccolato.

«Che cosa affascinante» disse Rosa, nel suo modo piatto e sobrio. Tuttavia, i suoi occhi scuri brillavano di autentica gioia. «Sa di casa.»

Che casa luminosa e felice doveva essere: agrumi e panna, cioccolato e un accenno di rum. Niamh sospirò soddisfatta. Per qualche minuto, solo il gorgoglio della fontana riempì il silenzio complice tra loro.

Ma dopo cominciarono gli sguardi. Poi le risatine.

La gente passava con il «Daily Chronicle» infilato sotto il braccio, qualcuno era addirittura immerso nella lettura. Niamh sentì una fitta di terrore allo stomaco. Oltre il ruggito del suo cuore, riuscì a cogliere solo frammenti di conversazione.

«...quelle due insieme...»

«...che sfacciataggine...»

«Pensi che lei lo sappia?»

Una donna le fissò così a lungo che per poco non ruzzolò dritta nella fontana.

Rosa emise un piccolo sospiro esasperato e si tamponò le labbra con un tovagliolo. «Mi auguro di non avere nulla sulla faccia. Voglio sapere di cosa si tratta?»

«*Uhm...*» fecero Niamh e Miriam all'unisono.

«Splendido» borbottò Rosa. «Adoro le sorprese.»

«Qualunque cosa abbiano scritto oggi» bofonchiò Niamh «vi giuro che non è vero.»

Miriam fece una smorfia. Certo, avrebbe potuto gestirla meglio.

Rosa non parve impressionata. «Cosa mi avete tenuto nascosto?»

Miriam afferrò la mano di Rosa attraverso il tavolo. «Forse dovremmo tornare indietro e discuterne a casa. O forse dovremmo dimenticarcene del tutto. Sapete come sono gli avalandesi in quanto a pettegolezzi.»

Rosa si liberò con calma dalla presa di Miriam e si alzò dal tavolo, un'ombra che si stagliava in contrasto con la luminosità della piazza. Si diresse con decisione verso lo strillone più vicino, che quasi fuggì vedendola. Un lampo di monete brillò al sole e il giornale era nelle sue mani. Niamh trattenne l'impulso di fuggire a sua volta... o magari di strapparglielo di mano e gettarlo nella fontana.

Rosa tornò e si lasciò cadere sulla sedia in una cascata di stoffa nera. Miriam cercò di rubarglielo un paio di volte, ma Rosa lo usò per colpirla. Scorse la rubrica di Lovelace, poi lo cedette a Niamh. La sua espressione non cambiò. «Non capisco la fascinazione che gli avalandesi nutrono per queste sciocchezze. Si credono tanto evasivi e pungenti. Ma l'unico insulto qui è che mi sarei infuriata per una cosa tanto insulsa.»

Anche se non sono tipo da occuparmi di cronache mondane, ho sentito un interessante resoconto sul ritiro bucolico di un Certo Qualcuno. Sembra che regni lo scompiglio in seno a una Famiglia Molto Illustre. Sebbene non abbia ancora scoperto il motivo del dissidio tra fratelli, ciò che stuzzica la mia curiosità sono le conseguenze. Quando il nostro Figlio Scapestrato se n'è andato in fretta e furia, una signorina con una ciocca nivea di capelli è sgattaiolata dietro di lui nel bosco. Ora mi chiedo se le voci al ballo inaugurale fossero vere e se si tratti della stessa donna che Lady E ha riferito di aver visto con lui sulla terrazza. Che scandalo, sollazzarsi con un uomo come FS in luoghi tanto sconvenienti. Dovrei chiedere scusa a Lady E, ma poi dovrei chiudere un occhio sull'episodio di malversazione di due anni fa. Ahimè, non posso. Perdonatemi questa piccola debolezza. Bisogna pur conservare il senso dell'umorismo nel bel mezzo di questa totale follia. Confesso, non posso fare a meno di chiedermi cosa lasci presagire tutto ciò. Seguirò da vicino la situazione con Lady R e suo padre. Se il fidanzamento verrà annullato, forse sarà una benedizione. Dio sa che un Certo Qualcuno potrebbe permettersi di concentrarsi di meno sui ricevimenti e di più su ciò che sta accadendo sotto il suo naso.

Niamh sapeva che era ridicolo sentirsi tradita da qualcuno che non aveva mai incontrato… il curatore di una rubrica di pettegolezzi, perdipiù. Tuttavia, veder scrivere di sé con tanta insolenza, in modo quasi beffardo, da qualcuno che fingeva di interessarsi a persone come lei… la pungeva sul vivo. Ma quel dolore impallidiva in confronto alla violazione di ciò che le era tanto caro. La preziosa, minuscola fiamma del ricordo che serbava divenne fredda come la cenere. Anche quell'unico momento di gioia le era stato portato via. Forse era stata una sciocca a credere che fosse mai stato suo.

Ma in quello momento aveva questioni più urgenti da affrontare.

«Infanta Rosa, mi dispiace tanto, io…»

«Perché vi dispiace?» chiese lei. «Qualcuno doveva pur confortarlo. Molto meglio voi che io.»

Niamh rimase di sasso. Non c'era un briciolo di rabbia né di gelosia nella sua voce. Rosa la guardò con il suo solito sguardo piatto. "Rosa è una persona piuttosto comprensiva" le aveva detto Miriam. Ma Niamh non si aspettava che questo significasse che non avrebbe battuto ciglio.

«Non siete arrabbiata con me?»

«No.» Rosa passò le mani sul vestito. «È troppo faticoso arrabbiarsi per ogni piccola cosa. Inoltre, a quanto pare voi due siete amici. Sarò sua moglie, non tutto il suo mondo.»

«Grazie.»

Sentì le lacrime pizzicarle gli occhi. La compassione di Rosa, per quanto discreta, la commuoveva. Ma non la meritava. Si sentiva avvampare per l'umiliazione… per la rabbia, non solo verso Lovelace ma anche verso se stessa. Era stata ingenua a credere di averla fatta franca. Presto o tardi, Jack avrebbe sicuramente fatto due più due. Avrebbe potuto mettere a rischio il suo incarico. E Kit… Dopo tutto quello che le aveva raccontato sul suo passato, come poteva essere così imprudente da coinvolgerlo in un altro scandalo?

Non aveva fatto altro che ferire tutti quelli che le stavano intorno.

Prima che potesse cedere al panico, Rosa disse: «Miriam, potreste mandare a prendere la carrozza? D'un tratto mi sento davvero esausta».

«Perché non potete farlo voi?» protestò Miriam. Niamh non riusciva a vedere il volto di Rosa da quella angolazione, ma le due ragazze sembravano comunicare anche solo con gli occhi. Miriam fece un sorriso. «Certo. Torno subito.»

Non appena furono sole, Rosa le domandò a bruciapelo: «Allora, vogliamo parlare apertamente?»

Niamh provò una fitta allo stomaco. Quanto era stata sciocca a pensare che qualcuno potesse essere così accomodante. «Vostra Altezza, vi giuro che non è successo nulla…»

«Non mentite.»

«Mi dispiace» sussurrò Niamh. «Non so cosa mi sia preso. Io…»

Rosa le posò delicatamente una mano sul ginocchio. «Non scusatevi per questo.»

Niamh la guardò dritto negli occhi. Il suo volto stanco era confuso dietro le ciglia umide di Niamh.

«Una volta sposati» continuò Rosa «non mi interessa cosa farete. Se deciderete di portare avanti qualunque cosa ci sia tra voi due, allora avrete la mia benedizione. Se vi comprerà una casetta in centro proprio accanto a quella di Sinclair e non tornerà quasi mai a casa la sera, farò finta di niente.»

Non era possibile che stessero avendo questa conversazione. Non le sarebbe spiaciuto se la terra l'avesse inghiottita e risputata in mare. «Io… non potrei mai farvi una cosa del genere.»

«Siete un tesoro di ragazza.» Rosa si appoggiò allo schienale della sedia. «Tuttavia, vi ho già detto che qui non si tratta di amore. Non è altro che una partita molto complessa, che intendo vincere. L'ho giocata nella mia mente migliaia di volte. Ma voi vi siete dimostrata un ostacolo inaspettato.»

«Cosa intende dire?»

«Lovelace ha visto giusto. Mio padre è un uomo tradizionalista. Già pensa che il principe reggente sia un buffone incompetente. Se dovesse avere l'impressione che io venga offesa o ridicolizzata, non onorerà la sua parte dell'accordo. Non ci vorrà molto per mettere a repentaglio questa unione.

E non ci vorrà molto per rimuovere voi dall'equazione una volta per tutte.» Rosa non lo disse con cattiveria, ma la minaccia nelle sue parole era evidente. «Ve lo dico da amica. Procedete con cautela. Non dovete preoccuparvi solo della stampa scandalistica. L'intero Paese ci sta osservando. Non si dovrebbe combattere da soli una guerra su due fronti.»

Ormai lo sapeva bene. Niamh non poteva sfuggire alla propria natura. Lei era sciocca, ingenua e sventata. Non aveva mai avuto la minima possibilità contro la nobiltà, e non l'avrebbe mai avuta. Da quando era arrivata in Avaland, era stata colta nella tempesta creata dai capricci di questi nobili. Ma mentre Rosa avrebbe potuto immaginare mille esiti diversi per quella Stagione, la fine di Niamh era sempre stata scontata: non ne sarebbe mai uscita indenne.

Annuì, non fidandosi della propria voce.

«Non c'è il minimo rancore tra noi» la rassicurò Rosa. «Ma non voglio più vedervi nominata in quella rubrica. Fate ciò che è necessario per evitarlo.»

«Ho capito.»

«Bene.» Rosa inclinò il viso verso il cielo, e parte della tensione abbandonò le sue spalle. Le nuvole si muovevano in fretta sopra le loro teste; soffici batuffoli bianchi si allargavano come le ali di una colomba. «Ecco Miriam con la carrozza.»

Quando Niamh salì, fu quasi sul punto di accasciarsi a terra e piangere. Fino a quel momento non si era mai resa conto che la vergogna fosse una cosa solida. Pesava su di lei come un sasso tenuto in tasca.

19

Incauta o meno, Niamh non poteva aspettare un minuto di più per parlare con Kit, e sapeva esattamente dove trovarlo.

Una volta salutate Rosa e Miriam, puntò dritta al retro del palazzo e si avviò decisa verso la serra. Ma quando svoltò l'angolo, il suo cuore perse un battito. Kit stava tornando dal bosco, con le spalle baciate dalla luce del sole del tardo pomeriggio. Era dorato e accaldato, l'incarnazione dell'estate. Quando i loro sguardi si incrociarono, entrambi si bloccarono sui propri passi. L'emozione la travolse e si sentì arricciare le dita dei piedi nelle scarpette mentre si avvicinava a lui.

«Dobbiamo parlare» gli disse.

Lo sguardo di Kit andò alle finestre del palazzo che davano sul prato posteriore. «Non qui. Vieni con me.»

Lei si mise al suo fianco mentre la conduceva all'interno

dei giardini. Non appena gli arbusti fioriti si alzarono abbastanza da nasconderli, lui le offrì il braccio.

Niamh lo fissò per un attimo. «Allora *sai* come comportarti da gentiluomo.»

«In teoria» ribatté lui seccamente. «Fosse solo per impedirti di cadere di nuovo.»

Non sa di Lovelace. Quanto poteva essere egoista, per rubare un altro momento con lui? Infilò la mano nell'incavo del suo gomito.

Un labirinto di siepi incombeva su di loro. Quando lui la guidò all'interno, Niamh ne respirò il profumo dolce e delicato. *Gelsomino.* L'intero labirinto era di gelsomino. La ghiaia bianca del sentiero scricchiolava sotto i piedi, e a ogni angolo che giravano le pareti sembravano riorganizzarsi. Nessuno dei due parlò finché non raggiunsero il centro, dove un gazebo vegliava solitario. I rampicanti si attorcigliarono attorno alle colonne di marmo e si annodarono al traliccio della cupola.

Lì erano completamente soli: niente occhi indiscreti, nessuno in ascolto.

Avrebbe dovuto confonderla, o forse entusiasmarla, quanto fossero a portata di mano tutti i suoi più piccoli, più ardenti desideri. Kit aveva rinunciato alla cravatta – accidenti a lui – lasciandole intravedere le clavicole. Voleva aggrapparsi ai suoi gomiti e sollevare il viso verso di lui. Voleva sentire il battito del suo cuore contro la guancia quando lo abbracciava. Voleva trascinarlo sull'erba accanto a sé. Mettergli dei fiori tra i capelli, parlare fino al tramonto, ridere di quanto fosse facile provocarlo adesso che sapeva esattamente come fare. A giudicare da quello che gli leggeva negli occhi, cauti e speranzosi, sapeva che le avrebbe permesso di assecondare ogni suo singolo desiderio. Lovelace aveva rovinato tutto. Era un'ingiustizia bella e buona, e Niamh era così furiosa che le venne quasi da piangere.

«Cosa c'è?» la sollecitò Kit, la preoccupazione che trapelava dalla sua voce. «Sembri triste.»

«Hai letto la rubrica di Lovelace di oggi?»

Lui inclinò la testa verso di lei. «Lovelace? Non pensavo che qualcuno leggesse quelle sciocchezze, a parte mio fratello.»

«È una cosa seria, Kit. Qualcuno ci ha visti.»

«Cosa?» Per la prima volta, parve allarmato. «Quando?»

«Mi hanno vista seguirti a Woodville Hall. Si è tenuto piuttosto sul vago, ma adesso Rosa lo sa! Non è arrabbiata con noi. Be', è arrabbiata perché suo padre potrebbe scoprire la verità su quello che è successo, ma...»

Sembrava che il principe non la stesse nemmeno a sentire. Recuperò la pipa dal taschino e la infilò nell'angolo della bocca.

La preoccupazione spazzò via tutte le sue paure. «Kit?»

«Sto bene. Non è il caso di chiederlo.» Ma aprì l'astuccio dei fiammiferi con mani tremanti. Dopo qualche goffo tentativo, la fiamma prese vita con un lieve sibilo.

«Non devi mentirmi» disse lei con dolcezza. «Capisco che tu...»

«Smettila di fare così.»

La durezza del suo tono la colpì. Fece un passo indietro di riflesso. «Così come?»

«*Così*.» Sbuffò. «Non te ne accorgi nemmeno? Nel momento in cui vedi l'opportunità di consolare qualcun altro, la cogli al volo. Cerchi di renderti utile per evitare di affrontare i tuoi sentimenti.»

«Non sei gentile» sussurrò lei.

«Questa *è* gentilezza. Non ho intenzione di aiutarti a farti del male da sola.» Tirò una boccata dalla pipa. Quando espirò, anche la sua magia uscì da lui. Intorno a loro, i petali di gelsomino appassirono. Si staccarono dai cespugli e si sparsero a terra come neve sporca. L'odore stucchevole della decomposizione si diffuse intorno a loro. «Vai a cercare qualcun altro da accudire.»

Era *questo* che stava facendo? Sì, avrebbe preferito parlare per ore dei problemi di qualcun altro, piuttosto che starsene da sola con le proprie emozioni un momento in più del dovuto. L'istinto di consolare e calmare era così profondamente radicato in lei che scattava immediatamente quando vedeva anche solo un briciolo di angoscia. Ma con Kit era diverso. Gli voleva bene al punto di *voler* condividere i suoi fardelli e, in quel momento, il suo problema più grande riguardava anche lei. Ma il Kit ferito era il Kit aggressivo. Quel giorno non gliel'avrebbe fatta passare liscia.

«Non credere che non capisca cosa stai facendo! Stai cercando di allontanarmi perché preferisci stare da solo piuttosto che soffrire.» Aveva colpito nel segno. Lo capiva dal lampo di panico che gli attraversò il viso. Ma la verità le giunse con sorprendente chiarezza. Lo ricordò raggomitolato in un ammasso pietoso e fradicio dentro la sua gabbia di spine. "Non faccio altro che rovinare la vita di tutti quelli che mi circondano." Se doveva fare delle gentilezze crudeli, così fosse. «Ma non è tutto, vero? Preferiresti stare da solo piuttosto di far soffrire qualcun altro.»

Il fumo gli uscì dalle narici. Non disse nulla, ma i suoi occhi ardevano di una vulnerabilità furiosa in quella foschia.

«Non ti libererai di me così facilmente, a meno che non sia quello che vuoi davvero.» Esitante, accorciò la distanza che li separava. «Che cosa vuoi?»

«Che cosa *voglio*?» fece lui, incredulo. «Che domanda ridicola.»

«Tu dici?»

«Non importa cosa voglio.» Si allontanò da lei. Fu come se avesse sbattuto una porta tra loro e girato la chiave nella serratura. «Avevi ragione. È una pessima idea vederci in questo momento. È solo una distrazione.»

Niamh si strinse il colletto, appena sopra il cuore. «Una distrazione?»

«Sai cosa voglio dire» esclamò lui a denti stretti. «Potremo parlare quando tutto questo sarà finito.»

«Finito?» Fu travolta dalla rabbia. Mancava solo una settimana al matrimonio, ma poteva succedere di tutto. «Intendi dire quando sarai sposato? Lovelace ha dato a intendere che sarebbe più che lieto alla prospettiva che il matrimonio vada a monte, e immagino che presto avrà abbastanza informazioni per orchestrare ogni cosa! Siamo stati troppo imprudenti. Vuoi seguire l'esempio di tuo fratello? Ignorare i problemi finché non diventano abbastanza grandi da schiacciarti?»

«E cosa vuoi che faccia, Niamh?» Pronunciava il suo nome così di rado che il suono di quel ringhio esasperato la fece sobbalzare. «Sei del tutto indifesa. Non voglio essere la tua rovina.»

Niamh trattenne il fiato per l'intensità che sprigionò da lui.

«Tu e Sinclair dipendete dal fatto che io vada fino in fondo» proseguì. «Non posso dare a Lovelace nient'altro a cui appigliarsi. Il mio comportamento sarà più che mai sotto esame, e anche il tuo. Per ora, non ho altra scelta che adeguarmi.»

Lei abbassò lo sguardo. Si sentiva come se lui l'avesse svuotata a suon di pugni. La vergogna si depositò nel vuoto creato dalle sue parole. «Non voglio che tu sia infelice per causa mia.»

«Lo faccio anche per senso del dovere. Da quel giorno nel parco, io...» Esitò. «Tutte quelle persone sembravano proprio come te.»

«Come *me*?»

«Mi hai fatto vedere quello che prima non vedevo. Come posso dire di volerti bene se non mi importa di quello che hai sofferto?» disse con calma. «I machlandesi meritano di meglio, e non lo otterranno da Jack. C'è bisogno di qualcuno che non abbia paura di sfidarlo, qualcuno che gli chieda conto delle sue azioni. Non voglio sposarmi. Non ho mai voluto avere niente a che fare con il mio titolo. Ma lo farò comunque, perché è la cosa giusta da fare.»

«Oh.» Niamh provò una fitta al cuore. Mai in vita sua aveva rimpianto di aver instillato in qualcuno sentimenti così nobili. Gli rivolse un sorriso malfermo. «È davvero ammirevole.»

Per la prima volta da quando lo aveva conosciuto, sembrava quasi un vero principe... o almeno uno di quelli che lei immaginava nelle fiabe, virtuoso e determinato. Gli si addiceva quel fuoco altruista negli occhi d'ambra. Riusciva a immaginare il suo ritratto appeso nelle sale di Woodville Hall.

«E noi?» gli chiese con un filo di voce.

Lui la fissò sconcertato, come se la risposta fosse evidente, ma parlò in tono quasi ossequioso. «Mi prenderò cura di te.»

Di ciò Niamh non aveva dubbi. L'idea di una vita sotto la sua protezione sembrava un sogno. Una casa bellissima, la devozione di Kit, sostegno e sicurezza per la sua famiglia. Le avrebbe dato tutto ciò di cui lei avrebbe avuto bisogno. Ma Niamh sarebbe sempre stata la sua debolezza... un altro motivo di preoccupazione, un'altra leva che la corte avrebbe sfruttato.

Non poteva farlo.

Non poteva sopportare il pensiero di rimanere tutta sola ogni notte, di osservarlo crescere i figli di Rosa da lontano, di non vendere mai più un abito a causa della reputazione ormai perduta. Non poteva lasciarsi marcire in una casa in città, per quanto bella o vicina a quella di Sinclair. Niamh non faceva le cose a metà. Non poteva accontentarsi di metà della vita di Kit.

Se non poteva averlo, si sarebbe assicurata che il suo matrimonio riuscisse senza intoppi. Il che significava che doveva impedire a Lovelace di sabotarlo. La domanda, ovviamente, era come.

«Resta fuori dai guai fino al matrimonio... e non esporti troppo.» Niamh sobbalzò al suono della sua voce. Era come se avesse percepito il corso dei suoi pensieri. «Anche se ti sarà difficile.»

Fu scossa da un moto di ribellione. Gli puntò un dito contro. «Non sei il *mio* principe. Non puoi ordinarmi di fare nulla.»

«E sarebbe un'impresa inutile provarci» ribatté lui, irritato.

La sua mano si chiuse sul polso di Niamh, poi lo portò tra loro. «Te lo sto chiedendo.»

«Allora chiedimelo gentilmente.»

I loro sguardi si incontrarono. Non la lasciò andare. Il polso di Niamh batteva all'impazzata sotto la sua presa, sentì una fitta di bramosia alla bocca dello stomaco. Erano così vicini che il respiro di Kit le sfiorava dolcemente le labbra. Lui aveva un lieve sbaffo di terra sullo zigomo, e le venne una mezza idea di toglierlo con il pollice, per poi lasciarlo scivolare giù fino alle sue labbra che si schiudevano lentamente. Il desiderio si fece strada dentro di lei. E incupì gli occhi di Kit.

Dei. Non aveva mai avuto la minima possibilità di resistergli.

Kit fece cadere la sua mano come se l'avesse scottato, lasciandola sperduta. Il vento fece mulinare i petali di gelsomino sparsi ai loro piedi. Con una rapida scrollata della testa, Kit indossò una determinata freddezza e le passò accanto con la testa incassata nelle spalle.

Settimane prima, Lovelace le aveva detto come mettersi in contatto con lui. Anche se non gli importava di lei, aveva a cuore il bene dei machlandesi. Kit era solidale con la loro causa. Se lo avesse saputo, Lovelace lo avrebbe lasciato in pace. Quanti problemi poteva causare scrivere una lettera?

In una lettera legata con un delicato filo rosso, Niamh assicurò a Lovelace che dopo il matrimonio Kit avrebbe fatto pressione su Jack affinché rendesse giustizia ai machlandesi e che aveva persino parlato con Helen Carlile. Per quanto avesse cercato di trattenersi, parte del suo risentimento era trapelata nel messaggio: *Troverete degli alleati in noi, se ci permetterete di esserlo*.

La risposta, con suo grande sconcerto, arrivò il mattino seguente di buon'ora. Qualcuno la fece scivolare sotto la porta della sua stanza senza bussare per annunciarla:

> *Capisco che siate contrariati per quello che ho fatto, ma vi assicuro che non è una questione personale. Sicuramente potete giustificare un piccolo torto per la conquista di un bene più grande. Ora mi è chiaro che il principe reggente ignorerà la situazione politica finché questo ridicolo spettacolo andrà avanti. Se il matrimonio dovesse andare in fumo, non avrà più nulla dietro cui nascondersi. Intendo procedere in questo senso. Tuttavia, se troverete qualcosa di sostanziale che mi faccia cambiare idea – oppure se il principe Christopher dovesse improvvisamente avere sia il peso politico sia un piano per affrontare le preoccupazioni dei protestanti – siete libera di comunicarmelo.*

Ci volle quasi tutta la sua forza d'animo per non scagliare il biglietto nel camino, come meritava. Oh, quanto odiava lui e il suo moralismo in quel momento. Si lasciò cadere su una poltrona per cucire e pensare. Quando giunse l'oscurità, i suoi occhi si adattarono lentamente. Ma presto, appena fuori dalla finestra, la notte scese su ogni cosa. La luna inondava d'argento il prato con la sua luce.

Ripensò ancora e ancora al giorno della festa all'aperto.

La lite dei Carmine non era di certo passata inosservata. Avevano trasformato il campo da croquet in un vero e proprio giardino delle loro emozioni represse. La maggior parte degli invitati era rientrata in casa quando aveva cominciato a piovere, ma chiunque avrebbe potuto vederla quando aveva seguito Kit. Prima della pubblicazione della rubrica di Lovelace, gli unici che avevano accennato a qualche sentimento inappropriato fra lei e Kit erano stati Sinclair e Miriam. Ma Sinclair sosteneva che fosse una cosa evidente. Senza dubbio qualcun altro aveva avuto dei sospetti su di loro.

"Avete il talento di indurre le persone alle confidenze" le aveva detto Sofia una volta. "Riuscite a portare alla luce ciò che più desiderano tenere nascosto."

Che cortese bugia.

Un momento. *Sofia.*

Un terrore strisciante la percorse lungo la schiena. Da quando si trovava a palazzo, aveva notato tutti i piccoli affronti che Sofia subiva da una corte che non aveva alcun interesse per lei. Come veniva distrattamente zittita e liquidata dal marito. Come si isolava negli angoli di una stanza, l'ultimo sprazzo dell'inverno scacciato dalla primavera. Come l'aveva vista sulla terrazza, in preda alla nostalgia per la sua terra...

Era sufficiente per generare odio. Era sufficiente per spingere qualcuno a simpatizzare con una classe di persone ignorate e messe a tacere. Era di certo sufficiente per spingerla a voler proteggere un'altra ragazza straniera e solitaria dallo stesso destino che aveva subito lei. E nella prima lettera Lovelace si era lamentato del fatto che Jack avesse eliminato le sue spie, proprio come Sofia aveva confessato che Jack continuava a licenziare le sue cameriere personali.

Poteva davvero essere…?

Se avesse smascherato Sofia come Lovelace, avrebbe potuto impedirle di sabotare il matrimonio. Ma nessuno avrebbe accettato quella teoria. Sarebbe stata impiccata per tradimento anche solo per aver suggerito una cosa del genere. A meno che, ovviamente, non potesse dimostrarla. Le servivano solo l'occasione, gli strumenti e l'alleato giusti.

E aveva in mente proprio la persona adatta.

20

Niamh aprì la porta a vetri che si affacciava sulla terrazza, e il caldo pigro e asfissiante del pomeriggio le accarezzò la pelle come un balsamo.

Non usciva dalla sua stanza da due giorni, dalla conversazione con Kit. Se qualcuno le avesse rivolto una sola domanda, temeva che la verità su ciò che aveva intenzione di fare sarebbe saltata fuori all'istante. Invece, si era seduta vicino alla finestra e aveva estratto la sua magia un po' alla volta, trasformandola in matasse di filo dorato. Aveva cucito e cucito finché non le si erano gonfiate le articolazioni e irrigidite le mani. Anche a costo di morire, avrebbe finito il vestito di Rosa e il mantello di Kit prima del matrimonio. Si sarebbe assicurata che tutti fossero il più felici possibile malgrado i tristi compromessi che avevano accettato.

Miriam la aspettava fuori, con un sorriso incerto sul volto. Come sempre, era una visione. La luce del sole di mezzogiorno macchiava d'oro il prato e incendiava il mogano dei suoi riccioli splendenti. Scintillava sugli anelli d'oro che portava a ciascun dito. Quando Niamh si fermò davanti a lei, con i pensieri irrimediabilmente confusi, Miriam non esitò. La strinse in un abbraccio. La sua tenerezza senza riserve sconvolse Niamh. Il suo mondo divenne indistinto, una sbavatura di luci e colori, mentre le lacrime le sgorgavano dagli occhi.

«Grazie per essere venuta» le disse con voce roca.

«Ve l'ho detto che saremmo rimaste unite in questa Stagione.» La sua voce era tranquilla contro l'orecchio di Niamh. «State bene? Qualcuno vi ha creato delle difficoltà?»

Niamh si sentiva molto più sopraffatta di quanto credesse. Con l'abbraccio e il sostegno di un'altra persona, tutte le sue emozioni di colpo traboccarono. Fu scossa dal pianto. Miriam non si tirò indietro. Lasciò che si sfogasse tra le sue braccia, cercando di calmarla con sussurri affettuosi. Niamh non si sentiva così dai tempi dell'infanzia, e questo la fece piangere più forte.

Dopo un minuto, quando i singhiozzi si attenuarono, Miriam si ritrasse con un sorriso gentile. «Perché non andiamo a fare una passeggiata? Mi aiuta sempre a schiarirmi le idee.»

Niamh annuì, asciugandosi il viso con il dorso della mano. Insieme, si avviarono a braccetto lungo il sentiero che attraversava i giardini. Niamh si aspettava di incontrare Jack. Di tanto in tanto lo aveva intravisto dalla finestra mentre esaminava ogni fiore e tagliava quelli che evidentemente non soddisfacevano i suoi standard. Tutti i fiori ora rifulgevano per la sua magia, i petali venati d'oro disposti in perfetta simmetria, come un battaglione di soldati. Ognuno affrontava lo stress a modo suo, immaginava.

«Come sta Rosa?» domandò.

«Oh, come sempre.» Miriam sospirò. «Lei e il principe reggente hanno placato suo padre. Credo che alla fine lo abbiano convinto che non si è trattato d'altro che di una crudele, falsa diceria. Sembra che Sua Altezza abbia convinto anche *se stesso*.»

«Sono molto felice di sentirlo.»

«E voi? Cosa pensate di fare adesso?»

«Lo confesso» disse Niamh, prima di perdere il coraggio, «è per questo che vi ho chiesto di venire. Ho bisogno del vostro consiglio.»

«Oh!» Miriam spalancò gli occhi. «Be', posso assicurarvi che quello che vi ha detto Rosa è la verità. Lei non si opporrebbe a un accomodamento in tal senso, non che una moglie possa davvero...»

«Non è per questo.» Niamh arrossì. «Credo di sapere chi è Lovelace.»

«Ah, sì?» Le sue dita si strinsero sul braccio di Niamh. «Chi?»

«La principessa Sofia.»

«*Cosa?*» Miriam la trascinò in una curva ombreggiata del sentiero. I girasoli sembravano protendersi con fare cospiratorio. Miriam ascoltò in silenzio, ma con crescente preoccupazione, mentre Niamh le spiegava le sue argomentazioni. Quando finì, la disapprovazione quasi materna negli occhi di Miriam per poco non la incenerì sul posto. Niamh si seppellì il viso tra le mani.

«Oh, Niamh» gemette Miriam. «In cosa vi siete cacciata? È un discorso sconclusionato, per non dire *sedizioso*.»

«Lo so.» Le sue parole uscirono attutite dai palmi delle mani.

Miriam sospirò irritata. «Perché vi siete rivolta proprio a me? Sono felice di ascoltare, naturalmente, ma...»

«Mi dispiace di avervi afflitta con questo fardello. Non sapevo a chi altri rivolgermi.» Prese le mani di Miriam tra le sue. Sinclair le aveva già sconsigliato di crearsi altri problemi, e aveva i suoi trascorsi con la rubrica di Lovelace. «Se volete far finta che non vi abbia detto nulla, vi capisco perfettamente. Tuttavia, so che tenete alla felicità dell'infanta Rosa quanto io tengo a quella di Kit.»

Miriam sembrò stupita di sentirglielo dire. Il suo viso perse colore. «Io... Sì. È vero.» Si riprese abbastanza in fretta, sistemando un ricciolo ribelle dietro l'orecchio. «Rosa è decisa ad andare fino in fondo; la Castilia ha un bisogno estremo di alleati. Tuttavia, temo che Lovelace possa aver ragione. Anch'io ero impensierita dalle intenzioni del principe reggente. Durante i negoziati con il re, Sua Altezza ha insistito molto sulla dote di Rosa.»

Niamh si accigliò. «Perché?»

«Non lo so. Non è insolito voler parlare di soldi, naturalmente, ma a quanto pare è stato piuttosto indelicato. E ho sentito alcune voci su di lui. Niente di fondato, ovviamente, ma...»

«Jack non paga la servitù» disse Niamh con tono severo.

«Sì.» Miriam unì la punta delle dita e se le portò alle labbra mentre rifletteva. Era un gesto così tipico di Rosa che a Niamh sfuggì un sorriso. «Mi chiedo se sia un comportamento intenzionale, o se sia distratto.»

«Non importa il motivo dietro il suo comportamento,

se questa cosa si viene a sapere sarà un disastro. Il re annullerà il fidanzamento.»

«Certo. Ha già minacciato di farlo almeno due volte.» Miriam si sistemò sul bordo di un vaso di granito. «Ma cosa possiamo fare? Non potete accusare la principessa di essere una radicale o, non sia mai, di incitare alla sedizione contro il suo stesso marito senza il minimo fondamento.»

«Ci devono essere delle prove! Sicuramente ci sarà qualcosa nelle stanze di Sofia. Un sigillo per la cera, una lettera con la calligrafia corrispondente, *qualsiasi cosa.*»

Miriam inarcò le sopracciglia. «E come pensate di introdurvi negli alloggi reali per cercarle?»

Lo scetticismo nella sua voce non le andò a genio. Niamh aggrottò la fronte. «So essere molto furtiva.»

Miriam le rivolse uno sguardo di pura commiserazione. Diceva: *Nemmeno gli dei possono aiutarvi.* Ma le concesse la grazia di tenere i suoi pensieri per sé. Molto diplomaticamente, disse: «Avete solo una possibilità di farlo prima che capiscano. Se vi scoprono, verrete licenziata, o peggio».

«Devo tentare.»

«Perché?» le chiese Miriam. «Vi state immergendo in un pozzo di cui non vedete il fondo, Niamh. Avete talento e fascino, e tutti hanno già visto quanto siano meravigliose le vostre creazioni. Ci saranno altre occasioni per farvi un nome come modista, anche se ve ne andrete ora. I problemi in Avaland e Castilia non sono vostri. Ne vale davvero la pena?»

Forse no. Ma per i machlandesi sì. Non poteva voltare le spalle a ciò che aveva visto, sapendo quanta sofferenza avrebbe lasciato dietro di sé. Non poteva tornare a casa, in quel cottage con la finestra rotta, a sfinirsi di lavoro, a guardare la sua famiglia appassire insieme alle colture, a piangere mentre sempre più persone se ne andavano. Non c'era più nulla per lei lì.

Praticamente non aveva quasi vissuto prima di arrivare a Sootham... finché non aveva incontrato persone come Sinclair, Miriam e Kit. Che fosse sciocca come credeva Miriam o autodistruttiva come la accusava Kit, non aveva più importanza. Anche se non poteva stare con lui, Kit Carmine era ancora *suo*, e anche lui meritava protezione.

Non si sarebbe liberato di lei così facilmente.

Niamh rivolse a Miriam uno sguardo deciso. «Secondo me ne vale la pena.»

«Vedo che non c'è modo di convincervi, allora. Ma credo di capire. Il principe ha un modo particolare di guardarvi quando pensa che nessuno lo stia osservando.» Il tono sognante nella sua voce svanì e nei suoi occhi brillò una luce maliziosa. «Sì, possiede una certa *intensità* che immagino possa risultare attraente in determinate circostanze.»

Niamh rischiò di strozzarsi. Le diede un colpetto di rimprovero sul braccio. «Miriam!»

Le loro risate si dissolsero nella calda aria estiva. Rimasero sedute a fianco a fianco sulla pietra calda del vaso, il tepore del sole sulle loro schiene. Da qualche parte, in lontananza, Niamh udì il debole richiamo di una tortora luttuosa. Avrebbe voluto rimanere così per sempre, in un silenzio soddisfatto.

Miriam la guardò con un'espressione seria e astuta che doveva aver preso da Rosa. Su di lei, sembrava quasi subdola. «Suppongo che abbiate bisogno del mio aiuto, allora. Avete qualche idea?»

«Non… Oh. Un momento.» Le venne in mente un piano, lento ma efficace. C'era qualcosa che avrebbe reso molto più facile intrufolarsi negli alloggi reali.

Miriam fece una smorfia che lasciava intendere che si era molto pentita di averlo chiesto. «Di che si tratta?»

«Oh, niente» disse Niamh in tono cospiratore. «Per caso sapete dove si trova la stanza di Kit?»

Nell'ora più buia della notte, sul palazzo regnava finalmente il silenzio. Nessun domestico si affannava per i corridoi o si spostava nei passaggi segreti. Nessun ospite si attardava nel salone, nessuno suonava il pianoforte nel salotto. L'unico rumore udibile era lo scalpiccìo dei piedi di Niamh e Miriam sulle assi del pavimento. La luce della lanterna di Miriam sussurrava contro le pareti e oscillava dolcemente nella penombra.

«Per la cronaca» mormorò lei «questa è una pessima, pessima idea e ci farete sbattere in prigione entrambe.»

«Non siate così paranoica» rispose Niamh con un gesto della mano. «Sarò dentro e fuori in un baleno. Devo solo prendere in prestito il soprabito di Kit per la serata.»

«*Rubare* il soprabito di Kit» la corresse Miriam.

«È davvero un furto? L'ho creato io per lui. Diciamo che è un regalo che mi riprendo.»

Miriam alzò gli occhi al cielo, ma evidentemente decise che non valeva la pena di discutere. In tutta onestà, quella era forse la peggiore idea che Niamh avesse mai avuto, ma non vedeva alternative migliori. Doveva a Miriam tutti gli anni che le restavano da vivere – e forse anche il suo primogenito – per aver accettato, molto a malincuore, di fare la guardia. Se qualcuno l'avesse sorpresa a sgattaiolare fuori dalla camera di Kit nel cuore della notte, non ci sarebbe stato modo di arginare tutti i pettegolezzi.

Si fermarono davanti a una porta i cui pannelli avevano rilievi d'oro ed erano percorsi da viti finemente intagliate. Alla luce della candela, la vernice sembrava brillare e crepitare. Con un respiro profondo, Niamh chiuse le dita intorno alla maniglia. Con uno scricchiolio che sembrò riecheggiare per tutto il palazzo, il chiavistello si aprì. Anche nella semioscurità, Niamh poté vedere gli occhi scuri di Miriam brillare di terrore. Era tutto molto meno incoraggiante di quanto avesse sperato.

Superata la porta l'accolse un'improvvisa ondata di adrenalina. Non aveva mai fatto nulla di così audace prima di quel momento.

Ma il dolce brivido di ribellione non durò a lungo. All'interno, il buio era denso come un drappo. Sbatté le palpebre, aspettando che gli occhi si adattassero all'oscurità. Quando finalmente mise a fuoco la stanza, Niamh rimase sorpresa. Non era affatto come se l'era immaginata. Era stranamente impersonale, come una camera per gli ospiti… sembrava non ci vivesse nessuno. Niente quadri. Niente effetti personali. Niente disordine. L'unica cosa che attirò la sua attenzione fu la carta da parati, con motivi di margherite e violette. Era squisita, tanto da infastidirla. Era tutto delicato, dolce e grazioso: il santuario di un ragazzo che se n'era andato quattro anni prima… che forse non era mai esistito. Sinclair insisteva nel dire che era stato un bambino sensibile, ma lei non riusciva a immaginare che Kit Carmine potesse essere mai stato dolce come un germoglio. Era di un ceppo più robusto: un'erbaccia che cresceva tra le crepe di un marciapiede per puro dispetto.

Alla fine, il suo sguardo si posò sul letto, proprio quello che aveva cercato di non notare. Kit dormiva in una pozza di luce lunare. Le ombre delle foglie fuori dalla finestra gli proiettavano sul viso un motivo maculato. I suoi capelli ricadevano sul cuscino come una colata d'acqua scura. Nemmeno nel sonno sembrava tranquillo. La sua bellezza era tanto più crudele perché lei non poteva guardarlo da vicino. Ogni indugio le avrebbe spezzato il cuore.

Si chiuse la porta alle spalle, facendo pochissimo rumore. Doveva solo capire dove Kit aveva riposto il soprabito che lei aveva incantato con l'invisibilità. Si diresse verso l'armadio e picchiò prontamente l'alluce contro la base del mobile.

Il dolore le attraversò tutto il corpo e gli occhi le lacrimarono. Soffocò un mugolio, poi riportò lo sguardo su Kit. Lui si agitò nel sonno, aggrottando la fronte. Si rese conto di non essersi preparata neanche uno straccio di scusa, nel caso in cui si fosse svegliato e l'avesse trovata lì. Al suo lato malizioso venne voglia di sapere cos'avrebbe fatto. Riusciva a immaginare fin troppo bene il suo rossore immediato e l'accusa rabbiosa che gli avrebbe letto negli occhi. Poi tutto si sarebbe dileguato e lui avrebbe detto qualcosa di terribilmente poco romantico ma innegabilmente irresistibile, per esempio: «Vieni qui».

Concentrati, si disse bruscamente.

Aprì le porte del guardaroba. Diede una scorsa tra le camicie e le giacche, con il fiato sospeso a ogni scricchiolio metallico delle grucce sull'appendiabiti. Quando arrivò alla fine, si sentì mancare. Non c'era. Possibile che se ne fosse già sbarazzato? Ma quando girò sui tacchi, lo vide. Lì, nell'angolo, appeso allo schienale della sedia della scrivania. La luce della luna danzò sull'incantesimo intriso nel ricamo, invitandola ad avvicinarsi. Sarebbe sembrata una vittoria se non fosse stato a neanche un metro dal suo letto. Le bruciava tutto il viso. Be', ormai non c'era più nulla da fare. Era già arrivata fin lì.

Niamh trattenne il respiro e si avvicinò. Ogni scricchiolio delle assi del pavimento risuonava come un colpo di moschetto. Con cautela, prese il soprabito e se lo strinse al petto. Il tessuto era fresco e morbido contro la pelle, e sentì la magia – la speranza – brillare al suo interno. Sembrava che fosse stato creato da una ragazza completamente diversa, che credeva ancora che Kit fosse crudele e irremovibile.

Azzardò un'altra occhiata a Kit. Un riquadro di luce lunare illuminò d'argento i suoi lineamenti. Pensò che non si sarebbe mai più avvicinata così tanto a lui. Non avrebbe mai più sentito il piacevole timbro roco della sua voce, né avrebbe subito l'impatto della sua irritazione. Un giorno, forse, avrebbe dimenticato cosa significava sentirsi accudita e protetta da lui. Aveva una gran voglia di svegliarlo, per poter memorizzare di nuovo tutto di lui. Ma si era già tormentata abbastanza per quella notte.

«Addio» sussurrò.

Kit aprì gli occhi. Niamh trattenne uno strillo di sorpresa. «Niamh?» Aveva gli occhi annebbiati e la voce arrochita dal sonno. «Sto sognando?»

«Sì» lo assecondò subito lei. «Stai sognando.»

«Vieni qui.» Sembrava ancora mezzo addormentato, ma l'arroganza da principe che traspariva da quelle parole la fece scattare sull'attenti.

Cosa avrebbe dovuto fare? Se fosse fuggita, lui sarebbe tornato in sé e si sarebbe accorto che si era introdotta nella sua stanza come una ladra. L'unica cosa che poteva fare era pregare che si addormentasse di nuovo e dimenticasse completamente il loro incontro. Lentamente, si mise il soprabito sulle spalle come un mantello e si sedette sul bordo del letto. Il materasso si abbassò sotto il suo peso.

Lui si girò verso di lei e mormorò: «Mi sei mancata».

Il suo cuore ebbe un sussulto. Dei, era così debole.

Ma quando abbassò lo sguardo, gli occhi di Kit si erano chiusi. Lentamente, il suo respiro si regolò. Un brivido di delusione la percorse all'altezza dello stomaco, anche se in realtà non sapeva cosa si era aspettata. Si alzò e chiuse la porta su ciò che avrebbero potuto avere.

21

A soli quattro giorni dal matrimonio, l'ultimo evento del calendario mondano di Jack offrì a Niamh l'occasione perfetta.

Quella sera era in programma un incontro privato, con la sola presenza del corteo nuziale e delle famiglie della coppia. Dalla finestra della sua camera, Niamh osservò l'arrivo dei Carrillo. Scesero da una fila di carrozze, uno dopo l'altro. Erano molto più numerosi di quanto Niamh avesse previsto. Rosa, a quanto pareva, aveva undici fratelli. Erano di tutte le età: i più grandi erano sulla trentina, mentre i più piccoli erano ancora bambini. Riuscì solo a intravedere il re e la regina prima che un esercito di servitori – e Jack stesso – andasse loro incontro e li conducesse all'interno.

Quando fu il momento di andarsene, Niamh infilò l'ultima lettera di Lovelace nella tasca della giacca di Kit, poi se la mise sulle spalle. Il suo peso le diede conforto e le donò calore, con la sua magia intrisa nei fili. Chiuse gli occhi e respirò profondamente mentre l'incantesimo la investiva. Era sempre così. L'emozione le vibrò dentro. Poi: i ricordi. Tutto ciò che aveva provato mentre ricamava quel capo le tornò alla mente.

Ricordò tutte le volte in cui si era sentita piccola e al sicuro, protetta e cullata: nascosta in una cavità sotto le radici di un albero giocando a nascondino, rannicchiata a letto accanto a un'amica, appisolata tra le braccia di sua madre. La tenerezza di tutto ciò la fece sentire stranamente confusa. Si chiese cosa avesse visto Kit quando l'aveva provato per la prima volta, e tutte le cose da cui doveva essersi nascosto da ragazzo. Non sarebbe mai riuscita a chiederglielo di persona. Non l'avrebbe mai più visto sfuggire alla vulnerabilità, o alzare un muro di spine, o innervosirsi per le sue frecciatine.

No, non poteva assolutamente soffermarsi su questo. Non in quel momento.

Scese lo scalone osservando gli ospiti in abiti eleganti che raggiungevano il salotto. Jack aveva fatto arrivare un trio di ballerini dalla Castilia. Era stato costruito un palco, con tre file di sedie che lo circondavano su ogni lato. Niamh indugiò, sperando di vedere almeno uno scorcio dei loro costumi. Ma ben presto le porte si chiusero.

Non c'è tempo da perdere.

Nei corridoi in ombra, tutte le statue erano immerse nella luce blu della luna. I loro occhi freddi e impassibili la guardavano dall'alto in basso, giudicandola in silenzio. La porta dell'ala del palazzo riservata a Jack e a Sofia incombeva solida e imponente sopra di lei. Tentò di girare la maniglia, ma la serratura non scattò.

Se lo aspettava, e quindi si era preparata. Quanto poteva essere difficile, in realtà, entrare? Estrasse una forcina dall'acconciatura e la treccia le cadde sulla schiena. Infilò la forcina nella serratura. Una spinta, una torsione e uno schiocco. La metà rotta della forcina cadde a terra.

«Oh, accidenti» mormorò sottovoce.

«Ti avevo detto di restare fuori dai guai.»

Niamh sussultò. Si girò di scatto, tanto che la sua treccia per poco non le frustò il viso. Kit era lì, appoggiato al muro, a neanche un metro da lei. I suoi occhi d'ambra sembravano brillare nel buio, pieni di esasperata incredulità e di mille emozioni trattenute.

«Kit!»

«Eppure ti sei fatta sorprendere così facilmente» disse lui meravigliato. «Dovresti prestare più attenzione a ciò che ti circonda, soprattutto se stai cercando di introdurti negli alloggi di Sua Altezza Reale.»

Lei non aveva idea di come ribattere. Non aveva idea di cosa fare con lui, così disinvolto e sarcastico come sempre. Si strinse il soprabito intorno alla gola. «Cosa ci fai qui? Non dovresti evitarmi?» E poi le venne in mente qualcos'altro. «Come hai fatto a vedermi?»

«Ti ho vista all'ingresso, solo per un momento.»

«Quindi mi stavi cercando?»

«Non farti un'idea sbagliata.» Lui distolse lo sguardo, ma lei riuscì a vedere una lievissima spolverata di rosso insinuarsi lungo il dorso del suo naso. «Ho capito che stavi per fare qualcosa di avventato. A quanto pare, avevo ragione. Non riesci proprio a trattenerti, eh?»

Il volto di Niamh bruciava per l'umiliazione. «E tu? Non

è che sia stata un'idea saggia quella di seguirmi. La gente ti avrà visto uscire.»

«E allora? Questa è casa mia.»

«Oh. Giusto.» Fece una pausa. «Comunque, se qualcuno ci trova di nuovo insieme... Questa è una situazione molto compromettente.»

«Allora non ci faremo scoprire.» Ormai aveva riconosciuto lo sguardo nei suoi occhi: significava sfida. «Cosa stai facendo?»

Niamh non riuscì a trovare una scusa sensata. Era in piedi in un corridoio buio, con il suo soprabito rubato e in mano una forcina rotta che aveva usato come grimaldello. «Sto dando un'occhiata in giro.»

«È così che lo chiami? Lo hai fatto parecchio ultimamente.»

Impiegò qualche istante per capire a cosa si riferisse. «Tu... eri sveglio?»

«Mi hai quasi rotto l'armadio con quel calcio. Quindi, sì.»

«Tu...» Se solo il pavimento l'avesse inghiottita in quell'istante. Se solo avesse potuto prendere fuoco. «Allora mi stavi solo prendendo in giro, quando mi hai chiesto di venire da te! Perché non hai detto nulla?»

«Forse volevo vedere come sarebbe andata a finire.» Si appoggiò al muro, il ritratto della noncuranza. «A essere sincero, sto ancora aspettando.»

Dei, ma perché doveva essere lì? Aveva creduto che sarebbe stato semplice, che l'avrebbe aiutato da lontano e sarebbe uscita dalla sua vita. Ma erano irrimediabilmente attratti l'uno dall'altra, come calamite. La irritava quanto le sembrasse facile e giusto comportarsi in quel modo con lui.

«Sto cercando di scoprire chi è Lovelace» sbottò. «Sei contento adesso?»

Lui inarcò un sopracciglio. «Nell'ala del palazzo riservata a mio fratello?»

Oh, era un uomo *impossibile*. Capì dal suo tono imperturbabile e dal barlume di freddezza nei suoi occhi che si stava divertendo un mondo. «Credo che sia la principessa Sofia.»

Il divertimento gli scomparve dal viso. «*Cosa?*»

Lei trasalì. «So che rischio un'accusa per tradimento anche solo alludendo a una cosa del genere, ma ho le mie ragioni per...»

Lui sbuffò spazientito. «Non devi darmi spiegazioni. Non sono qui per fermarti.»

«Ah, no?»

«No.» Lui si scostò i capelli dal viso e sospirò, come se fosse davvero molto contrariato, ma non le sfuggì come si fosse addolcita la sua espressione. «Vengo con te. Ma voglio indietro il mio soprabito.»

«Affare fatto.» Lei fece una pausa, e fu colta da un sospetto. «Un momento. Perché mi stai aiutando a entrare nelle stanze di tuo fratello?»

«Perché anche se ti sbagli, lui non merita un attimo di pace» disse con tono spiccio «e se invece hai ragione, sei nei guai fino al collo. Non hai nessuno che ti protegga se le cose si mettono male.»

«Non ho bisogno della tua protezione.» Ne aveva bisogno eccome, invece. Ma non gli avrebbe dato la soddisfazione di ammetterlo.

«Ti ho dato il mio parere. Ora dammi il mio soprabito.»

Malvolentieri, glielo porse. Lui le diede quello che indossava.

Era caldo e profumava di lui, di terriccio e tabacco. Era uno scambio più che equo. Immediatamente, lei infilò le braccia nelle maniche e se lo strinse addosso. Kit la osservò con un'espressione particolare, quasi come se la stesse contemplando.

«Cosa c'è?» Si guardò i piedi. «Faccio ridere, vero?»

«No» disse, con un filo di timidezza. «Cioè, ti va enorme. Ma mi piace vederti con i miei vestiti addosso.»

«Oh.» Si schiarì la voce, decisa a non lasciarsi confondere. «*Ehm*… Allora, hai la chiave?»

Lui sorrise e il cuore prese a batterle forte. Non credeva di aver mai visto il suo lato dispettoso. «No. Ma sono già entrato qui. È facile.»

I suoi occhi sfavillarono dorati, e un flusso di magia le accarezzò pelle. Le piante intorno a loro presero vita. I rampicanti uscirono dai loro vasi e si infilarono nel buco della serratura. Il legno gemette e si frantumò e, dopo un attimo, l'intera serratura si staccò dalla porta. Finì sul pavimento con un tonfo metallico.

Niamh la fissò avvilita. «Be', di sicuro è un metodo efficace. Ma ora saprà che siamo stati qui. Come glielo spiegherai?»

«Non farà domande. Penserà che sono venuto di nuovo a cercare il suo whisky.» L'ironia svanì dalla sua voce. «Andiamo.»

La superò, e Niamh si affrettò a seguirlo. Sottovoce, gli domandò: «E ti sta bene lasciarglielo credere?»

«Non vedo che importanza abbia quello che penso io.» La sua suscettibilità era palpabile, ma si dissolse in un sospiro. «Dubito che si fidi ancora di me… per ottime ragioni. A essere sincero, prima di andarmene ero una persona orribile. Lui riusciva a malapena a pensare a se stesso, e non è che il nostro vecchio gli abbia dato il buon esempio in fatto di cure genitoriali.»

Ricordava ancora il dolore straziato e furioso nella voce di Jack il pomeriggio della festa all'aperto. "Hai tagliato la corda non appena le cose si sono fatte difficili, proprio come ha fatto nostra madre. A cosa mi siete serviti voi due?"

«Sono sicura che nemmeno lui sia fiero di sé. La disperazione a volte spinge a fare cose di cui poi ci si pente» disse Niamh a bassa voce. «Tuttavia, eri un bambino... e non eri in te. Mostra un po' di compassione per te stesso.»

I loro passi riecheggiarono nei corridoi. Al buio, il pavimento di marmo era lucido come una lastra di ghiaccio. Kit si diresse verso il centro dell'anticamera, dove un mosaico sul pavimento raffigurava lo stemma di famiglia: una rosa in piena fioritura, una goccia di sangue dorato che imperlava una spina.

«Adesso che si fa?» le domandò Kit.

Niamh si guardò intorno a disagio. «*Ehm*... Be'...»

«Incredibile» borbottò lui. «Hai cercato di intrufolarti qui senza un piano.»

«Dammi solo un momento. Sto pensando.» Tre corridoi si diramavano dall'atrio. «Qual è la stanza di Sofia?»

Kit parve sul punto di prenderla di nuovo in giro per essersi intrufolata in camera di qualcuno, così si corresse: «Non voglio sentire un'altra parola da te!»

Senza pensarci, lo afferrò per il gomito e se lo trascinò dietro. Solo una volta varcata la soglia della stanza della principessa, si rese conto che lui non si era tirato indietro e non aveva opposto resistenza. Lo lasciò andare e osservò la stanza.

Tutto era rivestito di morbidi tessuti bianchi e grigi, spenti come una foresta in pieno inverno. Per prima cosa, Niamh si avvicinò alla scrivania. Non c'era nulla che ne ingombrasse la superficie, solo qualche lettera iniziata in una lingua che non riusciva a leggere. La calligrafia non le sembrava affatto familiare. Si sentì mancare. Ma forse nel contenuto delle lettere c'era qualcosa che avrebbe dimostrato la sua teoria.

«Capisci il saksiano?» gli chiese.

«Un po'.» Le tese una mano. «Fammi vedere.»

Gli passò la lettera. Mentre lui la esaminava, lei rovistò nei cassetti. *Niente, niente, niente.* Solo sigilli per la cera e pennini affilati, in fila come strumenti chirurgici.

«Nulla di interessante» disse Kit. «Dice alla sorella che non è felice qui.»

Niamh non aveva bisogno di leggere la sua corrispondenza per capirlo. Prese la lettera e la rimise al suo posto con cura. «La capisco.»

Forse si sbagliava. Ma proprio davanti a lei c'era una porta finestra che dava su una terrazza. Si affacciava sul vasto prato anteriore… e lì, come un esile fantasma che si stagliava nella notte, ecco l'albero colpito dal fulmine. Niamh adesso ricordava: aveva visto Sofia in piedi proprio lì, con le tende che si agitavano nella brezza e la vestaglia stretta intorno a lei. Anche Sofia doveva averla vista.

Per forza.

«Sembri delusa» le disse Kit.

«Non è niente. Proviamo in un'altra stanza.»

Quando provarono la maniglia della stanza accanto, girò a vuoto. Chiusa a chiave. Kit serrò gli occhi e premette una mano contro la porta. Una debole luce dorata gli vibrò sugli zigomi, simile a una ragnatela sotto le ciglia. Un rampicante si infilò nella serratura dall'altro lato. La strappò dalla porta, che si aprì con un gemito penoso.

«Ben fatto» disse Niamh debolmente. L'impudenza di quel gesto la sbalordì. Per quanto fosse poco ortodosso come principe, non poteva negare del tutto la sua natura. Niamh immaginò che fosse normale quando si veniva cresciuti con l'idea di possedere la terra su cui si cammina.

Kit entrò nella stanza e accese la lampada a gas montata sulla parete. Una luce oleosa si posò densa su ogni cosa. La stanza di Jack era esattamente come la ricordava: tutto perfettamente in ordine.

«Di solito venivo a disturbarlo mentre lavorava.» Strisciò la punta della scarpa sul pavimento. «Se spostavi qualcosa anche solo di un centimetro, lui se ne accorgeva sempre. È come un museo qui dentro.»

«Allora non dovremmo toccare nulla. Oh. Giusto. La porta.»

Ormai era troppo tardi per ogni cautela.

«Voglio dare un'occhiata in giro, già che siamo qui» disse lui.

Anche lei era curiosa di sapere che cosa tenesse Jack così occupato lì dentro. Kit percorse a lenti cerchi il perimetro della stanza finché non giunse dietro la scrivania. Prese il decanter di vetro del whisky da una mensola, aprì la finestra e lo versò di sotto. Un muscolo della mandibola si tese mentre lo riposizionava sulla mensola. Una brezza fresca attraversò la stanza, facendo frusciare tutte le carte di Jack.

Niamh lo raggiunse esitante. Tra gli scaffali e la sedia non c'era molto spazio per muoversi. Quando iniziò a scorrere i fogli accatastati in pile ordinate, il gomito di Niamh urtò contro quello di lui. C'erano gli schemi dei posti a sedere – nomi aggiunti e cancellati e riorganizzati centinaia di volte – e i menù con le sue note meticolose (IL PAN DI SPAGNA È TROPPO COMPATTO, diceva una di queste, e L'AROMA DEL TÈ È TROPPO INTENSO. NON SOPPORTO LA LAVANDA).

Era tutto terribilmente nella norma.

Li mise in quello che credeva fosse l'ordine corretto, poi rivolse l'attenzione ai cassetti. All'interno trovò dei libri contabili... *un sacco* di libri contabili, tutti identici e rilegati in pelle. Posò il più recente sulla scrivania. Atterrò con un tonfo.

«Sta sempre lì a scarabocchiarci sopra» disse Kit. «Non mi ha mai permesso di guardarli.»

«Procediamo?»

Ne presero uno ciascuno. La minuscola precisione della calligrafia di Jack la confondeva, e la quantità di numeri le fece girare la testa. Aveva imparato un po' di matematica di base per gestire la sua attività, ma non era il suo forte, ed era difficile capire cosa stesse guardando esattamente. Nel libro erano riposti anche lettere e documenti; avevano tutti un'aria ufficiale e sempre più minacciosa.

Accanto a lei, Kit li sfogliava con la stessa ostinata concentrazione che applicava a ogni cosa nella sua vita. Ma aveva gli occhi sgranati e impallidiva a mano a mano che girava le pagine. Lesse per quella che sembrò un'eternità prima di mettere da parte il libro e sfogliarne un altro. Alla fine, il suo viso avvampò di rabbia. «Non può essere.»

«Cosa c'è?»

Fece un passo indietro e fissò la scrivania, come se l'avesse morso. «Le casse reali sono quasi vuote.»

«*Cosa?*»

Kit si mise di nuovo al lavoro. Aprì ogni cassetto e ogni archivio. Scoprì corrispondenza proveniente da ogni angolo dell'impero. Dissezionò la stanza con la stessa precisione mercenaria di un cacciatore che prepara una preda. Alla fine, erano praticamente sommersi dalla carta. Kit si chinò sulla scrivania, artigliando le dita al bordo.

«È iniziato tutto con nostro padre, decenni fa» disse. «Il Machland non è stata l'unica colonia a ribellarsi in quel periodo e i tentativi del vecchio di schiacciarle tutte sono stati estremamente dispendiosi. Era una battaglia persa in partenza, ma lui si affannava disperatamente per mantenere la sua presa sull'impero. Ha prosciugato le nostre risorse pensando solo al suo ego.»

Niamh non riusciva a immaginare quanto sangue fosse stato versato in così tante guerre. Tremò al pensiero di cosa sarebbe potuto succedere durante la Guerra d'indipendenza machlandese se il re non fosse stato impegnato su più fronti. Avrebbero potuto benissimo finire annientati.

«E poi» continuò Kit, la cui amarezza non faceva che aumentare, «quando perdeva, si tranquillizzava costruendo cose belle e inutili, come il palazzo in cui ora sta marcendo. È una mostruosità fatta d'oro. Per non parlare delle spese per mantenere tutte le sue amanti, il suo vizio per il laudano, le opere d'arte che ha collezionato… Il debito che ha accumulato è astronomico.»

«E ha scaricato tutto questo su Jack» concluse Niamh a bassa voce «senza preoccuparsi di prepararlo.»

«Esatto» confermò lui in un sussurro. «E da allora Jack si affanna a tamponare le falle, cercando di mantenere un'illusione di normalità. Uno dei suoi maggiori finanziatori in questo momento è il duca di Pelinor. Il padre di Sinclair.»

Niamh si sentì mancare. «Oh, no.»

Kit riprese a camminare. «Un uomo che ha accumulato metà della sua fortuna sfruttando i machlandesi. Era un proprietario terriero prima della ribellione, e ora usa la manodopera a basso costo dei machlandesi per massimizzare i suoi profitti.»

Il che significava che Jack non poteva permettersi di contrariarlo.

Niamh si appoggiò alla scrivania quando fu investita da un'improvvisa ondata di nausea. «Quindi è per questo che rifiuta di ascoltare i contestatori.»

«Le casse avalandesi si stanno dissanguando» concluse Kit «e lui getta via altro denaro in questo matrimonio. *Perché?*»

All'improvviso a Niamh venne un'illuminazione. *Quello* era ciò che voleva Lovelace. *Quello* era ciò che avevano sospettato: debiti, tangenti, corruzione. Avaland era un regno che poggiava su apparenze ingannevoli, sulla speranza in un miracolo e sulla volontà di un uomo deciso a sostenerne il peso da solo.

Kit scagliò le scartoffie giù dalla scrivania. I libri contabili caddero a terra. I documenti si sparpagliarono per la stanza. «Come ha potuto tenermi tutto nascosto?»

Niamh gli appoggiò una mano sul gomito. «Eri troppo giovane.»

«Non è una giustificazione» ringhiò lui. «Razza di idiota. Se dovesse morire stanotte, tutto questo ricadrebbe sul povero bastardo che il Parlamento riterrà opportuno designare, e nessuno tra loro è abbastanza competente da riuscire a nascondere la faccenda come ha fatto lui. Avrei potuto aiutarlo. Ma non posso intervenire se non ho idea di cosa devo affrontare.»

«Non spetta a te risolvere questo problema, Kit» gli disse Niamh. «Tu non eri nemmeno qui. Non hai provocato questo disastro.»

«Nemmeno lui. Cazzo» sbottò Kit. «*Cazzo*. Perdonami.»

«Stai bene?»

«Sì» rispose dopo un po'. La sua rabbia si dissolse e sul suo volto rimase solo una determinazione implacabile. «Questo è un bene.»

Niamh lo guardò sbalordita. «Sei impazzito? Non vedo come possa essere un bene, da nessun punto di vista.»

«Non mi sono mai sentito meglio. Sento che c'è qualcosa che *posso* fare.» Si scostò i capelli dal viso. «Per molto tempo mi sono sentito del tutto impotente… come se non fossi stato libero un solo giorno in vita mia. Pensavo che non sarei mai riuscito a fuggire… né dalla mia famiglia, né dal passato, né dalla mia mente. Prima di tornare qui, era come se non importasse se avessi smesso di bere o meno, sembrava che non valesse nemmeno la pena vivere. Ero bloccato in una fattoria in Helles, in mezzo a perfetti estranei e senza nulla da fare se non pensare a tutto ciò che avevo perso e a tutti i modi in cui avevo fallito.

«Ma un giorno ho visto cos'ero diventato. Il proprietario dell'uliveto mi ha trovato privo di sensi. Non deve essere stato un bello spettacolo.» Si lasciò sfuggire una risata amara. «Quando ho ripreso conoscenza, mi ha fatto sedere e mi ha detto: "Ho conosciuto molti uomini come te nel corso degli anni. Non devi farti del male perché qualcun altro ti ha ferito". In quel momento ho capito di avere una scelta. Potevo morire lì, oppure vivere per vendicarmi.»

Niamh si lasciò quasi sfuggire un sorriso. Era proprio da lui aggrapparsi alla vendetta, anche nella disperazione più nera.

«Per qualche miracolo, sono qui. Ancora non so come si fa a essere vulnerabili. Ancora non so cosa fare di me stesso il più delle volte. Ancora non so come diventare una brava persona. Ma questo è un inizio.» Guardò i libri contabili che aveva sparpagliato sul pavimento. «Sono uscito dall'oblio e la mia vita finalmente mi appartiene. Finalmente so cosa voglio. Voglio sistemare le cose. Voglio...»

Si interruppe. Ma non ebbe bisogno di finire la frase perché lei capisse.

Voglio te.

Niamh incespicò all'indietro e urtò contro lo scaffale. Un astrolabio traballò pericolosamente alle sue spalle. «Non puoi scherzare così.»

«Non sto scherzando.»

Erano così vicini da condividere l'uno il respiro dell'altra... una tortura. Perché, a prescindere da ciò che provava lui, non si poteva ignorare la loro differenza di ceto. Non sarebbe mai potuto accadere.

«Ma... Io...» Le ci volle un attimo per ricordare come si facesse a parlare. «Devi scherzare per forza! Hai fatto bene a suggerire di restare lontani. Io sono sgraziata e sciocca e... combinerò un disastro. L'ho già fatto! Non vado bene per te sotto tutti i punti di vista.»

«Forse sei l'unica cosa buona che abbia mai desiderato.»

Lei sospirò. Non riusciva a metabolizzare quella confessione. Non riusciva ad accettarla. Non poteva permettersi di sperare ancora. Avrebbe sofferto troppo. "Finirete per spezzarvi il cuore." «Dovremmo andarcene prima che qualcuno ci trovi qui.»

Senza aspettare una risposta, girò sui tacchi per fuggire.

«Aspetta.» Lui la prese per il polso. Le sue dita erano calde contro la pelle, la sua presa era ferma ma delicata. *Resta, ti prego.* Il cuore le batteva all'impazzata mentre si girava a guardarlo. «È che... Aspetta un attimo. Sei sempre di corsa.»

Rimasero fermi al centro della stanza, ma la presenza di lui la avviluppò completamente. La calda intensità del suo sguardo la pietrificò. Da quando era diventata abbastanza grande da capire quali carte avesse a disposizione, aveva lavorato incessantemente: sempre a prepararsi all'inevitabile, a cercare la prossima cosa da fare, un altro strappo da rammendare, un'altra ferita da lenire. Aveva sempre creduto che la vita fosse quel che le scivolava tra le dita mentre se ne stava a oziare. Che la vita fosse qualcosa che sprecava, non qualcosa che possedeva. Ma ora si rendeva conto di quanto si fosse sbagliata. Il suo cuore batteva. Aveva aria nei polmoni. La vita era lì, proprio davanti a lei.

Non si sarebbe mossa per nulla al mondo.

Gli occhi di Kit erano liquidi, dorati e luminosi come la luce del sole. Erano sul filo di un rasoio, in bilico tra bramosia e frustrazione. Fu percorsa da un brivido.

«Ecco» mormorò lui. «È così terribile?»

«No» sussurrò lei.

Non sapeva come fosse successo, né chi si fosse mosso

per primo, ma d'un tratto si sentì priva di peso. Si sollevò sulle punte dei piedi e sentì il petto di Kit solido e caldo sotto i palmi. Lui le fece scivolare una mano dietro la schiena, attirandola a sé. Quando la baciò, fu del tutto diverso dal Kit che conosceva: dolce ed esitante e famelico. Niamh sorrise contro la sua bocca.

Erano così poche le volte in cui non odiava il proprio corpo, traditore com'era. Ma dei, era così bello stare tra le sue braccia. Le vennero le lacrime agli occhi per la tenerezza con cui la stringeva. La felicità si sprigionò in lei come magia. Si sentiva risplendere di magia, ogni battito del cuore cantava al suono del suo nome. Tutto stava andando in pezzi attorno a loro, ma lì, con lui, era come trovarsi nell'occhio di un ciclone.

«Kit!»

Nel sentire la voce di Jack, si immobilizzarono entrambi.

«Nasconditi» le disse Kit.

22

"Nasconditi." Fu un freddo ritorno alla realtà.

Nulla sembrava reale, mentre aveva la testa ancora immersa in quel bacio. Lui la riportò con in piedi per terra, l'abito d'un tratto si fece soffocante con il suo peso.

Nascondersi? Non c'era tempo. I passi di Jack risuonavano sempre più forti nell'anticamera. Si guardò freneticamente attorno. A meno che non volesse calarsi dalla finestra – cosa che, conoscendosi, sarebbe finita sicuramente male – non c'era nessun posto dove andare. A parte la scrivania.

Niamh vi si infilò sotto, proprio mentre la porta si apriva.

«Cosa credi di fare?»

Le si gelò il sangue al suono della voce di Jack. Essendo cresciuta in una famiglia che aveva affrontato molte perdite, aveva sempre convissuto con la rabbia, aveva imparato a farsi piccola per evitarla, a schivarne i colpi. Ma Kit affrontò Jack con lo stoicismo di un soldato.

«Davo un'occhiata in giro» rispose con voce piatta.

Niamh cercò di mettersi più comoda, ma aveva dovuto stringersi le ginocchia al petto e piegare il collo in una posizione innaturale per riuscire a infilarsi lì sotto. Se premeva la guancia sul pavimento, poteva scorgere una sottile porzione della stanza. Solo le assi del pavimento, inondate dalla luce della luna e cosparse dei documenti di Jack, e il luccichio delle loro scarpe nere.

Il silenzio scese tra loro. Jack doveva aver notato il decanter vuoto sulla mensola, perché disse: «Sei ubriaco».

La voce di Jack vacillò, cosa che Niamh non aveva mai ritenuto possibile. In realtà, non pensava che qualcuno riuscisse a racchiudere così tante emozioni in due parole. Toccò tutte le sfumature del dolore, dalla rabbia alla disperazione e ritorno.

«Non guardarmi così» sbottò Kit, ma c'era qualcosa di vulnerabile nel suo tono: senso di colpa, puro e atroce disgusto di sé. «L'ho versato.»

«Non ti credo.» Jack parlava con fermezza una volta erette di nuovo le proprie difese, pezzo per pezzo. Ma il danno ormai era fatto. Troppe crepe si erano aperte, scavate dalla sofferenza. Niamh provò una stretta al cuore, nel sentire un uomo come il principe reggente così consumato dall'amore. «Come puoi aspettarti che io ti creda?»

«Credimi oppure no. Non mi importa.» Ma Niamh capì che a lui importava molto. Li immaginava, in piedi ai lati opposti della stanza, come se fosse una voragine che non potevano attraversare. «Vedo già gli ingranaggi vorticare nella tua mente. Ma non sono un problema che devi risolvere. Non sono un disastro che devi spazzare via. Non lo capisci? Non avevi modo di ripararmi. Sono ancora furioso per questo, ma ora so che mandarmi via è stata la decisione giusta, perché ti saresti ucciso pur di salvarmi.»

«Kit…»

«Zitto» disse lui bruscamente, con l'emozione ancora densa nella voce. «Non voglio parlare di questo adesso. Hai già abbastanza problemi per conto tuo, non è vero?»

«A quali problemi ti riferisci?»

Kit si lasciò sfuggire una risata amara. «Questo regno è sull'orlo del collasso finanziario, e tu non puoi impedirlo.»

Niamh non ebbe bisogno di vederlo per capire che Jack stava osservando la stanza. I documenti e i libri contabili erano sparsi sul pavimento, tutto quello che c'era sulla sua scrivania era stato aperto e messo a soqquadro.

«Non sai di cosa parli.» Sembrava senza fiato, non per la rabbia, ma per il sollievo. «Dio, non sai il peso che ho dovuto portare da quando nostro padre si è ammalato. Spendeva soldi come se non fosse un problema. Tutti i suoi progetti coloniali falliti, tutte quelle tangenti, tutti quei *vizi*. Avaland è un castello di carte, Christopher. È una bestia con un appetito incessante. Ogni volta che rattoppo un buco, si apre un'altra falla. Non ti avrei riportato qui se avessi avuto altra scelta. Stavo cercando di proteggerti il più possibile da tutto questo.»

«Quindi questo matrimonio…»

«Sì. È un'altra toppa» disse Jack stancamente. «Posso investire la dote di Rosa.»

L'ira di Kit si scatenò di nuovo. «Allora come diavolo hai fatto a convincere il re Felipe ad accettare questo fidanzamento?»

«Perché gli ho promesso sostegno militare, come ho fatto con il padre di Sofia.»

«Un sostegno militare che non puoi dargli» concluse Kit, disgustato.

«Esatto. È un rischio, che si rivelerà enormemente redditizio se la Castilia non si caccerà in un conflitto prima che i miei investimenti abbiano dato dei frutti. Mi aspetto che ci vogliano dai cinque ai dieci anni. Dopodiché, saremo liberi.»

«Da cinque a dieci *anni*?»

«Fino ad allora, dobbiamo salvare le apparenze. Se il Parlamento dovesse scoprire come stanno le cose, sai con che rapidità verrei sostituito come reggente? Preferirei morire piuttosto che vedere crollare quattro secoli di tradizioni della nostra famiglia. Non deluderò nostro padre.»

«Perché lo veneri, anche adesso? Perché giustifichi quello che ci ha fatto? Non era solo un uomo imperfetto. Era un mostro.» Dal suo punto di osservazione, Niamh riuscì a vedere l'ombra di Kit attraversare la stanza. «Non credere nemmeno per un secondo che non sapessi cosa ti ha fatto, anche se hai cercato di nasconderlo. E ora ti ha lasciato con un cadavere da trascinarti dietro, e chissà come ti ha convinto che dovevi sopportare questo peso da solo. Guarda dove ti ha portato.»

Jack non disse nulla.

«Non sono più la tua pedina» sibilò Kit. «Hai voluto che facessi il mio dovere. Lo sto facendo… e farò anche il tuo, se non ne sei all'altezza.»

Jack si lasciò sfuggire una risata sbigottita e feroce. «Stai attento a quello che stai suggerendo, Christopher. Potrei iniziare a prenderti sul serio. Alleggeriscimi, allora. Pensi che migliorerebbe la situazione se accettassi di pagare ai machlandesi riparazioni che non possiamo permetterci? Se abdicassi per incauto senso dell'onore? Riesci a immaginare il massacro che seguirebbe a quel vuoto di potere? Quali rivali stranieri approfitteranno dello scompiglio generale? Quanto rapidamente la Castilia si vendicherà? Ci siamo esposti troppo per tirarci indietro adesso.»

«Se sei così deciso a rimediare agli errori di nostro padre» disse Kit a bassa voce «allora incontra Carlile. Puoi ancora fare *qualcosa* per risarcire i machlandesi.»

«Ho le mani legate. Sono lo scudo tra la rovina e i nostri sudditi. Potranno anche non apprezzarlo, ma io sono tutto ciò che hanno.»

«Ma ascoltati. Credi di sapere di cosa abbiano bisogno meglio di loro? Questo tuo martirio ti ha reso uno sciocco miope ed egoista.»

«Basta. Non importa quanto siano ragionevoli le tue osservazioni, che ti piaccia o no, non puoi sfuggire al fatto che sei di stirpe reale. Hai degli obblighi. Non pensare che non sappia cos'hai fatto. Vorrei poter credere che Lovelace abbia pubblicato solo una scandalosa falsità, ma ormai ti conosco abbastanza bene. Non puoi permettere che il tuo giudizio venga offuscato da una miserabile…»

Niamh trasalì, preparandosi a incassare l'insulto.

«Non osare. Non dire un'altra parola su di lei.»

«Sposerai l'infanta Rosa.» Il tono di Jack si rabbuiò. «Non hai scelta.»

«Mi rifiuto.»

«Sono il principe reggente» tuonò lui. La finestra si

frantumò con un rumore acuto e squillante. Frammenti di vetro e piante rampicanti si riversarono nella stanza e caddero ai piedi di Niamh, riflettendo la fredda luce della luna. «Odiami quanto ti pare, ma mi *obbedirai*.»

«Guarda i libri contabili, Jack. Sei il principe del nulla.»

«Fuori di qui» disse Jack, con una calma mortale. «Sono stanco della tua insolenza.»

«Tutto qui?» Il disprezzo impregnava ogni parola. «Chi è che scappa a gambe levate, adesso?»

«*Fuori. Di. Qui.*»

Niamh percepì l'esitazione di Kit. Riusciva quasi a sentirlo mentre la cercava con ansia nell'oscurità. Dei, se solo avesse tenuto quel soprabito, forse sarebbe riuscita a sgattaiolare via insieme a lui.

«D'accordo» disse Kit. «Ma la conversazione non è finita.»

Dopo un attimo, la porta sbatté. Il colpo riecheggiò nel silenzio.

Niamh trattenne il respiro. Da un momento all'altro, Jack lo avrebbe inseguito. Di certo non poteva lasciare che la conversazione finisse in quel modo. Ma lui emise un lungo sospiro di sconfitta. Niamh sentì il fruscio della stoffa quando lui si tolse la giacca. Atterrò davanti a lei, appoggiato allo schienale della sedia.

Oh, no.

Jack si avvicinò alla scrivania. Da lì, Niamh lo vedeva stagliarsi contro la luce della lampada. Era rimasto in maniche di camicia e si era allentato la cravatta. Sembrava decisamente esausto, con gli occhi iniettati di sangue e l'espressione infelice. Prese il decanter dalla libreria, ma quando si ricordò che era vuoto, imprecò.

«Quel miserabile furfante» mormorò sottovoce. «Sapevo che avrei dovuto mandarlo in marina.»

E poi il suo sguardo si posò su Niamh, che impallidì di colpo. Per alcuni lunghi, orribili istanti si fissarono senza parlare. Si sentì come un fantasma molesto che lui pensava di aver già scacciato.

Quando alla fine si riprese, il suo shock si tramutò in rabbia. «*Voi.*» La tirò fuori trascinandola via per un gomito. Incespicando, Niamh mise un po' di distanza tra loro. «Cosa ci fate qui? L'avete spinto voi a fare questo?»

«No, lo giuro!»

«Non avete fatto altro che crearmi problemi da quando siete arrivata, ragazzina impicciona.»

«Mi dispiace.» Niamh si premette contro il muro. La sua mente si svuotò per la paura di fronte a quegli occhi spiritati. In quel momento non sapeva di cosa fosse capace. Non era mai stata picchiata in vita sua.

Alla fine, Jack sembrò accorgersi di quanto fosse terrorizzata. Il rimorso gli balenò negli occhi, scacciato rapidamente dalla vergogna. Abbassò lo sguardo sulla propria mano, stretta a pugno, e la scosse, come se volesse cancellare un brutto ricordo.

«Mi dispiace di avervi spaventata. È stata una lunga serata.» Chiuse gli occhi e si massaggiò le tempie. «Sono forse un buffone, visto che nessuno mi dimostra un minimo di rispetto? Non avete fatto altro che approfittare della mia indulgenza. Avete dato a Lovelace ulteriori munizioni per la sua crociata e ora avete riempito la testa di mio fratello con ogni sorta di sciocchezze.»

La freddezza con cui aveva liquidato Kit suscitò in lei una

caparbietà che non si era resa conto di possedere. «Sono terribilmente dispiaciuta per il disturbo che vi ho causato, ma ho agito sempre e solo con le migliori intenzioni nei confronti della vostra famiglia» disse con tono deciso. «Non ho fatto altro che trattare il principe come vuole essere trattato: come una persona, che ha sentimenti e idee.»

«Risparmiatemi la lezioncina.» Sembrava stanco. «Di sicuro avrete sufficienti scrupoli, sufficiente *buonsenso*, per comprendere la mia situazione. Voi non siete minimamente adatta a lui sotto tutti i punti di vista. Non mi eravate sembrata una ragazza ambiziosa, ma la vostra impudenza... Aspirare tanto al di sopra del vostro rango. Tentare sfacciatamente di distruggere un'unione decisa da chi ha in mente il bene comune.»

«Che cosa intendete dire con tutto questo, signore?» chiese lei prima di riuscire a trattenersi. «Il principe non mi ha fatto alcuna proposta.»

Jack arrossì, chiaramente indispettito anche solo all'idea. «E devo forse intendere che se lo facesse, voi accettereste?»

Sarebbe stata una sciocca a non rispondere di no. Aveva sempre saputo quali fossero i doveri di Kit in quanto principe. Eppure, era tutto una tale farsa. Non poteva sacrificare così tanto per un regno che non lo amava... per un matrimonio che avrebbe reso entrambe le parti infelici e in trappola. Non riusciva a placare la furia silenziosa e disperata che le bruciava dentro. Se doveva morire giovane, perché avrebbe dovuto vivere compiacendo tutti fuorché se stessa?

«E perché non dovrei?»

«Miss O'Connor, non mettete alla prova la mia pazienza.» Irradiava un rancore pungente e implacabile, deciso com'era a farle sentire il peso di ogni goccia del suo sangue reale, con il suo portamento intimidatorio e regale. «Se è il denaro che cercate, ora sapete che non c'è nulla da guadagnare. Dopotutto, non avete sentito ogni sordido dettaglio della nostra situazione? Non capite qual è la posta in gioco? So che nel corso della storia Avaland non è stata gentile con la vostra gente, e mi dispiace molto che mio padre abbia gestito male i vostri problemi. Ma non potete essere tanto insensibile da condannarci tutti per un vostro sciocco e romantico capriccio.»

«Forse c'è un'altra opzione che non avete considerato! Che non richiede tali sacrifici, o che permette di vivere in un regno più giusto!»

«E sposare mio fratello porterebbe a questo?» chiese lui, beffardo.

«Io...»

«Quindi è così che dimostrate la vostra gratitudine. In quale mondo potreste anche solo concepirlo? Un principe di Avaland con una donna di umili origini. Machlandese, per giunta!» La luce della luna che filtrava dalla finestra rotta mise in evidenza tutta la sua fredda austerità. «Non riesco nemmeno a immaginare lo scandalo – il disonore – che una cosa del genere provocherebbe. Come potete affermare di volergli bene quando sapete che tutto questo lo rovinerebbe? Non ha già sofferto abbastanza per il disprezzo della società?»

«Credete davvero che gli importi qualcosa di ciò che la gente pensa di lui? Se soffre per il loro disprezzo è perché teme le ripercussioni che avrà su di *voi*.»

«Come è giusto che sia» sbottò Jack. «Se continua così,

il nome dei Carmine non verrà mai riabilitato, dopo tutta la fatica che ho fatto. È intollerabile. Voi siete un'insulsa ragazza che viene dal nulla. A parte il vostro sangue divino, non avete assolutamente nulla da offrirgli.»

«Forse non sono adatta a lui, ma lo amo! Davvero non conta nulla?»

Lo amo.

Era successo. Niamh aveva sempre immaginato l'amore come qualcosa di inebriante, totalizzante e glorioso come l'alba, improvviso come una pugnalata al cuore. Ma l'amore era in un certo senso più magico e più banale di quanto avesse sognato. Si era insinuato in lei senza farsi vedere, fino a diventare del tutto innegabile... fino a sgorgarle di bocca, tangibile e solido come una pietra capace di tramortirla.

Jack sembrava inorridito. «Cosa devo fare con voi?»

Niamh era arrivata troppo lontano per tirarsi indietro. Nonostante il tremito delle mani, sollevò il mento e lo guardò negli occhi. «Non potrete prendere decisioni per lui in eterno.»

Lui sorrise tristemente. «Non posso? La mia volontà è la forza più potente in questo universo. Non ne avete ancora visto la portata, le cose di cui sono capace quando vengo messo alle strette, fino a che punto mi spingerei per proteggere ciò che è mio. Non permetterò che soffra ancora... non per un errore così madornale.»

Allora lo comprese chiaramente. Anche in quel momento stava cercando di proteggere Kit. Fin da ragazzo, si era trasformato in un muro: un muro che si frapponeva tra Kit e loro padre, tra Kit e tutti gli oneri del regno, tra Kit e *se stesso*, tra i peccati paterni e il popolo. Nella rigida postura delle sue spalle e nella linea severa della sua mascella, Niamh riusciva a vedere tutti i calcoli che aveva fatto e tutto ciò che si era negato in nome del dovere. Ecco un uomo convinto della propria competenza e sicuro che il suo attento controllo fosse l'unica cosa in grado di far girare il mondo correttamente sul proprio asse.

Faceva male sia capirlo alla perfezione sia detestarlo con tanta amarezza. Come poteva biasimarlo? Anche lei si era caricata sulle spalle il peso di intere generazioni. Anche lei aveva subito la pressione di non sperperare ciò che aveva ricevuto in dono. Le si riempirono gli occhi di lacrime. «Ci deve essere un altro modo. Vi prego, dategli la possibilità di aiutarvi a risolvere la situazione. Se lo costringerete ad andare avanti con questo matrimonio, non farà altro che odiarvi più di quanto non faccia già.»

«Basta» disse lui, in un tono sommesso come una supplica. «Non ho tempo di trovare un'altra modista. Porterete a termine l'incarico che vi è stato affidato. Non direte una parola ad anima viva di tutto questo. Non andrete da nessuna parte senza il mio consenso. Ci siamo capiti?»

Cosa c'era da capire? Qualunque cosa facesse o dicesse, per quanto si accanisse contro di lui, Jack l'avrebbe mandata via. Ma se si fosse rifiutata? Sarebbe stata allontanata dal palazzo, senza la possibilità di salutare i suoi amici, senza la possibilità di veder sfilare uno dei suoi capi al matrimonio e senza la possibilità di dire a Kit cosa provava per lui. Sarebbe stata esattamente come l'aveva definita lui: un'insulsa ragazza, rispedita nel nulla per la vergogna.

«Sì» disse con voce strozzata.

«Bene.» Lui si appoggiò alla scrivania e si slacciò i polsini.

«Nel momento in cui avrete cucito l'ultimo punto a quell'abito, salirete di nuovo sulla nave che vi riporterà nel Machland. Andremo avanti con le nostre vite, e presto tutto questo sarà un lontano ricordo.»

Un lontano ricordo. Proprio ciò che era sempre stata destinata a diventare.

«Mi lascerete parlare con lui? Vi prego.»

Un terribile silenzio scese su di loro. La sua espressione glaciale vacillò, e lei poté vedere il suo buonsenso lottare contro l'affetto che provava per il fratello. Niamh si preparò al suo rifiuto, ma alla fine lui sospirò.

«Che nessuno dica che sono senza cuore. Andate. Ma se lo avete amato solo per il suo rango, fate la cosa giusta e andatevene.» Si passò una mano sulla mascella. Gli occhi stanchi e tormentati si chiusero. «Questa farsa deve continuare, che lo si voglia o no.»

23

Mentre si faceva strada attraverso i corridoi bui del palazzo, Niamh riusciva ancora a sentire le deboli note al piano di sotto: gli applausi degli ospiti, il passo delle ballerine nei loro splendidi abiti, gli accordi struggenti di una chitarra. Si diffondevano nelle sale come la melodia flebile e stentata di un carillon. Le ombre scintillavano e fluttuavano nella luce acquosa. Le sembrava di vagare in un sogno… o forse in un incubo.

Alla fine emerse nell'atrio. Kit la aspettava lì, camminando inquieto. Non appena la sentì avvicinarsi, cercò il suo sguardo. Non l'aveva mai visto tanto sollevato. «Ti ha vista?»

Lei non si azzardò a parlare. Annuì.

Lui le andò incontro e la attirò a sé. La tensione lasciò il suo corpo e dovette chiamare a raccolta tutta la forza di volontà per non piangere di sollievo. Lentamente, gli strinse le braccia intorno alla vita e appoggiò la testa sul suo petto.

Le labbra di Kit le sfiorarono l'orecchio quando le chiese: «Stai bene?»

Lei si lasciò sfuggire una risata forzata e si ritrasse abbastanza per guardarlo negli occhi. *No*. «Credo di sì.»

Cosa poteva dirgli? *Tuo fratello mi ha messa alle strette con l'intenzione di rompere il nostro fidanzamento, che nemmeno esiste e non esisterà mai*. Era stata di sicuro una bella sensazione, in quel momento, vedere il principe reggente infuriarsi anche solo all'idea. Ma Kit avrebbe compiuto il suo dovere, indipendentemente dai suoi sentimenti per lei o per Rosa. Tutte le sue fantasie, tutti i suoi sogni a occhi aperti erano sciocchi. Non esisteva un mondo in cui una sarta machlandese potesse sposare un principe di Avaland. Tuttavia, non riusciva ancora a dirgli addio.

«È seccato con me, ma mi lascerà portare a termine l'incarico» disse. «Adesso mi sembra di capirlo meglio. Non l'ho mai visto così sinceramente spaventato come lo era per te.»

Kit era affranto. «Potrei ucciderlo anche adesso, ma mi ha ferito vederlo così. Non voglio fargli passare di nuovo tutto questo. E non è detto che io riesca a non farlo.»

Niamh gli lisciò i baveri della giacca. «Tutto quello che puoi fare è procedere giorno per giorno. Almeno, è quello che cerco di dire a me stessa quando mi sento sopraffatta dagli eventi, o quando non riesco a ricordare perché faccio la metà delle cose che faccio, o temo che me ne andrò prima di quanto vorrei.»

«Giorno per giorno» ripeté lui, come se stesse assaporando l'idea.

Forse, pensò lei, *persino momento per momento*. Avrebbe

fatto in modo che ogni singolo istante trascorso con lui fosse prezioso. «Vuoi andare da qualche altra parte?» mormorò contro il suo petto.

Senza dire una parola, Kit intrecciò le loro dita e la condusse attraverso i corridoi. All'ultimo piano del palazzo, le mostrò un solarium, nascosto come un abito in fondo a un armadio: incantevole e dimenticato. Il rosone in alto lasciava filtrare un cerchio di luce lunare, irradiata d'ombra. La stanza era disseminata di divani consunti e chaise longue dai cuscini sbiaditi. In un angolo era posizionata un'arpa, ancora tirata a lucido, come se da un momento all'altro qualcuno potesse sedersi allo sgabello per suonarla.

«Questo era il solarium di mia madre» disse.

Non c'era da stupirsi che la facesse sentire così malinconica. Era abbandonato, ma si capiva che qualcuno veniva a spolverare i mobili e ad arieggiare la stanza. A casa, sua madre aveva conservato le cose di suo padre. La giacca della milizia piegata come quando le era stata consegnata dopo la sua morte, la sua sedia a dondolo preferita, la pipa. Custodiva tutto con la massima cura. Era stata felice di mostrarli a Niamh ogni volta che lei lo aveva chiesto. Jack, a quanto sembrava, teneva in ordine anche i suoi ricordi abbandonati, conservati e impersonali come oggetti in un museo. In un certo senso, era ancora più triste che se fossero stati lasciati ad ammuffire.

«È incantevole» gli disse.

Si avvicinò a uno dei bovindi. Fuori il cielo era nero come il raso, adornato dalla curva dorata della luna. Si distese sul divano disseminato di cuscini consumati. Ne abbracciò uno, sentendosi infantile per quanto la confortava.

Kit si sedette accanto a lei. La luce della luna lo bagnò delicatamente d'argento.

Nel silenzio, Niamh era fin troppo consapevole di come le loro cosce fossero a pochi centimetri dal toccarsi. Lui aveva un'espressione così pensierosa e cupa che lei non riuscì a trattenersi. Fece incontrare le loro ginocchia. «Che cosa farai adesso?»

«Non lo so.»

«Allora cosa *vuoi* fare?»

«Ecco, parli di nuovo di quello che voglio io» disse lui con ironia. «Cosa vuoi *tu*?»

Lei sorrise dolcemente. «Voglio che tu sia felice. Vorrei che il tuo dovere e la tua felicità non dovessero escludersi a vicenda. Ma so che starai bene e troverai la serenità con l'infanta Rosa.»

La sua espressione si fece diffidente. «Perché mi sembra un addio?»

«Perché... perché...» Niamh fece un respiro profondo, tremante. Avrebbe voluto essere più eloquente di così. «Questo *è* un addio. Jack mi manderà via. Non appena avrò finito l'ultima prova con l'infanta Rosa, me ne andrò.»

«Cosa?»

«Mi dispiace tanto, Kit.» Si sforzò di mantenere la voce piatta, ma l'emozione cresceva dentro di lei, troppo urgente per essere placata. «Per ogni cosa. Non avrei mai dovuto coinvolgerti in questo stupido piano, stasera. Non avrei mai dovuto parlarti così liberamente! Se non ci fossimo mai conosciuti veramente, allora...»

«Non dire sciocchezze.» Le proteste di Niamh si spensero di fronte allo sguardo di Kit, impaurito, furioso e allo stesso tempo pieno di desiderio. «Non è colpa tua. Niente di tutto questo è colpa tua. Devi smetterla di farti carico di tutto, di saltare alle conclusioni e di incolparti per ogni piccola cosa. Se c'è qualcuno da accusare, qui, sono io. Non sarei riuscito a starti lontano nemmeno se ci avessi provato.»

Non si era mai sentita così paralizzata e al contempo così fuori controllo. Il suo cuore ruggì, il suo respiro accelerò e le sue dita scavarono nel cuscino accanto a lei. L'aria tra loro crepitò, carica come una tempesta in arrivo.

Viva.

Chiuse gli occhi quando le loro bocche si incontrarono. Kit la prese in grembo e lei si aggrappò al bavero della sua giacca, non sapeva se per stabilizzarsi o se per tenerlo vicino a sé. L'impeto del proprio desiderio la sconvolse, ma Kit era in preda alla stessa bramosia. Era goffo, quasi disperato, mentre le sue dita le afferravano i capelli. Una pioggia di forcine cadde sulle assi del pavimento. E quando le mordicchiò il labbro inferiore, era troppo inebetita per vergognarsi del gemito che le strappò. La baciò come un uomo affamato. La baciò come se non avesse più tempo.

Infatti non ne avevano.

Kit si ritrasse, e il cuore le balzò in gola quando la guardò negli occhi. *Non* doveva piangere. Se avesse rovinato tutto, non se lo sarebbe mai perdonato. Nella sua mente si affollarono migliaia di possibilità, tutte le cose che non avrebbe mai potuto fare con lui, le sue fantasie riunite in un unico istante. Il desiderio che suscitava in lei era travolgente. Quasi non sapeva come dare un nome a ciò che bramava. Mugolò.

«Stai bene?» Aveva le labbra turgide di baci e il respiro affannato. «È...?»

Troppo? Riusciva a sentire l'interrogativo nella sua voce. La sua preoccupazione era più tenera di quanto avesse diritto di essere.

Due strade si aprivano davanti a lei. C'era la strada del buonsenso, in cui metteva fine a tutto prima che potesse spezzarla, in cui non rendeva la loro separazione più difficile del necessario. E poi c'era la strada dell'egoismo, della follia, quella in cui si lasciava andare a quel fuoco.

Non ebbe quasi bisogno di riflettere.

Con dita tremanti, Niamh gli incorniciò il volto. Deglutì così forte che sentì il rumore della saliva che scendeva. «Non è abbastanza.»

«No?» Le pupille di Kit erano dilatate dal desiderio. Lui si spostò, con un ginocchio stretto al petto e l'altro che penzolava dal bordo del divano per farle spazio. «Allora vieni qui.»

Quando le parlava così, non poteva negargli nulla. La fece voltare e la attirò a sé, con la schiena premuta contro il suo petto. Niamh sentiva il ritmo costante del suo respiro, il battito selvaggio del suo cuore.

«Sei comoda?» Il suo respiro le sfiorava i capelli sciolti intorno al viso, e la sua voce era calda sulla conchiglia dell'orecchio. Un brivido pigro la percorse. L'impazienza con cui il suo corpo reagiva era umiliante.

«*Mmm*... Non proprio.» Spostò i fianchi indietro e fu ripagata da un gemito profondo e dalla sua eccitazione contro di lei. Quando tese il volto verso il suo, gli sorrise. «Ecco» disse con voce innocente. «*Adesso* sono comoda.»

«Bene.»

Lui le accarezzò la caviglia prima di far scivolare la mano sotto l'orlo della gonna. Era lunga, molto più lunga di quanto

Niamh avrebbe voluto in quel momento. Con lentezza – una lentezza esasperante – Kit la sollevò. Le sue dita le lasciarono una scia di fuoco lungo la curva del polpaccio, la rotondità della coscia, la sporgenza del fianco. La stanza era così silenziosa che riusciva a sentire il fruscio del tessuto che scivolava sulla pelle nuda. Aveva i brividi nonostante il caldo, e si dimenò al dolce sussurro del respiro di Kit sulla gola, al debole *clic* metallico quando le slacciò la giarrettiera. L'attesa le fece battere il cuore all'impazzata.

Dischiuse le gambe, e il suo ginocchio urtò il vetro della finestra, freddo contro la pelle bollente. La raggiunse la musica proveniente dal salone, da qualche parte, in lontananza. Divenne debolmente consapevole delle mille ansie che salivano in superficie: e se li avessero scoperti, e se non avesse avuto idea di cosa fare, e se lo avesse deluso, *e se*, *e se*, *e se*.

Ma non si era mai sentita tanto desiderata. E quando la mano di Kit finalmente, *finalmente,* le scivolò tra le cosce, ogni preoccupazione si dissolse. Le sfuggì un mugolio sommesso. Chiuse gli occhi, lasciò ricadere la testa all'indietro sulla sua spalla. Lui le baciò il collo e il suo corpo divenne immateriale. Il braccio libero di Kit le si adagiò intorno alla vita per sostenerla mentre si scioglieva in lui.

Si girò per baciarlo, ma non riuscì a mettere a fuoco, a trovare la giusta angolazione. Era alla deriva in una sorta di foschia, ed era così bello, non avrebbe mai voluto essere altrove, non avrebbe mai voluto che finisse. Non c'era nient'altro a parte il palmo della mano di Kit sul suo stomaco, il ritmo costante delle sue dita, i fianchi di Niamh che si muovevano spontaneamente contro di lui. Non aveva mai odiato tanto il corsetto come quando lui le sfiorò il seno attraverso l'imbottitura. Mai in vita sua aveva desiderato così tanto essere toccata. Il respiro di Kit accelerò insieme al suo. Il piacere serpeggiò dentro di lei. Crebbe, lentamente, e poi tutto in una volta. Trattenne un grido mentre arrivava al culmine.

Kit allentò la presa su di lei, permettendole di voltarsi. I suoi occhi erano semichiusi e in preda a quella che sembrava meraviglia. «Sei incredibile.»

Il calore le accese il viso. Quando la foschia dei suoi pensieri si diradò, fu travolta dall'imbarazzo. Negli ultimi minuti non aveva avuto un solo pensiero coerente. Le si riversarono tutti addosso, prepotenti. Era stata troppo rumorosa? Troppo smaniosa? Troppo...? Non voleva nemmeno pensare all'aspetto che doveva avere, con i capelli in disordine e le guance arrossate. «*Ti prego*, non prenderti gioco di me proprio adesso. Sono vulnerabile.»

Lui sbatté le palpebre, come se gli avesse dato una botta in testa. «Di cosa stai parlando?»

«Mi stai prendendo in giro, vero?» Gli nascose il viso nel collo. «Scommetto che stai archiviando tutto questo per dopo.»

Kit soffocò una risata. «Forse. Ma non per le ragioni perverse che hai in mente tu.»

Lei gemette. «Kit!»

«Credimi, non ti sto prendendo in giro. È stato...» Si passò una mano tra i capelli, cercando le parole giuste. Evidentemente non ci riuscì e si limitò a guardarla negli occhi. «È stato bello.»

«Oh.» Sentì il viso avvampare. «Bene, allora.»

Se non altro, aumentò la fiducia in se stessa.

Con un sospiro tremante, si spostò e si mise a cavalcioni su di lui. Gli strinse le ginocchia contro i fianchi e lo osservò deglutire con un piccolo brivido di soddisfazione. Si trattenne dall'inseguire il movimento del suo pomo d'Adamo con le labbra. Le mani di Kit si posarono di riflesso sulle sue cosce, ma ciò che quasi le fece perdere il controllo fu quel suo tipico luccichio nei occhi. Una sfida: *E adesso?*

Niamh gli passò le dita tra i capelli fino a trovare il nastro che li tratteneva. Lui la lasciò fare senza commenti. Quando lei lo sciolse, i capelli gli ricaddero sulle spalle. Per poco non sospirò sonoramente per la sua bellezza naturale. *Dei*, fu l'unico pensiero sognante che le passò per la mente, *è tutto così ingiusto*. Di sicuro lui non aveva mai riflettuto su quanto fossero assurdamente morbidi i suoi capelli. La luce della luna li trasformava in argento, e gli illuminava gli occhi di un fuoco pallido.

Gli sfilò la giacca dalle spalle e poi gli slacciò il colletto. Sentiva gli occhi di Kit addosso, che osservavano ogni sua mossa. Chissà come, sembrava divertito, imbarazzato e allo stesso tempo completamente sopraffatto dalla lenta venerazione con cui lo spogliava. La pioggia cominciò a cadere costante, attutendo il rumore incerto dei loro respiri e il fruscio degli indumenti inamidati. Alla fine la cravatta si allentò e la camicia si aprì per rivelare una sottile striscia di pelle nuda sotto la gola. Niamh voleva assaggiarla. Voleva fargli provare le stesse sensazioni che aveva provato lei. Dei, se solo fosse stato più facile dirlo. Le mani le tremavano per la tensione. Ma sotto sotto, c'era l'eccitazione.

La certezza.

Lasciò vagare il palmo sul suo petto, sulla seta calda del gilet e sui freddi bottoni metallici. «Kit?»

Lui non le rispose. Si limitò a puntare gli occhi su di lei come una lama. Le si seccò la gola.

«Mi desideri?» Quasi non riconobbe il suono della propria voce, timida e bramosa nonostante l'audacia delle sue parole. «Perché io ti desidero.»

In un primo momento, l'unica risposta di Kit fu quella di incorniciarle il viso tra le mani e baciarla come se il domani non dovesse arrivare mai.

«Sì» mormorò lui contro le sue labbra. «Sì.»

24

La pioggia tamburellava costantemente sul tetto. Il rosone in alto sembrava un piccolo lago sospeso sopra di loro, e dall'altra parte del vetro il cielo era un meraviglioso vortice viola. Attraverso la finestra aperta e le tende merlettate, Niamh sentiva l'odore della pioggia: terra ed erba umida, il mondo che si risvegliava intorno a loro.

Il sudore si raffreddava sulla sua pelle e luccicava sulle spalle di Kit. Era così bello, con le ombre che si allungavano morbide sulle guance e le ciglia che sembravano ventagli neri. Sentiva il suo respiro regolare e il cuore che le batteva costante sotto la guancia, appoggiata sul suo petto nudo. Lei allungò una mano per scostargli i capelli dalla fronte. C'era una specie di languida serenità in lui. La riempiva di una tenerezza così intensa che le sembrava di sentirla premere contro le costole.

Sarebbe potuta rimanere lì per sempre, con il peso delle

sue braccia su di lei. Ma quel senso di appagamento era un'altra cosa fragile e transitoria... un'altra cosa che non aveva mai posseduto veramente. Tracciò la linea della sua mascella, decisa a memorizzare ogni dettaglio del suo viso. Era proprio come uno degli Eterni. Quella notte le aveva rubato il cuore, e lei sarebbe rimasta a struggersi d'amore per il resto della vita.

«A che cosa stai pensando?» le chiese con voce roca. «Fa quasi rumore, qualunque cosa sia.»

Niamh si tirò su di colpo. «Oh, a niente.»

Lui parve scettico, ma non indagò. Si limitò a prenderle una ciocca di capelli e ad attorcigliarsela lentamente intorno a un dito, come se volesse attirarla di nuovo a sé. «Vieni qui.»

Lei fu sul punto di obbedire, se non altro per baciarlo di nuovo e ammirare fin dove si spingeva quel suo adorabile rossore, ma dal suo punto di osservazione intravide qualcosa di familiare – e stranamente colorato – in mezzo ai suoi vestiti.

Si chinò su di lui, con i capelli che le ricadevano sulle spalle, e tirò un lembo di seta. Nel momento in cui lo toccò, una strana sensazione si impadronì di lei. Una felicità calda e costante, venata dalla fitta dolceamara della perdita. Anche senza l'incantesimo che vi aveva ricamato, lo avrebbe riconosciuto ovunque: il fazzoletto che gli aveva dato il giorno del suo arrivo in Avaland.

«Perché l'hai tenuto?» Non riuscì a trattenere un accenno di accusa nella voce mentre lo faceva penzolare davanti a lui. «Non ti piaceva.»

Il panico gli attraversò il viso e Niamh lo vide chiaramente lottare contro l'impulso di reagire in modo sgarbato. Dopo un lungo istante, le disse: «Non è vero che non mi piaceva».

«Come sarebbe a dire che non è vero?» Gli diede uno schiaffo sul braccio, che le valse un'occhiataccia. «Non ho dimenticato nemmeno per un attimo quello che mi hai detto, né l'espressione del tuo viso quando l'hai afferrato, *né* il modo pessimo con cui mi hai chiesto scusa, se è per questo!»

«Non lo so» rispose lui sulla difensiva. «Mi ha messo... a disagio. La tua magia mi fa provare strane sensazioni.»

«È proprio questo il punto!» esclamò lei. «Ma cosa avrà mai fatto scattare in te? È solo uno stupido incantesimo di... di... desiderio.» "Cosa *voglio*?" l'aveva derisa una volta. "Che domanda ridicola."

«Non volevo provare nulla quando ci siamo conosciuti, tanto meno *desiderio.*» Sembrava infastidito... però non con lei. «Ma da allora non me ne sono più liberato. A malapena ricordavo come fosse la vita prima di incontrarti. Non riuscivo quasi più a capire cosa volevo.»

Il cuore le batteva fortissimo contro le costole. Gli occhi le bruciavano, rischiò di nuovo di mettersi a piangere. «Ma adesso lo sai.»

«Sì, adesso lo so.» Lui si sollevò su un gomito. La sua parola successiva fu a malapena un sussurro contro la clavicola: «Resta».

Fu scossa da un brivido. «Sai che non posso.»

La sua mascella si irrigidì e i suoi occhi si accesero di sfida. «Non può mandarti via così. Non se sei mia.»

Forse poteva farla sua. Forse Jack avrebbe visto l'utilità di placarlo, di concedere a Kit qualcosa con cui distrarsi mentre lui continuava con le sue macchinazioni. Come suonava dolce sulla carta. Ma Niamh aveva già deciso.

«Non posso diventare la tua amante, Kit.»

«Allora diventa mia moglie.»

La mente di Niamh si svuotò completamente. Non era certa di averlo sentito bene, ma no... No, l'aveva sentito. Era una proposta molto, *molto* lontana dal romanticismo che aveva immaginato da bambina, fatto di ardenti dichiarazioni d'amore e forse un briciolo di supplica. Oh, avrebbe dovuto rifiutare seduta stante, proprio per la sua totale mancanza di passione! Ma il romanticismo non era centrale, al momento; non poteva nemmeno arrabbiarsi con lui per aver rovinato la sua prima – e probabilmente unica – proposta di matrimonio. Perché non poteva dire sul serio, e in caso contrario era del tutto folle. In quel momento, mentre erano entrambi meravigliosamente nudi, le avrebbe di sicuro promesso qualsiasi cosa.

Lei si coprì le spalle con i capelli. «Non stai pensando con chiarezza. Non dovresti promettermi cose che non puoi concedermi.»

«La mia vita appartiene a me.» La sua voce era furiosa, polemica, ed era così assolutamente *sua* che le fece battere il cuore all'impazzata. «Me l'ha detto qualcuno tempo fa.»

«Ciononostante, non puoi dirlo.»

«Posso dire tutto quello che voglio» ribatté lui. «Sono un principe.»

«È proprio questo il problema. Cosa diranno tutti?»

Uscire dalla cattedrale mano nella mano con lui sarebbe stato l'equivalente della prima scintilla della rivoluzione. Una ragazza di umili origini – una *machlandese* di umili origini – che sposa un principe avalandese? Non era soltanto sconveniente. Secondo tutte le regole dell'alta società, era del tutto innaturale.

«Lascia che parlino. È ora che le cose cambino.» Il fervore nella sua voce la entusiasmò. «Ci ho pensato. Sarebbe un simbolo del nostro impegno ad appianare i rapporti con i machlandesi. Sarebbe la prova che crediamo che non ci sono differenze sostanziali tra noi. Tu saresti al mio fianco mentre cambiamo le cose.»

Sembrava troppo bello per essere vero. «Ma i castiliani…»

«Non c'è bisogno che io sposi Rosa per assicurare loro la nostra alleanza.»

Le girava la testa. «E i problemi finanziari del regno…»

«Possono essere affrontati in altri modi, se il suo reggente non è impegnato a conservare lo status quo sopra ogni altra cosa.»

«Tuo fratello non lo permetterà mai.»

«Se fuggiamo insieme, la sua opinione non farà alcuna differenza.»

Niamh si accasciò contro la finestra. «Hai pensato proprio a *tutto*.»

Lui sembrava allo stesso tempo soddisfatto e ansioso. «Altre obiezioni?»

«Kit, non credo di…» *Non credo di meritarlo*. Abbassò lo sguardo e seppellì il viso tra le mani. «È troppo egoista.»

«Non hai mai fatto una scelta egoista in vita tua. Perché non riesci a vedere quello che vedo io? Non ho mai incontrato qualcuno che sia realizzato o virtuoso la metà di quanto lo sei tu.» Le prese il volto tra le mani, e il suo tono si addolcì. «Smettila di autoflagellarti e di sminuire i tuoi risultati. Smettila di farti a pezzi da sola, quando vai più che bene così come sei.»

"Siete un'insulsa ragazza che viene dal nulla."

"Non potete essere tanto insensibile da condannarci tutti per il vostro sciocco e romantico capriccio romantico."

Il mondo intero sarebbe stato contro di loro. Se solo fosse stato così semplice *fermarlo*. L'appagamento era immobilità. Era resa. Era morte. Ciò che si prospettava davanti a lei era oscuro e incerto. Ma dietro di lei c'era un ponte che stava crollando e, sotto, una marea crescente che non poteva superare. L'unica cosa da fare era navigare a vista.

Negli occhi di Kit vide riflesse tutte le sue speranze e le sue paure in egual misura.

«Non respingermi solo per poterti sacrificare.»

Le si mozzò il respiro. Ansiosa di alleggerire l'atmosfera, per evitare di soffermarsi troppo su quell'ultima frase, disse: «Non è giusto, chiedermelo adesso che sono ancora frastornata dopo stanotte. Chiedimelo di nuovo domani, così avrò avuto il tempo di pensarci».

Lui chiuse gli occhi e aggrottò la fronte con espressione preoccupata. Niamh moriva dalla voglia di spianare quel solco che gli si era formato tra le sopracciglia. «D'accordo.»

La aiutò a rivestirsi, allacciandole il corsetto con sorprendente destrezza e chiudendole tutti i bottoni sul retro dell'abito. Non riusciva a sopportare la pesantezza del loro silenzio.

«Sai» gli disse «sei molto bravo in questo. Potresti farti un'altra vita, più scandalosa, come una specie di servitore di qualche dama.»

Lui ridacchiò. «E tu come il valletto più incapace del mondo.»

Dopo aver finito di raddrizzargli la cravatta e avergli infilato il fazzoletto nel gilet, si chinò per recuperare il cappotto. Dalla tasca cadde un pezzo di carta.

Si sentì mancare.

La lettera di Lovelace giaceva ai loro piedi illuminata dalla luna.

Non farlo. Le era quasi sfuggito di bocca quando Kit la raccolse. Era lì, tra le sue mani: il nome di lei scritto con quella grafia elegante, il sigillo nero di cera sulla busta. Kit le diede una rapida occhiata e gliela porse.

Lei non la toccò. «Ah. La mia lettera d'amore.»

«Ti crederei se non fosse per la calligrafia. È di Sinclair.»

I suoi pensieri si dissolsero nel nulla. In testa le frullò un rumore metallico mentre cercava di dare un senso a ciò che lui aveva appena detto. «Cosa?»

Kit aggrottò la fronte. «In che senso, *cosa*?»

Niamh si appoggiò al muro. L'intera stanza si era messa a girare, e lei riusciva a sentire il battito del suo cuore in almeno cinque punti diversi. Quando finalmente riuscì a parlare, la sua voce era ridotta a un sussurro. «Sei sicuro che sia di Sinclair?»

Lui parve smarrito. «Sì. Mi ha scritto centinaia di lettere nel corso degli anni.»

Sinclair era Lovelace.

All'improvviso, tutto aveva perfettamente senso. Come mai Lovelace aveva scoperto così in fretta il suo nome e il luogo in cui alloggiava. Come faceva a sapere così tante cose su ogni evento mondano. Come mai disprezzava Jack. Perché era deciso a rivelare la corruzione della Corona e a difendere i machlandesi.

Lovelace era Sinclair.

Scriveva di lei, dopo tutto quello che gli aveva confidato, dopo il tempo che avevano trascorso insieme, e la gentilezza che le aveva dimostrato. Il tradimento le scavò una voragine nel petto. Come aveva potuto farle una cosa del genere? Come aveva potuto fare una cosa del genere a *Kit*?

«Kit» disse. «Devo dirti una cosa. Forse è meglio mostrartela. Ma ti farai un'impressione sbagliata e dovrai lasciarmi spiegare...»

«Rallenta. Dici cose senza senso.»

Poteva chiudere la questione in quel momento. Prendergli di mano la lettera, sorridere dolcemente e far finta che non fosse mai successo. Dargli un bacio della buonanotte e accettare tutto ciò che lui le aveva proposto. Permettergli di vivere la sua vita senza mai scoprire che il suo migliore amico aveva cospirato contro di lui. Di essere felice. Ma se era deciso ad averla, avrebbe dovuto affrontare la situazione con gli occhi ben aperti. Doveva sapere chi gli aveva fatto del male e gli aveva tenuto nascosti dei segreti.

Compresa lei.

Fece un lungo respiro tremante. «Apri la lettera.»

Benché sembrasse ancora confuso, fece come gli aveva chiesto. Niamh osservò il suo volto e vide il momento in cui si rese conto di ciò che stava leggendo. Lentamente, riportò lo sguardo su di lei. Fu come se un cancello di ferro si fosse chiuso tra loro. Non c'era più traccia dell'uomo che l'aveva trattata con tanta tenerezza, dell'uomo che aveva discusso con lei per accettare il suo abito.

«*Se trovate qualcosa di sostanziale*.» La sua voce era dura e distaccata. «Gli hai fatto da informatrice.»

«Lo giuro, non gli ho detto nulla su di te. Solo che appoggiavi i machlandesi.»

La guardò come se non la riconoscesse affatto. «È per questo che sei stata così gentile con me? Per capire se stavo nascondendo qualcosa?»

Fu come se le avesse dato un pugno nello stomaco. «No! Non lo farei mai. Kit, ti prego... Ho passato del tempo con te perché *volevo* farlo.»

«Come se tu avessi mai fatto quello che volevi. Questa notte è stata solo...» Il disprezzo nella sua voce vacillò. «Hai rovinato tutto. Mi hai spinto a...»

Dopo tutte le cattiverie che le aveva detto, dopo tutte le volte in cui l'aveva trattata in modo sgarbato e meschino, il fatto che si stesse tirando indietro così la ferì più di ogni altra cosa. «Ti ho spinto a fare *cosa*?»

«Niente» tagliò corto lui. «Non ha più importanza. Hai reso tutto inutile.»

«Non puoi fare così. Non è giusto.» Si sentì una bambina, a protestare così inutilmente. «Non puoi escludermi solo perché arrabbiarti è più facile che affrontare il dolore.»

«Non sei migliore di me! Ti sei isolata, Niamh. Ti butti nel lavoro solo per non pensare a te stessa.»

Lei indietreggiò di fronte all'amarezza nella sua voce. Kit la conosceva troppo bene per non aver visto il peggio di lei. Un secondo di inattività era un secondo sprecato, sì; quella era la maledizione della sua vita, destinata a essere breve.

Ma un secondo di inattività era anche una porta aperta per permettere alla verità di scivolare dentro come una ladra: malgrado quanto facesse per gli altri, quanto avesse donato di sé, quanto avesse condiviso dei loro fardelli, non sarebbe mai stata degna di essere amata.

«Non posso affrontare tutto questo adesso.» E con "questo" intendeva chiaramente *lei*. Kit accartocciò la lettera nel pugno e se la infilò in tasca. «Resta qui. Vado a uccidere Sinclair.»

In quel momento, poteva benissimo dire sul serio. Gli uomini duellavano anche per molto meno. I duelli non erano particolarmente frequenti a Caterlow, ma anche lei aveva sentito parlare di un politico che aveva ucciso il suo rivale perché gli aveva dato del bugiardo durante una sessione parlamentare. E in Avaland, dove si teneva tanto a cose come la correttezza e l'onore... Non poteva immaginare quanti fossero morti per insulti meschini e orgoglio ferito. La parte offesa sceglieva l'arma (pistola, sciabola o magia) e le condizioni per sancire la vittoria (al primo colpo, al primo sangue versato o in caso di morte).

Sinclair non aveva alcuna possibilità contro Kit. Il terrore le offuscò la mente. Gli afferrò il braccio. «Kit, aspetta.»

Lui si divincolò. «Non toccarmi.»

Il dolore nei suoi occhi la lacerò. Strinse la mano a pugno e se la portò al petto. «Non devi perdonarmi. Non te lo chiederei mai. Ma ti prego di ascoltarmi. Se lo affronti ora, davanti a tutte queste persone... È una pessima idea, sia per lui che per te.»

«Stranamente, non me ne frega più niente.»

Senza dire un'altra parola, uscì dalla stanza.

«Kit!»

Mentre lei lo inseguiva, Kit agitò un braccio davanti a sé. La finestra alla destra di Niamh andò in frantumi e una marea di ortiche si riversò nel corridoio. I rampicanti si intrecciarono, intrappolandola dall'altro lato di un muro di spine. Barcollò all'indietro per la sorpresa. Oh, Kit stava giocando sporco. Si infilò i guanti e si aprì un varco in quella barriera, ma la sua pelle pizzicava attraverso il tessuto sottile e le spine le si impigliavano tra i capelli e nel vestito. Se ne liberò contorcendosi e partì di corsa per il corridoio.

Quando lo raggiunse, lui aveva già trascinato Sinclair fuori dal salone. Dall'alto della scalinata, li vide dirigersi verso un corridoio deserto. Kit avanzava deciso, ogni muscolo teso dalla rabbia.

«Devo proprio indovinare dove sei stato?» La voce di Sinclair arrivò fino a lei. La sua ironia era tesa.

Kit si mosse con una rapidità sorprendente. Spinse Sinclair contro il muro con tanta forza da far traballare i quadri. Kit era più basso di Sinclair di una decina di centimetri, ma la sua rabbia riecheggiò nella sala.

«Ma che diavolo, amico?» balbettò Sinclair. «Che ti prende?»

«Tu che cosa *pensi*, Sinclair?» ringhiò Kit. «O dovrei dire Lovelace?»

Niamh non aveva mai visto Sinclair colto alla sprovvista. Ma ora diventò di un pallore mortale. Il suo corpo si afflosciò contro il muro e sollevò le mani tra loro in segno di resa. «Kit…»

«Non usare quel tono con me. Non stai richiamando il tuo cane.» Kit piantò la punta del gomito nel collo di Sinclair. Era incandescente di rabbia, ma la sua voce fremeva di una terribile vulnerabilità tradita. «E non mentirmi. Non te la caverai facendo l'evasivo. Come hai potuto cercare di sabotare *ogni cosa* e fingere di essere mio amico per tutto questo tempo? Che cazzo di problema hai?»

Sinclair ansimava inutilmente e il suo volto era sempre più paonazzo.

Niamh si precipitò giù per le scale. «Kit, basta!»

Le spalle di Kit si tesero. Lasciò andare l'amico e fece un passo indietro con un ghigno disgustato, come se Sinclair fosse una pozzanghera sudicia che per un pelo aveva evitato di calpestare. Sinclair si accasciò a terra, tossendo. «Allora?»

«Perché pensavo che fossi proprio come me» rantolò Sinclair. «Vuoto dentro.»

Kit trasalì come se lo avesse colpito.

«Quando sei tornato, eri così furioso» continuò Sinclair. «Non pensavo che saresti riuscito a vedere altro al di fuori della tua rabbia. C'era così tanta ingiustizia intorno a noi. Non sapevo come facessi a tollerarlo. Così ho pensato: "Al diavolo. Sarò anche sotto anonimato, ma almeno sto cercando di fare qualcosa".

«Ma poi avete iniziato a passare del tempo insieme.» Si passò una mano tra i capelli. «L'interesse per Niamh ha iniziato a farti preoccupare per i machlandesi. Sapevo che saresti stato dalla nostra parte se te l'avessi chiesto, ma mi sembrava ancora tutto inutile. Jack continuava a non ascoltarti. Se non avevi alcuna influenza su di lui – il minimo potere di cambiare qualcosa – che importanza aveva il tuo interesse?»

«Perché hai scritto di noi?» gli chiese Niamh. «Sapevi quanto male avrebbe causato.»

«Era una cosa da cui trarre vantaggio. Non sapevo che foste davvero...» La guardò con aria supplichevole. «Quel giorno, quando abbiamo parlato, avevo già mandato la rubrica in tipografia. Era troppo tardi per ritirarla. Mi dispiace.»

Il silenzio si prolungò. Le mani di Kit si strinsero a pugno lungo i fianchi.

«Per una volta non hai niente da dire?» gli chiese Sinclair, ma sembrava sconfitto. «Allora, che si fa adesso? Lo dirai a Jack? Mi farai sbattere in galera per diffamazione e sedizione?»

«No.» La risposta di Kit arrivò senza esitazione. Tutta la rabbia svanì, finché in lui non rimase altro che una vuota rassegnazione, piatta e fredda. «Mi sono fidato di te e di lei. Convivrò con la punizione per la mia stupidità.»

Sinclair rimase a bocca aperta per la sorpresa.

«La nostra è mai stata vera amicizia» gli domandò Kit «o mi hai manipolato fin dall'inizio?»

«Certo che lo era.» La voce di Sinclair era desolata. «Lo era per me.»

L'espressione di Kit non cambiò. «Non ti azzardare a pubblicare altro. Dico sul serio. Sei nei guai fino al collo. Da qui in poi ci penso io. Adesso sta' fuori dai miei affari.»

Niamh lo guardò allontanarsi. Né lei né Sinclair dissero una parola. Non seppe per quanto tempo rimase lì, con le lacrime che le si asciugavano sulle guance e il cuore lacerato. Ma alla fine comparve un valletto dal volto severo. «Il principe reggente ha chiesto di accompagnarvi nelle vostre stanze.»

Quindi sarebbe rimasta prigioniera per il resto della sua permanenza.

Niamh guardò Sinclair, ancora rannicchiato sul pavimento. Il senso di tradimento era ancora forte dentro di lei, ma il senso di colpa che emanava da lui la intenerì. L'aveva ferita e le aveva mentito. Aveva mandato a monte ogni possibilità di stare insieme a Kit. Tuttavia, non voleva che fosse imprigionato per questo. Una volta era stato suo amico e aveva cercato di combattere l'odio che li aveva colpiti tanto profondamente. La vendetta non avrebbe riportato Kit da lei. Non avrebbe risanato la frattura che aveva dentro.

«Buonasera, Sinclair» disse a bassa voce. «Il vostro segreto è al sicuro con me.»

Lui non alzò lo sguardo quando Niamh se ne andò.

Seguì il valletto, senza vedere, né sentire nulla. Quando raggiunsero la sua stanza, lui chiuse la porta dietro di lei e girò la chiave nella serratura. Niamh si accasciò sulle fredde assi del pavimento e pianse fino a quando non le rimase più nulla dentro.

Era stata una favola, dopotutto. Solo che era finita come avrebbe dovuto iniziare: con una fanciulla chiusa in una torre, che faceva ruotare un fuso in solitudine.

25

Il matrimonio era il giorno seguente.

Ma quando gli occhi le si gonfiarono così tanto che le faceva male sbattere le palpebre e ogni muscolo le doleva a forza di singhiozzare, Niamh decise di aver pianto abbastanza. Non c'era nulla da guadagnare a rimuginare su ciò che non poteva cambiare. Così, proprio come aveva sempre fatto, si buttò nel lavoro.

Guardare il mantello nuziale di Kit la faceva star male, così si mise in grembo l'abito di Rosa e cominciò a cucire: ghirigori sul corpetto che non aveva previsto, altri incantesimi nascosti nel merletto, emozioni riversate incautamente in ogni punto. Era un lavoro grossolano e disordinato. Si punse i polpastrelli più volte di quante potesse giustificarne a quel punto della sua carriera, ma quasi non sentì dolore. Quando finì, si sentiva più un guscio che una ragazza. Lo sembrava anche. Allo specchio, la striscia argentata che le fendeva i capelli appariva più ampia del giorno prima... e anche più chiara, come un osso lasciato a sbiancarsi al sole.

L'abito, tuttavia, era assolutamente raffinato. La stoffa era di un perfetto nero notturno, ma alla luce del sole brillava di magia, ogni punto era come seta di ragno che si tingeva d'oro all'alba. Era il progetto più elaborato e ambizioso che avesse mai realizzato. Era terribile e vero. Guardarlo la faceva star male dal desiderio.

Voleva che Rosa lo adorasse.

Voleva che Rosa lo odiasse.

Era la più ridicola e impossibile delle sue fantasie: che Rosa pensasse che l'abito fosse così orrendo da annullare le nozze una volta per tutte; che Kit si liberasse sia di lei che di Rosa; che la Castilia potesse andare avanti senza trascinarsi dietro il cadavere di Avaland per cinque miserabili anni. Ma no, si rese conto che non era tutto lì. I suoi desideri egoistici erano molto più profondi di quanto avesse mai immaginato. Quando Rosa avesse percorso la navata, Niamh voleva che Kit sentisse tutto ciò che aveva tenuto chiuso dentro di sé. Voleva che si ricordasse di lei.

Un brusco colpo alla porta annunciò un visitatore. Non aspettava nessuno, ma forse Rosa era passata per un'altra prova. Il terrore serpeggiò dentro di lei. Niamh non aveva idea di come affrontare la situazione. La verità di ciò che sapeva si sarebbe impressa in modo indelebile sul suo volto, come sempre, oppure Rosa l'avrebbe intuita all'istante con il suo acuto spirito d'osservazione? Quando avrebbe scoperto quanto Jack avesse tramato per usare lei e la sua famiglia, avrebbe...

Bussarono di nuovo, questa volta con più urgenza. Una chiave girò nella serratura con un tonfo minaccioso. Niamh si alzò dalla sedia e aprì la porta. «Infanta Rosa, io...»

Ma non c'era nessuno, solo la polvere che vorticava languidamente attraverso le spesse colonne di luce. Il mondo sembrava addormentato, l'aria stessa si tingeva di un rosa vago nella luce del tardo pomeriggio. Niamh sbatté le palpebre. Doveva esserselo immaginato. Alla fine si era consumata al punto di raggiungere la soglia della pazzia. Ma la porta che la imprigionava era stata aperta. E lì, ai suoi piedi, una lettera con il suo nome scarabocchiato con una grafia elegante. La calligrafia di Lovelace – di Sinclair – le strizzava l'occhio.

Una fredda rabbia smorzò la sua confusione. Come aveva osato scriverle dopo tutti i problemi che aveva causato? A che gioco pensava di giocare? Aveva una mezza idea di strapparla e gettarla al vento. Ma la curiosità ebbe la meglio su di lei. Niamh aprì la lettera.

Non vi farò perdere tempo e non metterò alla prova la vostra benevolenza iniziando con qualcosa di diverso dalle scuse. Sono davvero dispiaciuto. Non so dirvi quanto. Se siete disposta a permettermi di strisciare di persona, il mio invito di qualche settimana fa è ancora valido. Fuori c'è una carrozza per voi, che vi porterà alla mia casa in città. So che non avete motivo di volermi vedere, ma forse una cattiva compagnia è preferibile alla solitudine. Il broncio non vi si addice, Niamh. Sono in apprensione al pensiero di quello che state facendo lì dentro tutta sola.
GS

O sottovalutava la sua intelligenza o sopravvalutava la sua capacità di perdonare, se si aspettava che cadesse in una trappola così evidente! Ma in fondo, cosa avrebbe potuto farle davvero? Più la rileggeva, meno difetti riusciva a trovare. Era sorprendentemente sincera, senza la solita affettazione di Lovelace o un minimo accenno di sfacciataggine. E se non altro aveva ragione. Qualsiasi cosa era meglio che tormentarsi in quella stanza soffocante.

Ma che fare? Non c'era modo di sgattaiolare fuori dal palazzo senza essere vista. Niente nella stanza poteva aiutarla. Nulla tranne…

Ecco.

Niamh strappò il velo da dove era appeso e se lo appuntò in fretta tra i capelli. Sotto il delicato tessuto, il mondo apparve indistinto e vaporoso come un sogno. Ricordi e sensazioni confuse le attraversavano la mente come fumo, ma l'intricato merletto nero le oscurava del tutto i lineamenti. Sì, quello faceva al caso suo. Niamh era più bassa di Rosa, ma anche se qualcuno se ne fosse accorto, di certo non avrebbe impedito a una principessa di occuparsi delle proprie faccende. O almeno lo sperava. Non era sicura della sua capacità di imitare in modo lontanamente convincente di Rosa.

Con un bel respiro, Niamh uscì nel corridoio. Fuori dalla sua stanza regnava il caos più totale mentre il palazzo si preparava per il ricevimento di nozze. I valletti degli invitati e il personale in prestito si affannavano per i corridoi. I camerieri portavano bagagli e abiti, sculture intagliate nel ghiaccio e nello zucchero, casse di cibo da consegnare – carni affumicate e sardine nel ghiaccio, pomodori, cavoli e patate – e più composizioni floreali di quante ne potesse contenere un giardino botanico. Petali di fiori ricoprivano i pavimenti come una nevicata e profumavano l'aria. Gli odori delle candele di cera d'api e dell'argenteria lucidata le facevano girare la testa.

Mentre Niamh si faceva strada tra la folla, trascinando dietro di sé metri di stoffa, non riuscì a evitare che un sorriso esaltato le attraversasse il viso. Nessuno osava guardarla per più di un istante. Sgattaiolare via come una principessa era facile. La porta d'ingresso incombeva a soli dieci passi, poi a cinque, poi…

«Infanta Rosa?» la chiamò Sofia.

Niamh si irrigidì e si voltò lentamente verso di lei. La sua bellezza fredda e austera, come sempre, raggelò Niamh fino alle ossa. La principessa rimase perfettamente immobile e in bilico nel turbinio che la circondava. Il suo abito, di un bianco candido, praticamente scompariva nel pavimento di marmo. Le sue mani delicate erano strette ansiosamente davanti a lei e le ombre viola sotto gli occhi erano rese ancora più evidenti dal pallore della sua pelle. Sembrava che non avesse dormito affatto.

Per qualche motivo, la vista di Sofia, fragile e stanca come sempre, riempì Niamh di sensi di colpa più che di timore. Non riusciva a credere di essere stata così sciocca e volubile da saltare alla peggiore delle conclusioni possibili: che i tentativi di una giovane donna di sfuggire alla propria solitudine fossero indizi di malvagità. Una piccola parte di lei desiderava inginocchiarsi e chiedere scusa. La parte più sensibile voleva fuggire da quegli occhi d'argento inquisitori, che si sforzarono di incontrare i suoi attraverso il velo.

«Le mie più sincere scuse per non avervi salutato prima» continuò Sofia. «Nessuno mi ha informata del vostro arrivo.»

Dei, e adesso? Cercò un'idea su come sottrarsi con grazia a quella conversazione. Niamh si schiarì la voce e, con il tono più impersonale che riuscì a evocare, rispose: «Non volevo disturbarvi, visto che la mia visita è stata così breve».

Uno sguardo insolitamente interrogativo attraversò il volto di Sofia, ma lei annuì, decisa a rimanere educata. «State male, Vostra Altezza? Sembrate congestionata.»

Niamh finse un lieve colpo di tosse. «Devo aver preso freddo.»

«Che cosa terribile» disse Sofia. «Vi prego, unitevi a me per un tè prima di andarvene.»

«Oh, no, non vorrei disturbarvi.» Niamh fece una smorfia. Non sembrava affatto una cosa che avrebbe detto Rosa. «Volevo dire, naturalmente, che il tè è molto noioso. Non va d'accordo con me. *Ehm...*» Fece un'altra smorfia quando le sfuggì il proprio accento ostinato. «Ora devo proprio andare. Buona giornata!»

La comprensione incrinò la maschera freddamente scettica di Sofia. Si portò la punta delle dita alle labbra, come per trattenere un sussulto. «Miss O'Connor, siete voi?»

«Parlate piano, vi prego!» disse Niamh a bassa voce. «Vostra Altezza, io...»

Sofia lanciò un'occhiata alla stanza, poi fece un passo verso di lei. Le poggiò una mano sul braccio. Il peso del suo tocco era incredibilmente leggero, ma il suo gelo le fece venire la pelle d'oca. Quando si chinò all'altezza di Niamh, abbassò la voce già delicata a un flebile sussurro.

«Andate. Se il principe reggente chiede di voi, mi inventerò qualcosa.»

«Cosa?» Niamh sbatté le palpebre, instupidita dalla sorpresa. «Perché dovreste...?»

«Non credo che mio marito abbia il diritto di tenervi rinchiusa come una prigioniera. Non avete commesso alcun crimine, quindi perché dovreste essere punita?»

«Ma Vostra Altezza...» Niamh si torse le mani. «Da quando sono arrivata, non ho fatto altro che causargli problemi.»

«*Problemi*» rifletté Sofia. «Non sono convinta che tutti i problemi siano negativi.»

«In che senso?»

«Il principe reggente fa del suo meglio per tenere ogni cosa sotto il suo controllo. Quando non ci riesce, questo gli provoca molta angoscia. Ma ieri sera...» Esitò, ma una timida speranza le animò la voce. «Ieri sera, per la prima volta da quando siamo sposati, si è confidato con me. Molte cose gravano su di lui, ma è sempre stato determinato a portarne il peso da solo.»

Niamh aveva paura di immaginare cosa le avesse detto esattamente. Ma Sofia, a differenza di Jack, non sembrava disprezzare lei e le sue presunte ambizioni.

«Lui e suo fratello sono uomini molto testardi» disse Sofia. «Il loro allontanamento ha fatto soffrire entrambi, anche se non lo ammetterebbero mai. Ma grazie a voi, credo che qualcosa abbia cominciato a fiorire in ciò che è stato a lungo arido.»

Quando era arrivata, Kit si era scagliato contro il fratello come un animale in trappola. Ma con il passare delle settimane, era diventato molto meno meschino e molto più tagliente nelle cose che contavano davvero. Il giorno prima avevano quasi discusso da pari a pari. E Jack…

"Basta" l'aveva praticamente implorata quando lo aveva pregato di pensare alla felicità di Kit.

Non vedeva come tutto ciò avesse importanza in quel momento. «Non sapevo che foste così poetica, Vostra Altezza.»

«Ero una bambina capricciosa, se riuscite a crederlo. Mio padre non sapeva cosa fare con me.» Niamh non riusciva a crederci, in effetti. Ricordava così vividamente il racconto di Sofia della sua gioia infantile: correre nella neve, con il naso arrossato e le risate, inseguendo gli spiriti che scintillavano appena fuori dalla portata delle raffiche di vento. L'espressione cordiale di Sofia si fece seria. «Però, con il passare degli anni l'ho rimosso. Quindi grazie, Miss O'Connor, per avermelo fatto ricordare. Dicevo sul serio. Il vostro sangue divino è straordinario, ma la vostra compassione e la pazienza che mostrate verso gli altri lo sono ancora di più. Rendete le cose più luminose ovunque voi andiate.»

La gentilezza di quelle parole la colpì come una pugnalata al cuore. Ringraziò ogni dio misericordioso dell'Oltremondo che non avesse più lacrime da piangere. «Grazie infinite, Vostra Altezza.»

«Dove state andando adesso?» le chiese, quasi con impazienza. «Speravate di parlare con Kit?»

No, voleva dirle Niamh, *ho perso del tutto questo diritto*.

Ma qualsiasi sentimento patetico trasparisse dal suo volto illuminò gli occhi di Sofia… di *gioia*. «Lo immaginavo. L'infanta Rosa è una giovane donna adorabile, ma è chiaro come il sole che sono male assortiti.»

«Anche noi» protestò Niamh. «Non posso chiedergli di rinunciare ai suoi doveri per me.»

«Mi sono sposata per dovere. Sapevo che era il mio destino fin da quando ero molto giovane, e me ne sono fatta una ragione. L'amore può crescere, se si hanno tempo e spazio. Ma se mi permettete uno dei miei sentimenti infantili...» La malinconia danzò sul suo sorriso. «Se c'è un'altra possibilità, se l'amore già esiste, chi siamo noi per ostacolarlo? Avete dato molto a coloro che vi circondano. Mi chiedo cosa potreste scoprire se mostraste la stessa delicatezza anche a voi stessa. Lo scoprirete per entrambe?»

"Se credi di non aver fatto la minima differenza per qualcuno" le aveva detto Kit una volta "sei ancora più sprovveduta di quanto pensassi."

Pensava di aver creato solo problemi a tutti. Ma forse la gentilezza aveva la sua importanza.

Niamh gettò le braccia al collo di Sofia e la strinse forte. Sofia trasalì, ma molto timidamente posò una mano sulla schiena di Niamh. Lei fu inondata dal profumo della neve appena caduta e della fragile fioritura dei bucaneve.

«Non indugiate oltre» disse Sofia con dolcezza. «Spero sinceramente che avremo molto tempo per imparare a conoscerci.»

«Grazie» sussurrò Niamh.

Con ciò, si avvolse nel velo e si affrettò a varcare la porta d'ingresso. Nel cerchio del viale, una carrozza la aspettava, proprio come aveva promesso Sinclair. E quando i cavalli si avviarono verso la città, quei primi passi incerti sembrarono come le onde del Mare Machlandese: infiniti come le possibilità che aveva davanti.

Un'arcata di buganvillea avvolgeva il sentiero che conduceva a casa di Sinclair. I petali rosa erano sparsi sul selciato, brillanti e arricciati mentre si seccavano al sole. Scricchiolarono gradevolmente sotto i suoi stivali a mano a mano che si avvicinava, un assaggio di autunno in tarda primavera. Kit aveva scelto bene la proprietà. Niamh dovette ammettere di esserne piacevolmente sorpresa.

Quando raggiunse l'ultimo gradino, inciampò. Sussultò, ma prima di cadere si aggrappò alla porta d'ingresso. Il tonfo dei suoi palmi sul legno doveva aver allertato il personale di Sinclair della sua presenza, perché la porta si aprì di scatto rivelando la governante molto preoccupata. Fu condotta in salotto e nel giro di un minuto le fu servito il tè. In quel momento ricordò di essere affamata. Afferrò uno dei sandwich e lo mise tutto in bocca. Scortese, immaginò, ma ritenne che la cortesia fosse l'ultima cosa con cui ripagare Sinclair.

«Siete venuta.»

Niamh quasi si strozzò nel sentire la sua voce.

Era appoggiato allo stipite. I suoi capelli avevano superato il solito studiato disordine. Quel giorno aveva solo un'aria tormentata. Era ancora in maniche di camicia, con la cravatta allentata intorno al collo. Lungo la gola gli era spuntato un livido della forma del gomito di Kit.

Lei trasalì. «State bene?»

«Sto bene.» Le sue dita si avvicinarono al livido, come se si fosse appena ricordato della sua esistenza. *Bugiardo.*

Doveva soffrire terribilmente nel deglutire o nel parlare. Entrò nella stanza e si sedette di fronte a lei, appoggiando i gomiti sulle ginocchia. Mentre la osservava, la sua espressione si addolcì. «E voi?»

«Non ancora. Credo che qualcuno mi abbia promesso di strisciare.»

«Giusto.» Visibilmente in imbarazzo, si massaggiò la nuca. «Mi scuserò tutte le volte che avrete bisogno di sentirvelo dire. Non avrei mai dovuto spingermi a tanto con voi due. Ma da quando il duca di Pelinor mi ha rinnegato, ero sempre così furioso. Lovelace avrebbe dovuto garantire che nessun altro soffrisse come me. Punito e odiato, solo perché non è "del tutto" avalandese.» Fece una pausa. «Per anni ho fatto finta di niente. Ma quando ho capito che avevo la possibilità di colpire Jack dove faceva più male, mi sono lasciato prendere la mano. Mi sembrava rischioso dirvi cosa stavo facendo. Ora ne sto pagando le conseguenze.»

«Credevate davvero che vi avremmo denunciato?» gli domandò a bassa voce. «La vostra causa è giusta.»

«Suppongo di essermi troppo abituato a nascondermi nel corso degli anni.»

«Vi vogliamo bene entrambi, Sinclair. Siete stato la prima persona a mostrarmi un po' di gentilezza qui a Sootham.» Abbassò lo sguardo. «Non ho avuto molti amici nella mia vita. Il tempo che ho condiviso con voi e Kit è stato importante per me. Credo che questo sia ciò che fa più male. Quello che avete fatto ha macchiato qualcosa che mi era caro.»

«Lo so. Era importante anche per me.» Aveva la voce rotta. «Mi dispiace davvero. Per tante ragioni.»

«Nemmeno io gli ho detto che ci eravamo scambiati

delle lettere» mormorò Niamh. «Abbiamo commesso entrambi degli errori e vedo che ne siete pentito quanto me. Vi perdono.»

Lui sollevò la testa e la fissò. Aveva gli occhi cerchiati di rosso. «Davvero?»

«Ma certo.» Gli rivolse un sorriso incerto. «Non l'ho ancora superata. Ma le vostre intenzioni erano buone. *Sono* buone. E, be'... avevate ragione.»

Parve sorpreso. «In che senso?»

«Jack nascondeva davvero qualcosa.» Gli raccontò tutto. Era bello condividere quel peso con qualcun altro: il disastro che il re aveva riversato su Kit e Jack, e come il principe reggente stava cercando di gestirlo. Lui ascoltò senza interromperla, anche quando gli raccontò del ruolo avuto da suo padre, con un'espressione sempre più furibonda.

Quando finalmente terminò, Sinclair emise un fischio basso. «Che figlio di puttana. È sufficiente per affondarlo per sempre. Se si viene a sapere, il Parlamento lo rimuoverà dalla carica di reggente. E quasi certamente cercherà di fermare la successione quando il re alla fine morirà. A parte questo, il re di Castilia potrebbe fare di peggio che annullare il fidanzamento. Non mi sembra il tipo da prendere alla leggera una trappola.»

«Sì.» Il terrore le annodò il petto nel sentirlo esporre tutto in quel modo. «Mi sembra verosimile.»

Sinclair corrugò la fronte. «Allora perché mi state raccontando tutto questo, se sapete cosa potrei farne?»

«Perché...» Serrò i pugni in grembo. «Credo che vogliate guadagnarvi il perdono. E nonostante tutto, mi fido di voi. So che non volete danneggiare Kit e so che volete il meglio per la nostra gente. E forse… forse c'è un modo per sistemare tutto. Jack ha ancora la possibilità di cambiare idea.»

«Cambiare? Jack Carmine?» Sinclair rise in modo beffardo. «State parlando dello stesso uomo che conosco io?»

«Credo che voglia fare meglio» disse lei. «Credo *davvero* che sia migliore di suo padre. Solo che non sa come muoversi, e di certo non sa come allontanarsi dal sentiero che ha intrapreso.»

Sinclair si alzò dalla poltrona e rovistò nel mobile bar. Vetro e metallo tintinnarono debolmente. «Ho bisogno di bere. Sembra che anche voi ne abbiate bisogno. Ho del brandy. Ne volete un po'?»

Non aveva mai bevuto brandy prima di quel momento. «Volentieri.»

Le versò un bicchiere e glielo porse. Fuori, i fiori sussurravano contro il vetro della finestra. La luce calda della sera entrava nella stanza.

Sinclair fece roteare il bicchiere. «Ammetto che Jack ha una coscienza. Il Parlamento non vuole tentare la sorte con Kit. È troppo giovane. Il che significa che Jack è la migliore possibilità che abbiamo per sistemare le cose con i machlandesi. Ma solo se lo salviamo dalle sue stesse stupide macchinazioni.»

In fondo, doveva ammettere che tutto quello era terribilmente eccitante. Lì, su una poltrona in pelle, a sorseggiare brandy da un bicchiere panciuto, riusciva quasi a immaginare di essere un gentiluomo influente che discorre di politica in un club. «E come proponete di farlo?»

Gli occhi di Sinclair brillarono di malizia. «Nell'unico modo possibile: dobbiamo impedire il matrimonio.»

Niamh per poco non sputò il suo brandy. «*Cosa?* No. Non possiamo farlo.»

«Perché no?» Lui balzò dalla poltrona, quasi vibrante di energia. «Se il matrimonio va a monte, Jack non ha un piano. I manifestanti ad Eye Park non sembrano intenzionati a schiodarsi da lì, il che significa che a un certo punto Jack dovrà fare delle concessioni... chiedendo finanziamenti ad altri oltre che a Pelinor, o permettendo ai suoi consiglieri di aiutarlo davvero. Per come la vedo io, la Castilia non ricaverà nulla da questo accordo, quindi impedirlo è l'unica cosa etica da fare.» Rimase in silenzio per un istante. «Inoltre, avete visto come Rosa guarda Kit? Sarà entusiasta di liberarsi di lui.»

«Non credo davvero di averlo notato» mentì lei con tono malinconico.

«Certo, potrebbe essere necessario un tocco delicato» continuò Sinclair, imperterrito. «Dobbiamo trovare il modo di farcela senza provocare una frattura nelle relazioni internazionali tra Avaland e Castilia, o la completa distruzione della reputazione di Jack. È quasi impossibile, ma è un rischio che sono disposto a correre.»

«Ma perché?»

«Un po' di eccitazione non guasterebbe.» Sorrise amaramente. «E nonostante tutto quello che è successo in questa Stagione, Kit è ancora il mio migliore amico. Vi sembra patetico?»

La voce di Kit riecheggiò nella sua mente. "Sinclair è stupidamente leale." E poi, anche lei amava ancora Kit. «No, per niente. A meno che non consideriate patetica anche me.»

«Kit ha il suo fascino, immagino» disse con ironia. «Ve lo concedo.»

Niamh sorrise a sua volta.

Sinclair si picchiettò un dito sul mento. «Il modo più semplice è convincere Kit o Rosa ad annullare tutto. I giovani cambiano idea di continuo, per cui non ci sarebbe di che meravigliarsi. Non conosco Rosa. Ma conosco Kit.» La fissò a lungo. «E non lo vedevo così felice da molto tempo.»

Il volto di Niamh avvampò. Non gli aveva raccontato della proposta di matrimonio, soprattutto perché desiderava dimenticarla. «L'avete visto, dopo la festa. Non vorrà mai più avere a che fare con nessuno dei due. Qualunque cosa vogliate insinuare, non ho alcuna influenza su di lui, ve lo assicuro.»

«Suvvia! Dov'è il vostro ottimismo?» Sinclair incrociò le braccia. «Sgranate quegli occhioni azzurri e chiedetegli scusa. Ha avuto qualche giorno per calmarsi e, nel caso non l'aveste notato, pende dalle vostre labbra.»

Dubitava fortemente che sgranare gli occhi avrebbe migliorato la situazione, ma a quel punto valeva la pena tentare qualsiasi cosa. «Supponiamo che accetti le mie scuse. Dopo che si fa?»

«Jack ha paura di essere scoperto» disse Sinclair. «Minaccerò di smascherarlo. Kit si rifiuterà di assecondare i suoi piani. In questo modo, non avrà più niente su cui far leva intorno a sé. Scriverò anche un articoletto sul fatto che, oh, non so, Kit ha una nuova ambiziosa visione per Avaland. Nessuno oserà toccare Kit. Non c'è assolutamente alcun motivo per cui debba diventare un martire per gli errori di suo padre.»

Niamh esalò un lungo sospiro. «D'accordo. Cercherò di nuovo di parlargli.»

«Eccellente! E si dà il caso che io sappia dove si trova in questo momento.»

Niamh sollevò lo sguardo. «Dove?»

«Al suo addio al celibato da Nightingale's.» Sinclair fece una smorfia. «Hanno annullato il mio invito. Non c'è da sorprendersi.»

«Capisco... Cos'è un addio al celibato?»

Lui la fissò con gli occhi esageratamente spalancati. «È solo il giorno più importante della vita di un uomo. Il suo ultimo giorno di libertà!»

Le spiegò tutto, ma Niamh fece fatica a seguirlo. Da quello che riuscì a capire, un gruppo di persone si sedeva in una stanza a bere e a mangiare fino a perdere conoscenza. Poi, forse, in preda all'ebbrezza dell'alcol, cacciavano un cervo, lo scuoiavano e lo offrivano in dono alla sposa il giorno dopo. Niamh sospettava che lui la stesse prendendo in giro, ma non voleva mettersi ulteriormente in ridicolo insistendo sulla questione. L'immagine di Rosa che teneva tra le braccia una pelle di cervo, con aria impassibile e vagamente perplessa, la fece quasi morire dal ridere.

«Dovreste considerarvi fortunato» disse Niamh. «A Caterlow facciamo sfilare gli sposi per le strade e li ricopriamo di fango e fiori. Poi li inseguiamo di corsa fino a un lago.»

«Sembra infinitamente più divertente.»

Su di loro calò il silenzio e Niamh seppellì il viso tra le mani. Era un'idea del tutto ridicola. Kit le aveva già chiesto di sposarlo – assai malamente, d'accordo – ma lei non avrebbe mai osato sperare di vedersi rinnovare la proposta. Se lui avesse annullato il matrimonio, non le sarebbe rimasto nulla. Tutto il suo lavoro sprecato. L'unica possibilità di dare alla sua famiglia una vita migliore sfumata.

«È davvero saggio rischiare così tanto?» mormorò. «Il piano di Jack potrebbe funzionare.»

«Va bene.» Sinclair si accigliò. «Proviamo a immaginarlo, d'accordo? Kit e Rosa si sposano. La Castilia resta fuori da qualsiasi conflitto per cinque anni. Voi tornate a casa, sapendo di provare un sentimento vero e di rinunciarvi, ma almeno non avrete rovinato l'esistenza a nessuno a parte che a voi stessa. Va bene così? È autentica felicità?»

Era assolutamente spaventoso. «Io... Non lo so.»

Sinclair inarcò un sopracciglio. «Quando sarete in punto di morte, pensate che rifletterete su quanto siete stata orgogliosa di anteporre i bisogni di tutti ai vostri? Pensate che desidererete di aver rinunciato a tutto il *resto*?»

La speranza le sbocciò nel cuore, ma lei la stritolò nel pugno. «Come posso vivere pensando solo alla mia felicità, quando mi resta così poco tempo? Che senso può avere, quando la mia famiglia conta su di me?»

«Perché non ha senso uccidersi a poco a poco per rendere felici gli altri!»

Niamh vacillò di fronte all'improvvisa ferocia nella sua voce.

«Credetemi, io ci ho provato. Ci ho provato un sacco di volte, dannazione!» Sprofondò di nuovo nella sua poltrona, come se d'un tratto si sentisse esausto. Il dolore silenzioso di quelle parole le fece battere il cuore. «Ho cercato di essere il figlio che Pelinor voleva. Ho cercato di salvare Kit da se stesso quando non voleva essere salvato. Ma questo non è amore. È follia. È crudeltà verso te stesso e verso tutti coloro che ti circondano. Non riuscite a capirlo?»

Niamh soffocò un singhiozzo. Quando pensava a ciò che la rendeva felice, *veramente* felice… le sembrava come quel momento: un brandy in una stanza accogliente con qualcuno che poteva essere di nuovo suo amico.

Era come giocare sul prato in estate, o raggomitolarsi accanto a Kit sotto la pioggia, o ricamare distrattamente mentre lui si occupava della serra. Era un migliaio di momenti tranquilli, ciascuno minuscolo come la fiamma di una candela. Ma insieme erano luminosi… vasti e brillanti come una galassia. Come potevano essere egoiste cose tanto belle?

La felicità non era affatto cucire imperterrita al lume di una lampada anche se il suo corpo aveva iniziato a implorare pietà. Non aveva nulla a che fare con dita doloranti e pensieri offuscati. Non era sprofondare sempre di più sotto il peso della stanchezza e del rimpianto.

Sinclair sospirò e le offrì il suo fazzoletto. «Ho visto molte cose orribili crescendo a Sootham. Quello che la gente è disposta a fare per proteggere le proprie tradizioni, a costo di far soffrire altre persone. Ma ho visto anche molte cose belle. C'è un lago vicino alla casa di campagna della mia famiglia. Potrà sembrare ridicolo, ma adoravo guardare le anatre.»

Quando Niamh rise, lui sorrise in modo incoraggiante. «Quando si schiudono le uova, si avvicinano al primo essere vivente che vedono. Il più delle volte è la madre. Ma una volta un uovo è rimasto nel nido e quando si è schiuso, l'anatroccolo ha creduto che sua madre fosse il cane del duca. Qualunque cosa vedano, punteranno nella sua direzione, imperterrite. Anche se è pericoloso, anche se si sbagliano completamente, seguono l'istinto. È la prima cosa che fanno. Vivono per amore.

«Niente è per sempre, Niamh. Tutti moriamo. Stiamo morendo in questo momento, ma siamo anche *vivi*. L'amore è ciò che rende la vita degna di essere vissuta. L'amore è ciò che ci spinge ad agire quando ne abbiamo più bisogno. È questa la vostra tradizione. È il modo in cui amate le persone che vi circondano, non quanto avete sacrificato per loro.»

Niamh si tamponò gli occhi con il fazzoletto. «Grazie, Sinclair. Davvero.»

«Non ditelo neanche.» Quando sorrideva, sembrava il dio dell'astuzia fatto a persona. «Allora, che ne dite? Facciamo un salto da Nightingale's a cercare Kit?»

26

Malgrado l'ora tarda, le strade di Sootham brulicavano di vita. Niamh, tuttavia, teneva gli occhi puntati a terra. L'acciottolato era insidioso quella sera, lucido di umidità. L'acqua piovana – e una melma di altri fluidi poco decorosi – si annidava tra le fessure e rifletteva la luce oleosa e dorata dei lampioni.

Non avrebbe rovinato un altro vestito o un paio di scarpe. Non avrebbe fatto la figura della bambina sbadata nell'unica sera importante della sua vita. Scese con cautela dal marciapiede, ma venne immediatamente strattonata all'indietro per il gomito. Finì addosso a Sinclair proprio mentre una carrozza sbucava fuori dal nulla. Passò con uno sferragliare di zoccoli e ruote. Il cuore le rimbombò contro la cassa toracica.

«Attenta.» Le offrì il braccio, e lei accettò con gratitudine.

La condusse tra le pozzanghere e i gentiluomini che

uscivano dalle bische e dai club, rumorosi, allegri e barcollanti per l'alcol. Mai in vita sua si era sentita così fuori posto. Capì che quello non era un luogo per ragazze come lei, ma al braccio di uno dei più famigerati giornalisti politici della città – e con poca reputazione rimasta da perdere – si sentiva stranamente al sicuro.

Sinclair si chinò con fare cospiratorio e disse: «È qui che tutti i nobili portano le loro amanti. In questo posto troverete i migliori pettegolezzi».

«Rivelate i segreti del mestiere, Sinclair?»

«Non proprio» disse lui con aria di scherno. Fece un cenno con il mento verso un edificio dall'altra parte della strada. «Eccoci qui. La dannazione degli uomini dell'alta società.»

Nascosto tra negozi dalle vetrine scure e caffè affollati, Nightingale's sbucava dall'oscurità e dalle braccia protettive delle querce circostanti, con la sua pretenziosa pietra bianca e le imponenti merlature. Dall'altra parte di un cancello in ferro battuto, due lampade a gas bruciavano come gli occhi di una gigantesca bestia nel buio. Sul davanti, un enorme bovindo si affacciava sulla strada, opaco e striato di scure gocce d'acqua. Se socchiudeva gli occhi, Niamh riusciva a vedere le sagome delle persone che si muovevano all'interno. In confronto, persino la bella dimora di Sinclair sembrava una casa delle bambole.

«Questo non mi fa sentire meglio» disse con un filo di voce.

«Non avete nulla di cui preoccuparvi, mia cara e innocente compagna. Gli uomini vengono qui per giocare d'azzardo e fare bisboccia. Perlopiù giocano a carte o ai dadi. Si dedicano anche alle scommesse. Scommettono su chi si sposerà durante la Stagione o quale matrimonio sta per fallire.

Ho sentito che una volta Lord Bowsworth ha scommesso duecento ghinee in una gara tra gocce di pioggia.»

Era il genere di uomini che avrebbe irritato, se stasera avesse avuto successo. O forse alcuni di loro avevano già scommesso contro Kit e Rosa. Deglutì l'ansia che aveva in gola. «Bene.»

Lui batté il bastone contro l'acciottolato bagnato, poi indicò un graticcio che correva lungo un lato dell'edificio come fosse una scala. Il glicine si insinuava tra i pioli e il suo dolce profumo veniva trasportato dalla brezza. «Vedete lì? Potete arrampicarvi per raggiungere la terrazza. Nel frattempo, creerò un diversivo. Non appena Kit avrà un attimo di respiro, è là che si dirigerà. Ve lo garantisco. Usate la vostra astuzia. Lui si renderà conto di quanto sia stato testardo. Annullerà il matrimonio. Crisi evitata.»

Lei annuì.

Sinclair guardò la terrazza con espressione corrucciata. «Siete sicura di farcela? Avete il brutto vizio di inciampare anche nell'aria.»

«Sono i fantasmi che mi spingono, sappiatelo!» Sbuffò. «Abbiate un po' di fede.»

«Molto bene» disse lui, scettico. «Ci vediamo presto.»

Mentre attraversava il cancello con grande sicurezza, Niamh fece il giro dell'edificio. La luce raggiungeva a malapena lo stretto vicolo adiacente, la nebbia avanzava pigra sopra i lampioni e l'oscurità la circondò. Un'ombra si staccò dalle altre e planò verso di lei. Niamh trattenne un grido. Ma si trattava solo di un gatto nero, che la superò trotterellando. Registrò la sua presenza con un sommesso, incuriosito "miao?"

Lei sbuffò, esasperata da se stessa. Per il bene della sua gente, della Castilia e dell'uomo che amava, poteva farcela.

Si aggrappò al graticcio. Il ferro era scivoloso e freddo contro i palmi, e quando caricò il peso sul primo appiglio l'intera struttura gemette in segno di protesta. Fece del suo meglio per ignorarlo mentre si trascinava su, piolo dopo piolo. Da così vicino, il profumo del glicine divenne stucchevole e i fiori le solleticarono il naso a mano a mano che si arrampicava. Il suo respiro divenne affannoso, ma si rifiutò di pensare a quanto fosse lontano il terreno sotto di lei. Alla fine, chiuse le dita tremanti intorno alla balaustra della terrazza. Con la massima cautela, scavalcò e poi si lasciò scivolare a terra. Si sdraiò sulla schiena, con il petto ansante, mentre le stelle vorticavano sopra di lei e la vista le si offuscava. Ricordarsi di respirare durante la salita non era stata una delle sue priorità.

Forse Sinclair aveva avuto ragione a preoccuparsi. Quella era di gran lunga la peggiore idea che le fosse mai venuta, in un lunghissimo elenco di pessime idee.

Una volta ripreso fiato, si mise in piedi e aspettò. La luce proveniente dall'interno si riversò a terra a neanche un metro da lei. Da lì riusciva appena a distinguere il locale all'interno. Una foschia miasmatica incombeva su tutto, ma Niamh sentiva il tintinnio dei bicchieri e le risate e le grida degli uomini che si giocavano le proprie fortune. La maggior parte di loro era assiepata intorno ai tavoli o ciondolava al bar. Con sua grande delusione, c'erano molti meno strumenti di caccia di quanto le avesse fatto credere Sinclair. Lo sapeva, non avrebbe dovuto dar retta a una sola parola di quello che le aveva detto.

Le porte della terrazza si aprirono di colpo. Niamh trattenne un gridolino di sorpresa.

Kit si avvicinò alla balaustra e vi si appoggiò. Inspirò una profonda boccata d'aria, come se avesse trattenuto il respiro per tutta la notte. Si portava dietro l'odore del locale: fumo acre di tabacco e la dolcezza stucchevole degli alcolici. Non doveva essere facile per lui trovarsi in quell'ambiente. La sua pelle era più pallida del solito e madida di sudore. Nessuno gli prestava attenzione. Erano troppo presi dalle loro partite a carte e dagli alcolici.

Ma per quanto sembrasse infelice e angosciato, il cuore di Niamh ebbe un sussulto disperato nel vederlo. Aveva le maniche arrotolate fino ai gomiti; la giacca doveva essere stata dimenticata sullo schienale di una sedia. Avrebbe voluto toccarlo di nuovo. Avrebbe voluto averne il diritto. L'estremità accesa del suo sigaro bruciava come un fuoco fatuo. Lui sbuffò fuori il fumo, inquieto, troppo assorto nei suoi pensieri per accorgersi di lei, che se ne stava al buio come una stupida.

«Kit.»

Per poco lui non fece un salto. Doveva ammettere che le dava soddisfazione per una volta essere *lei* a coglierlo alla sprovvista. Kit sbatté le palpebre, poi le sbatté di nuovo, come se lei fosse un'orribile visione che avrebbe potuto scacciare con il minimo sforzo. Ma quando non ci riuscì, la fissò. Niamh non poté individuare tutte le emozioni che gli attraversarono il volto. Ognuna riusciva a intimidirla. Alla fine, come era prevedibile, scelse la rabbia. «Che diavolo ci fai qui?»

Volevo vederti. Le parole erano lì, sulla punta della lingua.

Volevo parlare con te. Ma lui non era fuggito. Aveva superato il primo scoglio, non poteva mettere a repentaglio quell'occasione.

«Volevo scusarmi. Mi dispiace.»

«Sì» disse lui con aria indifferente. «L'hai già detto. Ora che hai ottenuto quello per cui sei venuta, puoi anche andartene.»

«Aspetta, per favore.» Fece un passo verso di lui, che si addossò alla balaustra come se gli avesse puntato contro un coltello. Interdetta, indietreggiò di qualche passo, dove il glicine scendeva giù come una tenda. Lui la guardò con occhi diffidenti, che lampeggiavano come quelli di un gatto nel buio, ma non si mosse.

«Ho scritto a Lovelace – a Sinclair – quando mi hai detto di stare attenta» continuò lei. «Mi aveva contattata al mio arrivo, ma non mi ha mai obbligata a spiarti. Non ho mai avuto intenzione di farlo e non l'ho mai fatto. Ma sono stata sciocca a credere di poter gestire tutto da sola. Hai ragione, sono una codarda. Sono sempre in fuga, senza alcun riguardo per il mio benessere. Ma questa volta ho fatto del male anche a qualcun altro.» Le tremò la voce e chiuse gli occhi per trattenere le lacrime. «Avrei dovuto dire qualcosa molto prima. Mi pento di ogni momento in cui non ti ho voluto confidare la verità. È stata la mia imprudenza a portarci qui. Mi dispiace tanto.»

Kit rimase in silenzio per un lungo istante. Fece cadere la cenere del sigaro sulla balaustra. «Non ha senso rimuginare su quello che avresti dovuto fare. È finita.»

«Non deve per forza essere così» disse lei senza fiato.

Lui ascoltò senza interruzioni mentre gli descriveva il piano di Sinclair. Kit era sempre stato un disastro nel nascondere le sue emozioni, ma mentre lei parlava, rimase stranamente impassibile. Con il fumo del sigaro che gli brillava davanti al viso, era come se si trovassero ai due lati opposti del velo tra i mondi.

«No» concluse. «Sinclair ha provato a fare a modo suo per anni. Ho chiuso con questi giochetti. Ho chiuso. Non mi renderò di nuovo ridicolo, soprattutto non per voi due e i vostri piani strampalati.»

«Non ci hai nemmeno riflettuto sopra!»

«Non ne ho bisogno.»

La tensione scese tra loro come un coltello. L'ultima volta che erano stati soli, Kit l'aveva guardata con tanta tenerezza. Lei non avrebbe voluto ricordare tutto quello in modo così vivido. La delicatezza delle sue mani callose contro la pelle, la riverenza del suo sguardo su di lei. Ma ora la guardava con puro e totale distacco. Non sapeva come attraversare quell'abisso, o se ci fosse un *modo* per attraversarlo. Non c'era altro da fare che picchiare sulla porta che lui aveva chiuso tra loro.

«Perché no?»

«Non posso permettere che sia Jack a pagare per quello che ha fatto nostro padre» disse a bassa voce. «Ha passato tutta la vita a proteggermi. È ora di restituirgli il favore.»

Di tutte le cose sciocche e autodistruttive che avrebbe potuto fare… Se non voleva annullare il fidanzamento per il suo bene, forse poteva convincerlo in un altro modo. «Ma non c'è alcuna garanzia che il piano di Jack funzioni! Inoltre, è sbagliato da parte tua trascinare l'infanta Rosa in questa storia tenendola all'oscuro di tutto. Se avessi un minimo di onore, la libereresti da questo fidanzamento.»

Con freddezza, lui le domandò: «Hai finito?»

«No! Perché sei così deciso a essere infelice? Perché pensi di non meritare niente di meglio?» La sua voce vacillò. «So di aver perso ogni diritto di rivendicare la capacità di renderti felice. Ma se c'è un altro modo per fare il tuo dovere, per combattere per ciò in cui credi, allora perché ti stai facendo questo?»

Kit sembrò colpito. «Non posso rischiare.»

«Rischiare *cosa*, Kit? Puoi davvero dirmi che vuoi farlo?» Si sentiva selvaggia e spericolata, come se si trovasse sull'orlo di un precipizio, anziché su una terrazza. La forza dei suoi sentimenti cresceva come una tempesta dentro di lei. Se qualcuno li avesse trovati lì, sarebbe stato oltremodo disastroso, ma non riusciva a darsi pace. Non poteva permettere che finisse così. «Dimmi che è quello che vuoi. Dimmi che ne sarai contento. Dimmi che non avrai rimpianti e io ti augurerò ogni bene. Lascerò subito Avaland e non mi guarderò indietro. Mi ricorderò di te con affetto e non desidererò che pensi a me più del dovuto.»

Lui rimase in silenzio.

«Dimmelo» piagnucolò lei «*ti prego*.»

«È stata una crudeltà da parte tua venire qui.»

«Una crudeltà?» Lei strinse i pugni lungo i fianchi. «La vera crudeltà è stata aver fatto amicizia con me e avermi trattata come una tua pari. La vera crudeltà...» Con un unico movimento fluido, lui lasciò cadere il sigaro e ridusse lo spazio tra loro. La schiena di Niamh toccò il muro. Kit si protese su di lei, in preda alla tensione, e il calore del suo corpo la travolse come un'onda. Doveva averle letto il desiderio negli occhi, perché le sue pupille si dilatarono.

Ormai lei conosceva bene che aspetto aveva la bramosia sul suo volto. C'era un fuoco che si accendeva nei suoi occhi, e lei, sciocca com'era, era fin troppo desiderosa di scottarsi. Il respiro di Kit le tremò sulle labbra.

Questo, pensò. *Questo è una vera crudeltà.*

«La vera crudeltà» disse lui «è che mi permetti di sperare.»

Quando parlò, la sua bocca si mosse contro quella di lei. Una pressione leggera come una piuma. Il fantasma di un bacio che non avrebbe mai più avuto. Una punizione... per lui o per lei, non poteva esserne certa. L'agonia era più grande di quanto avesse mai potuto immaginare nei suoi peggiori incubi.

Ma poi la bocca di Kit catturò la sua, decisa, insistente e rabbiosa.

Gli occhi di Niamh si spalancarono, fissi su di lui. Si sciolse dal desiderio. L'indignazione la riempì di ostinata resistenza. Ma quando i denti di Kit le strinsero il labbro inferiore, quando lui le fece scivolare un ginocchio tra le gambe, i suoi occhi si chiusero impotenti. Si inarcò contro di lui. Il gemito roco di Kit riverberò basso dentro di lei. Di fronte al suo desiderio appassionato e irremovibile, non riuscì a ricordare perché fosse andata lì o di cosa avessero discusso.

Poi sentì un suono terribile: lo scricchiolio della porta finestra che si apriva.

Le giunse il rumore del locale: risate, tintinnio di bicchieri e monete.

Kit si allontanò di colpo. Una luce dorata – e il panico – accese i suoi occhi. In un attimo, il glicine la afferrò. I suoi rami le avvolsero le braccia e la vita, poi la trascinarono nell'oscurità. Nuovi germogli, delicati e scintillanti di magia, spuntarono per nasconderla completamente alla vista. I loro petali le fecero prudere il naso, ma trattenne il respiro e soffocò uno starnuto. Non poteva certo risentirsi per il trattamento brusco che lui le aveva riservato, visto che l'aveva salvata. Di nuovo.

Jack uscì in terrazza. «Eccoti. Cosa ci fai qui fuori?»

«Niente» rispose Kit, ansimante. «Prendevo solo un po' d'aria.»

Jack lo guardò con sospetto, ma si mise accanto a lui. Appoggiò una mano sulla sua spalla, e lui non si tirò indietro. «So che è stato difficile, ma stai facendo la cosa giusta.»

La mascella di Kit si irrigidì, ma lui non disse nulla.

«Cosa posso fare per sistemare le cose tra noi?» Jack si appoggiò alla balaustra. «Da domani, comincerai a vivere la tua vita. Non voglio che ci lasciamo così, con tanti rimpianti.»

«Lascia perdere, Jack» ribatté Kit stancamente. «Non torturarti più. Non per il mio bene. Questi ultimi giorni mi hanno aiutato a capirti meglio. In un certo senso, ho sempre capito.»

«Spero che tu sappia che ti vog...»

«Sì, lo so.» Kit si irrigidì. Fissò la notte, ma anche da lì Niamh riuscì a vedere la tristezza che pervadeva la sua espressione. «Anch'io.»

Jack si voltò verso di lui. «Kit, io...»

«Se abbiamo finito qui» lo interruppe Kit «torniamo dentro.»

Si girò ed entrò. Jack indugiò solo per un attimo prima di seguirlo.

A poco a poco, i rami intorno a lei si allentarono. La adagiarono a terra con tanta delicatezza che ebbe l'impressione che le spolverassero il vestito e le risistemassero i capelli come per scusarsi. I fiori viola e dorati si librarono nell'aria e si posarono ai suoi piedi. Per alcuni lunghi istanti, Niamh rimase accasciata contro la balaustra, con le dita premute sulle labbra gonfie. Il suo viso bruciava di quello che era certa fosse un magnifico rossore. Rabbia e amore si intrecciavano così miseramente dentro di lei che non riusciva a respirare.

Kit Carmine era l'uomo più insopportabile, ostinato, confuso che fosse mai esistito.

Ma lei gli aveva offerto una via di fuga – una possibilità di liberarsi per sempre – e lui non l'aveva accettata. L'aveva baciata con la disperazione furiosa e terrorizzata di un uomo che si aggrappa alla vita. L'aveva protetta come se fosse una cosa naturale quanto respirare.

"Non respingermi solo per il gusto di sacrificarti."

Il giorno seguente non avrebbe più potuto esitare. Non era obbligato ad amarla come lei amava lui. Ma meritava, per una volta, la possibilità di costruirsi una vita alle proprie condizioni. Meritava una seconda possibilità di seguire il suo stesso consiglio.

Lei gliel'avrebbe concessa.

E poi, se proprio doveva, lo avrebbe lasciato andare.

27

La notte precedente era sembrata l'ennesima favola: una ragazza fuggita e tornata prima che la famiglia crudele potesse accorgersene.

Alle undici in punto, Sinclair l'aveva riportata di nascosto a palazzo. Durante il viaggio di ritorno, si era imbestialito per l'ostinazione di Kit… poi, finita la sfuriata, si era lasciato andare a un insolito e imbronciato silenzio. Per una volta, a Niamh non era dispiaciuta quella tranquillità. Un piano, che aveva messo radici su quella terrazza, cominciò a sbocciare nel buio della carrozza. Un piano stupido e impossibile… ma pur sempre un piano. Per quanto lo volesse disperatamente, non poteva coinvolgere Sinclair. Se fosse andata male, lo scandalo non avrebbe avuto ripercussioni su di lui.

Alle tre del mattino aveva finito di ricamare e assemblare il mantello di Kit. Alle sei era stata svegliata e portata a casa di Rosa, con l'abito da sposa e il mantello di Kit, ognuno riposto in una scatola raffinata come un gioiello nella sua custodia.

Stava camminando per le stanze di Rosa, temendo di addormentarsi in piedi. Uno dei valletti di Jack la seguiva come un segugio nervoso. Una volta chiusa la porta, vi si posizionò davanti e tenne lo sguardo fisso su di lei. Era un avvertimento: *Il principe reggente ti osserva. Non dire o fare nulla di cui potresti pentirti.*

Rosa l'aspettava dietro al paravento. Un mazzo di rose, pronte per essere intrecciate ai suoi capelli, era posato sul tavolo accanto a lei. Tutte le spine erano state accuratamente rimosse e i gambi erano stati fatti ruotare per liberare i petali. Rosa si era dipinta le labbra di rosso carminio. Aveva un aspetto elegante, anche se indossava solo la vestaglia sottile. Ma a un esame più attento, la sua pelle olivastra non aveva la solita lucentezza. Sotto il belletto spolverato sulle guance, sembrava di cera.

«Buongiorno» le disse Niamh, con voce quasi gracchiante.

«Davvero» disse Rosa distrattamente. «Cominciamo?»

Niamh spacchettò il vestito con cura. Il lungo strascico sembrava un rivolo d'acqua scura. Rosa lo ispezionò con un'espressione d'inequivocabile apprezzamento. Niamh lavorò il più velocemente possibile per aiutare Rosa a indossarlo. Naturalmente, inciampò nell'orlo almeno tre volte e per poco non fece saltare qualche paillettes dalle maniche. Quando l'ultimo bottoncino fu allacciato alla base del collo dell'infanta, Niamh salì su uno sgabello traballante per sistemarle il velo sulla testa come fosse una corona. Regolò il drappeggio del tessuto prima di appuntarlo. Scendeva lungo la schiena e si allargava a terra, mettendo in mostra l'intricato merletto nella sua interezza.

«Ecco.» Niamh fece un passo indietro per ammirare il suo lavoro. «Siete pronta.»

Rosa era in piedi davanti allo specchio. Imprigionata nell'enorme cornice dorata, sembrava un ritratto a olio... se non fosse stato per l'espressione molto particolare sul suo viso. Arricciò il naso come se avesse assaggiato qualcosa di molto amaro. «Che magia insolita avete.»

«In che senso?»

«Sto provando» disse, con disgusto e stupore al contempo, «molte emozioni. È così che è fatto l'interno della vostra testa? Non c'è da stupirsi che siate sempre così *indaffarata*.»

Certo, gli incantesimi erano piuttosto forti. L'abito la riempiva di nostalgia per tutto ciò che avrebbe potuto essere e di dolore per tutte le cose che non era riuscita a fare. Col senno di poi, forse non avrebbe dovuto finirlo subito dopo aver lasciato Kit. Era piuttosto inappropriato per un matrimonio, ma almeno si abbinava all'elegante solennità dell'abito. Rosa poteva essere la dea della notte fatta a persona.

«Perdonatemi» disse Niamh con fare impacciato. «Forse mi sono lasciata trasportare. Devo...»

«No. Non cambiate nulla. È proprio quello che volevo.»

«Di sicuro non resterà un solo occhio asciutto in chiesa» azzardò.

Rosa fissò il proprio riflesso, girando il viso da una parte e dall'altra. «Mi sento quasi una sposa.»

Il cuore di Niamh ebbe una sobbalzo doloroso. «Ne sono felice. Siete bellissima.» Fu solo allora, con la voce tremante e la gola che bruciava, che si rese conto che stava piangendo.

Rosa parve del tutto sconcertata, persino allarmata. Poi, con aria grave, scostò il paravento per rivolgersi al valletto appostato accanto alla porta. «Voi, fate preparare il tè.»

«Le mie scuse, Vostra Altezza» replicò lui. «Il principe reggente dice che non devo lasciare la ragazza incustodita.»

Rosa si sollevò in tutta la sua altezza e inclinò il mento. Con l'abito completamente nero, la sua figura era davvero impressionante e il suo tono risuonava di regale sussiego. «Che c'è, è prigioniera? O temete che io possa infangare il suo onore?»

Passò un momento di silenzio pieno di disagio, poi lui cedette. «No, Vostra Altezza. Certo che no.»

«Allora andate, prima che dica a mio cognato che sono stata trattata in modo tanto grossolano. Sono affamata. Oserei dire che sto iniziando a sentire un principio di svenimento.»

Il valletto impallidì. «Subito, Vostra Altezza.»

Non appena sparì, Rosa si accasciò sulla poltrona e fissò Niamh con sguardo piatto. «Che vi prende? Cosa sta succedendo, qui?»

«Assolutamente nulla!» Niamh si asciugò il viso e si impose di sorridere. «I matrimoni mi fanno commuovere, e gli incantesimi sul vostro vestito… Farò del mio meglio per non mettermi ulteriormente in ridicolo.»

«Pensate che io sia stupida? Non è una domanda retorica.»

«No! Certo che no.»

«Allora perché mi state mentendo? Continuate a inciampare… be', più del solito. E state…» Rosa fece un cenno avvilito verso di lei. «…gocciolando.»

"Rosa è una persona piuttosto comprensiva" le aveva detto Miriam. E lo era. Niamh invidiava il fatto che nulla la turbasse. Ma pensava che nemmeno una donna paziente e pragmatica come Rosa potesse accettare con calma un: *Sono innamorata del vostro fidanzato e, se uno di voi due non annulla questo matrimonio, la vostra unione potrebbe benissimo incatenarvi per mezzo decennio a un regno che si trova a un passo dalla bancarotta.* Non poteva rischiare.

Così si sedette accanto a lei e disse: «È lo stress. Non dormo da giorni».

Rosa posò goffamente una mano sulla testa di Niamh, in quello che doveva essere un gesto rassicurante. «Avete lavorato troppo per causa mia.»

«Non preoccupatevi per me. Oggi è il vostro giorno.»

«Ah, sì?» chiese ironica.

Proprio in quel momento, Miriam aprì la porta spingendola con l'anca, tenendo tra le braccia il servizio da tè che aveva chiaramente strappato di mano al valletto mastino. La lingua le spuntava tra le labbra per la concentrazione mentre armeggiava con il vassoio. Ma quando vide Rosa, rimase a bocca aperta e il vassoio rischiò di caderle dalle mani. Le tazze traballarono pericolosamente.

«Rosa.» Le lacrime brillarono negli occhi di Miriam. «Dio mio, siete una visione.»

Rosa si concesse una risata affettuosa e malinconica. Infilò una mano sotto il velo per passarsi la punta delle dita sotto gli occhi. «Smettetela. Presto comincerò a gocciolare anch'io.»

Niamh si sentì la più grande sciocca mai esistita.

Come aveva fatto a non capire – capire *davvero* – prima di quel momento il motivo per cui Rosa aveva sopportato tutto come un soldato che si prepara per la battaglia, il motivo per cui a Rosa importava poco se il cuore di Kit fosse di un'altra, il motivo per cui Miriam aveva aiutato Niamh senza fare domande? Adesso era di una meravigliosa, straziante evidenza. Un filo invisibile univa le due ragazze.

L'amore.

Il giorno in cui l'infanta Rosa de Todos los Santos de Carrillo e il principe Christopher Carmine, duca di Clearwater, sarebbero convolati a nozze era, a detta di tutti, perfetto.

Era una mattina luminosa e senza nuvole – una rarità in Avaland – e le strade dal palazzo reale, che splendeva sul prato verde, alla cattedrale di San Giovanni in pietra bianca erano piene di persone. Nobili e gente comune si riunivano in egual misura per bere e chiacchierare, acclamare e cantare, piangere e spintonare. Portavano cesti di vimini posati sui fianchi e gettavano petali sul lastricato. Ogni fiore rappresentava un augurio... salute, fortuna, fertilità e felicità. Secondo la tradizione avalandese, lo sposo guidava gli invitati alla cerimonia in una sfilata dal palazzo fino alla cattedrale.

A Niamh sembrò triste come una processione funebre. Quel giorno rischiava di perdere Kit per sempre.

Seguì il corteo da sola. La calca di persone la travolse. Le orecchie le fischiavano, il cuore le batteva all'impazzata e temeva che gli occhi stessero per uscirle dal cranio per la stanchezza.

Il mantello scuro che aveva recuperato dal fondo dell'armadio si adattava al suo stato d'animo e contribuiva abbastanza bene a camuffarla, ma sudava terribilmente sotto la lana. Un'ampia cuffia le nascondeva i lineamenti. Tuttavia, non ci sarebbe voluto più di qualche istante perché uno dei due Carmine la riconoscesse. Stringeva forte una scatola contro il petto, con il mantello nuziale di Kit al sicuro all'interno.

Davanti a lei, Jack cavalcava uno stallone bianco che sembrava perfettamente a suo agio accanto alla Guardia Reale, in divisa verde e oro e moschetto. Quel giorno il principe si era presentato in pompa magna. Il suo frac rosso svolazzava nel vento e la corona d'oro incastonata nei suoi capelli scuri brillava alla luce del sole.

E lì, proprio davanti a lui, c'era Kit.

Niamh non riusciva a vederlo chiaramente. Distingueva solo la postura severa delle sue spalle. Dal primo momento in cui si era resa conto di chi fosse, forse Niamh avrebbe dovuto capire di essere destina a trovarsi lì. Lei, con il cuore che si struggeva d'amore. Lui, terribilmente al di là della sua portata per centinaia di motivi diversi.

Dei fiori germogliavano al passaggio dei Carmine, insinuandosi tra le fessure del selciato e inondando i prati. La folla acclamò, con gli occhi accesi dal bagliore dorato della magia. Si diffondeva nell'aria, sognante come la nebbia di primo mattino.

Niamh intravide le guglie della cattedrale mentre giravano l'angolo. I contrafforti e le torri puntavano verso il cielo come dita accusatrici. Più la processione si avvicinava, più la folla diventava fitta e chiassosa. Gli astanti si agitavano e urlavano come un mare sferzato dal vento. Non ci volle molto perché Niamh ne capisse il motivo.

I manifestanti aspettavano nel cortile della cattedrale.

Astuti, pensò Niamh. Jack non poteva estrometterli tutti

senza fare una scenata. Inoltre, un massacro il giorno delle nozze sarebbe stato un inizio infausto per un matrimonio.

Alzarono in aria le bandiere e le piantarono nel prato immacolato della cattedrale. Nonostante il loro numero, i dimostranti si disposero in contingenti ordinati, affrontando il corteo nuziale come un esercito giunto all'ultima resistenza. E in testa, raggiante e in piedi sul palco improvvisato grazie a una cassa rovesciata, c'era il loro generale: Helen Carlile.

Jack si fermò. Il suo cavallo scalpitava irrequieto sul selciato. Fissò imperiosamente Carlile dall'alto in basso. Niamh era già stata oggetto di quello sguardo una o due volte; ne conosceva bene l'effetto. Ma la donna lo affrontò di petto.

«Che significa tutto questo?» chiese Jack.

«Sono qui per chiedere udienza al principe reggente.» Gli rivolse il più formale degli inchini. «Immagino che siate voi.»

Il principe smontò da cavallo e il *clac* deciso dei suoi stivali risuonò nell'aria. Gli uomini della Guardia Reale appoggiarono all'unisono le mani sulle sciabole. Un mormorio ansioso attraversò gli invitati al matrimonio.

«Buona giornata a voi, signora» la salutò freddamente Jack. «Non siete nella posizione di pretendere qualcosa da me. È il giorno del matrimonio di mio fratello, il vostro principe.»

«Non voglio offendere nessuno, signore. È solo che chiedo di parlarvi da giorni» rispose lei sinceramente. «Siete un uomo difficile da incontrare. Si può quasi iniziare a sospettare che vi stiate nascondendo da me.»

«Datemi una ragione per non farvi arrestare per sedizione qui e ora.» Jack abbassò la voce; Niamh dovette avanzare per riuscire a sentire. «Che intenzioni avete con questa messa in scena? Non farà altro che suscitare malcontento e irritarmi personalmente.»

«Chiedo solo un'ora del vostro tempo.» Una nota di supplica si intuì nella sua voce. «Questa brava gente si è riunita qui per far sentire le proprie preoccupazioni. Se questo è un crimine, non vi riconosco più. Qualunque cosa dicano di voi, signore, non vi credevo un despota.»

«Dalle udienza.» Kit, finalmente, parlò. Si rivolse al fratello quasi stancamente, senza un accenno di petulanza o di imperiosità. «Consideralo il regalo che mi farai per le nozze.»

Lo sguardo di Carlile si spostò dall'uno all'altro.

Il silenzio si prolungò. Una goccia di sudore percorse la tempia di Jack. Ma qualsiasi cosa avesse visto negli occhi del fratello doveva averlo commosso. «Molto bene. Vi riceverò dopo la cerimonia. Voi e la vostra *gente* potete aspettarmi fuori dal palazzo del Parlamento. Vi riceverò nel mio studio.»

Niamh stentava a crederci.

Il volto di Carlile si illuminò tutto, di solare gratitudine e stupita soddisfazione. «Grazie, Vostra Altezza. Sul serio, vi ringrazio. Non vedo l'ora.» Si inchinò davanti a Kit. «E congratulazioni. Felicitazioni a voi e alla vostra futura sposa.»

«Grazie» replicò lui in tono sommesso.

Si voltò verso i dimostranti che, con un solo gesto, si allinearono intorno a lei. Marciarono verso il palazzo del Parlamento, dividendosi intorno al corteo nuziale come un fiume che scorre su una pietra. Il loro silenzio disciplinato stupì Niamh. Non appena l'ultimo di loro superò i cancelli della cattedrale, la tensione che era nell'aria si dissipò.

E, con perfetto tempismo, le campane nuziali iniziarono a suonare.

Gong, gong, gong, un suono profondo e luttuoso che rimbombò nella cassa toracica di Niamh. Quando l'ultimo rintocco riverberò nel mattino, le porte della cattedrale si spalancarono.

Il respiro di Niamh accelerò. Non sapeva se ce l'avrebbe fatta. Non poteva affrontare di nuovo Kit. E se avesse fallito, non sapeva se avrebbe potuto sopportare di vedere il momento in cui si sarebbe legato a Rosa per sempre. Non sarebbe sopravvissuta a quello strazio.

Ma non ebbe tempo di esitare. Una volta che i Carmine furono entrati nella cattedrale, gli ospiti dietro di lei la sospinsero oltre la soglia e nel vestibolo.

Il soffitto si stagliava alto sopra di loro, sostenuto da colonne bianche e strette come stecche di un corsetto. Le fiamme fluttuavano e si disperdevano nell'aria come se fossero candele trasportate da una corrente. I fiori erano intrecciati sui banchi e ghirlande drappeggiavano ogni nicchia, ogni petalo di un bianco sontuoso. Tutto luccicava, dal pulviscolo che si muoveva attraverso delicati fili di luce alla doratura delle icone dei santi alle pareti.

Ma fu l'altare a toglierle il fiato.

La figura di Kit si stagliava davanti alle vetrate sullo sfondo. Riempivano l'intero abside, dal pavimento in legno al soffitto ad arco. La luce che lasciavano entrare lo avvolgeva, addolcendo tutti i suoi tratti spigolosi. Lo dipingeva con delicatezza. Indossava gilet e cravatta bianchi, con una spilla dorata a forma di bocciolo di rosa. Sembrava un principe delle fiabe.

Sinclair era accanto a lui sull'altare. Per quanto Kit fosse furioso con l'amico, non aveva annullato il suo invito al matrimonio.

È il momento.

Niamh trovò un posto in fondo alla cattedrale e si mise a sedere con il mento abbassato, in modo che la cuffietta le nascondesse il viso. Aveva i palmi delle mani umidi nella seta delicata dei guanti. Le chiacchiere e le risate vorticavano intorno a lei mentre gli invitati prendevano posto. Fece del suo meglio per ignorare tutto.

Un movimento all'ingresso della cattedrale attirò la sua attenzione. Un membro della Guardia Reale si avvicinò a Jack e si chinò per sussurrargli qualcosa all'orecchio. Immediatamente, Jack si girò in preda a una furia allarmata. Il suo sguardo si posò sul volto di ogni persona. Cercava qualcuno. Cercava *lei*, comprese Niamh.

Lo sa.

Jack e il soldato scambiarono qualche parola, poi quest'ultimo annuì cupamente. Niamh sprofondò nella sua panca. Se l'avessero trovata, l'avrebbero scortata fuori e cacciata. Non poteva tornare a casa... non prima di essere arrivata in fondo alla questione. Ma c'erano centinaia di persone in quella cattedrale e stava per iniziare una cerimonia che la Guardia Reale non avrebbe potuto interrompere così sfacciatamente. Se la sarebbe cavata.

L'arpista iniziò a suonare. La melodia salì fino alle travi, dolce, eterea e scintillante: annunciava la sposa.

Tutte le teste si voltarono.

Le porte del vestibolo si aprirono, incorniciando Rosa in un brillante quadrato di luce.

28

Giunsero dei sospiri ammirati. Poi, più sommessamente, dei singhiozzi.

Con la mano nell'incavo del gomito del padre, Rosa si posizionò in fondo alla navata, splendida e terribile, tetra ed elegante: assolutamente magnifica. Ogni filo del suo abito, ogni fibra del suo velo, irradiava pura emozione.

I ricordi, tutti agrodolci e dolorosi, si riversarono sulla folla. Anche gli occhi di re Felipe brillavano di lacrime trattenute a stento. Niamh non sapeva cosa stesse provando Rosa in quel momento: i suoi lineamenti erano quasi del tutto nascosti dietro il velo.

Cominciò ad avanzare.

Lo strascico del suo abito lambiva il pavimento come un rivolo d'acqua fredda e scura. Sussultava dolcemente a ogni passo, trascinando al suo passaggio i petali sparsi sul pavimento di marmo.

Mormorii sommessi e devoti la seguirono lungo la navata. «Che abito» sentì dire Niamh, più e più volte. Uno strano miscuglio di orgoglio e tristezza minacciava di travolgerla. Una tale bellezza valeva tanta sofferenza?

Quando arrivarono all'altare, Miriam si avvicinò e prese il mazzo di rose rosse di Rosa. Si ritirò di qualche passo, rifugiandosi in una colonna d'ombra, ma anche da lì era evidente la sua disperazione. Sinclair incrociò lo sguardo della giovane e le fece un occhiolino rassicurante. Miriam ricambiò con un sorriso coraggioso. Il re mise la mano di Rosa in quella di Kit. La cupa finezza di quel gesto si ritorse come un coltello nello stomaco di Niamh.

Kit le strinse debolmente la mano. A Caterlow, la cerimonia nuziale iniziava allo stesso modo. Si avvolgeva una corda intorno ai polsi degli sposi e, un giro dopo l'altro, si univano le loro mani e le loro anime. Ma non accadde nulla. Kit era sempre più pallido e fissava Rosa con occhi spenti, come se stesse guardando un incubo ben noto prendere vita davanti a lui.

Con il corteo nuziale completamente riunito, il vescovo si fece avanti. Aveva un atteggiamento pomposo, con il naso rivolto all'insù e la bocca serrata in una linea solenne. Una stola d'oro gli pendeva intorno al collo come la pelle di un animale scuoiato, e un copricapo nero era appollaiato sulla sua testa come un vecchio uccellaccio. Suscitò subito il disprezzo di Niamh, che non era però davvero oggettiva nel valutare le persone, in quel momento.

Con aria grave, il vescovo esordì: «Carissimi fedeli, siamo qui riuniti al cospetto di Dio e davanti a questa congregazione per unire quest'uomo e questa donna nel sacro vincolo del matrimonio, che è un condizione onorevole, istituita da Dio al tempo di...»

La cerimonia proseguì. Niamh non riuscì ad ascoltare una sola parola. Il panico e la disperazione resero tutto più confuso. Ci furono almeno cinque pause in cui credette che sarebbe successo qualcosa, *qualsiasi* cosa. Ma ogni volta il vescovo si schiariva la voce e sfogliava un'altra pagina del suo libro di preghiere. La congregazione sospirò e si mosse annoiata. I ventagli dalle stecche d'avorio svolazzavano intorno a lei.

Si conficcò le unghie nelle ginocchia per riacquistare padronanza di sé. Non riusciva a capacitarsi che stesse accadendo davvero, che fosse *lì*, sudata, in quello scomodo banco, mentre l'uomo che amava stava per sposare un'altra. E a meno che non volesse mortificare tutti i presenti in chiesa – e soprattutto se stessa – non poteva fare assolutamente nulla. Non si era mai sentita così impotente.

"La tua magia mi fa provare strane sensazioni" le aveva detto Kit. Qualunque cosa fosse accaduta, tutto ciò che poteva fare era pregare che lui *sentisse* tutte le cose che lei non aveva avuto la possibilità di dire.

Un basso mormorio qualche fila più avanti la riportò alla realtà. La Guardia Reale aveva iniziato a perlustrare il perimetro della chiesa, attirando sguardi e speculazioni. Si sforzavano di essere discreti, ma tra le loro divise sgargianti e le sciabole che scintillavano minacciose al loro fianco, a Niamh sembrò una precauzione inutile. La pelle le formicolava per il terrore. Si calcò la cuffia sugli occhi.

All'altare, il vescovo mise finalmente da parte il libro di preghiere a favore di un calice. A differenza di qualsiasi altro elemento nella stanza, era elegante nella sua semplicità: un recipiente d'argento puro, senza ornamenti. Sinclair glielo aveva spiegato la sera precedente. La coppa era vuota, ma Kit e Rosa tenevano ciascuno un'ampolla di vetro piena d'acqua. Per tradizione, le ampolle contenevano idromele, dorato come il sangue divino della nobiltà, ma Niamh capì la sostituzione per il bene di Kit. Lui e Rosa avrebbero versato ciascuno la propria ampolla nel calice e avrebbero bevuto, simboleggiando l'unione delle loro stirpi. Una volta terminato, Kit avrebbe indossato il mantello e avrebbe avvolto Rosa nella sua protezione. Con questo, sarebbero stati sposati.

L'angolo della scatola che Niamh teneva in grembo le si conficcò nel fianco.

La preghiera cantata divenne un borbottio indistinto. Kit e Rosa stapparono le ampolle. Le versarono nel calice all'unisono. Nessuna delle loro mani tremò. Ogni momento durò un'eternità: Rosa che sollevava la coppa e beveva per poi passarla a Kit, Kit che la sfiorava appena con le labbra prima di posarla di nuovo frettolosamente.

«Ora inizieremo la declamazione dei voti.» Il vescovo si fermò solo un attimo prima di fissare Sinclair con uno sguardo impaziente. «Il mantello, signore.»

Sinclair sobbalzò, sbigottito. Scrutò il pavimento ai suoi piedi. Non trovando nulla, si girò per controllare la panca dietro di lui. Ormai la gente aveva cominciato a mormorare. Qualcuno soffocò una risata. Altri tossirono. La Guardia Reale si avvicinava sempre di più, fila dopo fila. Il cuore di Niamh rimbombava contro la scatola, che lei stringeva sempre più forte.

«Il mantello, se non vi dispiace» disse il vescovo, sempre più spazientito.

Sul volto di Sinclair si accese un panico autentico. «Solo un momento. Perdonatemi.»

Pronta o no, non poteva più tirarla per le lunghe. Si alzò in piedi. «Ce l'ho io!»

L'intera congregazione si voltò verso di lei. Niamh evitò lo sguardo di Kit. L'avrebbe trafitta come una freccia conficcata nel cuore. Commise invece il grave errore di guardare Jack, e in effetti fu quasi come ricevere un sasso scagliato sulla testa. Sentì il gelo scorrerle nelle vene, anche se il suo viso avvampò per l'umiliazione. Niamh scavalcò le altre persone della sua fila, mormorando le sue scuse sottovoce, e si incamminò lungo la navata.

A pochi passi di distanza, finalmente osò alzare lo sguardo verso Kit. Gli occhi si fissarono nei suoi, in preda a un desiderio disperato. In quel momento non c'era nessuno al mondo tranne loro due. Sotto l'incantesimo del suo sguardo, la musica svanì. La folla scomparve.

E poi una scarpa le si impigliò nell'orlo del vestito.

Lei soffocò un grido. La scatola le scivolò dalle mani e lei cominciò a cadere in avanti. Grida di sorpresa echeggiarono nella cattedrale e Niamh pensò, con distacco, che non sarebbe stato poi così male morire proprio in quel momento. Insieme, sembrava che stessero cadendo nell'acqua, precipitando lentamente verso il pavimento. La scatola cozzò contro il marmo producendo un rumore simile a quello del vetro in frantumi. Niamh chiuse gli occhi e si preparò all'impatto, che però non arrivò mai.

I fiori che fiancheggiavano l'altare e serpeggiavano tra le

panche avevano germogliato di nuovo. Come liane, si attorcigliarono l'una all'altra formando una corda e le si avvolsero intorno alla vita. Quando riaprì gli occhi, si ritrovò a galleggiare a pochi centimetri dal pavimento.

Il rumore di passi in avvicinamento la costrinse ad alzare lo sguardo. Kit si chinò e la aiutò a rimettersi in piedi. Mentre la sorreggeva, lei colse nei suoi occhi un tenue luccichio di affettuosa esasperazione.

«Di nuovo in lotta contro la gravità?» Le parlò così vicino all'orecchio che un brivido le corse lungo la schiena. Le liane intorno a lei si srotolarono lentamente e caddero a terra una dopo l'altra.

Insopportabilmente *tipico* di lui, prenderla in giro persino in quel momento. Le venne quasi da piangere per l'intimità della cosa. Nonostante avesse ritrovato la stabilità, lui non la lasciò andare. La sua mano indugiava, il pollice premeva al centro del palmo, come se volesse attirarla a sé. C'era qualcosa di estremamente particolare nel modo in cui la guardava. Sembrava... concentrato, eppure a mille miglia di distanza.

«Vostra Altezza?» lo chiamò il vescovo.

«Kit» sussurrò lei.

«Vostra Altezza!» Il vescovo alzò la voce, chiaramente ansioso di riprendere il controllo della situazione. Sembrava sudato sotto la luce del sole, e stringeva il messale sino a farsi sbiancare le nocche. «Vorreste riunirvi a noi, sia nella mente che nel corpo?»

L'umore nella chiesa cambiò: erano tutti quasi euforici, e sussurravano e ridacchiavano tra loro dalle panche.

Kit sbatté le palpebre. «Certo. Ma certo.»

Niamh recuperò la scatola dal pavimento e gliela porse. «Per voi.»

Lui annuì rigidamente, con un'espressione ancora una volta indecifrabile, poi tornò all'altare. Praticamente spinse la scatola contro il petto di Sinclair. Lui armeggiò con il coperchio.

«I matrimoni mi rendono nervoso» disse Sinclair con autoironia. «Dove ho la testa?»

Alcune persone risero, anche solo per spezzare la tensione.

Niamh si appollaiò guardinga su una panca. Sentiva gli occhi di Jack che la trafiggevano furiosamente, ma mantenne lo sguardo fisso davanti a sé. Sinclair tolse il mantello dalla scatola e lo aprì. L'abito di Rosa era stupendo. Ma quello, lo sapeva, sarebbe stato il capo più bello che avrebbe mai realizzato.

Il mantello era un lembo di velluto verde scuro, foderato di seta e decorato da strisce di intricato merletto dorato. Spruzzi di ortica e spine irte lungo le maniche e la schiena. Niamh ci aveva lavorato ogni notte da quando Kit aveva detto che gli erano piaciuti gli schizzi che aveva abbozzato nella serra. Ma mentre il disegno le era venuto facile, aveva faticato a trovare l'incantesimo adatto. Aveva inserito un'infinità di ricordi e sentimenti, solo per poi disfare tutto di nuovo. Niente si addiceva a Kit. Né gli auguri, né la vitalità, né la nobiltà, né l'onore, né la cortesia... insomma nulla che risultasse avalandese, o appropriato, o elegante.

Ma quella notte aveva infuso la sua magia in un filo. In ogni petalo delicato, in ogni foglia e cardo, aveva tessuto un pezzetto del suo cuore. Il rimpianto per aver infranto la sua fiducia. La rabbia perché si era tirato indietro di colpo. Il dolore per averlo perso. La paura quando lo aveva visto nella sua gabbia di spine. La languida, rassicurante pace nel guardarlo curare le sue piante. L'allegria nel prenderlo in giro. La gioia di cucire mentre lui respirava accanto a lei. L'intimità silenziosa di un temporale, sdraiati a fianco a fianco mentre la brezza sospirava attraverso la finestra aperta. La confortante tristezza di condividere i loro fardelli. La felicità vertiginosa di baciarlo. Tutta la vita, nei mille modi che aveva di ferire. Tutto ciò che aveva sempre sognato e che si era negata.

Ogni sfumatura del suo amore per Kit Carmine.

Sinclair lo tenne sollevato per Kit. Lui vi fece scivolare dentro un braccio, poi l'altro. Il mantello si posò pesantemente sulle sue spalle. La sua espressione si trasformò dapprima lentamente, poi tutta in una volta. Niamh lo osservò vivere ogni emozione, ogni ricordo, ogni speranza che aveva cucito nel tessuto. Kit la cercò tra la folla. In quel momento, non solo i suoi occhi brillavano di magia. Tutto il suo essere sembrava emanare una luce intensa e dorata.

Le si mozzò il fiato.

I fiori sbocciarono intorno a loro, in un tripudio di colori: nontiscordardimé e rose, girasoli e camelie, lillà e garofani, iris e dalie, bucaneve e caprifogli. A stento riuscì a distinguerli tutti. Percorrevano la navata come un lungo tappeto che veniva scosso e srotolato. Scesero dalle travi come stendardi reali. Si attorcigliavano giocosamente sopra la navata centrale, avvolgendo tutti gli ospiti in un manto colorato. I petali vorticarono nell'aria e si posarono sui suoi capelli come una spolverata di neve. Per ogni sentimento che lei gli aveva donato, la ripagarono dieci volte tanto, una risposta a ogni domanda che lei gli aveva posto:

Sì, ti perdono.

Sì, mi manchi.

Sì, ti desidero ancora.

Il suo cuore si gonfiò di gioia e di stupida, ostinata speranza. Il mondo intero si fece confuso dietro un velo tremante di lacrime. Il chiacchiericcio degli invitati si intensificò, tra grida di gioia e di sgomento.

«Se qualcuno dei presenti è a conoscenza di un motivo per cui questa coppia non dovrebbe essere unita in matrimonio» gridò il vescovo per sovrastare il chiasso «parli ora oppure taccia per sempre!»

Niamh si lasciò travolgere da quelle parole. Aveva fatto di tutto per arrivare lì, per dare a entrambi un'altra possibilità di essere felici. Aveva messo a rischio ogni cosa. Si era umiliata e senza dubbio si era fatta bandire per sempre dal Regno di Avaland. Eppure, non riusciva a pentirsene. Innamorarsi di Kit Carmine era stata la cosa più dolorosa e più giusta che avesse mai fatto. L'avrebbe rifatta cento volte.

Kit aprì la bocca per parlare. Ma prima che potesse dire una parola, una voce giunse attraverso il clamore generale.

«Mi oppongo. Mi oppongo.»

Re Felipe V si alzò lentamente in piedi, irradiando una gelida, amara ostilità.

29

Il re, ergendosi in tutta la sua altezza imponente, guardò Jack dal lato opposto della cattedrale. La sua mano si chiuse intorno allo schienale del banco, stringendo tanto da far temere a Niamh che il legno si spezzasse. Tutto il suo corpo fremeva nello sforzo di trattenere la rabbia.

«Facciamo una breve pausa, allora» disse docilmente il vescovo, con il messale stretto davanti a sé a mo' di scudo.

Nessuno si mosse.

Jack si alzò e disse: «*Ora*».

Gli ospiti si alzarono in piedi e cominciarono a dirigersi fuori dalla cattedrale con sorprendente rapidità. Niamh si aggiustò la cuffietta storta e si infilò tra la folla, ma un membro della Guardia Reale le afferrò il braccio con forza. Lei sussultò, e fu invasa da un improvviso, gelido terrore.

Quando le porte si chiusero di botto e gli ultimi invitati furono usciti, la cattedrale sembrò una carcassa spolpata.

La guardia la sollevò e la trascinò fino all'abside. La depose ai piedi di Jack con un spintone. Quella volta, Kit non riuscì a prenderla. Cadde pesantemente, le mani e le ginocchia accusarono il colpo. Sentiva il suo respiro rimbombare intorno a lei, ma tenne la testa china.

«Che significa tutto questo?» tuonò il re. «Non so come vengano gestite le cose su questa maledetta isola, ma di certo non ho acconsentito a questa *farsa*.»

«Vostra Maestà» disse Jack in tono conciliante «è questa machlandese la responsabile di tutto. Sono certo che si tratti di una sorta di vendetta e farò in modo che sia...»

«Non vogliamo scuse da voi.» Felipe sollevò la mano con enfasi, e Jack tacque come uno scolaretto che viene rimproverato. «Anche se fosse vero, come avete potuto essere tanto incapace? Ma guardatela. Com'è possibile che non abbiate saputo gestire nemmeno una ragazzetta piagnucolosa?»

«Be'» borbottò Jack «io...»

«Non abbiamo mai assistito a una tale follia. I vostri sudditi si sono radunati come un esercito per appellarsi a voi. Vostro fratello chiaramente è invaghito di questa ragazza» continuò Felipe, con uno sguardo sdegnoso ai fiori che erano nati dalla magia di Kit. «Ci avevate assicurato che non aveva ereditato la fibra di vostro padre. Ma ora vediamo che la follia scorre in tutto il casato. Dovete essere tutti pazzi se credete che accetteremo un simile trattamento!»

«Le mie scuse, Vostra Maestà. Non so cosa sia preso a tutti quanti oggi, ma vi assicuro che è decisamente insolito.»

«Basta.» Felipe appoggiò la mano sull'elsa della spada. «Che voi lo abbiate voluto o meno, che sia insolito o meno, oggi mi avete oltraggiato. Peggio ancora – ed è assolutamente imperdonabile – avete oltraggiato mia figlia.»

Finalmente Rosa sollevò il velo. I suoi occhi scuri brillavano di ritrovata determinazione. «Padre, vi prego di essere ragionevole. Sono del tutto illesa.»

Felipe continuò come se lei non avesse aperto bocca. «La mia Rosa è una ragazza buona e obbediente. Non ha mai parlato a sproposito, ed è troppo mite per dire che l'avete ferita. Ma se lei non vuole parlare, lo farò io. È la mia unica figlia, il mio gioiello della corona, e voi non la meritate.»

Il volto di Rosa si contorse per la rabbia e il rammarico. Era l'emozione più forte che Niamh avesse mai visto scaturire da lei, eppure la sua lotta interiore si esaurì in un istante. Come poteva permettere che suo padre continuasse a credere che lei non avesse opinioni o sogni personali? Come poteva permettergli di parlare per lei, anche adesso? Il re la amava. Se avesse trovato il coraggio di parlare, sicuramente l'avrebbe ascoltata.

«Capisco che siate scontento» disse Jack «ma una cerimonia malriuscita non è un buon motivo per annullare il fidanzamento.»

«Non è una questione politica. È puramente personale.» Il re si tolse un guanto. «E quindi risolveremo la questione da gentiluomini.»

Lo gettò tra loro. I suoi occhi sfavillarono dorati e l'aria all'interno della cattedrale si fece densa. L'energia statica crepitò tra i capelli di Niamh. Le vetrate tremarono e i petali presero a turbinare nell'aria come sferzati da una tempesta.

«Christopher Carmine, per l'onore di mia figlia, vi sfido a duello.»

Kit impallidì. «Cosa?»

Niamh si portò una mano alla bocca. *Che cosa ho fatto?* Non poteva restare in ginocchio senza fare *nulla*.

«Assolutamente no.» Jack fece un passo avanti, allungando un braccio davanti a Kit.

I suoi occhi scintillavano di un fuoco freddo e determinato. «Se dovete battervi con qualcuno, lo farete con me. Ho concluso io questo accordo e, come avete detto voi, non sono riuscito a gestirlo correttamente. Ne pagherò le conseguenze.»

Felipe ignorò del tutto Jack. La sua attenzione era rivolta a Kit.

«Accetto» rispose Kit con voce piatta. «Le vostre condizioni?»

Il panico, finalmente, sgretolò la facciata imperturbabile di Jack. «Sciabole, sicuramente. Al primo sangue.»

«Magia. Fino alla morte» disse il re. «Ci incontreremo tra un'ora nel campo a nord della città. Portate il vostro secondo. Vi aspetterò.»

Con ciò, uscì dalla cattedrale.

No. Niamh stava per crollare sui gradini dell'altare. Dopo tutto quello che aveva passato, non poteva lasciarlo morire per un debito d'onore. Se c'era qualcuno da incolpare, era lei. Era sempre stata *lei*. I petali che la circondavano – e la gioia che le avevano suscitato – sembravano lontani mille miglia.

Il vescovo fece capolino da dietro l'altare. Con voce tremante, disse: «Immagino che oggi non ci sarà nessun matrimonio, Vostra Altezza».

«Non andate da nessuna parte» sbottò Jack. Percorse la navata. Si tolse la corona e si passò le mani tra i capelli. «Posso sistemare tutto. Sistemerò tutto. Non so ancora come, ma abbiamo un'ora per...»

«Non c'è modo di sistemare *questo*» disse Kit. «Quello che ha detto è vero.»

Rosa rise amaramente. «La vostra magia è potente, ma non è nulla in confronto alla nostra. Se lo affrontate, vi ucciderà in un secondo. A cosa vi serve l'onore? Se tenete alla vita, fuggite finché ne avete la possibilità.»

Kit si sedette sui gradini dell'altare e si preparò la pipa. Fumò per qualche istante, e sebbene sembrasse calmarsi, il suo viso non riacquistò colore. Quando diede la terza boccata, sembrava rassegnato. «Non mi importa del mio onore, ma non posso certo negarglielo. Qualsiasi alternativa coinvolgerebbe altre persone.»

Jack gli posò le mani sulle spalle e lo scosse. «Questa non è una tua responsabilità, Kit. Non lo è mai stata. È mia.»

«Per una volta» intervenne Sinclair «sono d'accordo con lui. È una totale follia, Kit.»

Kit si scrollò di dosso Jack e lo fissò con un sguardo carico di un terribile, confuso affetto. «Credo sia ora che qualcuno protegga te, invece. Puoi essere il mio secondo, se proprio insisti.» Lanciò un'occhiata a Sinclair. «Scusa.»

«Come se smaniassi dalla voglia di guardarti morire» borbottò Sinclair, con la voce densa di emozione. «Che nobile idiota.»

«Basta.» Jack sembrava affranto. «Non dovremmo discuterne ora. Venite con me. Sinclair, anche tu. Queste faccende non si addicono alle orecchie di giovani donne.»

Jack si diresse con decisione verso la porta e Sinclair lo seguì con riluttanza. Kit esitò solo un attimo prima di avvicinarsi a Niamh. Le tese una mano. Anche attraverso il guanto, il suo tocco era elettrizzante. Non sapeva se avrebbe potuto sopportare di guardarlo.

Quando lui la mise in piedi, gli disse: «Kit, io...»

«Smettila di affannarti» le disse lui con severità. «Dico sul serio.» Prima ancora che potesse pensare a come ribattere, lui seguì il fratello. Esalò un respiro tremante. Di tutte le cose orribili, poco romantiche e sgarbate che poteva dire in quel momento... Niamh fu travolta da un disperato moto di affetto. Non avrebbe ceduto alla disperazione. Si rifiutava di credere che quella fosse l'ultima volta che lo avrebbe visto vivo. Si rifiutava di fargliela passare liscia se *quelle* erano le ultime parole che le rivolgeva.

Niamh non riusciva proprio a capire Rosa.

Da quando si erano ritirate nella cappella con Miriam, non c'erano state né disperazione, né lacrime, né sfuriate ansiose. Era seduta sulla panca in prima fila, con i gomiti appoggiati sulle ginocchia e le dita intrecciate all'altezza delle labbra. A prima vista, con i riflessi di luce multicolore che le colpivano il viso, sembrava quasi una supplice. Ma Niamh ormai sapeva che era solo persa nei suoi pensieri.

Quando Rosa aprì gli occhi, non erano animati dal barlume di un'idea, né da un colpo di genio. Niamh vi lesse solo sconfitta. «Avete un certo talento nel creare problemi, Niamh. Lo sapete?»

«Sì» rispose lei stancamente. «Ormai me lo hanno fatto capire tutti.»

«Ancora dieci minuti» disse Rosa con un filo di impazienza «e saremo liberi da questo incubo.»

«Ma io...»

«Non insultate la mia intelligenza. So benissimo che avete pianificato voi tutto questo.» Rosa si accasciò ulteriormente sulla sedia e si strofinò il viso. «Solo che non mi aspettavo che Kit fosse così... inconsapevolmente complice. Perché l'avete fatto? Pensavo che ci fossimo capite.»

«Non potevo sopportare di vedere nessuna delle due così infelice» azzardò Niamh. «Entrambe fate finta di essere tanto fredde e insensibili, ma siete trasparenti quanto lui.»

Rosa la fulminò con uno sguardo di avvertimento e Niamh ebbe un sussulto quando capì. Miriam non lo sapeva. O era *Rosa* a non saperlo?

Niamh lanciò un'occhiata a Miriam, che si era allontanata verso il fondo della cappella.

Era seduta alla base della statua di un santo di cui Niamh non conosceva il nome. Sembrava impossibile – assurdo, perfino – che una delle due avesse un briciolo di dubbio sui sentimenti dell'altra. Forse era questo che avevano pensato tutti gli altri, guardando lei e Kit ronzarsi intorno per metà della Stagione. Fu quasi sopraffatta dall'impulso di scuoterle entrambe.

«Ve lo ripeto» disse Rosa con tono cupo «pensavo che ci fossimo capite.»

Niamh attraversò lentamente la cappella e si sedette accanto a lei sulla panca. Si slacciò la cuffietta e la mise da parte. «Non riuscivo a rassegnarmi a quell'accordo. Per molte ragioni, egoistiche e non.»

Le confessò la verità: l'identità di Lovelace, la situazione finanziaria di Avaland, i modi in cui Jack aveva cercato di salvare tutti quanti.

«Quindi intendevano usarci come malta umana per rabberciare i loro problemi» disse Rosa a bassa voce. «Che serpi. Provo quasi ammirazione per questo genere di astuzie.»

«Speravo di impedire il matrimonio, ma non pensavo che sarebbe finita così.»

«Grazie per avermelo detto» disse Rosa miseramente «anche se mi sarebbe bastato saperlo *prima* della cerimonia.»

«Mi dispiace! Non sapevo come avreste reagito.»

«Magari mi sarei infuriata, o forse mi sarebbe venuta qualche idea geniale. Non lo sapremo mai. Ormai è troppo tardi.» Rosa si pizzicò il dorso del naso. Per la prima volta, una nota di disperazione si insinuò nella sua voce. «Per tutto questo tempo, mi sono sforzata di proteggere coloro che amo. Per assicurarmi Avaland come alleato e tenere lontana la violenza, anche solo per qualche anno ancora. Ed ecco dove le mie scelte mi hanno portata: esattamente al destino che ho cercato di evitare. Mio padre morirà da sciocco orgoglioso qual è, oppure ucciderà Kit. Il principe reggente e mio padre potranno anche affermare di essere uomini d'onore, ma quando si arriverà al dunque, non riesco a immaginare che uno dei due rinunci a contrattaccare. Un conflitto sembra ormai inevitabile.»

«Tutto qui, allora?» chiese Niamh. «Siete davvero disposta ad arrendervi così facilmente?»

«Questo non vi riguarda.» L'espressione di Rosa divenne imperscrutabile. «Anzi, avete già fatto abbastanza. Dovreste andarvene ora, finché siete in tempo. Tornate nel Machland e abbandonateci al nostro destino.»

«Non posso farlo.»

Lei rise incredula. «State ancora cercando di proteggerli? Anche se sapete di cosa sono capaci?»

«Questo intrigo è stato orchestrato interamente dal principe reggente e ora è sfumato. Inoltre, ha accettato di incontrare i manifestanti. È un piccolo inizio.»

«Non è rassicurante. Ormai dovreste sapere che non sono una persona sentimentale.» Rosa si accasciò ulteriormente sulla panca. «Tenete davvero *così tanto* a Kit? Non voglio offendervi, ma di certo avreste potuto scegliere più saggiamente. Avete un gusto infelice in fatto di uomini.»

La sua schiettezza la privò della prontezza di spirito per formulare una qualche risposta coerente.

«È... carino, a modo suo, immagino. In teoria» riconobbe Rosa. «Ma sono scioccata dalla sua scarsa educazione. È un gentiluomo solo ai vostri occhi. Per il resto del mondo è scontroso e straordinariamente maleducato, e non possiede né garbo né decoro.»

Un impulso protettivo si impadronì di lei. Niamh si alzò in piedi. «Mi permetto di dissentire, Vostra Altezza. È tutte queste cose, sì. Ma è anche gentile, sebbene non sempre gradevole. È schietto e leale. E anche se non lo ammetterebbe mai, si preoccupa costantemente per coloro che ama. A volte è come una mamma chioccia. E... be', possiede una certa irruenza. Quando ti guarda, è come se tu fossi l'unica persona al mondo. E la sua voce...»

«Niamh.» Rosa aveva un'aria astiosa. «Per tutti i santi, basta. Vi imploro. Non riuscirò mai a cancellare questa conversazione dalla mia mente.»

«Scusate!»

«Allora siete davvero innamorata di lui.» Con un pizzico di perplessità, aggiunse: «Buon per lui».

«Sì. Lo amo.» Le tornò in mente che al momento lui stava marciando verso la morte. «Rosa, dovete fermare vostro padre.»

«Neanche per idea» disse Rosa, con aria piuttosto allarmata. «Non mi ascolterà. Non mi ha mai ascoltato in vita sua.»

«Non fate la vigliacca proprio adesso.» All'improvviso Miriam tornò in sé. Uscì dalla penombra e si immerse in un fascio di luce multicolore. «Come fate a saperlo se non ci provate? Per tutti questi anni gli avete fatto credere di essere modesta e di aver bisogno della sua protezione.»

Rosa trasalì. «Miriam...»

«Non vi ho mai vista tirarvi indietro di fronte a una battaglia che *sapete* di poter vincere.» Miriam la guardò con una ferocia che Niamh non le aveva mai visto. Un ricciolo le sfuggì dall'acconciatura mentre avanzava verso la principessa. «Vostro padre sta facendo tutto questo per voi, per quanto sia stato fuorviato. Crede che voi abbiate subito un'offesa. E naturalmente, ha reagito a nome vostro!»

«Non può darmi quello che voglio veramente. Non lo accetterebbe.» Niamh percepì la tacita paura nella voce di Rosa. *Non mi accetterebbe.* «È molto più facile essere una figlia priva di forza di volontà.»

«Crede che vogliate che Kit sia punito per com'è andata oggi» la incalzò Niamh. «Se non altro, potete chiedergli di risparmiargli la vita.»

«Non posso.» Una nube tetra si posò su Rosa, e la malinconia permeò ogni sua parola. «Vi sbagliate su di me, tutte e due. Sono una vigliacca e una masochista. Non ho mai compiuto così tanti errori di giudizio nella mia vita. Ho deluso tutti.»

Miriam si fermò davanti a Rosa. «Non avete deluso me.»

«Ho deluso soprattutto voi.»

«Rosa, non posso più fingere di non capire cosa state facendo.» Miriam mise le mani sui fianchi. «Non sono nemmeno qualificata per fare da chaperon! Stavate architettando qualcosa per farmi sposare questa Stagione. Vi ho detto mille volte che *non voglio* sposarmi. Allora perché vi state punendo?»

«Nemmeno io voglio che vi sposiate. Ma portarvi qui era l'unico piano che sono riuscita a escogitare» disse Rosa disperata. «Forse è per questo che non mi piace Kit Carmine. Perché io e lui siamo uguali. Ci comportiamo da stupidi per amore. Siamo egoisti e autolesionisti al massimo grado.»

«Io...» Miriam aprì la bocca, poi la richiuse. Quando parlò di nuovo, la sua voce era molto bassa. «Di che cosa state parlando?»

Rosa gettò la testa all'indietro e rise debolmente. «Non ho mai agito seguendo il mio cuore. E per una volta che l'ho fatto, ho rovinato tutto. Volevo darvi la possibilità di cercare la felicità, lontano da un luogo che vi ha fatto soffrire profondamente. Pensavo che questo fosse il modo migliore per proteggervi, ma ora capisco che si è trattato solo di avidità.»

«Ma di che cosa state parlando?»

«Ti amo!» Rosa si aggrappò al banco che le separava. «Non lo vedi? Come fai a non vederlo? Per tutto questo tempo, per tutti questi anni... Mia dolce Miriam, sei sempre stata tu.»

Miriam era esterrefatta. «Voi mi amate?»

Rosa tremò. Si raccolse il velo intorno alle braccia, nascondendo di nuovo il viso. «Perdonatemi. Ho dimenticato le buone maniere. Se non potete accettarlo...»

Miriam si sporse oltre il banco che le separava e prese il viso di Rosa tra le mani. La baciò, e lei spalancò gli occhi per lo shock. Miriam si ritrasse, il petto ansante sotto il corsetto. «Anch'io ti amo, furfante cocciuta che non sei altro! Vederti lì all'altare, con questo abito, è stata la tortura più crudele che potessi mai immaginare.»

«Forse» interloquì Niamh «dovrei lasciarvi un momento da sole?»

«Oh, per tutti i santi. Mi dispiace.» Miriam nascose il viso nella spalla di Rosa, che le strinse le braccia attorno alla vita.

«Non abbiamo un attimo da perdere. Il duello inizierà fra trenta minuti.» Rosa arricciò le labbra. «Ho paura di affrontarlo.»

«Se non siete pronta, non dovete farlo per forza.» Niamh le rivolse un sorriso incoraggiante. «Ma se c'è una cosa che ho imparato è che non vale la pena di rendersi infelici per compiacere gli altri. Meritate di vivere alle vostre condizioni.»

Senza preavviso, Miriam tirò a sé sia Rosa che Niamh e le strinse forte. Niamh la abbracciò, con una felicità traboccante. Rosa, invece, sopportò per due secondi prima di liberarsi dalla loro stretta. Si diede un gran da fare per lisciare il davanti del suo abito.

«D'accordo, va bene, adesso basta.» Rosa tirò su col naso, tornando a essere ancora una volta l'incarnazione della dignità. «Vogliamo porre fine a questa storia?»

30

Senza il minimo intoppo, Rosa requisì la coppia di cavalli destinati alla carrozza dei novelli sposi per tornare a palazzo. Quando Niamh salì sulla cavalla, troppo impietrita per preoccuparsi se qualcuno l'avesse vista montare a cavalcioni, riuscì praticamente a sentire l'energia che vibrava sotto di lei. La giumenta era pronta a correre.

Bene, pensò Niamh. Anche lei lo era.

Infilò le dita nella criniera intrecciata per tenersi salda e seguì a ruota Rosa. Gli zoccoli divorarono la terra mentre galoppavano accanto alla folla di astanti confusi che ancora aspettava l'annuncio degli sposi. Una mezza acclamazione si levò e si spense come uno starnuto molto insoddisfacente. Altri lanciarono loro manciate di grano, su cui scesero prontamente frotte di piccioni.

Uscirono dalla città e si inoltrarono nei campi aperti. Davanti a Niamh, Rosa aveva un aspetto decisamente etereo. Lo strascico dell'abito le svolazzava alle spalle e i petali di rosa intrecciati nei capelli si staccavano e danzavano all'aria aperta. In alto, le nuvole cominciarono a vorticare e a scurirsi. La temperatura si abbassò e l'umidità le investì pesantemente. Gli occhi di Niamh bruciavano per le improvvise raffiche di vento. L'erba sembrava sibilare con urgenza: *Presto, presto, presto.*

Niamh si chinò sul collo della cavalla e la spronò. Riusciva a malapena a sentire il respiro sbuffante della bestia sopra il tonfo degli zoccoli e il lamento della tempesta in arrivo.

«Forza» implorò.

Il re di Castilia aveva vinto guerre grazie alla potente magia che esercitava. Kit non aveva mai visto un combattimento in vita sua. Non era affatto uno scontro equo. Felipe non avrebbe impiegato più di trenta secondi per ucciderlo, come spegnere una candela. In lontananza, riuscì a scorgere quattro figure, scure nella crescente oscurità. Due sagome – Kit e il re – erano schiena contro schiena.

Ti prego, fa' che non sia troppo tardi.

Le figure si allontanarono di un passo l'una dall'altra.

Il cielo sembrava vorticare minacciosamente, desideroso di obbedire agli ordini del re. La pioggia cominciò a cadere lentamente. Una condensa sottile si appiccicò alle ciglia di Niamh.

Un altro passo.

Gli alberi incombevano sugli uomini con intento malevolo, le loro stesse radici si tendevano e gemevano contro la terra.

Un altro passo.

Presto, sibilò l'erba, *presto, presto, presto.*

Il cielo si aprì e la pioggia si abbatté su di loro a scrosci. Il fango schizzò l'orlo del vestito di Niamh e l'acqua le colò in rivoli giù per il viso. Attraverso i capelli fradici, riuscì a vedere la paura negli occhi della sua cavalla e ogni orribile dettaglio del terreno dove si svolgeva il duello.

Kit e Felipe si trovavano ai lati opposti del campo: sembravano dei in mezzo a comuni mortali. Un lampo crepitò nel palmo della mano di Felipe. I suoi lineamenti erano scheletrici alla luce bianca della sua magia. Il vento aveva sciolto i capelli di Kit dal loro nastro, e adesso gli sferzavano il viso. Un arbusto di rose selvatiche si staccò da terra, scagliando zolle umide come fuoco da una balestra. Le sue spine fremevano come serpenti pronti a colpire, ognuna di esse con l'ordine di fare a pezzi il re. Una tempesta mortale si contrapponeva alla terra famelica. Il cielo sopra e la terra sotto, ognuno era un mare in tempesta.

Kit e il re si voltarono lentamente l'uno verso l'altro.

No. Niamh cercò disperatamente Rosa attraverso la tempesta e capì che entrambe si erano rese conto della stessa cosa. Qualcuno che amavano stava per morire.

Gli occhi di Rosa lampeggiarono d'oro. Un fulmine comparve nel suo pugno. «*Fermatevi!*»

Il re si girò verso la figlia, con il volto smarrito per la sorpresa. Lei lanciò la sua magia come una freccia. Crepitò attraverso il campo, così luminosa che Niamh vide solo bianco.

Ma era troppo tardi. La magia di Rosa esplose contro un albero, incendiandolo. Quella di suo padre attraversò il terreno del duello… e andò dritta verso Kit.

«No!» gridò Niamh, con la voce straziata dal terrore.

Quando Kit si accasciò a terra, lo fece anche il suo cuore.

31

Sul campo piovevano scintille e cortecce annerite. Attraverso il fumo, Niamh non riusciva più a vedere Kit. Un sentimento disperato e impotente la sommerse, a metà tra la rabbia e la disperazione. Da quando aveva memoria, le era stata assicurata la prevedibilità della morte. Non doveva ingannarla o sorprenderla. Non doveva arrivare e lasciarla indietro.

Non era previsto che sopravvivesse alle persone che amava.

Kit non poteva essere morto. Non poteva. *Non poteva.* Si rifiutava di crederci… voleva vederlo con i suoi occhi.

Non fece rallentare la giumenta mentre si precipitavano a rotta di collo nel campo, in un turbine di fango, acqua e zoccoli in corsa. Intorno a lei risuonarono grida di confusione… ma nessuna era la voce di Kit. Dov'era?

Un ramo ardente si staccò dall'albero e colpì la terra come un pugno. La giumenta di Niamh si spaventò, allontanandosi dalle fiamme. Niamh si agitò in sella e sussultò. D'istinto, lasciò le redini e si aggrappò freneticamente al pomo, mentre la cavalla scalpitava sotto di lei, imbizzarrita.

«Buona!»

Il suo cuore ebbe un sussulto.

Conosceva quella voce. *Kit.*

Emerse dal fumo e afferrò le redini allentate. La giumenta si fermò e sbuffò. Le dita di lei scivolarono via dal pomo e, molto lentamente, Niamh si accasciò sulla sella e sulla spalla di Kit. Lui la guardò con furioso stupore, poi la sollevò. «Che ci fai qui? È troppo pericoloso.»

«Ma non mi dire!»

Il re poteva aver sbagliato una volta, ma non sarebbero stati tanto fortunati la seconda. Il vento attraversò il campo e il fumo si divise come un sipario. Rosa si trovava tra suo padre e Kit nel suo abito da sposa rovinato. Aveva il petto ansante e l'elettricità crepitava ancora lungo il suo braccio. Jack e Rosa fissarono lei e Kit con sguardi gemelli di puro sollievo.

Era finita... almeno per ora.

La pioggia si attenuò, momento dopo momento, finché Niamh non riuscì a sentire il proprio respiro affannoso e le punte dei capelli che gocciolavano contro la sella.

«Cosa ci fai qui?» ripeté Kit.

Lei non disse nulla. Aveva voglia di scrollarlo, o forse di baciarlo. A quel punto non riusciva a capirlo. Le sfuggì un singhiozzo per il sollievo. Il suo volto era cosparso di cenere e acqua piovana e i suoi occhi erano spiritati. Ma per miracolo era vivo. «Ti salvo da una decisione terribile... ancora una volta! Dei, Kit. Credevo di averti perso.»

La rabbia – il panico – nella sua espressione lasciò infine il posto al senso di colpa. «Allora perché stai piangendo? Non devi ancora portare il lutto.»

Non ancora. Ma ora riusciva a vedere quanto la morte fosse vicina. Sotto la stoffa rovinata della manica, una cicatrice frastagliata gli macchiava la parte alta del braccio. Il respiro le si strozzò in gola.

Rosa gli aveva salvato la vita.

«Rosa» balbettò infine il re, chiaramente indignato quanto impressionato. «Potevi farti ammazzare!»

Lei sollevò il mento. «Non posso permetterti di farlo.»

Lo shock del re si trasformò lentamente in esasperazione. «So che lo ami. Ma ti assicuro che non vale la pena sposare un uomo la cui lealtà risiede altrove. Queste ferite guariscono. Ti troverò un marito decisamente migliore...»

«No. Per tutti i santi, io non lo amo.» Sembrava quasi nauseata. «Mi avrebbe contrariato molto come marito.»

Kit sembrò improvvisamente esausto.

«Non sono stata sincera con te, per anni.» Rosa smontò lentamente da cavallo. Si appoggiò al padre e, per la prima volta, le sue labbra fremettero di un'emozione appena trattenuta. «Ho tante cose da dirti, ma non qui. Per ora, puoi lasciar perdere, per favore?»

«Questa è l'unica cosa che non posso concederti» disse lui con voce grave. «Non posso permettere che restino impuniti per come ti hanno umiliata.»

«Papà, ti prego.» Le tremava la voce. «Sono stanca. La pace è tutto ciò che chiedo nel giorno del mio non-matrimonio. È tutto ciò che ho sempre desiderato.»

Quando Niamh colse l'espressione arcigna del re, capì

che diceva sul serio. Non avrebbe mai potuto lasciar perdere veramente.

Il re osservò ognuno di loro con crescente disappunto. Niamh, una ragazza umile che non meritava la minima attenzione. Rosa, la figlia, di solito stoica, tremante e sull'orlo del pianto. Kit, malconcio e bagnato fino alle ossa. Il principe reggente di Avaland, apparentemente troppo sbalordito per parlare. Per il resto della sua vita, Niamh si sarebbe chiesta cosa avesse visto di preciso nei loro volti per commuoversi, o quale degli Eterni fosse intervenuto in loro favore. Ma qualunque cosa fosse – che fosse la pietà, la stanchezza o il dio Donn in persona – lentamente, e con uno sforzo enorme, re Felipe mise da parte la rabbia.

«Molto bene, Rosa.» Avvolse il mantello intorno alle spalle della figlia. «Se è questo che vuoi veramente.»

«Grazie» sussurrò lei.

Tutto l'affetto negli occhi del re svanì quando alzò di nuovo lo sguardo verso Jack e Kit. In essi bruciava un risentimento che veniva dal profondo dell'anima. «Domani discuteremo sul da farsi.»

«Sì, signore» disse Jack, impallidito. «E grazie. Troverò un modo per sdebitarmi. Lo giuro sulla mia vita.»

Mentre Felipe montava a cavallo e aiutava Rosa a raggiungerlo, Kit strinse le redini della giumenta di Niamh. La sua mascella si tese mentre li guardava scomparire nella nebbia.

Accanto a loro, un ramo gemette e si staccò dal tronco in fiamme. Crollò a terra e si ridusse in cenere. Il vento e la pioggia, fortunatamente, avevano spento la maggior parte delle fiamme, ma una striscia d'erba sfrigolava ancora. Jack fissò il tutto – il fumo che saliva e il vapore soffocante, i campi in rovina con quegli squarci profondi, i rami spezzati – e cominciò a ridere.

Kit lo guardò con una sorta di disgustata compassione. «Alla fine sei impazzito.»

«Che altro posso fare?» chiese Jack, con le braccia tese su quel disastro. «È tutto perduto. Ogni cosa. Non so più cosa aspettarmi. Non so cosa fare.»

Kit rimase in silenzio per un momento. «Non devi dare udienza a qualcuno? È un inizio.»

I due si guardarono. Niamh si preparò per l'ennesimo scontro. Ma l'espressione di Jack si addolcì, e un fremito di speranza le turbinò nel cuore.

Jack si scostò i capelli bagnati dal viso. «Credo che di questo passo ci vorranno ore prima che io riesca a tornare.»

Kit inclinò il mento verso Niamh. «Scendi da lì.»

Lei sbuffò, sedendosi più dritta sulla sella. «È davvero così che hai intenzione di parlarmi dopo tutto quello che è successo?»

«Per favore» aggiunse.

«Così va meglio.» Niamh fece ruotare la gamba e, mentre scendeva dalla staffa, lui la sostenne per la vita. Attraverso l'abito umido, la sua pelle era incredibilmente calda. Kit passò le redini al fratello.

Il volto di Jack fu attraversato dalla sorpresa. «Ti aspetti che una signorina *cammini* con questo tempo?»

Quindi per lui era di nuovo una signorina. Niamh sorrise. «Non fa niente.»

«Molto bene» disse Jack con una certa riluttanza. Salì in sella. Dall'alto, li guardò con un'espressione curiosa. «Voglio sapere cos'hai in mente?»

Kit accarezzò distrattamente il collo del cavallo, evitando chiaramente il suo sguardo. «Tu che dici?»

«Immagino di no.» Jack si sfregò la mascella. «Sarò occupato per Dio sa quanto tempo, grazie a te. Non potrò fermarti.»

Kit annuì. Jack annuì a sua volta. Niamh, ormai completamente persa, ebbe la sensazione di intromettersi in qualcosa.

«Bene, allora. Buona giornata, Kit.» Jack fece girare il cavallo. «Niamh.»

Lei trasalì al suono del proprio nome e fece un rapido inchino. «Grazie, Vostra Altezza.»

«Potreste anche chiamarmi Jack» disse lui stancamente.

Con questa offerta criptica, si avviò verso la città. Niamh lo seguì con lo sguardo, chiedendosi come avessero fatto le sue scelte a portarla a quel punto: un invito a chiamare il principe reggente di Avaland con il suo nome di battesimo. Era un onore di cui non avrebbe mai avuto il coraggio di approfittare.

Poi si ricordò di suo fratello minore. Erano insieme in mezzo a un campo devastato. Bagnati. *Soli*. Kit era fradicio, e il tessuto della sua camicia bianca aderiva alla sua figura asciutta in un modo che le impediva di concentrarsi.

L'unica cosa che le venne in mente di chiedere fu: «Ti fa male il braccio?»

«No.» Un pessimo bugiardo come sempre. «Andiamo.»

Si avviarono verso la città. Ci volevano due passi di lei per eguagliare uno di Kit, che si muoveva a un ritmo sostenuto. Aveva la mascella serrata e gli occhi fissi su Sootham. Niamh non riusciva a capire se fosse arrabbiato e, in caso, se ce l'avesse con lei. Aveva i nervi a fior di pelle. C'erano mille cose che avrebbe voluto dirgli. Non riuscì a formularne nessuna in modo coerente. Le sue scarpe sguazzavano nel fango e nell'erba bagnata, ma non riuscì a preoccuparsene. La seta ormai era troppo rovinata per essere salvata, e le dita dei suoi piedi avrebbero presto fatto la stessa fine. Batteva i denti dal freddo.

Kit sospirò. «Non posso nemmeno offrirti una giacca.»

«Almeno hai avuto il buonsenso di non portare il mantello» disse lei. «Non ti avrei mai perdonato se l'avessi distrutto… o se ci fossi morto dentro, se è per questo.»

Il suo sguardo incredulo fu come la pressione di una lama sulla sua pelle. La mise nella più totale agitazione, soprattutto perché non riusciva a capire a cosa stesse pensando lui.

«Ti devo ancora delle scuse» borbottò. «Il tuo matrimonio è stato un disastro, e tu sei quasi morto. È tutta colpa mia.»

«Sono ancora vivo, nella buona o nella cattiva sorte» rispose lui con noncuranza. «Ed è davvero il mio matrimonio se non è stato celebrato? Non posso dire di aver nutrito delle speranze che sarebbe stato piacevole, tanto per cominciare.»

Lei smise di camminare e si impuntò. «Ma mi dispiace *comunque*.»

Odiava il suono lamentoso della sua voce, eppure non riusciva a capire come potesse perdonarla così facilmente quando lei sapeva a malapena perdonare se stessa. Aveva agito di nuovo alle sue spalle. L'intento era di proteggere sia lui che Rosa, ma aveva comunque agito di testa sua.

«Ho umiliato te e la tua famiglia davanti all'intera corte. E ora tutti sanno cosa è successo tra noi. Io e te saremo coinvolti in uno scandalo. Io diventerò la peccatrice che ti ha rovinato. Un demone, troppo sconveniente per mostrarsi in pubblico con te. Una…»

«Va bene. Credo che tu stia esagerando.» La fulminò con lo sguardo. «Se ti ricordi, sono stato *io* a provocare il re. Tu mi hai solo passato un mantello.»

Lei tirò su col naso. «Mi dispiace.»

«Lo so. L'hai detto almeno tre volte, ormai.» Sospirò impaziente, ma le prese una mano. Tutto il corpo di Niamh si riscaldò al suo tocco. «Non posso biasimarti per aver fatto quello che hai fatto per arrivare a me. Quindi ti chiedo scusa anch'io.»

Niamh sbatté le palpebre attraverso le ciglia umide. «Per cosa?»

«Per averti allontanata. Quello che hai detto l'altra sera… Hai ragione. *Sono* un codardo, e raramente riesco a convincermi a fidarmi delle persone, anche quando si dimostrano degne di fiducia.» Nella luce che filtrava attraverso le nuvole diradate, sembrava così vulnerabile. Il suo sorriso era triste, quasi schivo. «Sono tutto spine.»

«Non lo so. Credo che tu sia più simile a un'erbaccia.»

Lui emise un suono che era sicura di poter interpretare come una risata. «Questo dovrebbe farmi sentire meglio?»

«Sì! Le erbacce sono… tenaci. Sopravvivono contro ogni intemperia, ovunque si trovino, non importa quante volte le si tagli. E a volte possono essere molto belle.» Kit la guardò sempre più divertito. Dei, si stava rendendo ridicola. Doveva smettere immediatamente di blaterare. «È così che ti vedo.»

«Chi l'avrebbe mai detto? Sarta e pure poetessa.»

«Oh, sei terribile!» gridò lei. «Sto cercando di essere romantica. Vediamo se riesci a fare di meglio.»

Lui si accigliò, evidentemente incapace di tirarsi indietro anche di fronte alla sfida più ridicola. «Sei come... un fiore. Troppo delicata per questo mondo.»

«Che c'è, trovi che io sia fuori posto qui?»

«Non è quello che ho detto.» Incassò il collo nelle spalle, a disagio. «Io... Non so cosa sto dicendo. È impossibile quando si tratta di te.»

«Come scusa?» Niamh lo fulminò con lo sguardo. «Non è facile nemmeno trattare con te, sai!»

Lui continuò ad andare avanti. «Niente ha più senso. La mia vita sarebbe dovuta crollare di nuovo, ma in qualche modo sono ancora qui. Sono ancora vivo. Tutto grazie a te.»

Dove voleva arrivare? Era la prima volta che lo vedeva comportarsi così. «Questo è... un bene. Giusto? Sembri arrabbiato.»

«Non sono arrabbiato» disse lui, anche se lo sembrava parecchio. «Quando si tratta di te, i miei pensieri girano in tondo. Le parole non mi escono mai nel modo giusto. Non riesco a spiegarlo. Mi sento... come se stessi diventando matto. È come se tu mi avessi fatto un incantesimo. Una specie di controllo psichico, o...»

«È orribile!»

«No... *Argh!*» La guardò in cagnesco. «Non l'hai ancora capito? Vuoi davvero farmelo dire?»

«Dire *cosa*?» Il suo viso avvampò, provava un'insolita stretta al petto. «Non so leggere nel pensiero.»

«D'accordo. *D'accordo*. Ora ascoltami bene, perché non ho intenzione di ripetermi.»

Fece un respiro profondo. E quando la guardò negli occhi,

lei vide la verità dei suoi sentimenti messa a nudo. Quello che aveva provato, forse, dal primo momento in cui l'aveva vista. D'un tratto, si sentì davvero molto ottusa.

«Ti amo.»

«Cosa?»

«Ho detto che non mi sarei ripetuto.» Non c'era ironia nelle sue parole. La sua espressione era insopportabilmente seria. «Sposami. Non ho avuto modo di chiedertelo di nuovo, ieri, ma presumo che ormai tu abbia avuto abbastanza tempo per rifletterci.»

Niamh scoppiò a ridere, ma era a un passo dalle lacrime. Quelle parole la trafissero con un desiderio mai provato prima. Una proposta di matrimonio da un uomo come lui era più di quanto avrebbe mai potuto sperare. Ma una seconda proposta, dopo essere stata rifiutata, tradita e umiliata? Nessuna creatura sulla Terra poteva essere così testarda, così… così…

«È uno scherzo crudele, Kit Carmine!»

«Non sto scherzando.»

Lui la guardava con crescente preoccupazione. Era serio. Gli occhi di Niamh si riempirono di lacrime. Cercò di ricacciarle indietro, ma le sfuggirono nonostante i suoi sforzi. Le sfregò via, ma scivolarono giù per le guance troppo in fretta.

Kit le incorniciò il viso tra le mani, protendendosi verso di lei. Il suo tocco e la sua espressione erano così incerti che lei non riusciva a sopportarli. «Ho detto qualcosa di sbagliato?»

«No! Non è questo.» Niamh strinse debolmente le dita intorno al suo polso. Di tutte le sue terribili paure, ce n'era una che non aveva ancora sconfitto: la sua costante compagna. «È solo che non capisco *perché*. Hai sempre capito quello che provavo davvero. È vero che fuggivo, e ora che mi sono fermata vedo esattamente cosa mi aspettava. Ho paura di essere amata. Non so quanto tempo potrò darti. In questo momento ho più giorni buoni che cattivi, ma potrei peggiorare. Potrei lasciarti all'improvviso. Non voglio farti soffrire. Non è giusto chiederti di sopportare questo genere di dolore.»

«Non posso evitare il dolore. Ho smesso di provarci.» Lui emise un suono sommesso e frustrato e le infilò la ciocca bianca dietro l'orecchio. «Sei così piena di vita, Niamh. Il modo in cui sorridi, il modo in cui balli nelle stanze vuote, in cui metti tutta te stessa in ogni cosa che fai. Mi sembra di aver vissuto mille anni da quando ti conosco. Mi sembra di essere davvero sveglio per la prima volta. Anche se domani te ne andassi, anche se portassi via il mio cuore, non rimpiangerei un solo momento trascorso con te. Come potrei? Mi hai cambiato. Ti porterò con me per sempre.»

Quella era la proposta che aveva sempre sognato da bambina. «Anch'io ti amo.»

Si alzò sulle punte dei piedi e lo baciò. Gli occhi di Kit si spalancarono e la sua bocca si rilassò, mentre la sua mente si metteva in pari con il corpo. Poi le avvolse le braccia intorno alla vita, stringendola a sé. Quando lei finalmente lo lasciò andare, lui la guardò stordito. «Allora… È un sì?»

«Sì» mormorò lei. «Sì.»

Era la decisione più facile che avesse mai preso.

32

Neanche un'ora dopo, nella Cattedrale di San Giovanni, erano sposati.

Era sembrato un peccato, dopotutto, lasciare che dei preparativi così meticolosi andassero completamente sprecati. E così, gli invitati furono richiamati come mucche dal pascolo, inzuppati dal temporale e con bicchieri di limonata in mano. Erano smodatamente alticci. Le loro risate e chiacchiere riempirono la cattedrale fino all'eccesso. A Niamh andava bene così. Anche lei si sentiva quasi ubriaca. Nonostante l'abito macchiato, gli occhi iniettati di sangue e i capelli che rasentavano il disastro, era tutto perfetto. Be', quasi tutto.

Il vescovo officiò la cerimonia con un'espressione stizzita e quel suo bizzarro copricapo calzato alla rovescia. Sembrava che fosse lì sotto coercizione e parlava come se stesse per commettere un peccato mortale. Forse erano vere entrambe le cose. Quando lo avevano trovato nel suo studio, si era sdraiato sul pavimento in segno di supplica, i grani di un rosario stretti intorno alle mani esangui.

«Tutto questo è a dir poco sconveniente, signore! In cinquant'anni di servizio non ho mai assistito a una cosa simile. È scandaloso! Dio sicuramente non vuole vedere uno dei suoi figli prediletti svilirsi in questo modo! Dovrei rifiutare di sposarvi. Mi *rifiuto* di sposarvi!»

Kit lo aveva fissato con uno sguardo implacabile. «Ma davvero?»

Il fervore del vescovo si era spento quando si era ricordato con chi stava parlando. «*Ehm*... cioè, lo *farei*, Vostra Altezza, se foste un uomo qualsiasi. Ma non lo siete. Sicché. Procediamo?»

Niamh riuscì a malapena a restare seria mentre il vescovo proseguiva con l'interminabile e lugubre litania del cerimoniale avalandese. «Ora» annunciò, con un vago cenno al calice sul tavolo tra loro, «passeremo alla benedizione.»

Niamh si rigirò l'ampolla di vetro tra le mani.

Kit stappò la sua e la versò nel calice. Il leggero sciabordio del liquido fu l'unico suono che si udiva nella cattedrale. «Io, Christopher Carmine, ti prendo come mia sposa. Ti onorerò con il mio corpo, e provvederò a te con tutti i miei beni terreni.»

Le mani di Niamh tremarono quando aprì l'ampolla.

Non farla cadere, pregò. Mentre la svuotava nel calice, continuò a guardarlo negli occhi. Per miracolo, non ne versò sul tavolo nemmeno una goccia. «Io, Niamh Ó Conchobhair, ti prendo come mio sposo. Ti onorerò con il mio corpo, e provvederò a te con tutti i miei beni terreni.»

Sollevò il calice e ne bevve un sorso. L'acqua aveva il sapore fresco della primavera… come di miele ed erica. Lo passò a Kit, che la guardò oltre il bordo con occhi dorati e struggenti d'amore.

Quella volta, Sinclair aveva il mantello pronto. A Niamh non sfuggirono le sue lacrime mentre aiutava Kit a indossarlo.

«Inginocchiatevi» disse il vescovo.

Lo fecero. Il pavimento era freddo e duro, ma quando Kit le prese la mano una fiamma si accese dentro di lei.

«Coloro che Dio ha unito» sentenziò il vescovo «nessun uomo osi separare.»

Prima ancora che il vescovo avesse terminato la frase, Kit la strinse a sé e la avvolse nel suo mantello. Lei premette le mani sul suo petto per non perdere l'equilibrio. Con un lieve sorriso, la baciò. Alcuni tra i presenti sussultarono. Niamh sorrise come una sciocca contro le sue labbra. Era un gesto audace, sconveniente e bislacco… esattamente come lui. Le facevano male le guance a forza di sorridere.

«Tutti in piedi» intimò un araldo «per il principe Christopher Carmine, duca di Clearwater, e Niamh Ó Conchobhair, duchessa di Clearwater.»

Quando riuscirono a sfuggire alla folla, l'ultima luce del giorno era ormai calata.

Niamh non sarebbe mai riuscita a districare tutti quei petali dai capelli. I fiori bianchi si accumularono per le strade come neve, sprigionando la loro dolce fragranza. Vorticarono nella brezza, inebrianti e liberi. Le venne una mezza idea di acchiapparne qualcuno e infilarlo dietro l'orecchio di Kit. Visto il suo insolito buonumore, sospettava che l'avrebbe lasciata fare. Il pensiero la fece sorridere.

La casa di Sinclair li accolse luminosa nella calda luce del crepuscolo. Il portico d'ingresso, racchiuso dai rami della buganvillea, era come un pergolato. Il padrone di casa emise un lungo e drammatico sospiro mentre salivano le scale. «Capisco che non vogliate ancora tornare a palazzo. Ma dovevi proprio venire a casa mia?»

«Tecnicamente» ribatté Kit «è casa *mia*.»

Sinclair non ebbe nulla da ridire. Aprì la porta d'ingresso e diede istruzioni alla governante di far preparare una stanza degli ospiti per "i novelli sposi". Kit si irritò per l'enfasi allusiva con cui aveva pronunciato la frase. La governante parve felicissima, ma Sinclair finse di trovarla una gran seccatura, malgrado il bagliore affettuoso nei suoi occhi. Una volta tolti cappelli, guanti e soprabiti, Sinclair li fece accomodare.

«Sarò barricato nel mio studio se avete bisogno di me» disse «anche se sospetto che sarete occupati in altro modo.»

Kit soffocò. «Non ce la fai a comportarti in maniera civile per dieci minuti?»

«Neanche per sogno.» Sinclair fece un cenno distratto e scomparve nel corridoio. «Congratulazioni a entrambi.»

«Allora?» disse Kit, chiaramente agitato.

Anche nel lieve e romantico tremolio delle candele, Niamh notò che era diventato scarlatto. La sua timidezza la affascinava e la sorprendeva al tempo stesso. Intrecciò le dita alle sue e si strinse a lui.

«Sei nervoso per quello che verrà dopo?» lo stuzzicò. «Ci andrò piano con te.»

Il rossore sul suo viso si intensificò. «Ne dubito.»

Niamh si fece guidare attraverso i corridoi. Delicati frammenti di luce rosa danzavano sulle assi del pavimento. Quando arrivarono in cima alle scale, la stanchezza la travolse. Le cedette improvvisamente una caviglia. Senza battere ciglio, Kit si chinò e la prese in braccio.

Lei rise senza fiato quando la sollevò da terra. «Kit! Non farmi cadere, ti prego!»

«Mai. L'ho già fatto una volta, ricordi?»

«Oh. Giusto.»

Niamh si accoccolò sulla sua spalla. Non riusciva a credere che quella fosse la sua vita… che si appartenessero davvero. Il mondo era pervaso da una nebbia sognante e, per quanto si sforzasse, non riusciva a tenere gli occhi aperti.

Kit si lasciò sfuggire una lieve risata. Le accarezzò i capelli sciolti sulla tempia. «Riposati. È stata una lunga giornata.»

«Non ho intenzione di dormire» borbottò lei.

«Come vuoi» disse lui con indulgenza.

Ma lei si sentiva così al caldo e al sicuro tra le sue braccia. Cullata dal ritmo del suo cuore, si assopì.

Qualche istante o qualche ora dopo, Niamh si svegliò, scossa delicatamente da Kit. Si alzò di scatto nel letto. Fuori dalla finestra, il cielo era buio e le lampade a gas brillavano indistinte. Per quanto tempo aveva dormito? Intontita, alzò lo sguardo verso Kit.

«Il principe reggente e la sua consorte sono venuti a trovarci» disse lui a mo' di spiegazione.

Nel salotto, furono accolti da una scena pietosa. Sinclair era accoccolato su una poltrona nell'angolo più lontano della stanza, con la testa incassata nelle spalle. Jack aspettava sul lato opposto, con una mano lungo il fianco e pericolosamente vicina al cesto di ferro battuto degli attizzatoi. Il fuoco crepitava nel camino, proiettando sull'intera stanza una luce delicata. Sofia si scaldava lì accanto, con un sorriso pacificamente soddisfatto sul volto. La pioggia tamburellava sulla finestra, tingendola di un rosso acquoso alla luce del fuoco.

«Finalmente» mormorò Sinclair.

Nelle ultime ore, Jack si era dato una sistemata e si era cambiato, scegliendo una regale giacca nera. I suoi capelli erano di nuovo in ordine, le sue emozioni ancora una volta celate dietro quello sguardo ambrato e scrutatore. L'unica nota cordiale in lui era l'allegro mazzo di fiori che aveva portato, ma lo stringeva con una tale severità che sembrava stesse per consegnarlo a un funerale. I boccioli erano già flosci a causa di quel rude trattamento.

Analizzò lentamente Niamh con lo sguardo. Lei riusciva a immaginare quali difetti trovasse. I capelli scompigliati dal sonno. Il vestito ancora sgualcito e sporco di fango. Il viso lentigginoso come quello di una contadina e segnato dal cuscino.

Indegna, diceva la sua mascella tesa.

Inadeguata, diceva quel cipiglio sempre più grave.

L'ansia le fece battere il cuore all'impazzata. Anche se non gli andava a genio, anche se la loro unione offendeva la sua sensibilità, lei non riusciva a soffocare quel desiderio infantile di compiacerlo. Più di ogni altra cosa, voleva che Jack si convincesse che lei era in grado di rendere felice suo fratello.

Sofia si allontanò dal camino. I suoi occhi brillarono di gioia mentre stringeva Niamh in un abbraccio. «Congratulazioni. Sono così felice per te, sorella mia.»

Sorella. Niamh la strinse ancora più forte mentre ripeteva quella parola nella sua mente. Non aveva mai avuto una sorella prima d'ora. «Grazie.»

«Vostra Grazia» disse Jack con freddezza. Era la prima volta che qualcuno si rivolgeva a lei con il suo titolo. Dei, aveva un *titolo*. Forse non si sarebbe mai abituata a tutto ciò.

«Se volete essere chiamato per nome, dovete fare lo stesso con me.»

«D'accordo.» Si schiarì la voce, poi continuò con tono compassato: «Carlile desidera trasmettervi le più entusiastiche felicitazioni per le vostre nozze. È incantata dalla scelta della tua sposa, Kit, e si aspetta che lo siano anche gli altri. Ci aiuta a dare un'ottima impressione al suo contingente». Sospirò. «Avrò molti altri messaggi da riferire, visto che ormai avremo un appuntamento fisso.»

«Mi fa piacere sentirlo» disse Kit con cautela, come se si stesse preparando al peggio.

Sofia si schiarì la voce in modo deciso. Jack si avvicinò a disagio e porse il bouquet a Niamh. Nessuno dei due fratelli Carmine, a quanto pareva, aveva idea di come esprimere correttamente un qualunque sentimento. «Suppongo di doverti porgere anch'io le mie congratulazioni. Questi sono per te.»

Niamh li strinse al petto. «Grazie. Sono bellissimi.»

La conversazione si spense miseramente. I ceppi

scoppiettavano nel camino e le assi del pavimento scricchiolavano per il ballonzolare nervoso del ginocchio di Sinclair.

«Perdonami» disse infine Jack.

Il volto di Kit si animò per la sorpresa. «Cosa?»

«Volevo mettere da parte il risentimento che c'è tra di noi, ma mi rendo conto che non sei stato il solo a provarlo. Per tutti questi anni, ho provato un profondo biasimo nei tuoi confronti perché sei crollato, perché non hai sopportato la stessa pressione o lo stesso senso del dovere che nostro padre aveva inculcato in me. Invece, ti ho usato. Mi sono comportato in modo mostruoso con te.» La sua espressione si fece tormentata. «Il mio dovere era verso di te, non verso quello che nostro padre avrebbe voluto che preservassi. Sei l'unica famiglia che mi è rimasta. Per questo, mi dispiace davvero.»

«È tutto a posto» disse Kit in tono sbrigativo, anche se sembrava piuttosto emozionato. «Ormai è acqua passata.»

«Prometto che mi farò perdonare.» Jack lanciò un'occhiata a Niamh e la sua bocca si contrasse per il dispiacere. «Non posso dire di approvare questa unione. Ma... siete perfetti l'uno per l'altra. Niamh, ti devo delle scuse per il modo in cui ti ho parlato l'altro giorno, oltre alla mia sincera gratitudine per la tua interferenza in un progetto incauto e immorale.» Allungò la mano verso Sofia. «Mi hai ricordato quali sono le cose importanti.»

Sofia gli rivolse un sorriso esitante. Con grande sorpresa di Niamh, lui ricambiò.

Era un inizio. «Grazie, Jack.»

Lui trasalì al suono del proprio nome, ma non fece commenti.

«E io non merito delle scuse?» chiese Sinclair. Jack non conosceva la vera identità di Lovelace – e c'era da sperare che non la scoprisse mai –, ma questo non significava che Sinclair fosse pronto a rinunciare all'impulso di contrariarlo.

Jack lo ignorò bellamente. «Bene. Questo è tutto ciò che sono venuto a dire. Preparati, Kit. Quando tornerai dalla luna di miele, tu e io avremo molto lavoro da fare per riallacciare i rapporti con il Machland e con i machlandesi che vivono qui.»

Kit si raddrizzò sorpreso. «Vuoi il mio aiuto?»

«Se mi concederai un po' del tuo tempo. Per ora sei il mio erede. Se vogliamo conservare il trono in famiglia, devi essere preparato per ogni evenienza.» Esitò. «E mi farebbe molto comodo il tuo intuito. Non hai mai avuto paura di sfidarmi.»

«Bene. Lo farò.» Nonostante il tono riluttante, Niamh notò un lieve sorriso sulle sue labbra.

Non era tutto perfetto, anzi. Ma lì, nel calore accogliente di quel salotto, sembrava di essere in famiglia.

Quando Jack e Sofia si congedarono, loro tre rimasero a chiacchierare nel bovindo, guardando la pioggia che scintillava sull'acciottolato. Kit e Sinclair si passarono un sigaro. Niamh si accoccolò al fianco di Kit, cercando con tutta se stessa di non assopirsi mentre lui le sfiorava la mano con le dita.

«Cosa ne pensi?» Kit si chinò su di lei e scrollò il sigaro in un posacenere di vetro. «Manterrà la parola data?»

«Sembrava piuttosto sincero.» Sinclair gli strappò il sigaro di mano e sorrise malizioso. «Ma se non lo fa, ci sarà sempre Lovelace a tirargli le orecchie. E questo vale anche per te.»

Kit sgranò gli occhi. «Sei un idiota.»

Sinclair rise di gusto, in un modo che Niamh non sentiva da tempo. «Di' a tuo marito di essere gentile con me, Niamh. Questo genere di linguaggio non si addice a un politico rispettabile.»

Niamh si distese languidamente e appoggiò la testa sulle ginocchia di Kit. Con uno sbadiglio, disse: «Sii gentile, marito».

Come per riflesso, lui cominciò ad accarezzarle i capelli. Si lasciò sfuggire una risata. «Quando mai lo sono stato?»

33

Per miracolo, il sole è sorto su Avaland.

Le mie fonti mi dicono che le tensioni con la Castilia sono ancora alte. Tuttavia, mentre l'Illustrissimo F è tornato a casa, Lady R ha scelto di prolungare la sua permanenza a Sootham e ha gestito la situazione con sorprendente destrezza, vigore e, di fatto, grazia. Lei e il suo ex promesso sposo sono stati avvistati la settimana scorsa mentre passeggiavano nei giardini davanti alla sede del Parlamento. Pare che stiano lavorando a stretto contatto per una serie di politiche economiche, in particolare nel settore agricolo, visto che la loro magia funziona bene insieme. Lo confesso, "lavorare" potrebbe essere un termine generoso. Sembra che passino la metà del tempo a battibeccare.

La banda di Madame HC ha lasciato il parco, ora che un Certo Qualcuno ha finalmente ceduto alle loro

pressioni. Per la prima volta in trentacinque anni, si comincia a parlare di un risarcimento ai machlandesi. Attribuisco il merito di questo nuovo sviluppo al nostro Figlio Scapestrato. Si è dimostrato un alleato della nostra causa e ha provocato forse lo sviluppo più sorprendente della Stagione. La nostra nuova duchessa è una donna di umili origini ma di sangue divino, e perdipiù machlandese. Per ora, osservo e aspetto di vedere cosa faranno. Sembrano disgustosamente felici.
In tre anni di vita di questa rubrica, non sono mai riuscito a terminare un numero di chiusura con qualcosa di simile a una buona notizia. La strada da percorrere è molto lunga; tuttavia, se volete perdonarmi un lieve sentimentalismo, mi sento stranamente fiducioso. Per il futuro, per la giustizia, per tutti gli abitanti di Avaland.
Fino alla prossima Stagione, immagino. Per quel che mi riguarda, pregherò tutti i Santi affinché veglino per regalarcene una più tranquilla.
Lovelace

Mentre Niamh metteva l'ultimo punto al vestito, ebbe la netta sensazione di aver dimenticato qualcosa. Sbatté le palpebre, tornando alla realtà. Gli occhi le lacrimavano per la sorprendente luminosità del… pomeriggio? Quando era successo?

La Stagione era quasi finita, eppure la vita non era affatto rallentata. Quando lei e Kit erano tornati dalla luna di miele e avevano aperto la boutique all'angolo tra Cathedral Street e Champion, gli ordini avevano cominciato ad arrivare e non si erano più fermati. In quei giorni era diventata molto più selettiva con le commissioni che accettava, naturalmente, ma quando poteva non lesinava con quelle che la entusiasmavano davvero. La politica le rubava molto più tempo di quanto avesse previsto. Nonostante i suoi sforzi per contribuire al riavvicinamento con il Machland, la nonna non aveva ancora superato il suo "tradimento".

Con il tempo e con il cambiamento, le aveva scritto la madre nella sua ultima lettera, *lo farà*.

Niamh poteva solo sperarlo. Almeno aveva accettato di salire su una nave. Il mese seguente sarebbero state di nuovo tutte insieme.

«Bentornata nella terra dei vivi, Vostra Grazia» disse Miriam in tono scherzoso. Era in piedi al bancone e stava riordinando tutte le cose che Niamh aveva messo a soqquadro nel corso della giornata. I suoi riccioli scuri sfavillavano di sottili riflessi ramati nel tramonto.

Niamh si strofinò gli occhi. «È davvero passato così tanto tempo?»

Miriam fece finta di riflettere. «Solo tre ore di silenzio totale e concentrato. Be', ogni tanto si sentiva un borbottio.»

Niamh arrossì. «Oh, dei. Mi dispiace.»

«Per oggi chiuderò un occhio» disse Miriam. «È l'ultimo ordine della settimana.»

Grazie agli dei. Le serviva una pausa, come tutti amavano ricordarle, per impedire che le ore scivolassero via. Tuttavia, quell'abito implorava di essere finito. Il tessuto le scorreva tra le mani come seta e fresco come l'acqua. Sinclair l'aveva richiesto per la sorella («Niente incantesimi, nel modo più assoluto» le aveva intimato con severità «finché non ti sentirai abbastanza bene»), quindi aveva bisogno che fosse assolutamente perfetto.

«Sono quasi pronta per andare» aggiunse Miriam. «Se finisci per tempo, possiamo andare a prendere i reali insieme.»

«Molto volentieri.» Avevano trovato un ritmo piacevole nella loro vita lì: beneficenza, passeggiate nel parco e languidi tè con Sinclair, occasionali eventi serali nel suo negozio... e ogni sera l'attesa di Kit e Rosa davanti alla sede del Parlamento. Senza che se ne accorgesse, Sootham si era insinuata nel suo cuore e si era fatta casa.

Il campanello sopra la porta tintinnò.

«Ah» disse Miriam. «Come non detto.»

Quando Niamh alzò lo sguardo, per poco non cadde dalla sedia. Si aggrappò al bordo del bancone. Forse sarebbe arrivato il giorno in cui la vista di Kit non le avrebbe fatto accelerare il battito e perdere ogni senso dell'equilibrio. Quel giorno, però, non era ancora arrivato.

Aveva il cappello infilato sotto il braccio. Dall'altra parte della vetrina, Rosa si appostò all'ombra della tenda da sole, facendo ruotare il manico del suo ombrellino.

Miriam sorrise innocentemente a Kit. «Buon pomeriggio, Vostra Altezza.»

Lui fece una smorfia, ma non la corresse. Ormai si era abituato alla vena impertinente di Miriam e aveva capito che usava il suo titolo proprio perché lo infastidiva. «Sono venuto a prendere mia moglie.»

«Certo, signore» disse Miriam, ridendo dolcemente della sua espressione sempre più agonizzante. «Ci vediamo domani, Niamh.»

Si infilò la mantellina bordata di pelliccia e, con un cenno, uscì nel pomeriggio.

Si avvicinò a Rosa quasi saltellando e la prese a braccetto. Niamh le guardò andar via con un sorriso.

Dalla finestra aperta del bovindo entravano i profumi e i suoni della città. Quel giorno la brezza portava l'odore di cavalli, nebbia e caprifoglio. Quello, forse, era il momento della giornata che preferiva. Amava il calore sognante della luce del sole e l'affannato viavai di gente che tornava a casa dopo una lunga giornata. Fuori, lasciato il Parlamento, i nobili si dirigevano stancamente ai loro club. I suoi vicini spensero le candele, le facciate dei negozi divennero buie e immobili. Le carrozze sferragliavano per la strada. Quando tutti si fossero ritirati in campagna, sulla città sarebbe scesa la pace.

Per una volta, non vedeva l'ora.

Quando Kit si avvicinò, la luce del sole lo avvolse come un mantello. Era terribilmente ingiusto quanto potesse essere etereo senza il minimo sforzo. Posò il cappello sul tavolo da lavoro e si tolse i guanti.

«Vostra moglie non è reperibile. È impegnata.»

Lui inarcò un sopracciglio. «Sul serio? Bene, allora. Me ne vado all'istante.»

La raggiunse dietro il tavolo da lavoro e il cuore di Niamh si scaldò alla sua presenza. Kit si chinò su di lei. Quando anche lei si protese per colmare la distanza tra loro, lui si ritrasse all'improvviso. Niamh trattenne un gemito di protesta.

«Le mie scuse» le disse. «Non avrei dovuto distrarti.»

Oh, non giocava mai pulito.

«Ebbeeene…» Niamh gli insinuò le dita sotto la cravatta. «Forse posso farmi convincere a mettere quest'abito da parte. Solo per qualche minuto. Sai essere molto persuasivo.»

Quando finalmente lui la baciò, il tempo rallentò quasi fino a fermarsi. Un calore si sprigionò in lei, lento e sognante come un pomeriggio d'estate. L'abito scivolò giù dal tavolo, dimenticato.

Ci sarebbe stato tempo per finirlo più tardi.

In quei giorni non aveva alcuna fretta.

RINGRAZIAMENTI

Dopo un lungo periodo infruttuoso a livello creativo, *A Fragile Enchantment* ha riacceso il mio senso di gioia, meraviglia e fiducia come scrittrice. Per questo, occupa un posto molto speciale nel mio cuore. Kit e Niamh sono stati i miei forti e amati compagni negli ultimi anni, e mi hanno sostenuta in un periodo decisamente stressante della mia vita. Sono molte le persone che hanno contribuito a rendere la loro storia ciò che è oggi, e sono immensamente grata a ognuna di loro!

Alla mia editor, Sarah Grill, per le sue acute intuizioni editoriali, il suo senso dell'umorismo e le nostre chiacchierate! Il tuo feedback mi ha spinta a dare il massimo per la riuscita di questo libro, e sono davvero orgogliosa del lavoro che abbiamo fatto insieme.

Ai miei agenti, Claire Friedman e Jess Mileo, per il costante sostegno e la loro guida nel corso degli anni. Come sempre, avete visto un barlume di potenziale e siete riusciti a portarlo alla luce dall'oscurità della mia idea iniziale. Siete davvero i migliori!

Al team dei diritti esteri di InkWell: Lyndsey Blessing, Hannah Lehmkuhl e Jessie Thorsted. Grazie per la vostra gentilezza e per aver contribuito a condividere il mio lavoro con i lettori di tutto il mondo.

Al mio meraviglioso team di Wednesday Books: Rivka Holler, Alyssa Gammello, Sara Goodman, Eileen Rothschild, Brant Janeway, Devan Norman, Eric Meyer, Melanie Sanders, Lena Shekhter, Kerri Resnick e NaNá Stoelzle. Grazie a Kelly Chong (@afterblossom_art) per la copertina che avevo sempre sognato!

A Louise Lamont, per la sua gentilezza e per aver trovato la casa perfetta per questo libro nel Regno Unito! È una gioia lavorare con lei e con il team di Hachette UK, tra cui Polly Lyall Grant, Aliyana Hirji e Bec Gillies.

Al First Flight per aver realizzato i miei sogni più folli e impossibili. Le parole non possono esprimere quanto sia grata a tutti voi: Cossette, Taylor, Isa, Sequoia Cron (@rainbowbookdragon15), Lydia Byers, Heaven (@heavenlybibliophile), Tori (@toriandbooks), Lindsay (@PawsomeReads), Agavny Vardanyan (@agavnythepigeon), Kelsey Rae Musick, Stephanie (@stephdaydreams), Paola Camacho, Holden Fra, Paola (@anotsowickedwhich), Phoebe Ellman, Megan McDonald, Ena Jarales, Diane (D. E. Ellerbeck), Ashley Dang, Kelcie Mattson (@nerdilyinclined), Allie Williams, Paige Lobianco (@pagebypaigebooks), @zoereadss, Kashvi Kaul at Misty Realms, Holly Hughes, Courtney Bentzoni, Mariya Tuchinskaya (@msbookworld), Nihaarika, Mansi (@

astraquill), Birdie Woodnyx, Diana (@chasingchapters_), Amy Sahir, Liz Griffin (@lizgriffinwords), Julie di One Book More, Isabelle Colantuonio (@isabellesbookshelf), Katie Laban, Courtney Boylan, Leah T, Grace (@bookswithgraceann), Kalie Barnes-Young e Jae (@justjaesday).

A Courtney Gould. Questo è per te, amica mia! Non ce l'avrei mai fatta senza di te. Auguro a ogni scrittrice di avere un'amica altrettanto talentuosa, premurosa, spiritosa e disposta a impazzire per raggiungere il numero giusto di battute.

Ad Alex Huffman-Jones, il mio primo lettore di sempre! Il tuo incoraggiamento, la tua generosità e le tue dritte significano molto per me. Grazie per aver visto la magia nella storia di Niamh e Kit.

A Rachel Morris. Deve essere tramandato ai posteri: hai ragione! Non ero affatto contenta di aver cancellato tutta la prima parte e di aver cambiato la suspense, ma eccoci qua. Grazie per le tue brillanti opinioni, per il tuo sconfinato entusiasmo e, naturalmente, per i tuoi consigli sulla storia di Kit.

Alle Magnifiche Cinque: Audrey Coulthurst, Helen Wiley, Elisha Walker e Rebecca Leach. Grazie a tutte voi per l'infinita pazienza e il sostegno che mi avete dato durante la stesura del testo (e di esservi lamentate per tutto il tempo). Audrey e Helen, mi avete dato la prospettiva di cui avevo bisogno quando mi sentivo perduta e molto triste. Helen, questo libro non sarebbe quello che è senza di te.

A Kalie Cassidy, Emily Grey, Charlie Lynn Herman, Christine Arnold, Skyla Arndt e Laura Brooke Robson. Le vostre impronte sono indelebili su questo libro; grazie mille per i vostri consigli! Sono davvero fortunata a conoscere tutte voi.

A Mitch Therieau, per il suo eterno sostegno, il suo amore e la sua fiducia in me.

Infine, a voi! Grazie di cuore per aver scelto *A Fragile Enchantment*. Che sia il primo o il terzo libro che leggete, apprezzo il vostro sostegno più di quanto riesca a esprimervi.